U0719571

各奔前程

劳罕——著

浙江文艺出版社
Zhejiang Literature & Art Publishing House

关于本书

这是一部反映大学校园生活的不可多得的长篇力作。

通过真实感人的故事情节和形象逼真的人物刻画，揭示了两代知识分子不同的心路历程，展现出社会转轨时期象牙塔中的骚动。

美国密苏里大学新闻传播学院 40 年代毕业的三位中国留学生，一个曾雄心勃勃，力图"为万世开太平"，却一直在宦海中跌宕沉浮；一个在学海中艰难跋涉，虽学富五车，却因不谙"潮流"，最后在教改中败下阵来；一个做了一辈子的教育救国梦，却落得个家破人亡、抱憾终生……

90 年代的一些研究生，有的终日在情场中寻求刺激；有的为入党、评优弄虚作假；有的为考试过关，不惜大施美人计……

更有的老师，为了混上一张文凭，花钱买学生的论文；为了评上职称，不惜编造子虚乌有的成果……

书中也不乏"板凳甘坐十年冷，文章不写一句空"的学界巨擘；不乏甘做人梯、火传薪尽的辛勤园丁；不乏端持操守、孜孜矻矻在书山中登攀的莘莘学子……

面对"海"的诱惑，教育向何处去？知识分子的心态如何？本书作了客观反映。

这不是一个风花雪月的爱情故事。

这是一部新时期的《儒林外史》。

目　录

第一章

郑掖教授考试作弊被当场抓获。

这一爆炸性新闻，惊呆了汀州大学传播系的每一个人。

郑教授是校研究生院副院长兼传播系系主任。他素以学风严谨为人称道。作弊之于他，那真如冰之于火了。

"诬蔑！绝对是诬蔑！！"首先对这一传闻进行坚决抨击的是他的弟子们，"肯定是别有用心者在造谣。百分之百是造谣！"

然而，郑教授作弊却是千真万确的。

有关这一切，系党总支副书记、监考老师鲍仲良可以做证。鲍副书记还会连带说明：和郑教授串通作弊的，还有他的研究生窦争。

据说，郑教授在作弊被抓获时，态度还十分恶劣，猛拍桌子说这样的考试实在是荒唐之极，指责学校的形式主义走到了极端。

他的这通牢骚，使正在考场巡视的一位常务副校长很是尴尬，当场愠怒地说："你埋怨学校，学校又埋怨谁？其实，鬼愿意走这样的形式！可是不这样，你能通过验收？你能进入'R工程'？你能为学校挣来五十万？……"

这一连串的反问，让郑教授——这位40年代美国密苏里大学新闻传播学院毕业的博士生，张口结舌……

"R工程"，这几年在大学校园可谓是家喻户晓，人人皆知。何为"R工程"？

《R工程细则说明》解释如下：

> "R工程"就是面向21世纪，在全国范围内争取建设成具有世界一流水平的高校10所。
>
> 过去我们的提法是："建设一批重点大学"，而"R工程"的要求是"重点建设一批大学"。"重点"二字的位置不同，意义也不同。从客观上讲，"R工程"强调的是竞争，要打破一朝定终身的局面，要对全国所有的重点大学，也包括原有的重点大学进行重新评估。
>
> ……

重新评估，也就是要重新排定座次。这对任何一所高校来说，都是件非同小可的大事。

汀州大学虽有辉煌的过去——曾有"东方剑桥"之称，但走过近百年的风雨历程之后，在新时代的跑道上，这所蜚声海内外的名牌大学，则如负重的老牛，气喘吁吁了。

《R工程细则说明》中特别强调指出：

> 尽管出于历史因素，一些高校占有天时地利人和的优势，但进入"R工程"的大学都要名与实符。对进入"R工程"的高校只重"表现"，不重"成分"。

能否保住百年不倒的牌子？也就在此一举。

所以，学校使出了浑身解数。

为了迎接评估，学校早在一年前就成立了"R工程"指挥部，由一位常务副校长亲自挂帅。学校赋予"R工程"指挥部以特权：

可以指挥调动任何单位和个人。

校党委会议还做出决定：把"R工程"实施的好坏，作为考核专职政工干部业绩的重要标准。同时，对表现突出的院系予以重奖。

评估的内容重点是校园环境、学习环境、生活环境和学校精神风貌四大项。

本学期开学一个多月来，学校基本上处于半工半读状态，粉刷房屋、修理门窗、清理校园……紧锣密鼓，风风火火。

久而得不到解决的问题，一下子全解决了。经年透风的窗户装上了玻璃，宿舍楼后小山般的垃圾被搬运一空，呼吁多年无人过问的洗澡间踏板更换一新。虽然夏天已过，蚊虫早遁，却莫名其妙地开始装纱窗。学校还为每个宿舍配上了做工精良、式样考究的字纸篓……

下一周评估组就要莅临了。

学校似乎进入了临战状态，全校停课。从校长、系主任到普通教师，从博士生、硕士生到本科生、走读生，从资料员、收发员到门卫、清洁工……层层发动，人人动员，一切工作都以"R工程"为中心。

"R工程"指挥部还专门从校车队调出六辆汽车，每辆车的前部装上四只高音喇叭，四周围上大红布幅，从早到晚在学校的各个角落巡回宣传"R工程"的重要意义。每个宿舍楼前也贴出了字体盈尺的倒计时牌：

距评估组检查还有6（5、4……）天！

个中的阿拉伯数字一天一换，俨然进入火箭发射前的倒计时。

政工干部一律住进学生宿舍，督促学生一天三遍整理宿舍和校园。

地板、天花板、墙壁以至于床缝、窗缝、门缝、书架缝，抹了又抹，擦了又擦，真可谓做到了至纤至细，一尘不染。风雨剥蚀的阳台，虽经反复擦洗依然改不掉斑驳陆离的容颜，学校规定：一律用白纸糊裱。

桌上铺了桌布，门上、窗上挂了帘布……

这段时间，学校附近大小商店的扫帚、窗帘布、胶水、图钉、油漆全部脱销。

传播系是汀州大学的"王牌"系。在学校以往的各项活动中（譬如政治学习、文艺会演之类），总是名列前茅。此次更不怠慢，由系党总支副书记鲍仲良老师亲自挂帅。

风传，鲍副书记即将被提拔为校研究生院党委副书记，校党委组织部正在对他进行考察。这次活动对鲍副书记来说，意义重大自不待言。

他的热情较以往任何一次活动都要高涨。他把大本营扎在了传播系研究生会主席邱锐的房间，每天总是第一个起床，挨个叩响学生宿舍的房门。晚上，直到检查完最后一个宿舍才安寝。他终日抹布不离手，走到哪里擦到哪里。一天三顿饭也是在学生食堂打尖。真正做到了同吃同住同劳动。

对于学校的规定，他创造性地予以发展：不仅把学校一天拖三遍地板的要求扩大了一番，而且规定，墙旮旯处拖把拖不到的地方，必须用板刷一寸寸地刷。他从考古系借来考古用的刮刀，让同学们把墙上哪怕只有火柴头大小的黑斑全部刮掉。

系资料室玻璃橱里那些从不外借的港台版精装书，在他的指示下，被同学们搬来装点书架。

床上，不仅要求被子整齐，棱角分明，枕头置于被子上，还规定枕头和被子必须一律放在靠阳台方向的床头。被单不能打皱，不能放任何杂物——包括书。床下，最多只能放三双鞋，且皮鞋必须擦油，布鞋必须刷净。蚊帐一律除掉。

纸篓只能放在宿舍门前的右墙边，而不能放在左墙边。毛巾必须放在阳台门扉的背面，而不能放在正面。

他还从本科生那边找来一个眼睛好的同学，专司找蜘蛛的重任，每天早晚两次挨个宿舍寻觅蜘蛛踪迹……

鲍副书记每晚都要对宿舍进行检查验收。他拿了根顶端缠有白纱布的木棒，床底下、天棚上、墙角里……四处擦抹，凡有丁点儿灰尘的，必须返工重来。

为了进一步调动大家的积极性，鲍副书记又制定了奖惩条例：评出两个"星级"宿舍，男女各一，分别给予重奖。并把大家在这次活动中的表现同评选优秀研究生挂起钩来。

这一举措，在传播系掀起了又一次竞赛热潮。

系研究生会主席邱锐为了本宿舍整齐划一，通过老乡关系从学校附近的驻军处借来了军用床单、军用被子。他还将床下的鞋全部放进了壁橱，将宿舍里的所有箱包暂时寄放在了老乡处。

系研究生党支部书记马宿草也不甘示弱，不但如法炮制，还接着翻出花样：从商店里买来花瓶置于本宿舍每个人的案头，又从宿舍楼后的林地里采来野花插于瓶中，于是整齐中便又弥漫出些生机来。

"星级"宿舍的评选在倒计时的第五天。女生"星级"宿舍的评选比较顺利，而男生"星级"宿舍的评选却遇到了点儿麻烦：有人提议邱锐的宿舍理应当选，也有人说马宿草的宿舍更不含糊。两种意见相持不下。

这时，马宿草笑眯眯地站起来说："邱锐的房间确实整齐：被子棱角分明，被单平整无皱，床铺上下无任何杂物，书架上各类书籍的摆放整齐美观。这一切，完全达到了学校的标准。

"不过，如果能再多一点生活情趣就更好了——因为我们生活的环境毕竟不是军营，而是最能体现时代精神的大学校园。所以，整齐却又不能拘束刻板，严肃中得透出点儿活泼……"

说到这儿，他顿住了话头，看了看大家的反应，又看了看鲍副书记和邱锐，这才带着歉意的口吻说："也许我的话有些强人所难了。"

"对，对。马宿草房间那几瓶花，恰好弥补了邱锐房间的不足。"刚才就支持马宿草的人马上附和。

而刚才邱锐的支持者呢，现在则哑口无言。看来，马宿草的宿舍当选无疑了。

可就在鲍副书记要拍板时，邱锐的舍友窦争要求发言，他说："马宿草宿舍摆上几瓶花，固然多了点儿生机，可学校的规章制度规定：'要爱护学校的一草一木。'《R工程细则说明》第七页第三条中也要求：'爱护花木树草，无任意损坏现象。'总不能为了增加生机，就去损坏花草吧？"

这一反击太有力了。马宿草一下子给打蒙了。采花时，他万万没料到：虽得之东隅，却失之桑榆。

自然，男生的"星级"宿舍，非邱锐的宿舍莫属了。

······

鲍副书记的这些措施，使传播系在"R工程"指挥部的三次检查中三次折桂。只要在最后几天中不出纰漏，传播系就能稳拿第一。

岂料天有不测风云。

郑掖教授和91级研究生窦争双双考试作弊，使他稳拿第一的梦境黯淡了不少。

郑教授这一作弊行为，发生在校"R工程"指挥部举办的"'R工程'知识考试"时。

《R工程细则说明》要求：

> 进入"R工程"的学校，全体师生员工必须了解"R工程"的内容及意义。评估组检查时。要抽查50名师生员工。回答不合格，每一人扣0.5分。学校未进行检查考试的，扣除3分。

校"R工程"指挥部对这次考试特别重视，凡在校人员，从校领导到清洁工，无论哪个层面，均按名单抽考，并将考试成绩作为学校最后排定各系统名次的依据之一。

传播系郑教授和窦争被抽中参加了考试。

虽然考试提纲数天前已发到各人手中，但郑掖教授却无暇去看，因为这些天他正被系里的一系列事务搞得焦头烂额：

——一个本科生，深夜潜入汀州商厦的珠宝首饰柜为女友偷首饰，当场被捉。公安部门让系领导去领人。

——两个今年毕业的研究生，因分配指标被人挤占，吵闹着要求重新分配。

——大家公认功底比较扎实的几位教师，坚决要求调离。理由是已经结婚数载，仍住集体宿舍。

——系资料室反映，学校下拨的报刊订阅经费，因报刊涨价，远远不够。许多已订阅多年、极有价值的外文期刊，面临中断之虞。

——电视教研室，再次要求更新设备，摄像机老化，摄出的图像模糊一片。

……

考试那天晚上，他刚从系里回到家，就接到了晚上七点参加考试的通知。他饭也顾不得吃，匆匆赶到考场。

郑教授一生虽参加过无数次考试，但像今天这样的考试场面，他还是第一次看到：

考生中，从年龄上看，有头发花白的耄耋老人，有稚气未脱的大一新生；从衣着上看，有西装笔挺的教授，也有衣衫不整的清洁工；从肤色上看，黄、白、黑、棕，样样人种俱全。

考场的气氛非常严肃，监考老师达六人之多。

郑教授对照准考证找到了自己的座位，他的研究生窦争恰好就坐在他旁边。师生同堂考试，他多少有点儿尴尬。

卷子发下来后，郑教授一看，更是哭笑不得：

1. 学生食堂伙食应做到干饭（　　　）适合，稀饭（　　　）适合，面制品不（　　　）不（　　　），（　　　）一致。主食品种早餐（　　　）种以上，副食中晚餐各（　　　）种以上。

2. 校园蚊蝇孳生地（　　　）以下，鼠密度（　　　）以下。全校（　　　）以上的教室必须完全由学生打扫，墙面脱落及污损（　　　）以上为严重。

3. 教室照明度要达到（　　）Lux，宿舍照明度要达到（　　）Lux，厕所照明度要达到（　　）Lux，路灯照明度要达到（　　）Lux。

4. 对校园内安装、使用广播电视的 4 项规定为（　　）、（　　）、（　　）、（　　）。

5. 校园治安的 9 个检查项目是（　　）。

6. 炊事员操作卫生的 12 个注意事项为（　　）。

……

半个小时过去了，郑教授苦思冥想，无从下手。

窦争见老师额头冒汗，动了恻隐之心。趁监考老师不备，他探过头去低声说："第一题，干饭是软硬适合，稀饭是干稀适合，面制品不黄不酸，大小一致……"

就在这时，后面走过来一个监考老师，冷峻地盯着他们，厉声说："你们二位可以走了。""你们是哪个系的？"

……

郑教授和窦争非但没为传播系做出贡献，反被扣掉了五分。鲍副书记的恼怒就可想而知了。

评估组就要进校了。

学校的气氛大有黑云压城城欲摧之势。校事务处从市里的五星级宾馆"香格里拉"租来了数车卧室设备，将校招待所评估人员下榻的房间装点一新。同时，还租来了服务员和厨师。

洒水车连夜将校区大小道路统统冲洗了一遍。主要教学区和宿舍区的厕所也被重新打扫干净，并喷上空气清洁剂，派出专人守门，检查期间禁止使用。

各系还组织同学将校区内的烟头，如同地毯式排雷，仔细捡拾了一遍。各系的学生会、研究生会也组织了突击队，将各自包干区树上的枯叶摇落捡净，并在每棵树上挂了植物标牌。

各系的政工干部又召开紧急会议，非常严肃地重申了一遍注意事项。譬如，检查组问：

"你打的饭分量够吗？"

应该面带微笑，立正回答："我特意让打这么少的。"

"你碗里怎么没肉呢？"

"刚才已被我吃了。"

……

第二章

欧阳文好敲门的时候，是下午四点钟。

季岩冰打开房门，见门口站着个女孩儿：她背着一个硕大的黄帆布旅行包，包带儿深深勒进了肉里。她的双手也各拎着一个鼓囊囊的包，瘦弱的身体，似乎经受不住这些包的重压，上身微微前倾。

这是个眉眼儿长得十分清秀的姑娘。两道弯眉下嵌着一双明亮的大眼睛，小巧的鼻子上挂满了细细的汗珠。可能是长途跋涉的缘故，白嫩的脸蛋上漾了一层红晕。她穿着一套铁红色的西装裙。因为身材很好，衣服看上去相当合体。她的头发拢在脑后，挽成个小刷子，用一条素雅的花手绢扎着。通体打扮，既不过分雕琢，又不失清雅大方。

"请问，传播系91级研究生窦进财住这儿吗？"女孩儿用手背抹了下汗涔涔的额头。

"窦进财？您找错了吧？"

女孩儿惶惑地定在那儿了……

"他是从哪儿考来的？"

"南京大学。老家是江西临江的。"女孩儿说话的声音，很轻很柔。

"噢！您说的是窦争。是住这儿，请进吧。"季岩冰帮女孩儿拎起包，把她让进房间。

"窦争？"女孩儿显然是第一次听到这个名字。

"可能是后来改的吧！传播系江西的，就他一个。"季岩冰把包放在了靠阳台那张床的上铺。

"对！是他的桌子。你看这鱼头，只有他能吃得这么净！"女孩儿指着靠窗的一张桌子，粲然一笑，露出了一口洁白的牙。桌上的饭盆还没洗，里面是中午留下的残羹剩饭。

女孩儿洗掉饭盒，又手脚不停地开始收拾桌子。干这一切时，她脸上始终漾着笑，似乎沉浸在美妙的遐想之中。

"你先休息一会儿，我找他去。"季岩冰倒了杯水递过去。

季岩冰终于在毓秀园找到了窦争。

这是个一米七左右的瘦削小伙子，刀条脸上，颧骨高耸，嶙峋的骨骼似乎要突破皮肤跳将出来。鼻梁也出奇地瘦，窄窄一棱。总之，搭眼看上去，他的相貌，只能用"平平"二字来概括。

但是，当你和他交谈时会发现，镜片后那双不大的眼中射出的光，让你分明感到一种挑战。他的颌骨也很特别，伴随着嘴唇的蠕动，上下颌大幅度升降，使脸的下部显得孔武有力，仿佛钢铁他也嚼得动。

窦争随季岩冰回到宿舍。当看到正和舍友邱锐说话的女孩儿时，一脚门里一脚门外兀然呆住了。

女孩儿看到窦争，惊喜地叫了一声："进财！"奔过去，想抓他的手，却又放下了，只是双目熠熠地看着他。

窦争这才如梦方醒似的跨进了门："你怎么来了？"

"暑假你怎么没回去？我写了好几封信也不见回音。是病了还是咋了？我放心不下，'十一'放假，过来看看。"女孩儿说这些话时，小心地看着窦争的脸色。

"我什么事都没有！"窦争的口气，远没有见到熟人的那种喜悦。

女孩儿不知所措地站了一会儿，拖过提包，从里面往外拿东西："这是醉螺，这是豆豉，这是腊肉……"于是，瓶装的、罐装的、袋装的，便密密麻麻摆了一桌子。

"瞧！这是你最喜欢吃的炸鲫鱼头。怕坏了，来时我把它晾在甲板上。"女孩儿最后从包中掏出三只保鲜盒。"两位大哥也过来尝尝。这是我做的。"她向季岩冰和邱锐发出了邀请。

"进财哥，吃上你别抠。这学期，我多兼了两个班的课，每月可多拿十四块钱超课时费……"女孩儿似乎有许许多多话要向窦争讲。

窦争拈起一块鲫鱼头嚼着，表情很复杂。

见窦争打不起精神，女孩儿顿住了话头，用探询的目光看着窦争。显然，她想让他高兴起来，却又不知道怎样才能做到。

"窦争，你陪文妤到校园走走。"为了打破僵局，邱锐插了话。看来，他从刚才的谈话中了解了女孩儿的芳名，"文妤，我们汀大的风景可是闻名全国啊！"

窦争这时好像忽然想起了什么："你还没联系住处吧？"

"……"

"你陪文妤转去吧。玥儿那儿有空铺，待会儿我过去打个招呼。"季岩冰说。

窦争和欧阳文妤出去了。房间里，季岩冰和邱锐目送他们远去，对视了一眼。

"这姑娘真不错! 窦争这小子啊! ……"邱锐感慨道。

季岩冰的脸阴了。

窦争他们住的房间是嘉华园一舍一单元409室。整个一舍依山势呈凹形。一单元四层住的全是传播系的研究生。

409房间住三人,三人同出一门,都拜在郑掫教授门下,学的均是传播业务。

季岩冰和邱锐是90级的,比窦争高一级,但年龄要比窦争大得多。邱锐今年三十五岁,曾在广阔天地炼过红心。季岩冰三十岁,已有六年报人生涯。

这是间约十二平方米的房间,两张上下铺床位,占去了一半的面积,剩下的一半,又被三张书桌分割。整个房间,显得很拥挤。

邱锐睡门口那张床。他虽是浙江人,却有着一米八几的个头,身躯凛凛,那满脸卷曲的络腮胡子,宽而有度的狮子鼻,棱角分明的下巴,以及说话时胸腔发出的嗡嗡的共鸣音,无不显示出北方大汉才有的那种阳刚之气。

他是系研究生会主席,校研究生会副主席。上研究生前,他曾在上海一所师院的中文系当了七年团总支书记。

季岩冰住窦争下铺。这位来自燕赵故地的青年,面容清癯,浓眉下那双丹凤眼总是漾着笑意,鼻梁高挺,线条却又很柔和,那高挑的眉棱和黑黑的眉毛,透出凛凛威仪。他身高和邱锐相仿,只是比邱锐单薄点儿。

他是系研究生团支部书记,原供职于北方日报社。据说,因为稿子的问题，曾三次和人对簿公堂。作为报社法人代表的总编也三次被传唤到庭。最后一次和他打官司的竟是市委副书记。

虽然三次都因法庭调查找不到稿子的失实之处，而使案子不了了之，但鉴于他多次惹是生非，又不思悔改，总编把他从记者部调到了发行部。他一怒之下，辞了职。

欧阳文妤随窦争来到了校园。

十月是汀州一年中最美好的时节。秋高气爽，不冷不热，不湿不燥。

春日的汀州，虽然杂花生树、莺飞草长，但旷日持久的梅雨，不仅使万物都可以挤出水，连人的心绪也长满了霉斑。夏日，这座闻名全国的"火炉"，似乎不把人体内的水分烤干不尽意。而冬日呢，倚江而卧的地理环境，又阴风刺骨。

汀州大学，位于这座历史文化名城的南部。这里是汀州的文化区，几十所高等院校环绕在烟霭湖四周。烟霭湖是个堰塞湖，后因冰碛物阻塞，才同双溪江分道扬镳。

烟霭湖方圆数十公里。湖中岛屿密布，礁石纵横。无论大岛小礁，上面均长满了常青乔木，隆冬不凋。晴天，水光潋滟，云蒸霞蔚；雨天，山色空蒙，烟雾缭绕。四时八节，湖面均裹在如纱似练的雾中，如同含羞的少女。

清代以前，此湖叫羞女湖。清同治年间，初上任的汀州学政雨天游湖，舟行至南北两座岛屿之间，但见舟旁烟雨蒙蒙，触景生情，猛可里想起了宋时"应制"词人康与之的《长相思》："南高峰，北高峰，一片湖光烟霭中。春来愁杀侬。"遂将羞女湖更名为烟霭湖。

康与之因谄事卖国贼秦桧遭万世唾骂，而以他的词更名的烟霭湖却流传了下来。

汀州大学面对烟霭湖，背倚螺髻山，校舍错落有致地建筑在山间的谷地里。

螺髻山，原也不叫螺髻山，它曾二度易名。史载，最早它叫翠盔山，春秋战国时，国王巡幸此地，见此山茂林修竹，苍翠可爱，旋停驾问道："此为何山？"陪同的地方官员马屁拍得娴熟，忙趋前应答："此山尚未有名，正待陛下名之。"国王捻须片刻道："寡人落驾此地，就叫落驾山吧。"于是，落驾山就替代了翠盔山。

本世纪初，一位著名的教育家衔命筹建汀州大学。看落驾山浑圆的山体中部，奇峰高耸，山上松树、樟树和常青灌木混交相生，宛如少女头上的青丝，整个山体看上去就如少女的发髻了。这位颇具民主思想的教育家便以宋代爱国词人辛稼轩《水龙吟·登建康赏心亭》中的名句"玉簪螺髻"的"螺髻"两字替换了"落驾"。

烟霭湖、螺髻山成了汀州大学的象征。凡一提起汀州大学，来过或没来过的人均会想起烟霭湖、螺髻山。

可能是得益于烟霭之灵秀、螺髻之奇伟吧，近百年来，尽管兵燹不断，沧桑巨变，汀大却长盛不衰，一直稳居全国重点大学的前几名。

若论汀州大学校园之美，全国首屈一指。

当初筹建学校的那位教育家，原是建筑方面的里手，他亲自主持了校园设计，将西洋建筑和中国庙宇建筑融为一体：四壁采用拜占庭式，宽大敞亮；屋顶采用中国庙宇式，檐牙高啄，绿色琉璃瓦罩顶。不仅和螺髻山、烟霭湖的基调相和谐，且适应这座火炉城"冬季寒冷，夏季酷热"的气候。

汀大的老建筑，均有冬暖夏凉之妙——以至于过来半个世纪，许多建筑专家仍千里迢迢跑来探求个中的奥秘。不过至今，谜底仍无人揭开。

汀大的布局，依山势，披雕甍，错落有致，疏浓相宜。整个建筑群分为五大部分，分住着文、理、农、工学院及研究生院的学生，每一部分都栽有不同的植物。

研究生住嘉华园。舍前舍后均是参天的黄栌树，每到深秋，栌叶如火，绿色屋顶掩映其中，犹如一块硕大无朋的玛瑙石中嵌进了几颗祖母绿。

文学院住在毓秀园。六座连成一体的琉璃瓦重檐建筑，环山而建。山脚下辟有一条笔直的大道，称毓樱大道。在大道和建筑物间的漫坡上遍植樱树，每到三四月间，毓秀园就笼罩在绯红的轻云中了。

理学院各系住在钟灵园。几座川字形的小山将建筑划分出几个条带，山上清一色的桂树。树丛中白色鹅卵石铺就的小径将条带贯穿起来。小径上，鹅卵石织出不同的图案和字形，于是，穿行树间，就可以信步欣赏一幅幅巨大的字画。每到阴历八月，桂花香味浸透了空气，人行其间，但觉香风扑面，顿有超尘脱俗之感。

萃英园住的是工学院各系。这里是梅花的世界。几座建筑物，恰如梅花的几个花瓣，团拱着一潭四季常清的碧水。花瓣的空隙间种着红、黄、白各色梅花。梅丛中建有三座亭子，三亭呈品字形，互为犄角。冬日踏雪赏梅，亭中听涛，情趣自然不俗。

农学院则住在昊葳园。昊葳园四周皆山。山顶遍植银杏，山腰是一棵棵碧绿的枇杷，到了山脚，却是一丛丛栀子树。

五个园的南边就是螺髻山。它将教学区和家属区天然分开。

德高望重的老教授，住在山脚的怡福园；山顶的蘅皋园，是中青年教师的居所。山腰的树丛中，散落着一座座青砖红瓦的西班牙式小别墅。在相当长的一段时间里，这里住着汀大最知名的教授。新中国成立后，一批批的校领导搬了进去。

螺髻山顶有座铁塔，称文笔塔，建于宋仁宗天圣二年，虽经千年风雨剥蚀，仍巍然壮观。登斯塔也，汀州风景尽收眼底，但见远山含碧，近树扶疏，天际横江，湖鸥点点，耳中涛声约若，身旁清风可饮。醉山色，叹古今，其乐也陶陶。

汀州大学四季飞花。从春到夏，从秋到冬，嫣嫣灼灼，花儿赶趟儿似的开。初春，树上的残梅尚未谢绝，迎春花、榆叶梅、连翘已露出了笑脸。紧接着，红叶李、碧桃、樱花一拨连一拨斗艳。这些花儿还没展尽姿容，丁香花、栀子花早耐不住寂寞，纷纷把香气朝空中抛洒。那当作行道树的石榴、玉兰、紫荆花也不甘示弱，纷纷蓄起了蓓蕾。

当酷暑刚把校园中间凝碧潭里的荷花催成多子的莲蓬，倏忽间，"三秋桂子"的馨香又溢满了校园。而胜缎的梅朵更是起了承前启后的作用——笑傲岁寒之末，梅破知春又近，把冬和春连了起来。

有人说，无论何时，若在校园里看不到芳草之鲜美、落英之缤纷，那么，这肯定不是汀大了。

对于汀州大学是不是全国最漂亮的学校，曾有过争执：有人说，汀大和江大难分伯仲。不过，许多同时到过这两个院校的人士，经过平心静气却又是慎重的比较后，不得不感慨道：汀州大学更漂亮。

孰是孰非？姑且不论，有一件事，校志上言之凿凿：

　　抗美援朝战争结束后，一批被俘的美国飞行员，因揭露美军在朝鲜战场上使用细菌武器，而被美国政府拒之国门外。战俘们提出请求，希望能进我国的大学深造。

　　我国政府答应了这一请求，让他们到全国各大院校勘察一番，最后自己决定上哪一所。

　　他们用半年时间遍访了全国近百所院校后，一致要求进汀州大学……

走出嘉华园，见周围没人，文妤轻轻挽起了窦争的胳膊，并把头依偎在他的肩上："进财哥，你好像有什么心事？"

"没有啊。"窦争下意识地看了看文妤的脸。文妤正幽幽地看着他。

"对了，文妤，我已改了名，叫窦争，别再叫进财了，土死了。"

"再土，我也觉着亲。"文妤把窦争的胳膊挽紧了点，又用指头点了一下窦争的鼻子，"明白了。以后当着别人的面，我叫你窦——争。"她调皮地把"窦争"两个字拉得很开。

文妤滔滔不绝地倾诉着对窦争的思念，叮咛着窦争在饮食起居方面应注意的事项。不过，慢慢地，文妤的话少了，因为她发现窦争似乎并没有认真听她讲，而只是心不在焉地哼哼哈哈。挽着她的那条胳膊，也显得死板僵硬。

文妤松开了窦争的胳膊。

月儿从烟霭湖上冉冉升起，如水的月辉静静泻在地上，湖风中带着桂花的芳香，沁人心脾。

欧阳文好踽踽地跟在窦争后面。她觉得面前的进财有些陌生。

在船上，她设想了无数个相见的情景，独没有料到会是眼前这种局面……

窦争走得飞快，平时环绕校园一周需一个多小时，今晚只用了不足半小时。路过毓秀园时，窦争说要上厕所。让文好在前边路口等他。

这趟厕所，他上了二十多分钟。

不觉已走回了嘉华园。窦争带文好越过枫文径，下了几十级青石铺成的台阶，朝一舍走来。

小径夹在谷地之间，两旁的缓坡上长满水杉、雪松、樟树和山毛榉。一条蜿蜒的小溪紧伴小径。无论春夏秋冬，小溪总是清清亮亮地流着，没有喧哗，没有泡沫。

小径的尽头，就是一舍了。

窦争的步子慢了下来："当老师，适应吗？"

姑娘点了点头。

"教室该修了。再不修，下大雨非塌不可。"

"对了，我忘了告诉你，文津中学马上要搬回老校址了。"

窦争很意外："怎么？张奎三那帮人愿意？"

"你寄给《中国教育报》的那封信起了大作用。前一段时间，报社派了两名记者来调查，写了内参。国家教委领导很重视，批到了省里。这一下，问题该解决了。"

说到这个话题，文好眼中那团熠熠的光芒又出现了。"进财哥……噢，不，窦争哥，很多老师都说，校舍能回归，全是你的功劳呢。"

　　这些话，把窦争带到遥远的过去。他像是忽然明白了过来，一把把文好揽进了怀里，双手捧起了她的脸。姑娘那张俊美的脸庞上早挂满了清泪……

　　"文好，你和欧阳老师一定要提高警惕。张奎三那狗东西，什么坏事都干得出来。"

第三章

文好的到来，为传播系研究生单调的生活增添了一些亮色。

课余饭后，有事没事大家都往 409 室挤。409 室两边房间的同学来得更勤。其中最活跃的要数 407 室的钱亮。

按照汀大的规定，研究生房间一般住三人。当然，也有个别房间住一人或两人的。这些人，要么是和房产处的头头脑脑们有特殊关系，要么是额外多交了钱读在职研究生的经理、厂长们。

407 宿舍除 90 级的钱亮、刘启宇外，另一位是 91 级的白曦。

钱亮在传播系有"谐星"之称。

他那幽默的言谈，使他走到哪里，笑声便出现在哪里。

他能被录取为研究生，也是他幽默、诙谐的谈吐帮了忙。

他的考试成绩刚刚过了录取线。接到复试通知，他以为大局已定，压根儿没准备。据他所知，许多学校的复试都是走过场。

然而，他没料到汀州大学的研究生复试却很认真。汀大采取的是差额复试制，譬如说今年招四个人，会通知六个人参加复试。那些初试成绩不好，复试又表现欠佳的人，就难免被刷掉了。

轮到钱亮复试时，老师几个问题一提，他头上的汗，立马就下来了。

不过，他的嘴没有片刻停顿：兜圈子、打游击，想蒙混过关。只是每个回答都是戴草帽亲嘴儿——离题远了点。评分的老师无可奈何地摇了摇头。

这一细节被钱亮发现了。回答完问题，他没有马上离去，而是站起来向评分的老师们深鞠一躬，一脸真诚地说：

"书山有路，全凭名师指点；学海无涯，愿借兰舟渡之。"

老师们脸上露出了笑容：该生虽然回答欠佳，但表现出来的机敏说明，是个可堪造就之才。大家认真讨论了一番，最后，决定录取他。

钱亮爱给同学起绰号。他起的绰号因形象、贴切而又夸张，让人忍俊不禁。所以，总能流传下来。

外语系一个女孩，长得奇丑无比，却总爱涂脂抹粉。那张脸就像刚从面缸里钻出来似的，大嘴边缘一年四季都黏搭着一圈猩红的口红。最让人不能容忍的是，她凶悍无比，一次和修鞋的老师傅发生争执，竟抢起皮鞋朝老人花白的头上"啪啪"就是几下。钱亮称其为"灭火器"——无论你的欲火多炽，在她面前立刻就会熄灭。

嘉华园二舍有一个非常性感的姑娘，跳起迪斯科来，动作之狂放，令周围的人躲之唯恐不及。钱亮称之为"十五公里"，说她扭动的幅度达十五公里。

计科系一个脖子细长的女孩，搭上了一个黑人留学生，自以为身价顿增，天天挽着人家的胳膊，头靠在人家胸前，在嘉华园招摇过市。钱亮给她起了个日本名字"招野男子"。

钱亮想上厕所，他不说想上厕所，他说内急。若实在憋不住了，他会在"急"字前加个程度副词：内特急。

他说马宿草寻找精神安慰，不说寻找精神安慰，而说他在做精神俯卧撑。

他说今天胃口好，不说胃口好，而说食欲坚挺。

别人劝他少喝点酒，他做出一脸苦相，叹道："抽烟伤肺、喝酒伤胃，可是不抽不喝呢，又伤心。"

他评价传播系女研究生玥儿、青雅、方凌霜三人时说："青雅胖，但胖得富态；玥儿瘦，但瘦得精神；小方呢，不胖不瘦适中。"三人皆大欢喜。

去年黄栌节辩论会上，他和青雅拍档，为传播系争来了第一名。

最后决赛时，他和青雅是作为反方出场的。辩论的题目是关于人生的价值。

这样的题目，作为反方是很不利的。何况，对方又是两个工作多年的政工干部。

很多人认为：传播系必然败北。

然而，他和青雅却抓住对方的一句错话，乘胜出击，力挽狂澜。

对方的主辩人说："人的价值是不可衡量的。"

"人的价值完全可以衡量。"钱亮马上插言。

对方认为可以稳操胜券了，一哂："怎么衡量？拿什么衡量？"

下面也发出了哄笑：认为钱亮自己把自己引入了死胡同。

钱亮却不动声色，问对方："你能坚持自己的观点？"

"坚持！"

"你再重复一遍。"

对方斩钉截铁地说："人的价值是不可衡量的。"

钱亮正色道："同学，根据科学家最新研究的成果表明：人体中含有几十种不同的化学元素。但如果把人体中所有的元素提取出来制成日用品的话，所值不过几十块钱而已。

"人体中所含的脂肪可用来制造七块肥皂，石灰可粉刷一个小房间，碳的含量可造二十磅焦炭，磷的含量可制成两千二百根火柴。另外，还有约一匙的硫黄和一英两的金属，人体的铁质可铸一枚一英寸长的铁钉。仅此而已。

"所以，我说同学，您把概念搞错了。作为人自身的价值是完全可以衡量的。不可衡量的是人的生命的价值，是人在改造自然、征服自然的活动中所体现出来的顽强的生命力，是人把自己有限的生命投入到无限的为人民服务之中所体现出来的无私的奉献精神。"

"……"对方哑了。

场下先是一片沉寂，旋即爆发出热烈的掌声。

如果当初不录取他，传播系将失去多少笑声！

刘启宇是传播系的"擎天柱"，身高一米八八。他不仅身材高大，而且魁梧挺拔，胸脯扇面儿似的。他很少说话，对身边的任何事情都漠不关心，一双深凹的环眼总是闪着阴郁冷峻的光。

他爱独自一人坐在阳台上弹吉他。背对夕阳，勾着头，板着面孔，全神贯注地弹。那把吉他不知有多少年头了，箱板上手指经常触到的地方，油漆已经剥落殆尽。

他的吉他流泻出的曲子，全部都是悲怆哀怨的。有时如沙场点兵，突卷一阵狂飙；有时如嫠妇凄哭，悲感万物落泪。不过，他最爱弹的曲子是："某年某月的某一天，就像一张破碎的脸……"弹奏时，他的脸扭曲得很厉害，仿佛真的破碎了。

同学们平时闲聊，他也很少参与。尤其是当大家谈到女性时，他总是悄悄地走开。

不过，有一次却有点例外。

那是个周末——周末是"富余人员"最难熬的时光。有朋友的缠绵去了，"舞派"们"踏花"去了。若没有够劲儿的电影，这些被青春热血激荡得坐不住的年轻人，可就受熬煎了，这个宿舍荡过来，那个宿舍荡过去，恨不得上吊自杀。

不过，日子还得慢慢过。"富余人员"得想着法儿上岗。于是，或凑起一桌扑克，或摆上一副象棋。倘这些活动都轮不上你参加，你可以加盟钱亮的"侃派"。"侃派"的大门向任何人敞开，决不"嫌贫爱富"。

那天，大家讨论的主题是"爱情是社会发展的动力"。

话头是由钱亮引起的，他说："据科学家最新研究的成果表明（他说什么都爱冠以科学家的名头），男女在一起干活，比分开干，工作效率提高三分之一。这三分之一的效率哪里来？盖因爱情之动力。我这儿有例子可以佐证。

"说是在唐德宗贞元十四年，德宗皇帝见朝中人才济济，龙颜大悦。一日，忽发奇想。自我当朝以来，天下歌舞升平，风纪肃然。佛门弟子青灯黄卷、暮鼓晨钟，不知修炼得如何？他欲考核一番。

"他让太监宣黑驴寺众僧进殿。将僧人按年龄大小分为两拨。让他们全脱去袈裟，露出胴体，然后在每个人的股间置皮鼓一面。同时，宣来一批姿色可人的宫女，让她们也统统脱光衣服，进入殿前临时搭置的帐篷中。

"诸事已毕，令第一拨小沙弥进帐。只听帐里鼓声'咚、咚'，震天撼地。

"皇上失望地一摇头,不行,不行。六根不净,尘念未断,难成正果。

"再让另一拨老和尚进帐。竟无声无息。

"皇上大悦,到底是老和尚,道行果然非同一般。

"然而,当老和尚出帐时,皇上更是失望。你道为何?原来那鼓早敲破了。"

钱亮讲完,众人早笑成一团。

"你这是在哪本史料上看到的?"白曦问。

"这是稗史。稗史你懂吗?"

"钱亮,你谈了半天,讲的全是人的欲望,也没有牵涉到爱情呀?"窦争发问。

"什么是爱情?简而言之,爱情就是男女之间产生的一种感情。感情哪里来?因欲而感,因感而情,因情而爱。顺理成章。"钱亮不容置疑地一挥手,末了,又毒毒地一指窦争:"你这个人真没文化。"

"那么,如果对方是个丑陋的女子,还能产生爱情吗?"朱巍醒过了神。

"同学,我们是在陈述一种事实,请不要用虚拟语气。在我们日常的交谈中,因为使用了不确切的语言,常常产生歧义。"说完,钱亮猛地走向阳台,伸出双臂大吼:

爱情,你多么美丽

因为你

秃头生出了秀发

　　沙漠长满了新绿

　　……

　　"扯他妈的淡。"一直在阳台上埋头弹吉他的刘启宇，忽然走了进来，冷不丁丢了这么一句。

　　语惊四座。大家都直愣愣地看着他，钱亮的猪癫风不发了。

　　刘启宇把吉他往床上一扔，一甩门出去了。

　　钱亮看着他的背影，说：

　　"乖乖，这是个内伤很重的人。"

第四章

欧阳文好来的这些天,是汀州大学"R 工程"验收最紧张的日子。

学校、系里不间断的督促检查,搞得大家焦头烂额。尽管如此,大家对文好的到来,表现出了诚挚的欢迎。这种欢迎,基于文好留给大家的美好印象。

每天早上,窦争还在睡梦中,她就打好早饭送过来;窦争床下那堆不知扔了多久的脏衣服,都被文好搜罗来洗了个干净;她嫌窦争被子中的棉絮太薄,拆下来到十几公里外城乡接合部的一家弹花店,蓄了新棉。

那天,她在给窦争整理壁橱时,见里面有厚厚一摞大信封。拿起一封,信皮上写着:

长城亚太实业总公司

田　川　　总经理　收

汀州大学传播系窦缄

她好奇地打开一看,这是一篇理论文章——《企业文化与企业经济发展互动关系浅析》,字体是窦争的。她再拿起一封,是寄给江城商业学校刘铁副校长的,文章的题目是《新时期如何增强学生的商品意识》,字体仍是窦争的。

她正准备接着看下去，窦争进来了，一把夺了过去，慌慌张张塞进了壁橱。她正要问是怎么回事，邱锐推开了门。窦争岔开话题说起了别的……

文好的美德，在传播系越传越盛，内容不断丰富。但是窦争呢，并没有表现出应有的激动，相反，他显得局促不安，心事重重，似乎总在担心着什么事情会突然发生。

一天，文好问窦争："进财哥，课程是不是很紧张？我在这儿该影响你学习了吧。明天我上街给你买条电热毯，就准备回去了。"

窦争含糊不清地嘟囔了句什么。

实际上在汀州大学，如果仅从课程这一角度考虑，研究生们的日子是相当好过的。尤其是缪斯的弟子们，没有实验缠身，没有课外作业，除了上课，别无他事。

而课目呢，又少得可怜：按规定需学六门课，第一、二学年差不多全能修完。即使有的系多加一两门，也是导师开设的专业课。上这种课，轻松惬意。一般是一星期一次。

校方规定，一个导师所带弟子，三个年级的总和最多不能超过七名，所以，每个导师每年所招弟子不会超过三名。

上课时，本门本级的两三个弟子，有时甚至是一个弟子，坐于导师身旁。先由导师阐述自己的观点，其后由弟子们展开讨论。地点或选在系里的小会议室，或在导师家中。

名曰上课，实际上是漫谈式聊天，聊的范围很广，往往超出了授课内容，从学校发生的花边新闻到社会政改的方案，或东或西，或古或今，无所不谈。而老师讲授的内容则被淹没了。

导师对弟子们一般都相当客气，即使弟子迟到了，或是观点豁了边——甚至离经叛道，导师也只是宽容地一笑了之。

若上课地点在导师家，导师或是师母还会拿出糖果、茶水招待。这种时候，你不必客气，只管拿起就吃。遇到那些会来事儿的女弟子，拿糖作醋，撒娇卖嗲，公然要吃要喝。导师非但不生气，反会哈哈大笑。

遇到中秋或是元旦，导师照例会将本门弟子邀来家中聚会，宽慰弟子们在学生食堂受委屈的肠胃。

饭桌上虽无山珍海味、生猛海鲜，但那香喷喷的家常菜，较之于集体食堂的四个一样——"晚餐和中餐一个样，荤菜和素菜一个样，四两和二两一个样，吃了和没吃一个样"，仍具有特大的诱惑力。

弟子们的吃相大多不雅，用狼吞虎咽来形容绝不为过，但却不必担心导师责备。

导师和师母一般很少动筷，爱怜地看着弟子，嘴里不停地劝着"吃、吃"。如果碰上哪个新入室的弟子拘谨的话，他们还会夹菜到他面前。

酒足饭饱之后，弟子们仍无去意，残羹剩饭撤去，团团围桌而坐。一边品茶一边慷慨激昂，前三皇后五帝，逸闻趣事，妙语连珠，滔滔不绝。

因为有酒垫肚，所以臧否起人物来，"粪土当年万户侯"；抒发起抱负来，"少年心事当拿云"，很有荆轲易水击筑而歌的豪迈。

品够了香茗，发完了"志士之悲"，这时，膀胱频频告急，才迈着踉跄的步子，迤逦而行。导师、师母照例会送到门口，殷殷相嘱："走好！走好！"弟子则连连拱手："老师留步！师母留步！"

回到学校，宿舍楼大门已关，大伙儿呼啸一声翻墙而过，酒桌上的豪气似乎还在弥漫。

一般每个弟子，除了修本导师的专业课外，还要修两三门本系的公共课。若这门公共课恰是本门导师所教，弟子自会捧场的。

如果是别门导师，恰恰又与本门有门派之争，上课的积极性就会大减，托故逃课是经常的了。授课导师一般也不过多表现出愠怒，只是在期末打分时，大笔一挥，杀去几分。

对于把分数看得不重的别门弟子来说，这一招如同久旱的田里落了几星稀雨。而对于一门心思评优，视分数如泰山的人来说，这一招就很有点肉痛了。在交学期论文的同时，照例会拎点什么到老师家"交流交流"。

若任课老师名不见经传，就会出现多门弟子大逃课现象。这时，老师就慌了手脚。听不听课事小，这会影响到招生。

按校方规定：导师若连续三年招不到研究生，将被终身取消招生资格。这对于导师来说，无异于抹了他的脖子。

学生考研究生，一般冲导师名气而去。无名之辈，谁愿投奔？

于是，就出现了学生拯救导师这一奇观。若导师自忖名不孚众，就会找到本科生宿舍，动员他中意的学生投到他的门下。而这个学生碍于情面，便只好投考了。不过，样子颇有点慷慨赴难的悲壮。

导师欲扩大知名度，首先课得有人听。有的导师为了吸引学生上课，不惜扭曲自己，或故意炒出连自己都不赞同却又可哗众取宠的观点，或是搬出原非课堂内容的逸闻趣事。

有的老师甚至还来点儿物质刺激——带来好烟好糖散发给学

生，美其名曰：为大家创造一个良好的学习环境。而自己私下里却抽劣质烟。

上学校的公共课就更随便了。公共课有两门：英语和政治。这种课一般是几个系混上，数百人聚在大的阶梯教室。去不去听课，无人知晓。

老师对付学生的撒手锏，就是点名。不去者，考试时扣分。对此，学生们也有对付的办法：一个系公推一人去上课，或是大家轮流去。碰上点名，一人代答即可。去两个，有时反倒麻烦，譬如，叫张三，若李四、王五一起作答，老师就会追究下来；一以贯之答下去，老师只要听到回音，也就不再多问。

这两门课，一般来说，大家对英语还重视一点。倒并非考试时难度大，而是它有用处，先不说它是出国的敲门砖，即使待在国内，提职晋升也离不开它。

而政治呢，就淡得可以了。所讲的无非还是中学、大学学过的内容：为什么说帝国主义是寄生的、腐朽的、垂死的资本主义？为什么资本主义的经济危机不可避免？为什么资本主义的灭亡和社会主义的胜利同样不可避免？为什么说社会主义制度比资本主义制度有更大的优越性？

为什么？为什么？为什么？……

老师在讲台上唾沫飞溅，学生在下面昏昏欲睡。

今年，政治课加进了社会主义市场经济这一新概念，没有现成教材，老师的日子就更难过了。

老师讲到市场经济这一概念时说："市场经济就是以市场作为配置资源方式的经济。也就是说一切经济活动都直接或间接地受到市场的制约,通过市场这一杠杆,把社会可以掌握利用的资金、劳务、物资以及土地等有限资源,有效地配置到各个领域和部门……"

学生即刻会发问:"作为制约经济活动的市场有没有资本主义和社会主义之分呢?"

老师思忖片刻,小心翼翼地答道:"应该没有吧?这个……这个……还要多加研究。"

老师陷入了尴尬,学生仍不罢休,接着发问:

"老师,报纸连篇累牍地报道'下海',若都跻身于流通领域而忽视了生产及其他领域,经济发展不就失衡了吗?"

"老师,撤并机构,提倡职能部门办公司,会不会导致'官倒'之类的不正之风?"

"老师,鼓励市场竞争,会不会出现垄断?由此会不会出现资本主义社会曾出现的两大基本矛盾,从而导致经济危机?"

"……"

老师的汗下来了。他面对的不是刚从中学上来的本科生。

终于,老师再也忍受不了了。一次课间休息,他边给几个爱提问的同学散烟,边低声下气地说:"这课嘛……实际上,大家都明白……不过,学校经常要抽查,大家互相照顾吧……"

老师、同学都笑了,心照不宣……

从此,学生上课果真不再提问。

第五章

窦争担心的事情没有即刻发生。

但是，在此之前，一个与文妤有关的小插曲，仍使窦争大吃一惊：

文妤竟然是他的导师郑掖教授昔日同窗的独生女。

那是"R 工程"验收的前一天，鲍副书记拉上郑掖教授到学生宿舍做最后一次卫生检查。

当他们来到嘉华园一舍 409 室时，看到正在擦地的欧阳文妤，郑教授呆住了。他定睛看着她，表情颇有些吃惊。

邱锐赶紧上前解释："她是窦争的表妹（窦争向同学们这样介绍），学校'十一'放假，从临江来看看窦争。"

"姑娘，你是临江什么地方人？"郑教授问。

"古渎镇。"

"那么你是欧阳偶然的什么人？"郑教授的语气很急切。

"他是我爸爸。"

郑教授几步走到欧阳文妤跟前，双手拉住文妤的手："孩子，简直神了，跟你母亲长得一模一样。"

他上上下下打量着文好："你爸爸妈妈好吗？"

姑娘垂下了头，沉默地望着自己的脚尖。好一会儿，才轻声说："我妈妈早就去世了。"

"唔……"郑掖很感意外。

"好了，孩子，没想到在这儿碰上了你。晚上伯伯为你接风，咱们再好好聊聊。"他转过身吩咐邱锐晚上找几个人作陪。

找谁呢？ 409宿舍的三个人，必不可少。另外，还找谁呢？他第一个想到了秦玥儿。

秦玥儿出自郑门，和季岩冰、邱锐一样，也是90级的。

这位来自浙江一座海滨小城的姑娘，有着一种古典韵味：削肩细腰，长挑身材，皮肤白如凝脂，脸上总挂着一丝忧郁。和人说话时，她总低垂着眼睑，偶尔抬一下头，脸上总又飞起红晕。和古代仕女不同的是，她的腰板挺得笔直，没有弱不禁风之态。

她有着修眉俊眼，尤其那双圆眼睛皂白分明。据说，她的名字就是根据这双眼睛来的。她那位在师专教古典文学的母亲，见女儿有着一双灿若明珠的俊眼，就给女儿取名玥儿。玥儿者，明珠也。

不过，这位同样有着明珠一样眼睛的母亲，婚姻生活却极端不幸。她的那位在师专教声乐的丈夫，频繁地爱上一个个女学生，在玥儿五岁时，两人终于分手了。

虽然她韶华已逝，但风韵犹存，仍吸引了一批批的崇拜者。可她顽强地推拒了别人寄予她的无限情思，一门心思扑在女儿身上。

她在生活上对女儿万般呵护，无微不至，热了怕捂出痱子，冷了怕生出冻疮。然而，在对女儿的管教上却是相当严厉。

一次，她带玥儿到一个同事家去，恰好同事家正吃西瓜，就邀母女同吃。这是玥儿这年第一次吃西瓜，瓜皮啃得苦了点儿，回去后，母亲在她额头上"啪、啪"就是两个爆栗子，罚她一顿不许吃饭——她要把女儿培养成一个真正有教养的人。

诗、词、歌、赋，琴、棋、书、画，她样样让女儿学。请名师，买用具，不惜重金。女儿完不成任务，不允许睡觉。女儿不睡，她也在一边默默相陪。女儿学到几点，她陪到几点。多少次，女儿仰着泪脸求她通融，可她脸上的表情比冰霜还冷。但当女儿啜泣着完成了任务，她又会一把将女儿揽在怀里，泪珠比女儿还稠。

玥儿长大了，她气质高雅，才华出众，对她想入非非的异性自然很多。不过，她眼界甚高。她无须睥睨那些多情的饮食男儿，单是她那冷艳的美貌，就使对方望而却步。而那些附庸风雅的浮浪子弟，在她面前走不了几个回合，就会露出马脚来，惶惶然逃遁而去。门是自然不敢再登了。

她有时候从故纸堆里参禅出来，难免为恋爱无对手而徒作叹惋。大学中文系毕业后，她曾留校任教三年，至今仍孑然一身。

邱锐来到嘉华园二舍 207 室，恰好只有玥儿在。他嘘了一口气。把来意刚说完，门"呀"的一声开了。

"嗬，说什么悄悄话，那么亲热。"石青雅端着脸盆站在门口。邱锐赶紧把方才对玥儿说的话复述了一遍。

"怎么，只请玥儿，不请我们？邱大主席，你别有门派之见呀！"

邱锐嘻嘻一笑："本来就是来请你们三个的。刚才你俩不在。"

青骓把洗脸盆往床下一塞，朝水房大声喊道："小方，快来，今晚有饭局。"

石青骓是传播系教传播理论的程肖庄教授的研究生。程老师称她是程门的掌门大弟子。

说她是掌门大弟子，不独因为她年龄最长——去岁已过而立，而且，学问也做得最大。

青骓长得高大健壮。这位来自辽宁大连的姑娘，有着一张经常在海边晒太阳才有的那种古铜色的健康面孔，一米七四米的身高冠压嘉华园。她不仅儿高大，而且还很丰满，肩、臀浑圆结实。她的胸脯，按钱亮的话说：比香港的"波霸"叶子楣并不逊色。

她的额头也很有特点，宽阔、锃亮、突出，占去了整个面部的三分之一。有一次，窦争说话说漏了嘴："你好像有些秃头。"她马上沉下了脸，声色俱厉地说："你懂个啥，这叫智慧脑门。"

遗憾的是，她的五官却并没有与她的"大"成比例，除了嘴同身材统一外，眼睛和鼻子都夸张地小。

不过，她的嗓门倒是继承了"大"的属性，高亢激越，泼喇喇极有穿透力。

她的某些性格大类男儿：兜中有钱不过夜。买东西时，把钱很豪气地往柜台上一拍，大有"千金散去还复来"的气概。喝酒，六十度的白酒，她能一仰脖灌下去半斤。她曾和邱锐打赌，一口气吃下了三十五串烤羊肉串，害得赌输了的邱锐一连心疼了好几天。

然而，她的性格中也有另一面，敏感得让人吃惊：和她说话得小心翼翼，你的话丝毫没有影射她的意思，她却能听出许多余音来。

如果几个人在一起说话，碰巧她从边上走过，你千万别抬头看她，否则，她就认定你是在议论她，且马上报以颜色。

她的火气来得快，去得也疾，如同夏日空中的云彩。

有时候，她的神态和举止也与她的年龄和身材极不相称：眼神中露出十八岁的怀春少女才有的那种娇羞迷离的光，走路时也刻意做出娇喘微微、弱不禁风状。

尤其是夏日上下楼梯时，总是用右手的三根指头轻轻捻着裙裾，同时头向右摆，摆得很有分寸，下巴正好处于肩膀的正上方，既显示出一股高雅富贵的气韵，同时又便于她用眼睛的余光去睥睨芸芸众生——当然，这时她的眼睛肯定是半眯半睁，似醒非醒。

遇到别人投来经意或不经意的目光时，她的头会抬得更高，眼光会更迷离，这时，脚下也会踏出时装模特登台表演时才有的那种"猫步"。

不过，她的腰却不会像模特那样弱柳扶风似的摇来摆去，可能是粗的缘故，竟纹丝不动，只是臀部那两块突出的肉一颤一颤，如豆腐货郎筐中没压实的糟豆腐……

走出嘉年园二舍，邱锐皱着眉头。

晚七时许，邱锐一行敲响了怡福园郑教授的家门。

郑教授一家早在等候了。郑师母是一位娇小的夫人，她一把把文好揽在了怀里："孩子，真是稀客！你爸妈，我听老郑唠叨几十年了，一直没机会见面。"她把文好拉在沙发里坐下，不停地问这问那。

"先让孩子们吃饭吧，有话饭后慢慢说。"郑教授邀大家入席。

郑师母拉文好在身旁坐下，不停地为文好夹菜。席间，她和郑教授问了文好很多问题，唯独没有提到文好的母亲。看来他们是有意避开这个话题。

不过，这浓浓的亲情，仍深深地打动着姑娘。她的眼圈有些发红。

饭后，大家来到了郑教授的书房。说是书房，实际上是书房、卧室合二为一。

郑教授家的住房相当拥挤，三居室的空间住了六个人——除了郑教授夫妇、两个孩子外，郑师母的父母也和他们住在一起。房里的陈设，也大都简陋过时。客厅里的转角柜，是用旧衣橱改制的，油漆还没上。

书房面积本来就不大。一张大床就占去了多半的面积，有两面墙壁又被高大的书架挤满。墙角、床下到处放的是书。书构成了一条弯弯曲曲的甬道，直通到床前。

"摆不下凳子了，大家以书为凳吧。"郑教授话语中有些歉意。

"你爸年轻的时候，可潇洒了。我可以做证，当年你爸妈谈恋爱，是你妈追的你爸。"郑教授想使气氛轻松一点儿，"你父亲身体好吗？"

文好眼圈又红了，用手背抵着嘴。窦争插了一句话："不好。"

"怎么了？"

"他的腿在'文革'中被打坏了。"窦争说。

"哦！"郑教授叹了口气，站了起来，良久才缓缓地说："我也想过，'文革'中像你爸妈那样的家庭背景，恐怕很难幸免……"

"算了，算了，别让孩子伤心，一切都过去了。"郑师母赶紧插话。

"文好，你父亲很有才气，也很有抱负。当时，靠你爷爷的显赫地位，他什么职位不能谋到？可他偏偏选择了办学这条路。"

在郑掖教授的叙述中，大家对欧阳文好的父亲——欧阳偶然的情况有了初步了解。

欧阳偶然出身于一个大官僚资本家家庭，父亲是国民党的元老，在三四十年代的中国有位列"三公"之显。

在这位显贵的众多子女中，他对四姨太生的欧阳偶然最是宠爱。一来因为四姨太最讨他欢心；二来因为他的子女大多浑浑噩噩，终日沉湎于吃喝玩乐，唯有偶然聪明伶俐，好学上进。

偶然在国内念完了大学，他父亲又送他到美国攻读硕士、博士。

欧阳偶然在密苏里大学新闻传播学院攻读博士学位时，结识了同样来自国内的郑掖、芦以诺。

郑掖来自一个书香门第。他的父亲、祖父、曾祖父都曾是汀州大学的知名学者。他的曾祖父一度是汀州大学的前身——汀州书院的院长。

芦以诺的家庭背景就复杂了。他出生于湖北省黄梅县一个贫困的农家。1921年，一次长达七个月的干旱，使他的家乡赤地千里，饿殍遍地。他的母亲和姐姐也被饿魔夺去了生命。

父亲带着他辗转到临江乞食。连病带饿，这位刚过四十岁的汉子，倒毙在一座教堂附近的街头。只留下不足五岁的他，守着尸体哇哇痛哭。有人看他可怜，把他推荐给了教堂的唱诗班。

主持教堂的法国传教士是位好心的老人，收养了他，并将他的名字芦伢子改为芦以诺。以诺是《圣经》中上帝的儿子。

30年代，这位传教士回到法国，把他也带了回去。后来，"二战"

爆发，法国沦陷，传教士逃到了美国，芦以诺跟随前往，并进了密苏里大学新闻传播学院。

家庭背景不同，并没有影响他们成为好朋友。三个人合租了一套公寓，除了上课，形影不离。

三个人功课都很好，体育活动也都很拔尖，同学们称他们为"密苏里三剑客"。

当时，三兄弟中年龄最小的欧阳偶然，正同当地侨界领袖廖老先生的独生女廖莹秋谈恋爱。廖老先生在当地开了六家潮州菜馆。

自然，郑掖、芦以诺没少跟着欧阳偶然打秋风。

抗战胜利后，三个人相约：一同回去报效祖国。

这时，三个人选择了三条不同的道路：

郑掖，继承父亲的衣钵，回汀大当了老师。

芦以诺也在金陵一所大学谋到了教职。但他没把精力用在教书上，一门心思搞起了学生运动。这位传教士的养子，不信基督，却笃信共产主义。在密苏里大学，一有空，他就攻读马克思主义书籍。在金陵任教时，他和一些学生领袖、共产党的地下党员来往密切。

欧阳偶然呢，他的父亲本来已在总统府、外交部等部门给他谋好了职位，而他决意回到父亲的老家去搞基础教育。

他对父亲说，现在的政界，尔虞我诈、贪污腐败已蔚成风气，让儿子跻身其间，不是要毁了儿子吗！倒不如让儿子实实在在干点儿事情。日本从明治维新后，能一跃成为世界强国，就是狠抓了全民教育。

做父亲的拗不过儿子，给了儿子一笔丰厚的家产，让他回老家古渎做教育救国的梦去了。

说到这儿，郑掖教授站了起来。他走到对着门的那面墙壁前，指着一幅条幅说："这是我离开南京赴汀大任教前，你父亲给我的赠言。"

条幅显然很有些年头，纸质已经发黄，上面写着几行苍劲的草体字：

为天地立心，为生民立命，为往圣继绝学，为万世开太平。

左下角题着几行小字：

民国三十五年仲春，与仁兄郑掖金陵惜别，感国运时艰，录先贤张载文以之共勉。

欧阳偶然

这条幅，窦争他们早就见过了，但不知有这番来历。

郑教授走到书柜前，找出几本书递给文好："这是我写的。拿回去请你父亲指正。每当看到你父亲送我的条幅，我就感到惭愧，'为往圣继绝学'，我还差远了。你父亲比我强多了。"

"不，不……他……"文好想说，但哽咽着说不出来。

"欧阳老师……这些年过得很艰难。"窦争补充道。

"文好，不管怎样，你有个很值得骄傲的父亲。前几年我到北京开会，见了你芦伯伯，他告诉我，这一生你父亲曾两度救过他的命。他说，尤其在'文革'那样的环境中，你父亲能坚持说真话，该承受了多大的压力啊！这一切，你父亲对你说过吧？"

文好含泪说："他很少谈起往事。他总是说，他一生一事无成，有辱斯文，愧对师友。郑伯伯，您不知道，这些年他……"文好说不下去了。

第六章

从郑教授家出来，已是深夜了。

一弯下弦月挂在天际，螺髻山在月光下朦朦胧胧。从怡福园到嘉华园，要绕螺髻山走半圈。

"不是我欺师灭祖，咱们系要论才学，没有人能比得上郑老师。当初报考研究生，我本来报的是郑老师，复试的前一天，程老师到我住的招待所再三动员我改报他的。盛情难却，我只好投在了他的门下。"青骓边走边说。

大家都没吭声。因为都知道，系里老师间的关系非常微妙，不好多插言。

"玥儿，要不是当初我改了志愿，郑门就没有你的份儿了。"见大家不搭茬儿，青骓又补了一句。

玥儿没接话，低着头走路。

"青骓，你别这样说。我听说，当初的考分，人家玥儿不比你差。"窦争打抱不平。

季岩冰和邱锐心里明白：窦争说的是真的。

他俩和玥儿、青骓是同一年的考生。国家统考的分数，玥儿比青骓高七分。只是在复试时——那一年的复试是模拟新闻发布会，这是青雅的专长,她口若悬河,旁征博引,博得了满堂彩。她的复试成绩比玥儿高出三分。

"嗝!窦争你可别这么说,死抠书本、背条条框框那算什么本事?!驴子虽然驮着满袋子经卷,并不因此而变成博学的圣贤。一个人实际水平的高低,得看他灵活运用知识的能力。"

"你……"玥儿实在忍不住了。

"算了,算了。跟哪个老师学都一样。常言说得好,'师傅领进门,修行在个人'嘛。快点走吧,要锁门了。"

那晚回去,玥儿一直没睡着,她躺在床上生闷气。为了选择导师的事儿,青雅或明或暗不知提过多少次了,每一次都惹得她伤心……

传播系有三位教授:除了教传播业务的郑掖教授、教传播理论的程肖庄教授之外,再就是教传播发展史的胥颢教授。

汀大的传播系在全国各大院校中居于举足轻重的地位,而三个教授又各执本学科牛耳。因研究方向各异,三人倒没有学术观点之争,可治学方法迥然不同。

"板凳甘坐十年冷,文章不写一句空",这是郑掖教授送给每个弟子的庭训。

郑教授虽留学大洋彼岸,但他的本科和硕士研究生阶段均是在国内度过的。从性格到生活习性,他秉承了中国传统知识分子的所有特点。

新弟子登堂入室,郑教授照例要讲一番自己读硕士研究生时,导师是如何从严要求自己的。于是，每个弟子也都知道了本门的那位师爷——近代史上颇有些名气的训诂大师严谨的治学之道：他要求弟子，一星期只能解释一个词条，五十岁以前不要著书立说。不到火候胡言乱语，只会导致谬种流传。

郑教授虽然没有坚持到五十岁才著书立说，但他的学问做得扎实，却是有口皆碑的。他不赶时髦，不追浪头，每写一篇文章，即使只有几千字，也会酝酿上一年，甚至几年。据说他那篇引起传播界震动的《传播观念改变的内在动因》，曾思考了六个年头。虽然他的著述不多，但每一篇文章都会激起片片浪花。

郑教授不仅学问功底深厚，而且还精通英语、日语、德语、法语四门外语。学生们称之为"学问派"。

钱亮本科学的是中国古典文学。刚入校时，对郑教授的学问，他半信半疑。一次上课，他不知从哪儿找了一篇生僻的金文，推说不知如何断句，想请郑老师指教。

郑老师接过文章，不假思索、不打磕绊地断了句。而且把文意解释得清清楚楚，明明白白。

下课后，钱亮大声惊呼："乖乖，了不得呀！！！了不得！！！"他说，"了不得"后面至少要加三个惊叹号。

程肖庄老师的文章，发得多且快。

"学以致用"，这是他的庭训。他认为，学问只能因时而化，必须符合时代之需。如果你的学问不能为当前的社会服务，即使做得再大，也毫无用处。

他主攻传播学原理。一有新的边缘学科出现，他即刻能与传播学原理挂上钩。且看他最近发表的几篇文章：

《传播学中的美学应用》

《黑箱理论在传播过程中的体现》

《模糊数学与传播价值实现的内在关系》

《从生物工程看传播学的前景》

……

他教给弟子们为文的诀窍：以传播学原理为圆心，以新学科为半径，尽情画圆就是了。不要害怕文章会雷同，学科不同，半径不等，画出的圆自然就不一样了。

程教授极爱买书，他出差，有书店必进，有新书必买。愈是稀有的书，他便愈是买进。他的弟子们放假回家，他总忘不了叮嘱一番："碰见新书替我买一本。"

同学们称他为"潮流派"。

胥颢教授以和同学们打成一片著称。他丝毫不端教授的架子，常常会端了茶杯到宿舍和同学们聊天，很随便地一坐，有时甚至会脱了鞋斜倚在同学们脏兮兮的铺盖上。

当然，他的聊天绝不是漫无目的的，他常常要求同学们围绕一个中心谈。不久，同学们就会发现，自己也不曾注意的信口开河的观点，竟跑进了他的文章。

他甚至把题目当作考试题让同学们做，他常鼓励大家："要解放思想，放开手脚，观点越新颖越大胆越好。""我喜欢有独创性的学生。我打分的标准，绝不是看你文笔如何华丽，也不是看你将别人的观点演绎得多么完善，而是看你有没有独到见解，能不能自圆其说。"

于是，大家拼命去创造观点，去奇思异想。过不了多久，他的又一本专著就出笼了，翻开看看，每个人观点的影子，均可在里面找到。

大家称他为"博采派"。

因为治学方法相异，也就有了门派之见。以三位教授为中心，身边各聚集了一批"学见"相同的副教授、讲师、助教。他们或在课堂上漫不经心地挖苦对方，或在文章中相互批评。

当然，这种挖苦和批评总是迂回曲折、温文尔雅的，绝不像市井匹夫那样开口便骂，直奔主题。

虽然郑教授对程教授、胥教授的治学方法有自己的看法，但他从来不在课堂上或自己的拥护者面前提及。相反，如果有谁在他面前说了其他教授的坏话，他会非常严厉地予以批评。他说，在背后臧否别人，是学人最不应为之的事。

导师间有了门派之别，弟子们也就有了门户之争。自然，各自的弟子总是设法捍卫各自的导师。捍卫导师也正是为了捍卫自己。导师的名望抬高了，自己不也脸上有光吗？相反，导师名不见经传，自己也就矮人半截。

弟子之争，就不像老师那样有涵养了。有时面红耳赤，有时恶语相讥，甚至反目成仇。但且放心，不管吵得多么激烈，研究生们绝不会像有些本科生那样，开拳相打——多体会了一味生活的甘苦，就多了一分沉稳和理智。

这种沉稳和理智，又会将过节儿拉长，积怨加深，如同清除了淤泥的池塘，可以容纳更多的来水，水多了，就不会因一两天的曝晒而轻易地蒸发干。但是，遇到合适的机会，池水会翻腾漫涌，甚至泛滥成灾。

如果说男研究生之间的摩擦，被大度、义气之类的东西掩盖而趋于深层的话，女研究生之间的摩擦就趋于表面化了——年龄越大就越自尊越敏感，也就越发脆弱。一件小事，一句话，甚至一个眼神都会引起面部表情的阴晴变化。

秦玥儿和石青骓就是在不时的阴晴变化中度过了她俩两年多的研究生生活。

青骓和玥儿，一个强，一个弱；一个刚，一个柔。按理儿说，该是互补型，能够和睦相处。

实则不然，两人从刚一见面开始，就播下了火种。起因却也很简单，就为了玥儿的一句实话。

那是研究生报到的第二天，玥儿来到属于她的那间宿舍时，里面已住进了一人。这是位高大健壮的姑娘。对方上下打量了她半天，快步走过来，伸出两只大手晃着她的肩膀欢笑着说："你叫玥儿吧？不用问我就猜出来了。玥儿，多形象！名如其人啊！整个儿不就是颗明珠吗？"

玥儿有些不好意思，她红着脸问："您贵姓？"

"我吗？免贵！姓石，石头的石，也就是顽石的石。名青骓。青骓，就是唐太宗八骏之一的那个青骓。父母想使我成为一匹良骥，可我却长成了一只丑大鸭。"说完，她开怀大笑。

玥儿很仔细地打量了一下她，真诚地说："不，您很丰满。"

"什么？……"青骓脸上的笑凝固了。

玥儿不明就里，惶惑地看着她。

"丰满？是啊，是没你苗条。"青骓一甩门出去了。

玥儿明白了，原来正如在秃子面前不说灯泡一样，在胖子面前是不能说"丰满"的。可自己压根儿无心……她想向她解释。可又一想，越描反而越黑。她犹豫不决……

好在青骓的气，来得快，消得也快。当晚，玥儿还在为白天说话不慎而内疚时，青骓却像是什么也没发生似的主动与她和好了。

不过，刚和好几天，两人又会为一句话或一件小事再闹翻。事端大多是由青骓挑起，又以青骓主动和解而告终。虽然说是闹翻，大多是冷战，互相沉默，谁也不理谁。真正争吵的次数并不多。

在她们有限的几次争吵中，大多缘男生而起。

第七章

从郑教授家回来，邱锐、窦争、季岩冰都没有马上睡。

钱亮请邱锐去打扑克，说等了他老半天了，三缺一。

邱锐从书架上找出一本书，往床上一歪，说了声"累"，就不再搭理钱亮了。任钱亮怎么求，邱锐就是不搭茬儿。

"莫名其妙。"钱亮嘟囔了一声，走了。

窦争看到，邱锐拿的那本书是郭沫若的《奴隶制时代》。这本书，纸页泛黄，封面也已磨损，右下角有一个暗红的公章，隐隐约约可辨出"浙江省杭州市图书馆藏书"几个字。

窦争一直纳闷儿：邱锐为什么老是看这本书？

季岩冰出去了。平时，他的作息很有规律，十一点钟准时上床睡觉。你在宿舍打扑克也好，聊天也罢，都不会对他的睡眠构成威胁。窦争很佩服他的自制力。

一会儿，楼顶平台上隐隐约约传来吉他声。窦争分辨出是季岩冰在弹奏。

季岩冰也有一把很旧的吉他，但他很少弹。即使弹，也从不当着众人。这是窦争发现的秘密。

那是半年前的一个周末的傍晚，他抄近路回嘉华园，当路经嘉华园一舍后面的那片树林时，听林子深处传来铮铮钶钶的吉他声，曲调是他从来没听到过的，好像一个人伤心地在诉说着什么。他好奇地走过去，发现竟是季岩冰。

季岩冰抱着吉他坐在一块石头上忘情地弹着。落日的余晖透过树叶洒在他的脸上，窦争吃惊地看到他的脸上有泪痕。窦争悄悄地退了回去。

以后，他又在树林深处听到过几次类似的吉他声。

窦争分明感到，季岩冰把什么东西深深地埋藏在心里……

外面的知更鸟已开始叫了。窦争仍茫然地盯着天花板发愣。这一夜，注定他要失眠。

对于往昔的一切，窦争尽可能地回避。然而，文好的到来，尤其是在郑教授家的聚谈，硬是把他记忆中的很多东西给拽了出来。

窦争出生在一个叫潭湛的自然村。这个村，行政上隶属古渎镇。离镇子有二十五公里。

古渎是个典型的水乡，河网密布，村与村之间的联系，大多靠的是水路。

窦争——那时还叫窦进财，三岁上死了父亲。继父是个寡言少语、脾气暴躁的汉子。对窦进财和他的妹妹这两只拖油瓶，很少给过笑脸。

进财初三那年，继父承包了队上的一只运输船。一天放学后，听继父在跟母亲叨咕：

"进财过完年就十四了吧？船上我一个人忙不过来，干脆让他别上学了，到船上搭把手。村里的几个伢子不都退了学！"

"听学校的老师讲，进财这孩子能念进书，我跟你上船……"母亲怯怯地说。

"念书，念书顶个屁用！你看镇上那个戴眼镜的瘸子，听说还留过洋，过得比谁强？"继父把饭碗往桌上重重一顿，起身走了。

学，进财还是上了下去。可尽管他放学后更加小心翼翼，抢着干活儿，继父的脸色仍很难看。

初中毕业后进财考取了镇上的高中，按学校规定，每个新生需交学杂费三百元。当他把录取通知书战战兢兢递给继父时，继父像被蝎子蜇了一下似的跳起来："三百块？那是两头猪的钱！"

"孩子还小，就让他再养两年身子骨吧！"母亲又在哀求。

"妈！我不上了。"进财心头陡然升起一股豪气。于是，他成了船上的一名小艄公。

不过，他读书的渴望并没有止息，每当船到了镇上，装货的空隙，他会跑到文津中学门口，痴痴地看着进出的学生。

高中开学后的一个星期天，一位戴眼镜的中年人找上了进财家门。他是镇上文津中学的欧阳偶然老师，也就是窦进财继父所说的那个戴眼镜的瘸子。

古渎镇年龄在十几岁以上的人，都认识他。前些年批判会多，每一次都少不了他。审判犯人，每次陪绑的也都有他。

听说建国前他家很有钱，镇上的一所中学、三所小学都是他家建的。这些学校的条件，至今都是全市最好的。

进财小时候随大人到镇上，也看到过他，见他或是正佝偻着腰一瘸一拐扫大街，或是正遭一帮小孩子戏弄。这时，大人就会说：

"瞧，这就是全古溇最造孽（当地方言，可怜）的那个人。"

在古溇，哪家的孩子做错了事，大人吓唬他时会说："你要再不听话，长大就让你变成那个戴眼镜的瘸子。"

当然，这都是多年以前的事儿了。现在，欧阳偶然老师是文津中学高一一班的班主任。开学几天了，班上考分最高的窦进财仍没来报到。这位对工作非常负责的老师，径直找上了门。

欧阳老师和继父从中午一直说到掌灯时分，继父终于松口了。

进财重新拿起了书本。他很珍惜这来之不易的学习机会，如饥似渴地学习，不放过点滴的时间。

学校离家较远，他平素住在学校。校食堂每天只供应稀饭，主食需学生自己带。进财每个星期回家带一次馒头。每次回去，他都觉得像做贼似的。

艰苦的生活，造就了进财倔强的性格。他尽可能减少回家的次数。别人吃一顿的馒头，他分两顿吃。馒头吃完了，他就把渣子倒进粥里凑合一顿。有时实在饿得不行了，他就悄悄跑到校外，采一些野菜充饥。

一次，他有两顿没吃饭了，下午放学后，他来到校外的麦地里拔苣荬菜吃。正当他贪婪地咀嚼时，一个姑娘站在了他面前。他一看，尴尬得满脸通红——她是欧阳老师的独生女儿欧阳文好。

姑娘心疼地看着他，清亮的泪珠滴落下来。进财忙抹去嘴角的绿汁，强挤出笑脸说："尝个鲜。"

姑娘什么也没说，转身走了。此后，不等进财带的馒头吃完，桌斗里就会接二连三冒出馒头。

这是文好偷偷放的。进财——这位班上穿得最破，学习最用功的同学，早就引起了姑娘的注意。

女儿饭量越来越大，引起了父亲的注意："你这丫头，一个晚自习能吃掉五六个馒头？"

"爸，人家学习用功不就吃得多呗！"姑娘撒起了娇。

"你不住宿舍拿毡毯做什么？该不会把毡毯也吃进了肚子吧？"父亲开起了玩笑，"他铺得确实太薄了，上次我看了一下，只有一条破棉絮。不过，做好事也别瞒着老爸呀！今后做好吃的，你可以请他到家里来。"

其实，女儿的举动，做父亲的早就察觉了。

从此，进财成了欧阳老师家的常客。

欧阳老师的夫人，"文革"开始不久就去世了，当时文妤不满两周岁。

家里做了好吃的，文妤都会邀上进财。有时进财不好意思去，姑娘就会把嘴一�’'：''你不去，今天我也不吃了，陪着你！"渐渐地，进财完全融进了这个家庭。

在这儿，比在自己家还随便。吃饭时，文妤总是一个劲儿地给他夹这夹那，似乎进财把整桌的东西全吞进肚里她才高兴。

三年高中生活，进财是欧阳老师家的半个成员。不，是一个成员。

进财不负众望，高考时以全校文科第一名的成绩考上了南京大学。文妤也考入了临江师院……

刚进大学时的进财，可以说是踌躇满志：他用自己的辛勤汗水，改变了面朝黄土背朝天的命运。他相信，只要继续努力学习，就会得到社会的承认，就能赢来一定的社会地位和经济地位。

他把自己的名字改成了窦争，他要不停地同命运抗争。

　　然而，不久，他却迷惘了，学好功课与得到社会承认并非成正比。这是一个竞争的社会，又是一个无法竞争的社会，许多不言而喻的东西往往主宰了人生。那些有背景或门槛精的同学即使门门补考，分配时照样比门门优秀而没有关系的同学强。

　　迷惘导致了苦闷，他刻苦学习的精神渐渐不见了。人的精神一旦丧失了支撑，就会颓废下来。贫穷和饥饿可以摧残人的身体，造成身体的残废，但是精神的残废比贫穷饥饿造成的戕害更可怕。

　　原来，在吃穿上，他从来没和别人攀比过。"以心中有常乐事，不知口体之奉不若人也。"他心中的常乐事就是学习。而今，学习的动力没了，他开始把注意力转移到了吃穿上来。

　　先是他对同宿舍大余给他起的绰号"老帽"愤愤然。起初，他对这个绰号莫名其妙，后来他才知道，老帽者，土老帽也。

　　瞧瞧有些同学身上穿的名牌时装，再看看自己那身用劣质料子做的皱巴巴的西装，他有些自惭形秽。同时，也激起了他畸形的自尊。他用来时带的所有的钱加上文好刚寄来的十五元，买了一套"水货"阿迪达斯。他感到腰板儿挺直了不少。

　　晚上躺在床上，他心里很难受，九十块，可以买三四百斤小麦，够全家吃几个月．他仿佛看见了母亲伛偻着腰，用不太灵便的手编五分钱一个麦草垫的情景，他仿佛听见了妹妹去买酱油丢了两毛钱遭继父痛打发出的哀求声……他感到内疚。

　　不过，他的内疚，比起日益膨胀的虚荣来，就显得不足挂齿了。

　　上体育课，同学们都穿运动鞋，只有他穿了双家做布鞋——这是他来上学时，母亲在昏黄的光影中一针针赶出来的。皮鞋倒有一双，是欧阳老师送的，平时他舍不得穿。

一次上足球课，大余朝其他几个同学挤了挤眼："老帽，接球。"将球传了过来。他心想：哼！别看你块头大，脚上的功夫未必如我，上百斤的柴担我都可以挑几十里地，踢个球算啥？

他铆足劲儿狠命朝球踢去。谁料自己那双布鞋不争气，球还在脚下打转，鞋却飞上了天。同学们哄笑起来，一个女同学甚至笑岔了气。

他感到莫大的羞辱。回宿舍后，气恼地将鞋扔进了垃圾箱。第二天，他就向同学借钱买了双运动鞋。

他变了。他的衣着开始讲究起来，抽烟、喝酒样样都学会了。他的聪明才智不再是用在学习上，而是用在了玩乐上。进校前，他连舞场的大门也没进过；毕业时，他是班上首屈一指的舞林高手。麻将桌上，他也是一员能征善战的骁将……

玩乐需要钱来支撑。那么钱呢？

文好上的是师院，伙食国家全包。她从有限的伙食费中每月挤出五元寄给窦争。但是，这五元钱对窦争来说，如同杯水车薪。他先是向同学借钱，借总得还呀！后来，他干脆逃课做起生意来：或是到批发市场批些小百货来卖，或是到影院门口贩票……

有时，想想往昔的岁月，他也会产生一种负罪感。但这种感觉稍纵即逝。过不多久，他又会自我安慰：既然改变不了昨天，又不能将明天提前，为何不使每个今天过得尽可能甜呢？

有了这种观念的支配，窦争变着法儿寻找刺激。

考上研究生后，有了更多的闲暇，窦争又发展了一个新的嗜好——泡妞。

每天晚饭后，他就忙碌开了，挨个舞场找舞跳。当然，他出入的大多是学校的简易舞场。汀大及汀大附近的院校一共有几家舞场，哪一家星期几有舞会，几点钟开始，他摸得门儿清。

他频繁地更换着自己的"舞伴"。钱亮说他一年级时是《半月谈》的主编，现在已升任为《每周一歌》的节目主持人。钱亮还煞有介事地说："根据训诂原则，歌者，个也！二者通假。"

窦争对这些称谓还沾沾自喜，说在传播系只有他有资格编两本书，一本是《汀州高校舞会指南》，另一本是《汀大女生辞典》——他说，汀大凡稍有点姿色的女生，姓甚名谁，仙乡何处，人生履历，有何特长等等，他的辞典中均有收录。你若需要查询，找他便是了，他决不收费。

现在文好来了，她的美丽、善良，以及她对他的痴情，仍像以前那样。而窦争，却面目全非了……

"嘭，嘭，嘭"，有人使劲敲门。

"除了鲍老师指定的同学外，其他人一律不准待在宿舍。"是系研究生党支部书记马宿草的声音。

噢，对了！今天评估组要检查嘉华园。

第八章

评估开始了。评估组共由二十人组成。

为了让同学们识别出评估人员，防患于未然，学校派出二十名同学们比较熟悉的老师，采取"盯人防守"的策略，亦步亦趋地伴随在评估人员左右。

这些老师一律佩戴红色校徽，无论评估人员挂牌巡视或微服私访，均可被同学们一眼认出。

学校还在各个角落派出"瞭望哨""游动哨"，或坐在树下扮作看书，或徘徊于路口佯装散步。

这些人负有双重使命。一是捡树叶，发现树叶掉落，须迅疾捡起塞进兜中。二是"观敌瞭阵"——每人兜中都装有对讲机，机子是从汀州市公安局租来的。一有情况，立刻通过对讲机向有关"哨位"通报。

譬如，评估人员要检查教二楼。"游动哨"就马上通知坐在教二楼门前石凳上看书的"哨兵"："教二，教二，鸽子向你飞去。""哨兵"则会迅速告知正在上课的师生。如果评估组向嘉华园一舍走去，"游动哨"又会急呼："嘉华一，嘉华一，老虎下山了。"

这是第一套方案。为了应付"敌情"突然出现，还制订了第二套方案。譬如，评估人员突然出现在嘉华园二舍门口，这时，门口值班的同学会迅速拦在门口，礼貌地请来人登记。

学生值班，是新近添设的项目。值班记录台紧傍门卫室。这一拦一登记，就有了时间差。门卫师傅趁此机会朝楼上连声大喊："刘淑，刘淑，你的电话。"各系的"留守"人员听到信号后，会立刻将本系各个宿舍再检查清理一遍。

这些"留守"人员是各系选拔出来的。学校早在数天前就做出决定：凡对"R 工程"内容记得不熟，或见了生人就紧张的同学，一律不准在宿舍逗留，而让把条例背得滚瓜烂熟的同学"留守"宿舍。

"留守"同学须待在各系最过硬的房间中。检查时，这些宿舍门户洞开，灯光明亮，而其他宿舍则一律"坚壁清野"——关灯闭门。

评估组一共在学校待三天。第一天听校领导汇报，第二天检查校园环境，第三天检查宿舍和教室。

因为做到了未雨绸缪，形势一派大好。第三天在检查嘉华园一舍时，鲍副书记还不失时机地露了次脸。

评估组一连看了哲学系、历史系几个宿舍后，赞不绝口。在旁边陪同的校领导，连日来因紧张而丢失的笑神经，似乎也找了回来。

评估组正想满意地离去，鲍副书记上前挽住评估组长的胳膊："老师，您再看几个宿舍，再看几个宿舍。"说着，不由分说地就把老头儿往楼上拖。

老头儿虽面露犹豫，但盛情难却，只好气喘吁吁地随鲍副书记往楼上爬。

还未到四楼传播系"星级"宿舍的门口，等待已久的"留守"队员邱锐早一个箭步冲出了房间，腰一弯，手优雅地向前一伸："老师，您请。"评估人员只好就范了。

"好！好！不错！！不错！！！"组长连声赞叹。

鲍副书记十分得意，兴奋地看着校长、党委书记的脸。

"这是哪个系的宿舍？"一位年轻的评估人员翻着书架上的书。

"传播系的，传播系的。"鲍副书记抢着回答。

"你们传播系还学考古？"那位评估人员一连拈出几本考古专业的书，满脸问号。

本想着从资料室借书来装点门面，没承想弄巧成拙！鲍副书记顿时慌了神。不过，他情急智生，问邱锐："同学，你原先是不是学历史的？"

"是啊，是啊。我本科学的是考古专业。"邱锐领悟到了鲍副书记的用意，马上回答。

"噢……"对方把书还回了书架。

鲍副书记的机智，使原来严峻的形势转危为安。

不仅如此，他还为学校立下了汗马功劳。

那是第三天傍晚，他见两个没戴标牌的年轻的评估人员在校园溜达，便立即意识到这是在微服私访。旋即召来一个"游动哨"，嘱咐道："暗中盯着他们，一旦发现有违反条例的行为，马上指出。"

于是，这个同学便尾随其后。当这两位评估人员刚刚挽起手臂时，这个同学恰到好处地走了出来，严正地指出："同学，请注意你的个人修养。按《R工程细则说明》规定，在校园内不准勾肩搭背。"

两位评估人员相视一笑，连连点头。

不过，鲍副书记这一伟绩尚未来得及记到功劳簿上，却祸起萧墙。

就在当天，另外的几个评估人员，在嘉华园抓住了一对勾肩搭背者。据评估组透露，男的是传播系 91 级的研究生，姓窦名争。

为此，汀州大学被扣掉 2 分——也是本次评估中唯一被扣的 2 分。

评估结束了。汀州大学以 98 分的总成绩稳进"R 工程"。评估组最后下的评语是："三天的评估证明，汀州大学的各项工作都是过硬的，不愧为社会主义的一流大学。"

为此，汀州大学挣来奖金五十万元。

不过，听说为了这次评估，学校共花去了五百万元，几乎是学校全年基建经费的一半。

评估组撤走的第二天，学校召开了庆功会。传播系不仅榜上无名，还受到了点名批评：组织工作没做好，为学校抹了黑。

有人断言，鲍副书记的升迁梦就此破灭了。

会后，鲍副书记气得脸色铁青："窦争！又是窦争！那个女的是谁？一定要查出来。"

那么，女的是谁呢？

第九章

窦争担心的事情最终还是发生了。

评估组检查嘉华园那天上午，文好到江南商场为窦争买了条电热毯回来，却无处可去。

因为按照鲍老师的规定，除了指定的留守人员，其他人是不能待在宿舍的。

她漫无目的地在嘉华园转悠。见有一条小路通往一舍后面的小树林，便走了过去。

这片树林，差不多全是黄栌树。秋风已将栌林吹醉了，片片栌叶红得晃眼。地上积了厚厚一层落叶，踩上去沙沙作响。

小路曲曲弯弯通向一个小山包。文好循路登上山顶，忽然，她停住了脚步：山坳里一片草地上，一男一女正抱在一起接吻。

哎，多难堪！她想往回走。可能是脚步声惊动了这一对鸳鸯，男的起身朝文好看了一眼。他这一看，文好惊呆了——竟是窦争。

窦争看到文好也愣住了，一时什么也说不出来。

只听那个女的说："别管她。"

窦争还是站起了身："文好。"他不知所措地叫了一声。

文好只觉得黄栌树全在向她倒来。她想赶紧走开，却怎么也迈不开步。

"怎么，你认识她？"那个女的问窦争。

"她……她……她是我表妹。"

那个女的来了兴致，整好衣服朝文好走来。

这是个年龄比窦争大得多的女人。模样儿倒挺齐整，只是脸上的粉涂得太厚了点，反衬得脖颈如同一张旧报纸。

窦争一把拽住了她："走吧，走吧，你不是要剪头发吗？我陪你去。"他连推带拽把那个女人往前拉，同时回头朝文好喊："表妹，你坐了几天船，挺累的，先回去休息一下。"

"你拉我干什么？表妹？该不会是个婊子吧？"女人边跌跌撞撞往前走，边回头看文好。

文好如同电击一般，僵在了那儿。

窦争和那个女人推推搡搡刚走上枫文径，恰好评估组走了过来。于是，汀州大学被扣掉了宝贵的两分。

窦争回到宿舍，文好已收拾好了行装。

"文好，我……"

"……"文好看着他，脸色苍白。

"我和她……只是……"

"什么也别说了。"文好好像不认识窦争似的，哀伤地看着他。

窦争在她的目光逼视下，有些手足无措："我……我……"

文好弯腰拎起了提包。

窦争急忙关上了门，堵在了文好面前，用变了调的声音说："文好，你千万别闹，让系里知道……"

文妤凄楚地笑了笑，扳开窦争，坚定地跨出了房门。

"等等，我送送你。"窦争追了出来。

"不！"文妤大叫了一声，踉踉跄跄下了楼。

窦争急忙在后面追。在楼梯口，他发现本系的马宿草和朱巍走了过来，赶紧踅回宿舍。

窦争靠在门上，如同泥塑一般。过了好久好久，他才醒过神来，扑在床上，用被子蒙上了头。

吃饭时，季岩冰和邱锐回来了。这几天，因为文妤在，他俩总是回来得很晚。

"怎么就你一人？文妤呢？"邱锐推了推窦争，见无动静，邱锐又在窦争屁股上拍了一掌，"闹意见了？"

窦争仍无动静。

"打饭去。时间快过了。"邱锐一把掀去了蒙在窦争头上的被子。窦争呆呆地望着天花板，没听见似的。

"到底怎么了？"两名舍友紧张起来。

"她走了……"

"什么时候？你怎么不送她？"

"……"

季岩冰冲下了楼。他匆匆赶到汀州码头。

这时，天已黑下来。售票处的长龙中没有文妤的身影。他又赶到候船厅。这儿密密匝匝挤满了人，他在人丛中寻觅着。

终于，在东边的靠窗处看到了文妤：她倚墙而坐，双眼木然地看着前方，泪珠不停地下落。那张泪脸在日光灯下异常惨白。

"文妤。"季岩冰从人丛中挤过去。

看到季岩冰，文妤马上拭去泪水，勉强笑了笑："季大哥，你怎么来了？"

"文妤，是不是两人闹别扭了？赌气走，会加深矛盾。"

姑娘的泪又溢满了眼眶，她使劲儿摇了摇头："他变了……"

"……"季岩冰怔住了。

姑娘使劲儿用手背抵住嘴，不使自己哭出声来，只有泪水唰唰地落下。

季岩冰语塞了。他看了看文妤空空的包，再没说什么，到街上买回一大网袋食品："路上钱够不够？要坐二十多个小时呢！"

文妤点了点头。

季岩冰哪里知道，文妤除了给自己留下买船票的钱外，余下的全留给了窦争。

船渐渐驶离了码头。文妤站在甲板上挥泪向季岩冰告别。

一轮明月高挂在凄清的天幕上，猛烈的江风吹拂着甲板。文妤的头发、衣衫在风中飘摇，她瘦弱的身体，似乎随时都会被江风吹倒。

汀州渐渐远了，在夜幕中终于成了浓黑的一团。甲板上的乘客耐不住阴湿的江风，陆陆续续回了船舱。

文妤仍坐在冰凉的甲板上，呆呆地望着灯火中的汀州。

起雾了，江面一片朦胧。船头犁开的浪花，在月光中泛着冷光，两岸的树木，如同被清泪洗过，惨白似霰。几只晚归的江鸥，"嘎嘎"尖叫着掠过水面，嘶声如咽。潮气打湿了文妤的衣衫，她却浑然不觉。

这是怎么了？白天发生的一幕，她真不愿意相信是真的！可又是自己亲眼所见，即便现在，仍如影历历。

她的脑子也丧失了正常的思维，只是如丝如缕地飘过一个个片断……

上大学后，虽然她和进财分处两地，但情窦初开散发出的浓郁馨香却越过山水，将两人紧紧维系在一起。她怕进财钱不够用，总是千方百计克扣自己，将省下的钱寄给他。四年来，她自己没添一根线。同宿舍的同学笑她抠，她全然不顾，只要进财不被人小瞧，她就高兴。

为了给进财织一件流行的棒针衫，她平生第一次拿起了针线，虔诚地向别人求教，一丝不苟地织。连着打断了几根针，手上磨起了泡，打起了茧，总算织成了。可穿在身上一试，才发觉打腰身时忘了收针，上下一样宽。只好拆了重打，连打了三次……

"只——爱——欧——阳——文——好————人。"她的耳畔仿佛飘来这一声音。

那是大学一年级暑假一个醉人的月夜，天上没有一丝云彩，银盘似的月亮将光辉慷慨地泻向大地，远处的田畴、近旁的村舍均被镀了层白银。

月光中的古溧河如同一个娴静的少女，温柔地依卧在大地母亲的怀抱。只是在遇到一个岗地时，河水才偶尔闹一声喧哗，河面马上就荡起了金，跳起了银。河水绕过岗地又复归平静，把这一河的金银静静地送往前方。

河旁的稻田里，稻禾刚孕穗，晚风轻拂，空气中弥漫着清新的水汽味和稻穗发出的淡淡的乳香味。青蛙也似乎被这夏夜所陶醉，奏起了柔情的慢板。

她和窦争两人坐在两块稻田接壤处的草地上："你会永远爱我吗？"她的眼睛一眨不眨地看着进财。

"会的。"他说得很坚定。

"你重复一遍。"

"只——爱——欧——阳——文——好——一——人。"进财一字一顿地重复了一遍。

她把脸幸福地埋进了进财的怀里。

"嘟——"一声汽笛，轮船停靠在了一个码头，那尖厉的汽笛声，把她拉回到现实中来。

人们开始下船上船，小贩也开始挨船舱兜售东西。

船就要开了，隔着船坞的护栏，一位花白头发的老人还在向一个十七八岁的少女叮嘱着什么。少女可能是初次出门，扑闪着大眼睛认真地听着。江风把老人的头发吹得乱蓬蓬的。

老人的身影，慢慢幻化成了父亲的身影。泪又涌满了文好的眼眶。

她来看窦争时，父亲把她送上了船。在码头上，老人从口袋中掏出一百元递给她："带给进财，让他多注意身体。"文好怎么也不愿意接，推说自己有钱。老人硬掰开她的手把钱塞进她的掌心："孩子，当代课老师那点钱，我知道。"

文好不敢看父亲的脸。船已驶出老远了，老人仍伫立在码头。

尽管四年成绩总评全班第一，文妤师院毕业后，仍没有找到接收单位。档案现在还在市人才交流中心放着呢。

文津中学的王校长看在她父亲的面子上，让她暂且在文津中学当代课教师。月工资六十元。

说来让人难以置信，欧阳偶然——这位密苏里大学的博士生，至今仍还是代课老师。

建国后，他所创办的文津中学收归国有，旋即他就被抛入斗争的旋涡。二十多年过去了，打倒"四人帮"后，百废待兴，文津中学到处招募人才，欧阳偶然也被招来了。

然而，在给他落实待遇时，却让学校的领导犯了难。他不是右派，不存在平反问题。几十年来，他一直在街道接受改造，从来没有正式参加过工作，所以也不存在恢复工作的问题。重新招工吧，又是快六十的人了。

最后，学校就把他按照代课老师对待。

这几年，学校的老师多了，他也就靠了边。

由于学校的各门课程他都能教得顶呱呱的，学校没有完全抛弃他，还让他发挥"拾遗补缺"的作用。哪位老师有事儿请假了，就让他代代课；毕业班要高考了，让他帮助辅导辅导。

他每个月的待遇比文妤强：一百元整。

回去父亲问起窦争的情况，该怎么说呢？他能经受住这样的打击吗？这些年，父女两个相依为命，父亲把她看得比自己的生命还重要啊。

她的眼前又出现了一幕幕场景：

　　母亲死后不久，父亲用背篓背着她，一瘸一拐地扫着青石板街道。一边扫，一边喃喃地给她唱着歌谣。碰到孩子们用石块袭击，他就把背篓放在胸前，用身子紧紧护住……

　　她四五岁时，镇里"学大寨"，父亲一大早就上了挖河工地，晚上很晚才能回来。

　　他们住的镇西头那两间四面通风的破磨房，曾上吊死过一个寡妇。天一黑，一群一群的老鼠就开始出洞找吃的。外面呜呜的北风，屋里吱吱喳喳乱叫的老鼠，吓得文妤哇哇大哭。

　　"啪嗒，啪嗒。"是父亲独有的脚步声。父亲拖着疲惫的步子进了屋，他一看到女儿，疲惫似乎减轻了许多，一把抱住女儿，从怀里掏出还带着自己体温的馒头。

　　"爸爸，我怕。"女儿像一只受伤的小猫。

　　父亲落泪了："孩子，爸爸对不起你呀，爸爸实在是没办法呀……"

　　"我的多灾多难的爸爸。"文妤坐在甲板上呜呜哭出了声。

　　就在文妤坐在甲板上抽泣的时候，窦争正同上午那个女人伴着舞曲旋转。

　　她叫严锦璐，是长城亚太实业总公司田川总经理的秘书，现在外语系进修。二十八岁的她，已有三次婚变。

　　不知怎的，窦争这位舞林高手，今晚却屡屡发挥失常。

　　"怎么了？掉了魂了？踩我三次了。"严锦璐不满地训斥他，"对了，我又给你找了三个买主。怎么谢我？"

　　这一学期，严锦璐成了窦争固定的舞伴。这个丰腴的女人除了满足窦争的生理需要外，还可以满足窦争其他方面的需要。

不过，对文好，他至今仍保持着爱恋。可以说，在他荒唐的经历中，尚没有一个女孩在他心中的位置超过文好。

可是文好的工作至今仍没有着落。而他窦争决不愿意再回到让他回忆起来至今仍心悸的故乡，他要鹤冲云天。

爱情，爱情能比生存还重要？

人一旦处在社会最底层，被命运逼到了死角，再伟大、再深厚、再细腻的感情也变得粗糙了。所谓至死不渝的爱情，只不过是文人胡骚情罢了。

想到这儿，他每每也就释然了。根据他一贯的经验，失恋的女孩，开头会痛不欲生，但时间会治好心头的创伤。为了不引火烧身，甩掉女孩不能采用"闪电式"，而要采取冷处理，让她自己的心头之火慢慢熄灭。

对文好，他采取的就是这一办法。

他没有料到的是，文好竟然千里迢迢来看他。而他最担心的秘密，还是被文好撞破了……

窦争回到宿舍已经十二点半。

邱锐和季岩冰都还没睡着。见他回来，两人谁都没吭声。

窦争开始铺床睡觉："咦！这是谁的钱？"他从枕边拿起一卷钞票，"还真不少呢，十块、二十、三十……有整有零，二百二十四块五。"

一直躺在床上的季岩冰起来了，冷冷地看着他。

"怎么了？"窦争拿着那叠钱，不知所措。

"啪！"窦争左脸颊上重重挨了一掌，钱纷纷扬扬落了一地……

第十章

送走欧阳文好，季岩冰没有马上离去。他在江堤上坐了两个多小时。

……

回到嘉华园，已下晚自习了。经过研究生阅览室门口，他看到了一个熟悉的身影。是玥儿。

"今晚怎么没上自习？"玥儿甜甜地问。

"送欧阳文好去了。"

"怎么？她走了？"玥儿觉得意外。这些天，欧阳文好住在她的宿舍。

"……"

"走得这么匆忙？连招呼也没打！"玥儿已走到了季岩冰身边。

一时谁都没说话，也没有离去的意思。

"走走好吗？"玥儿主动发出了邀请。

两人顺着环山路慢慢走着。

"晚饭后，鲍老师过来召集大家开会，见人不齐，就走了。发了好大火呢！说明天下午的政治学习，谁也不准缺席。"

"什么事这么着急？"

"听说和窦争有关。岩冰，你有没有这种感觉，这一学期，鲍老师对窦争的一举一动好像特别注意？"

"我以为只有我有这种感觉呢。"季岩冰回答。

"文妤这姑娘，我特别喜欢。"

两人又都沉默了。

不知不觉又转回了嘉华园。玥儿站住了：

"下学期要实习了，你的实习单位联系好了吗？"

"没有。你呢？"

"邱锐说他可以帮我联系到上海东方电视台，将来分配他也可以帮忙。他有个亲戚在那儿当副台长。他下学期准备去解放日报社实习。你看我是去还是不去？"玥儿紧张地看着季岩冰的脸。

"你应该去。你的资质当个节目主持人挺合适的。"季岩冰回答得很干脆。

玥儿轻轻叹了口气。

玥儿在嘉华园，是许多男士心仪已久的目标。外系的男生给她起了个绰号"梅里雪山"——一座矗立在云南中甸的可望不可即的圣山。

无论对谁，她都不卑不亢，彬彬有礼，但谁也别想越雷池半步。

其实，玥儿并不是那种有了几分姿色就故作高傲姿态的女子。她温柔敦厚，善解人意。尤其是她的内心世界，异常丰富。她早已在心里编织好了无比美好的花环，不过，碰不到意中人，她宁可无限期地等待下去，也决不贸然将花环献上。

读研究生后，不知不觉中，一个男子闯进了她的心扉，他，就是师兄季岩冰。

她对季岩冰印象的加深，缘起于上自习。

文科研究生，除了期末考试的那段时间，很少有人坚持天天上自习。严进宽出，使许多人甘愿把青春的岁月挥洒在舞场和麻将桌、牌桌上。

对于那些终日无所事事的逍遥派，玥儿很有些瞧不起。她喜欢看书，尤其是文学作品，书中的天地对她而言有更多的乐趣。每天晚饭后，她都准时到研究生阅览室上自习。

慢慢地，她发现本系还有一个准时上自习的人——他就是季岩冰。季岩冰总是坐在第一排靠窗的那个座位上，不到阅览室关灯，不离开。

在一个阅览室上自习，难免要碰头打脸。季岩冰总是礼貌地朝她笑笑，或是简单打个招呼，从不多言。期末考试时，座位紧张，碰巧她就在他身边找座位，他会主动往边上挪一挪，给她让出座位，然后埋头看书，完全是心无旁骛的样子。

她发现他涉猎的知识面很宽，文史哲都看，但又很有计划，分门别类做有厚厚的笔记。后来她又发现，一些规格很高的学术、文学刊物上，经常看到他的作品。

她开始认真关注起他来，如果哪天他有事没来上自习，她就觉得空落落的。

是的，季岩冰从容恬淡、宠辱不惊的处世态度，以及温文尔雅外表下那种对生活孜孜矻矻的追求精神、含蓄深沉的性格、出众的才华，已深深地打动了姑娘的芳心。

她觉得自己幽径蹀尽，眼前豁现心仪已久的桃源净土。

她是那种轻易不动感情的人，一旦动起了感情，疯狂和执着自不待说了。就如坚硬地表下奔突的岩浆，倘若突破了地表，它会汹涌澎湃，将一切的一切，全部摧垮、焚毁。

她对季岩冰的各个方面，都十分感兴趣，留心着他的一举一动。她期待着他向她表示点什么。嘉华园有不少男生（有女友的、没有女友的）向她表示了异乎寻常的好感。

而他，总是那样恬淡地对她，虽然也和她聊天，也和她开玩笑，但那种说笑，清清亮亮，不掺任何杂质，纯净得几乎透明。

她倒真希望他像其他男生那样，话中藏掖些什么，或者干脆不理她，表面上对她不屑一顾而实际上暗中关注着她。

他呢，对她和对其他任何人一样，出自真诚相待，出自理智相交，没有感情波澜，没有赌气成分。

这种漠然让她受不了。

记得刚上大学时，教写作课的老师在课堂上曾向同学们发问：

"爱的对立面是什么？"

同学们几乎是异口同声地回答："恨。"

老师失望地摇了摇头。

如果一个男子，曾刻骨铭心地爱过一个女子，这个女子在他的心目中，就是他的太阳，是他赖以生存的支柱。可是，尽管他苦苦追求了若干年，尽管他为她辗转反侧、肝肠寸断，但由于种种原因，最后女子还是离他而去了，只留给他无尽的思念和永久的惆怅。

他的爱从此枯竭了，他的心从此死了。他就是在这样落寞的氛围中，从青年走向壮年，从壮年走向老年。

忽一日，已是满头华发、走路蹒跚的他，在一个落叶满地的秋天的黄昏，在他们几十年前曾经约会过的小径上看到了她。她也老态龙钟了：拄着拐杖，步履蹒跚。

他惊喜地迎上去，强抑着心跳颤声问："你认识我吗？"如果女子没有丝毫的迟疑，眼睛一眨不眨地盯着他，一字一顿地说："我——恨——你！"

这个男子心头涌起的绝不是悲哀，他会兴奋得几乎晕厥过去——因为时隔了几十年，却有人时时"恨"着他，"恨"得那样刻骨铭心，"恨"得那样绵远深长。

相反，如果女子眯起昏花的眼睛，打量他老半天，然后困惑地摇摇头："先生，您认错人了吧？很抱歉，我不认识您。"这时，这个男子心里又会是什么滋味？

那一句句话语，一定会像刀子一样剜割着他的心。回去后，他可能会病倒在床，也许从此他再也爬不起来了。

因此，爱的对立面，不是恨，而是漠然。

是啊，漠然，就是他的心中压根儿就没有你——你在他心中，没有任何分量！不占任何位置！！

女性的自尊，使玥儿不能容忍季岩冰的漠然。她有些恨他。但转念一想，自己凭什么恨人家呢？就因为人家没爱上你？为什么非要求人家爱上你呢？每个人都有爱与被爱的权利，谁也没资格强求对方！

每想到这儿，她又觉得自己好笑。但这种笑却并不轻松，是一种无可奈何的苦笑。

感情的事儿就是说不明白……

玥儿触电了。一向很理智的她，这次感情彻底失控了。打饭、打水时，她尽可能多耽搁一会儿，为的是能和他照次面；上自习时，又总是装作不经意地碰巧坐在了他的附近。每天见不到他，就有一种失落感，晚上也睡不安稳。他征服了她的心！

不知道是浑然不觉玥儿的情怀，还是明明察觉了却不愿多搭理，季岩冰对玥儿的态度依然如故！

"这家伙太麻木了，是个冷血动物！"每晚躺在床上，玥儿都在埋怨他，同时，心里却渗出血来……

在季岩冰面前，玥儿再不是那个柔弱典雅的女孩儿了。她见了他，故意高昂起头，装作没看见。即使擦肩而过，也不正眼瞧他。

遇到季岩冰主动打招呼，她装作没听见，快步而过。有时实在躲不过去，她会做出一副刚刚发现对方的样子，一脸的惊愕："噢！是你呀！"

但如果季岩冰真的不和她打招呼，她却又难受得要命。

这样次数多了，季岩冰自然会有所察觉。一次，当玥儿又昂首而过时，季岩冰拦住了她："玥儿，怎么了？神思恍惚，可别撞坏了别人的汽车。"

他倒开起了玩笑，这棵实心竹！

玥儿没好气地说："管你什么事？"那吐出的一个个字似乎都冒着火。话一出口，连她自己也吃惊了——她对别人从来不这样。

"怎么了？玥儿，好大的火气啊！"季岩冰丈二和尚摸不着头脑。

"问你自个儿。"玥儿一拧身，走了。

季岩冰更是迷惑了，站在原地发愣，他实在闹不明白什么地方得罪了玥儿。

玥儿走了，她心里堵得慌，她想哭……

一年级过去了，二年级过去了，眼看三年的研究生生活就要曲终人散，可她和季岩冰的关系仍没有丝毫的进展。

她想见他，却又躲着他；她想和他交流，向他倾诉，却又故意气他。这一切，都是为了爱啊！她把她的爱默默地献给他，而他却没有任何反馈……

她对他的不同一般的态度，连其他同学都察觉了，于是有了风言风语。对此，她全然不顾，如果他爱她，哪怕是一丁点，她都如饴在喉了。

她心里窝火的是，他至今仍然没有丝毫爱她的表示。

他究竟在想些什么？她实在搞不明白季岩冰的心……

第十一章

每个周五的下午，是汀州大学法定的政治学习时间。

所谓政治学习，就是由系里主管学生思想工作的老师，将学生召集起来，找出近期的报刊社论或校学工部编印的材料，请普通话标准的同学念上一遍。

是否有人在听？效果又如何？不得而知。大家东拉西扯凑够时间而已！

不过，对研究生来说，它倒是为大家提供了一个聚会谈天的机会。

研究生课程本就不多，除外语、政治外，其他课又基本上由各自的导师所开，分开来上，所以平素大家聚齐的机会很少。尤其到二、三年级，课已基本上完，有的四处奔波找工作，有的闭门不出写论文，有的天南地北游山水，更有头脑灵醒者，"挽起袖管"闯起了商界。

于是研究生中有"一年级是住读生，二年级是走读生，三年级是函授生"之说。

这个周五下午不到一点钟，系党总支副书记鲍仲良老师就来到嘉华园一舍405室。

这个房间住的是90级的马宿草、朱巍和91级的封瞻。封瞻是汀州日报社记者部的副主任，他读的是在职研究生，平时很少来。

少了一个人，空间就相对大一点，加之马宿草是系研究生党支部书记，周五政治学习一般固定在 405 室。

鲍老师来时，只有朱巍一人在睡午觉，鲍老师让他去找一下马宿草。

鲍老师四十岁出头，长了很端正的一张脸，然而头上的头发又黄又瘦又稀少，好像贫瘠的黄土地上长出的几棵病谷子。

钱亮偷偷给鲍老师起了个俄国名字"稀毛脱落夫(发)斯基"。简称稀斯。邱锐认为这样给老师起绰号很不雅：不明就里者，乍一听，还以为是稀屎。

鲍老师是在"文革"期间部队支左时，以军代表的身份进驻汀大的。此后又被推荐上了大学，毕业后留校当了政工干部。据说他在部队曾多次立功受奖。

恢复高考后，教学、科研成了学校生活的主流，他感到空前的迷惘和失落……

失落又使他总想找些什么来补偿，于是，对学生中出现的一些问题就特别敏感，一有什么蛛丝马迹，他闻风而来，揪住不放。一滴水珠可以反映出太阳的光芒嘛，他可以从一件小事剖析出错误的实质和严重危害。

本科的一名女生打水时拿了别人一只暖瓶，鲍副书记以"这件事说明了什么"为题，在全系范围内进行了为期一月的专题讨论，闹得这女生差点儿自杀。

多年的政工生涯，使他做起报告来口若悬河。他的一些报告用语呢，也被学生广为传播。例如，他总是在报告的尾声，来这么两句："同学们，讲到这里，我的思路渐渐清晰起来了。"台下哗然："敢情他刚才讲了半天，全是胡说八道。"

他的用词总是很单纯、很实在，像"干"、"做"之类的动词，在他嘴里全是"搞"。一次他在批评班上工作没做好时说："男同学也想搞，女同学也想搞，可为什么就搞不好呢？"

学鲍副书记讲话，是传播系学生联欢会上的保留节目。当然，前提是鲍副书记不在场。

他曾极力想学说普通话，可如同邯郸学步一样，普通话没学好，却连家乡话也说得不伦不类。他把"分"字总发成"婚"字的音，于是又有趣闻一则：说是他在某一级本科生分配前夕，做了场报告：

"同学们，你们的婚（分）配系里是要负责的。统婚（分）不行的话，我们可以重婚（分）；重婚（分）不行的话，我们可以再婚（分）。即使形势再困难，系里也不会让同学们乱婚（分）的。"台下有的同学笑岔了气。

据说每周五下午的政治学习，对鲍副书记来说是最美妙的时刻。自周一开始，他就焦急地盼望着周五下午的到来。如果学校通知说哪次学习取消，他马上就有种失落感，在系总支办公室的房间里烦躁地踱来踱去，如同一个失业的工人。

这时，他就会找些事情干，或是跑到学生宿舍："瞧，你们的地怎么不扫？""看，那是谁的被子？怎么叠得一点也不整齐？！"或是拉住张三："你应该积极向组织靠拢，快写入党申请书。"转头又对李四说："你的思想汇报写得不深刻，得重新再写。"

看到他朝学生宿舍走来，同学们会调侃道："瞧，鲍书记又来'找工作'了。"有人戏称他为"超级运动员"。

不过，今年夏天，鲍老师已拿到了政治学硕士文凭。他念的是省委党校的在职研究生。

尽管有人对他拿文凭的过程有非议，但文凭却是实实在在拿到了。复印件就压在他办公桌的玻璃台板下。

鲍老师足足等了有半小时，马宿草才回来。他一看鲍老师愠怒的脸，很不自然地笑了笑。

马宿草在系里年龄最大，已三十六岁。乍看上去，还真有点仙风道骨：令人吃惊地瘦。这样就显得骨节奇大，额头奇怪地高耸，颧骨奇怪地外凸，三个凸点犹如岩溶地貌风化后的露头。

夏天，他爱穿件圆领衫，肩胛处的美人骨犹如横挂了两只老太婆的小脚。如此看来，他的胸腔就构成一个无可争议的等腰三角形。

鲍老师对跟着马宿草一起进来的朱巍说：“小朱，你先出去一下，支部的一些事儿，我要和小马交换一下意见。”

一听是党内机密，朱巍知趣地退了出去。

“小马，窦争在评估中给系里捅了娄子的事儿，你听说了吧？”

“听说了，听说了。”马宿草连连点头。

“太不像话了！真是太不像话了！我抓风纪，系里有人还有意见，你看，思想政治工作松懈到何种程度！世风日下，道德沦丧，许多学生完全丧失了一个社会主义大学生应该具有的品德。窦争的这些行为就是一个明证嘛！”鲍副书记左脸颊上的肌肉向上跳了几跳——这是他肝火上升的前兆。

“小马，这次我们一定不能掉以轻心。今天下午，就针对这件事展开专题讨论。要结合窦争同学的一贯表现，从思想深处、灵魂深处进行剖析，一定要抓住问题的实质。你明白吗？实质！！"鲍老师用指关节在桌上重重敲了两下，"通过这件事，在全系掀起一个轰轰烈烈的树立共产主义道德情操的运动来。"

马宿草一边点头，一边掏出本子，把鲍老师的指示记下来。

"小马，窦争平时的表现中，还有什么够劲的？……就是说，有哪些严重违反校规校纪的行为？"

"他有个绰号叫'每周一歌（个）'。"

"这我知道。这个够不上。"鲍老师沉吟了一会，压低嗓门，"像窦争这样的害群之马，留在系里……"

马宿草听出了鲍老师的话外之音，他很吃惊："开……"

鲍老师一个手势打断了他的话。

"这个……这个还没有，至少目前还……"

鲍老师很失望："小马，发动一下同学们。群众的眼睛是雪亮的。也许有些事情你还不知道……今天下午，你带头发言。"

"鲍副书记，我发言恐怕……"真要直接出面和窦争交锋，马宿草有些顾虑。

"怎么？怕得罪同学？小马，作为一个党员，一个学生干部，如果仅从个人利益考虑，那是不行的。敢于同不良思想、不良行为做斗争，这正是我们每个党员的责任。不要有什么顾虑，我给你撑腰。"

原定两点钟开始学习，直到两点半还有几人没到。早到者也都张短李长地瞎调侃。鲍副书记的脸上挂了层严霜，目光在说话的人的脸上晃来荡去，于是，谈话声低了下来。

最后，鲍副书记的目光定在了窦争脸上。

对这位着中山装，不苟言笑的副书记，窦争平素还真有点儿怵头。

鲍副书记的目光依然冷冷地罩着他，一字一顿地开了腔：

"同学们，长期以来，无组织无纪律，自由散漫，已经像瘟疫一样污染了我们的空气。没有革命的纪律，就没有革命的行动。这样下去，怎么得了！现在到了该整顿的时候了。

"今天下午的政治学习，就是要针对存在的这些问题，发动大家互相揭、互相议，来一次彻底、认真的总结，抓出一个典型来，决不允许这些问题再在我系延续下去了。"

他说这些话时，眼睛挨个儿从大家脸上滑过，于是空气凝固了。大家直愣愣看着他，谁也不敢再交头接耳。几个迟到者，刚进门时尚满不在乎，一看场上的气氛，全蔫了，踮着脚尖找个角落悄悄落座。

鲍副书记见这通开场白收到了预期的效果，继续展开攻势：

"为了照顾大家的面子，我建议谁有什么问题，自个儿站起来做自我批评。给大家五分钟，如果五分钟过后还对自己的错误没有清醒的认识，那么被大家揭出来之后，将进行严肃处理。开始！现在是两点五十三分。"说完他又环视了大家一眼。

被他看着的人，都赶紧低下了头。

他把手腕抬起来，眼睛盯着表，就像个田径场上的裁判员。

"两分钟。"鲍副书记一声喊。室内更静了，彼此连呼吸声都听得见。每个人的心里肯定都在打鼓，有的人额头上还渗出了密密的汗珠。

"三分钟。"鲍副书记又是一声喊。这个"文革"中过来的政工干部，很懂得攻心战。报时声一停，不少人惊恐地抬头看着他。

"四分半钟。"

大家你看看我，我看看你，表情虽都很紧张，但没有一个人站起来。

"我看有些同学真是病入膏肓了。"五分钟到了，却没人做自我检讨。鲍副书记有些恼羞成怒，他转头看了看马宿草，示意他打头炮。

马宿草人虽瘦，言辞却犀利，尤其是讲起带政治色彩的话来，更是滔滔不绝。他先端起茶杯，喝了口水。那突出的喉结便上下滚动，如慌急里吞下了一只带皮的鸡蛋卡在了那里：

"刚才鲍书记的话，使我很受震动，同时也很惭愧。说句实话，平素，时间我也抓得不是很紧，譬如周六晚上去看电影，星期天有时去会会老乡，把大好时光荒废了。我对不起党，对不起老师，对不起父母，对不起汀大的明山秀水。我向大家检讨，并保证今后一定珍惜时间，不辜负党和人民的厚望。"

说到这里，他顿住了话头，脸上现出十分痛心的样子。见大家都认真却又是吃惊地看着他，才接着话茬说：

"我们中间也有个别同学，平时，不仅无组织无纪律，自由散漫，而且生活作风也存在着严重的问题，一味模仿西方资产阶级生活方式，把玩弄女性作为自己的嗜好，家里有女朋友，在学校却东搭一个西搭一个，女朋友走马灯似的换，天天把宿舍搞得莺莺燕燕。不仅自己没有好好学习，还干扰了别人，给全系抹了黑。"

大家长吁一口气，紧绷的神经松弛了下来——原来今天是冲着窦争来的。许多人的目光不约而同地转向了窦争。

窦争虽然平时放浪形骸，此时，这么多双眼睛盯着他看，他也如芒刺在背了。额上渗出了汗，头深深地埋了下去……不过心里却不服：若是别人说倒还罢了，你有什么资格！

马宿草这一炮，轰开了方才沉闷的局面，有人脸上现出幸灾乐祸状，有的装作不明就里地发问："是谁呀？如此缺德！"

生活中任何时候都不乏品味他人"苦酒"的看客。

鲍副书记看火候已到，满意地朝马宿草点了点头，接口道："这位同学是谁，我想大家都清楚。他的所作所为，已经同党对一个社会主义大学生的要求格格不入。为了挽救这个同学，我希望同学们能帮助他从思想深处挖掘一下犯错误的原因。同时，我也希望研究生会和团支部从组织原则上采取具体的处理措施。"

说完，他把目光转向邱锐："小邱，你是系研究生会主席，你准备对这件事如何处理？"

这可让邱锐犯难了。提出处理意见吧，会得罪窦争，而且小题大做，易犯众怒。不做处理吧，看今天这架势，不动点儿真格的，鲍老师不会收兵，自己也会由此得罪了鲍老师。他如坐针毡。

鲍副书记和马宿草都盯着他，意在催促。

看到马宿草，邱锐不觉火起。

邱锐不是党员。初始，邱锐和马宿草过从甚密，关系远远超出一般同学。邱锐善饮，他的表弟在糖烟酒公司工作，每学期从家里回来，他总忘不了带回大瓶小瓶精装简装的酒来。这些酒，除了按牌子的优劣摆到系里大小头头脑脑的案头外，马宿草的桌上也时不时会摆上一瓶。

不过，后来邱锐品味出马宿草并不好酒，而对茶叶有特殊的感情，"烟出文章，酒出诗，茶水出政治"嘛！那只让马宿草尽显风雅、从不离手的小茶杯，正是他对政治有着永不枯竭兴趣的标志。

于是，邱锐放假再回校时，带给马宿草的则是茶叶了。

邱锐的目的，马宿草再明白不过了。但任凭你酒茶多变换，"我自岿然不动"。马宿草了解邱锐的能量，毕业分配自己唯一比邱锐优越的不就是那张党票吗？若是其他人，倒可以放上一马，对邱锐，绝对不行。

尽管邱锐思想汇报材料交了不下十份，私下里谈心的次数更是数倍于此，可系里先后发展了两批党员，他始终靠边。

"真他妈的是武大郎开店！"邱锐醒悟了，恨得牙根痒痒。伴随着醒悟，邱马大战拉开了序幕。

如果今天鲍老师不在场，邱锐一定会抢白马宿草两句，让他下不了台。可眼下……

忽然，他灵机一动，何不把皮球踢给季岩冰？季岩冰在同学中深孚众望，看他今天如何处理。于是，他起身说：

"鲍老师，有关思想政治工作方面的问题，我看最好还是先由团组织来抓。当然，研究生会是会全力协助的。"

对邱锐的意图，季岩冰心里自然很清楚。说实在的，文好到来所激起的涟漪，荡漾最久、波及最深的要数他了。

文好不经意揭开了他心头的帷幕——实际上那一幕原本就没有消失，他总是设法去掩盖它，可又怎能盖得住呢？

要处理窦争，从感情上说，他本该有几分快意。可理智告诉他，单靠行政干预是不能解决问题的，关键是要唤醒他的良知。

邱锐把球踢给了他，他也完全可以把球踢还回去。但他心里清楚，这对挽救窦争没有丝毫的益处。若最后踢到系里，由鲍老师上纲上线进行处理，那等于毁了窦争——不仅影响到他的分配，甚至影响到他的一生。

于是，他站起来说道："我认为，对于思想上存在的问题，还是应该本着批评教育的方法解决，不到万不得已，没必要采取行政处理手段。"

鲍副书记对他的意见，显然很失望。他把脸转向马宿草："其他同学的意见呢？"

"如果有的同学思想已经冥顽不化，那么我们还要和他温良恭俭让地费口舌吗？你苦口婆心地劝他，他还以为组织上对他没办法，会变本加厉地放任下去。"马宿草激动地说。

"我想我们的同学还不至于到了冥顽不化的地步吧！问题是：我们是否真诚地替同学在考虑？是否真诚地从挽救同学出发？"季岩冰回敬道。

"你这是什么意思？"马宿草面孔泛红，倏地站了起来。

"是啊！我们有些学生干部，训起别人来一套一套的，可自己就真的做得很过硬吗？譬如说，有位干部一年中仅在毓秀园就追过好几个女生。那么这算不算东搭一个西搭一个呢？"见季岩冰和马宿草唱反调，邱锐也不失时机地掺和进来。

已有人始作俑，即使鲍老师怪罪下来，首先对准的也是季岩冰。自己帮季岩冰敲边鼓，不但可赢得两位舍友的感激，更重要的是可以借机抖搂抖搂马宿草的丑事——马宿草深得鲍老师宠爱，为此，邱锐愤愤不平。这一下，正好让他在鲍老师面前出出丑。

"你这是影射谁？影射谁？"马宿草有点儿失态了，先是口气失去了先前的镇定，继而方寸大乱，"你……有话你放到桌面上讲，别不阴不阳的。"

"我没有影射谁。我只是说咱们系里有这种情况存在。莫非你心虚不成？嗨！对了，有些学生干部，不仅东搭西搭，还把组织赋予他的权力当作营私的工具，'顺我者昌，逆我者亡'，压制同学进步……"

"今天我们要解决的主要问题是生活作风问题，至于其他问题，我们以后再说。"鲍副书记已听明白了其中的弯弯绕，适时止住了邱锐的话头。

论战暂告一个段落。马宿草坐在床沿上呼呼地喘着粗气，邱锐则跷着二郎腿晃来荡去，脸上挂着胜利的微笑。

会场静极了。

"宫中斗鸡暂告一段。"忽然，钱亮冒出这么一句。

同学们哄堂大笑。

鲍副书记愠怒地瞪了钱亮一眼："对了，咱们系有个别同学，思想意识很不好，专给人起绰号，进行人格侮辱。今后敢有再起绰号或者再叫绰号的，让我知道，新账旧账一起算。"

钱亮忙装出害怕的样子，怪模怪样地吐了一下舌头。笑声更响了。

政治学习进行不下去了。

鲍副书记气咻咻地说："今天的政治学习，就进行到这儿。下一周，接着今天的问题进行讨论。通过这次学习，暴露出我们有相当一部分同学对政治学习的态度很不严肃。本年度优秀研究生评选工作马上要开始了。根据评选规则，'对于政治学习态度不严肃者，扣掉 4 分'。散会！"

第十二章

朱巍又到 409 室倒开水。

"不准倒。操！不是像圣人一样吗，怎么天天连开水都不打？"窦争躺在床上不耐烦地吼。下午政治学习的阴影，还罩在他的心头。

"哎，哥们儿，别跟他一般见识。他就这号人，光拿手电照别人。"朱巍往杯里盛满水，笃悠悠捧在掌中。

"那么，你呢？这两年多你俩打过几次水？要收费的话，你得给多少钱？"邱锐接过话。

"趁早别提钱了。你不是挖人家肉吗？"窦争又抢白了一句。

朱巍讪讪地捧着杯子想走，到了门口，又折了回来："你们知道吗？马宿草最近又有了新的目标。"

传播系有一句歇后语：马宿草照镜子——美的追求。马宿草极爱美，每天早上起来，不在镜子前摆弄半小时不去上课。他的案头被各种生发水、花露水、早霜晚霜占去了大半。

作为系研究生党支部书记，马宿草在公开场合，总是穿得极其朴素，说话也彬彬有礼，字斟句酌，给人一种非常沉稳的感觉。

每当同学们谈起男女间的秘事，他总是摆出十二分的清白：

"唉！你们谈这些事，我一点也不懂！什么也不懂！！"

可是有人发现：他的书橱里，外面一层摆的是《艺术哲学》《西方的智慧》《性格组合论》《自杀论》等高深莫测的书，里层放的却是《性心理障碍排除法》《性后生活调养》《两性和谐的奥秘》等上不了台面的东西。

如果哪天，他的被子叠了，高深莫测的书上了案头，那把不知何用的鹅毛扇又上了台面，肯定不久会有女士光临。照例，那摞书的最上面是一个硬皮本，里面剪贴了他在县党史办当副主任期间在市报上发表的"大作"。

马宿草极爱跳舞，一听舞曲响，任怎么也坐不住了。他跳舞回来，往往有两种表现。双手往鼻前一凑，一个深呼吸："哇！踏花归来马蹄香。"——这晚上，他一定没碰钉子。不过，大多数情况是，一屁股坐在床上，连呼："哼！他娘的，狗啃麦苗——装羊（洋）。"

为了增加魅力，他想尽了办法，系里男生的衣服，他基本上借了一个遍。据说，他的鞋里面垫了五双增高鞋垫。前一段时间，某报登了一则广告，说一位姓戴的先生发明了一种生长剂，服完一个疗程，人人可增高4—15厘米。他看后，不惜重金，一次邮购了五个疗程的药，快马加鞭地服了下去，可个子未见丁点儿增高。

这毕竟是传闻。不过，有一件事是真的：有天他午睡醒来，乐得屁颠屁颠，说是梦中和港台那位红得发紫的影星如何如何。

钱亮很严肃地走到他跟前，让他伸出舌头很认真地察看后惊呼："乖乖，梦与鬼交，按中医理论，是思虑过度，虚火上升所致。若不及早治疗，大限将至。"

朱巍和马宿草都是程肖庄老师的研究生。与马宿草形成鲜明对比，他人高马大，一身暗肉，鼻阔口方。可他偏又长了一副"见花落泪，对月伤情"的女子心肠。

他的做派也与他的心肠完全一致，无论做什么事，他都小心翼翼，反复思谋。一些在别人看来芝麻样的小事，他能琢磨成西瓜。

如果系里管研究生的哪位领导，看他时表情严肃了点，他会认为是哪个同学搬弄了他的口舌，马上就会找上门去和领导促膝谈心。

同学们在一起免不了拌几句嘴，他若和谁抬杠了，过不多久，定会找到对方，双拳一抱，一脸的自责："哥们儿，对不起，请多多包涵。"

即使和谁开了并不过分的玩笑，他也会自省数天，后悔不迭地连连叹息："我怎么开这种玩笑！怎么会开这种玩笑呢！！"

他的吝啬，在传播系无与伦比：同学间请吃、请喝、请看演出，临到掏钱时，他会摸摸口袋，做出刚想起来的样子说："呀，我忘带钱了。"如果次数多了，他会一脸诚恳地讲："下次我请客。一定请！"可传播系至今尚未有一人享受过这种殊荣。

去年毓樱节，青骓在毓樱大道上见他正拿着一架相机到处取景，因素闻朱巍啬名，正欲走开，岂料朱巍主动打招呼："来，一块儿照相。"

那一刻，青骓真有点儿受宠若惊。

回去后她对舍友讲，都说人家朱巍一毛不拔，实际上完全是夸大其词。

可不久她收到的一封信，让她目瞪口呆——信是朱巍来的，信中附寄六张两英寸黑白照片和底片，信中说："胶卷4.8元，照片每洗一张是 0.20 元，共 36 张，平均每张照片的成本是 0.33 元。"青骓须付给他 1.98 元。

青骓三把两把撕碎了曝光严重不足的照片，给朱巍回信一封，里面是现金 2.14 元，附便条一张："照片 1.98 元。邮票 0.10 元。信封 0.04 元。信纸 0.015 元，按四舍五入的原则，折合 0.02 元。四项共计人民币 2.14 元。"

吃饭时，朱巍比较忙碌，在这个人盆里挖一勺："哟，你的瘦肉挺多。"又踱到那个人面前："你的珍珠丸子欠点火候。"三搅两弄，别人碗里的精华立马丧失殆尽。

一次白曦生病，到小炒部买了一份干煸牛肉丝。他又走了过来："怎么，好像牛肉的颜色不对？"他挖了一勺。吃完又是一勺："炒得老了点。"白曦面带愠色看着他。他不慌不忙又是一勺："不过，味道倒还可以。"白曦哭笑不得……

朱巍另一个忙碌的时刻是高年级毕业时。人家往外清理东西，他在楼道里转悠，见到合意的，立马捡走。于是，他的宿舍就成了废品仓库。

为争夺生存空间，他和马宿草的摩擦连绵不断。

为给他起个绰号，钱亮颇费踌躇。叫夏洛克吧？他缺乏威尼斯商人的残忍。叫阿尔巴贡？他又多了点活人的感情。叫布芮可南？乔治桑《安吉堡的磨工》中的佃农最终成了暴发户，朱巍将来能不能成为暴发户尚不得知，至少目前不是。那就叫葛朗台，可他又没有葛朗台的老奸巨猾。总之，外国文学名著中的四大吝啬鬼统统与他对不上号。

钱亮又在中国的名著中寻觅，寻来觅去都有点儿牵强。最后干脆不找了，朱巍就是朱巍，他有其独有的风格，弄不准会位列四人之后，成为又一名人。

钱亮曾出过赏格：谁若能让朱巍请一次客，哪怕只有一分钱，他情愿请此人到香格里拉暴撮一顿，并帮此人洗半年碗。

看来他的赏格只能是水中月了。

马宿草与朱巍同住一室。这真是一对奇妙的组合。

两个人谁都不打水。扫地时各扫自己桌子周围的那块儿天地。朱巍睡觉有打鼾的习惯，马宿草就采用"音乐洗脑"的策略来对付。朱巍打鼾时，他放录音机，且把音量旋至最大。于是，两边宿舍的人就可以夜夜聆听鼾声音乐交响曲。

不过，朱巍冥顽不化，虽经长时间洗脑，鼾声依旧。

马宿草又配竹竿一根，鼾声一起，就用竹竿狠击床脚，鼾起竿起，鼾停竿停，每晚反复数十次。如此，常有口角是自然的了。

可怜的是，隔壁的人就又夜夜竿声到天明了。钱亮曾口占《卜算子》一首曰：

隔壁四〇五，不时鸣征鼓，已到天明睡难着，更被竿声苦！

对于方才朱巍说的马宿草最近又有了新的目标，409 宿舍的三个人并没有表现出多大兴趣——上研究生两年多来，这位对美的不懈追求者，也不知道瞄了多少个目标，只是弹弹虚发。

这不，他经营时间最长、花本钱最大的那只鸟儿，最近不是又飞了吗？！

这是日语系的一个女孩儿，相貌平平。不过，那双眼倒是很有特点，总是漫不经心地来回踅摸。钱亮称之为扫描仪。扫描仪那一瞥一剜，直搞得马宿草坐卧不宁。

扫描仪还有个优点：虚怀若谷——无论马宿草赠送什么礼物，她都来者不拒。

马宿草恋爱史上出现如此新转机，直喜得他一佛涅槃，二佛升天。按照他的推理，既然收了他的东西，就是钟情于他。

于是乎，他那张干瘦的脸上泛起了红潮，东西送得更勤。橘子、苹果、葡萄、香蕉……隔三岔五地一篓篓一兜兜。

一次扫描仪说柿子好吃，其时，时令已过，他踏遍了市内的农贸市场不可得，竟乘车到了柿子的产地。

水果外交，电影攻势……一波波，后浪推前浪。本学期开始，随着毕业的临近，马宿草的攻势更趋猛烈。先是给扫描仪买了个十波段的收音机，接着是两百多元的网球拍，六百元的戒指，待到把上千元的项链套上扫描仪的玉颈后，马宿草长嘘大气一口——戒指套人，项链套心。这还有什么可说呢！

正当马宿草得意得几近于忘形时，白曦给他带回了一个不啻扬子江心断栏崩舟的消息：刚才，扫描仪和一男士携手并肩在校园里散步。

"什么？"马宿草脑袋摇得像拨浪鼓，"那不可能！"不过，心里端的有点儿虚。

不久，类似的消息接二连三涌来。这一下，马宿草更是灵魂出窍了。他加紧了盯梢。不想，还真被他捉住了。

一次，正当扫描仪和那位足有一米九的男士在毓樱大道下的树丛里缠绵时，马宿草一个箭步从树后跳将出来，嘴唇哆嗦了半天："你……你……你怎么……"

马宿草的突然出现，破坏了两人的兴致。扫描仪初时倒是吃了一惊，马上镇定下来，不慌不忙道："你是不是认错人了？"

那男的更不客气："妈的，找揍！"

马宿草那夜回来，摔碎了那只白瓷茶杯——这只茶杯可是他显示风雅不可缺少的道具。杯口配有镂花的盖子，杯底附有精巧的碟子。喝茶时，马宿草总是左手擎着碟子，右手拿着盖子，右手指微微弯曲，呈兰花状，一边用盖子轻轻滗去浮茶，一边将嘴优雅地努起，朝杯中不轻不重地吹上那么几下，意味深长地呷上那么一口，舌尖发出惊心动魄的啧啧声，似乎在品评无穷无尽的美味。核桃皮儿似的脸上也同时现出了菊花状——这种姿态在传统戏中时有所见。不过说实在的，即使演技再卓绝的演员，也演不出他那份优雅来。

马宿草摔掉那只杯子后，立马后悔了。宿舍没人时，他迅速将残片收拾起来。几天后，那只经万能胶黏合的杯子又出现在案头。

这时，他开始练拳击了。不知从哪个垃圾堆里捡了条破蛇皮袋，从体育场的沙坑里偷了点沙往里一灌，吊在了阳台上。早晚便像猴子一样围着沙袋跳来蹦去，嘴里还"咿咿呀呀"发出怪叫。

功夫练了好几天，却始终没见他打上山门，倒是传来了另一则消息：

马宿草——这位来自全国十大贫困县之一的农家子弟，借款的数额已突破四位数。

第十三章

　　星期六一大早，郑掖教授往嘉华园打来了电话，要本门毕业班的几位弟子，下午到家里谈谈毕业论文的准备情况。

　　电话是季岩冰接的。郑老师在电话中还交代，让窦争也来一下。

　　季岩冰到嘉华园二舍通知玥儿时，开门的是青雅：

　　"哟，是你？稀客，稀客。快请进。"青雅很意外，也很高兴。

　　"玥儿在吗？"

　　"……"青雅脸上的笑容凝固了，半晌，才淡淡地吐出两个字，"不在。"

　　"回来麻烦你告诉她，郑老师让我们下午到他家谈论文。"季岩冰转身要走，末了又回头开了句玩笑，"别忘了告诉她，郑老师准备了好吃的。"

　　"嗬！什么好吃的？别忘了带点儿回来。当师兄的得学会照顾人。"这时，方凌霜端着一盆洗好的衣服走了进来。

　　"瞧我们的小方，一听说有吃的，嘴多甜！今后你叫我一声师兄，我就请你吃一顿。"

　　邱锐有点事儿，过一会儿才能到郑老师家去。他让季岩冰和窦争先走。

路上，刚开始，两人谁都没说话。

送走文好的那天晚上，季岩冰一怒之下打了窦争。过后，他一直很内疚，无论什么原因，自己还是应该冷静一点。他问道：

"文好最近来信了吗？"

"没有。"窦争一直低着头走在后面。

季岩冰放慢了脚步，等窦争走到和他并肩时，他看着窦争的脸，似乎有很多话涌在喉头，他想说，但最终又没有说，只是轻轻拍了拍窦争的肩膀，意味深长地说："珍惜呀！"

在传播系的研究生中，窦争最佩服的就是季岩冰。他的才华系里无人可比，却又从不张扬。他超然地看待一切。然而，不知咋的，他周身透出一种威慑力量。这种威慑来自何处，窦争一时说不清。

生活中常常就有这种情况：有的人初一接触，觉得他威风八面，时间久了却发现，这种威风经不起碰撞，如同纸扎的老虎。而另有一些人呢，初识，觉得他柔弱温绵，但慢慢地你会感觉到，他的骨子里豪气万丈。

季岩冰和窦争到郑老师家不久，邱锐也到了。然而，等到四点钟，玥儿还没露面。

"玥儿通知到了吗？"郑老师问。

"我让青雅传话了呀。"

"算了，也许她有事儿。咱们开始吧。"

郑老师拿出他们上次交的论文提纲说："季岩冰和玥儿准备得比较扎实，有深度，也有独到见解。邱锐还需要努力！"

邱锐一迭声地说："是，是，是。"

"独到见解，源于长期的知识积累，非一朝一夕可就，投机取巧是不行的。"郑老师看着邱锐。

邱锐脸有点儿红。

郑老师又和他们一起，对提纲认真进行了修订，逐条指出应注意的事项。

两人均表示，经郑老师点拨，思路清晰多了。从他们脸上的表情看，这些话很真诚。

一直到郑师母催促吃饭，郑老师还在不厌其烦地叮咛着。

吃饭的时候，郑老师的情绪一直不高："现在的学风确实存在问题。听说你们中间现在有舞派、麻派、商派什么的？我很痛心。

"一个社会必须得有一批为了大众利益，不惜牺牲个人利益甚至生命的人去支撑。任何时候，忽视了个人的责任，那就意味着这一社会正在被腐蚀。如果人人都只追求安乐享受，或者做事的目的就是为了个人利益最大化，这个社会就没有什么希望。

"心居卷帙的学子，是未来社会的希望。社会责任感应该放在第一位。他的使命，正如我房间条幅上所说的，是'为天地立心，为生民立命，为往圣继绝学，为万世开太平'。千百年来，中华民族正是因为有了这样一批学人的支撑，才能历经劫难，却绵延不绝。当然，这些要求并不是每个人都能做到的。但是，起码得围绕这个目标去努力。

"学生时代，是一生中最宝贵的时期。无论社会怎样转轨变型，他的第一任务就是学习。求学之路，本就是一个寂寞、清贫、务实的旅程。社会现实越是喧嚣、浮躁，越是要沉下心来。浮躁不仅会断送个人的前程，如果一个群体都陷入浮躁，就会断送整个民族的前程……"

三个人都有所悟似的，连连点头。

一直到吃过饭，玥儿始终没露面。

郑老师说："我和窦争聊聊天，你俩先回去吧。"

走到嘉华园的岔路口，邱锐说：

"你先回去吧，我到玥儿那儿看看，她到底怎么了。"走了几步，想想不妥，他又回过身，"噢——咱俩一起去吧？"

季岩冰已走出十几米远："你先去看看情况吧，如果需要的话，我再过去。"

作为系研究生会主席，无论碰到谁，邱锐都嘘寒问暖，一脸诚恳。对于玥儿，更是特别关照。有人跟他开玩笑，他说："玥儿是我的老乡嘛。"不错，邱锐老家是浙江杭州的。

邱锐来到玥儿房间，这里"战火"刚熄，"硝烟"还在弥漫……

上研究生两年多来，经常有认识或不认识的男生，七拐八弯地以种种借口接近秦玥儿。本系的男生到207来，也大多是找她的。

玥儿如同众星捧月般的地位，很为青骓看不惯。同样都是女性，一个门庭若市，一个门可罗雀，被冷落者心中的滋味是不难理解的。

青骓用一张宣纸将金人元好问的《同儿孙辈赋未开海棠》抄录好，贴在床头：

> 枝间新绿一重重，
>
> 小蕾深藏数点红。
>
> 爱惜芳心莫轻吐，

且教桃李闹春风。

她在宿舍门口也贴上一副对联：

有惠人心，可来兹地；

无君子德，莫登此堂。

青骓被冷落，一方面是源于她那高大的形象——此话绝不存在调侃的成分。她要是穿上高跟鞋，许多男士看她，须仰视才见。但更重要的，是她那喜怒无常的性格和目空一切的处世态度。

说起她的才气，无论是老师还是同学，无论是喜欢她的人还是不喜欢她的人，都不得不称赞。

她那在省报当记者的父母，赋予了她惊人的悟性和辩才。还在上大学时，她就是系里的四大才女之一。在传播系的研究生中，她和玥儿有"巾帼双侠"之誉。

玥儿的才气，含而不露，属内秀型，而她的才气却表现得淋漓尽致。她的文章，她的言辞都透出股咄咄逼人的气势。课堂讨论时，她那犀利的言辞，不仅使同学们张口结舌，有时连老师也被搞得无言以对。

每年的黄栌节辩论比赛中，青骓都能为传播系拿最高分。并非她的观点有多么正确，而是她很懂辩论的技巧，加之她的反应相当机敏，对方言辞稍有漏洞，她能马上抓住，并趁机打进楔子，利用反向思维，使对方自相矛盾，而乖乖败下阵来。

不仅在辩论赛时如此，即使平时和人交谈，她的嘴巴也从来不饶人。久而久之，很多人见了她望风披靡，甘拜下风。

不过，系里有一人却让她十分怵头，这就是窦争。

和她辩论时，窦争不走直线，总是偷换概念，且瞅准她要面子、爱虚荣的心理，插科打诨，专往她致命处捅刀子。窦争和她辩，不在于从理上胜她，而专门是为了给她难堪，说穿了，撒泼耍赖，颇有点儿"我是流氓我怕谁"的味道。

所以无论是辩论还是交谈，一见窦争，青骓的气焰马上就消了一半。

青骓的眼中，人人是俗物。她的口头禅就是"真庸俗"，且使用的频率相当高。她爱吟诗弄句，动辄一句古诗，时不时几句经典，弄得对方一惊一乍。尤其那些阿基米德的弟子，更是如坠云里雾里。每当对方被她弄得张口结舌时，她的眼睛就会眯起来——这是一种睥睨万物的目光。当对方走后，她照例又会来一句："真——庸——俗！"

据她说，昔日追她的男士，也是"车如流水马如龙"，但她压根儿眼皮都不抬。到底有没有这么大的规模，已经无从查考。

不过，她曾有过男朋友，这却不虚。她的男友，是她大学的同班同学，毕业后两人又并肩在省电视台战斗了四个春秋，然而她的这位人称"好好先生"的男友，最终还是和她分了手。

去年元旦，玥儿被本系几个男生拉去跳舞了，回来见青骓喝得酩酊大醉，地上吐得一塌糊涂。桌上是几张陌生男子的照片，青骓伏在照片上号啕大哭，嗓子已有些哑了，照片上沾满了泪痕。

玥儿慌忙打来了洗脸水，又把地板拖擦干净。青骓还在哭，呜呜咽咽，悲痛欲绝。

玥儿绞了毛巾递过去："你哭吧，心里窝气，哭出来会好受点儿。"

青骓一把抱住了她，伏在她肩上哭得更伤心了。

玥儿不时用毛巾揩干她脸上的泪水。

终于，青雅止住了哭，哽咽着说："他……他怎么那么经不起碰撞！他说……他在我面前始终高雅不起来……我说他庸俗，是……是恨铁不成钢……

"玥儿，你说他为什么要和我分手？我的才能哪一点配不上他？我不明白……不明白……"

玥儿这才弄清她伤心的原因。泪中的青雅没了平时的桀骜不驯和故作姿态，反而有了几分动人。玥儿替她拢了拢头发，说：

"青雅，作为一个女人，有才固然好，但我想，与人交往，更重要的是得尊重别人的人格，要宽容待人。你说这个庸俗，那个庸俗，自己真的就比别人高雅？如果就因为比别人多看了几本书就瞧不起众人，那不是高雅，那是浅薄。男人，尤其是一个有自尊心的男人，决不会容忍别人肆意践踏他的尊严。"

青雅停止了哭泣，像陡然发现了什么似的看着玥儿。

尽管玥儿的话很尖刻，这次，她没有发火。

此后的一段时间，青雅忽然变得温柔起来，如同换了一个人。她主动和男同学打招呼，脸上的笑虽然不很自然，但却是确确实实存在的。

看人时，她不再斜睨了，口中也没了那句倒霉的"真庸俗"。宿舍门口那副对联也被她扯了下来。

过去男生来找玥儿，她会板着面孔一句话也不插，并把录音机音量放到最大，有时还摔摔打打。而今，她的面孔放松了，不时会插上两句话。录音机再没开过。

过去玥儿不在时，有人来访，她会不客气地一甩门："不在！"将客人拒之门外。现今她会满脸堆笑，柔声说："玥儿不在，你是不是进来等等？"

青骓一夜之间的醍醐灌顶、大彻大悟，惊得传播系的男生合不拢嘴。

遗憾的是，不待男生们的嘴巴合拢来，青骓又故态复萌了。

"江山易改，禀性难移。"突然间的良心发现，或是偶尔激发起的顿悟，只能短期内改变人们的一些行为，绝不会改变人的性格。这正如行将熄灭的炭火，中间偶尔迸出一粒火星，这粒火星的光亮又能持续多久呢？

在传播系，只有对季岩冰，她没说过"真庸俗"。因为在他面前，这句话她说不出来。

在才学上，她心里明白，季岩冰不在她之下。在人品上，她也很赞赏季岩冰。别的男生为了蝇头小利，譬如，为当个学生干部，或入党、评优诸事拉选票、走门子，奔走呼号。在她看来：大类女郎也！而季岩冰却很超脱，似乎这一切与他无关，表现出一种"曾经沧海难为水"的豁达。

但他又不像有的人，得过且过无所事事。他是那种被远大目标所吸引，不为外界纷扰所左右，不折不挠，孜孜追求的人。

是啊！男人就该这样：大行不顾细谨，大礼不辞小让。

被这种复杂情绪所左右，她对季岩冰就生出一些尊敬来。有时，她也想到感情方面的事，能和季岩冰这样的人走在一起，一定会很浪漫。

但照照镜子，她又伤感起来。平素，虽然她表面上做出藐视一切的高傲状，心里也明白，若凭外貌，自己没有多少竞争力。这样想想，她就有点儿自卑。愈是心里自卑，面子上愈装出高傲来。

她是用表面上的高傲来掩盖内心的自卑。

每当看到漂亮的女孩身边男儿如云时,她便在心里大骂如今的男儿浅薄,只重姿色不重才,同时会生出"请缨无路,报国无门"的惆怅。

"男过三十一朵花,女过三十豆腐渣"。本就姿色平平,加之韶华已逝,在感情上,她已不敢再抱奢望了……

但她毕竟是女人,是熟透了的女人,而且是那种容易触发感慨,思绪经常在"温柔乡""富贵国"中漫游,在"风花雪月"中徜徉的女人。所以,看到别人的旖旎情状,难免要吃点儿干醋。

白天,站在阳台上面对烟霭湖,她会豪气干云,当风吟诵"桂棹兮兰桨,击空明兮溯流光"或是"先天下之忧而忧,后天下之乐而乐"。这时,她是社会性的人。

而当月白风清之夜,一个人面对青灯黄卷时,她却又会浮想联翩……展现了生物性的一面。

一次,钱亮到宿舍找她,见她慌忙将一本杂志塞到褥子下。交谈中,门卫处有她的电话。趁她接电话的空儿,钱亮好奇地抽出了那本杂志。这是街头地摊上摆的那种,一看题目吓死人:《风骚女渴望爱抚》《淫情汹涌肉爱大嚎春》……翻翻内容简介,更是触目惊心。

……

钱亮面红心跳,赶紧把杂志塞回褥下。他发现褥下塞满了这类书刊。

社会性的她和生物性的她交织出现。于是她便呈现了双面的人格……

二年级时，207 室增加了一名新成员，从本科直接上来，姓方名凌霜，91 级的。小方 69 年出生，比青雅整整小八岁。

小方长得小巧玲珑，只是皮肤黑了点。乍一看上去，她很清纯，和你说话时，她会眨着一双大眼睛天真地问："是这样吗？"似乎心灵没沾染一丝世俗的污垢。她的床上放满了熊猫、小鹿之类的只有幼儿园大班的小孩才玩的玩具——不知缘何，校园很多女生的床上都有这种劳什子，即使那些已育出"祖国花朵"的人也不例外。

是为了显示清纯？闹不清楚！

小方是那种很会玩的女孩。和玥儿一样，她的身边也围了不少男孩，但她和玥儿对待男孩的态度迥然不同。玥儿是"树欲静而风不止"，她守得住"阵地"，不越雷池半步。而小方却相当现代化，她笑玥儿太古板、太保守。"守着粮仓饿肚子"，放着这么好的条件，却不知道享受。

她对两位大姐说：大学生谈恋爱，不谈白不谈，谈了也白谈，白谈谁不谈？既然是白谈，那就不需要承担什么责任。既如此，又为何不尽情地玩呢？

她还语重心长地教育两位大姐：谈恋爱千万别吊死在一棵树上，那样忒没劲儿！世界是运动变化的，爱情也需要不断地更新。新生事物总是具有更强的生命力。

小方是这样说的，也是这样做的。她原本有男朋友，是她的同班同学，分在沿海城市一家报社。她一边和她的男友"鸿雁传书频频寄"，一边又不断培养新生力量。本学期，她的准男友已换了几批。她可以和这些人中的任何一个一块儿吃、一块儿玩，但是，按照她的话说：任何一个人休想留住她的心。

青骓在背后总是骂小方堕落、轻浮,可骨子里却对她的这种"玩"法不无艳羡。

玥儿对季岩冰的恋情,凭着女孩特有的敏感,青骓早有体察。她的心暗暗抽紧,生怕两人撞出火花来。对于其他男孩围着玥儿转,她虽有点儿醋意却并无这种担心。

她密切地关注着事态的发展。所幸的是,季岩冰似乎无动于衷!她有些幸灾乐祸。

今天上午,季岩冰敲门。刚开始,她以为是找她⋯⋯

季岩冰走后,她坐在床上发愣⋯⋯

玥儿回来时,方凌霜已出去了。

青骓虽然没有忘记季岩冰的嘱咐,但她没告诉玥儿。

玥儿知道季岩冰来过,是在吃晚饭的时候。

"玥儿,郑老师家有好吃的,你怎么没去呢?"

"什么?"玥儿不解。

小方便将季岩冰来找她的前后过程说了一遍。

"你为什么不告诉我?"玥儿急了。她倒不是为了一顿美餐。

"他让青骓告诉你的呀!"

坐在窗口的青骓有些不自在。

"为什么不告诉我?"玥儿看着青骓,眼里似乎冒着火。

青骓抬了抬眼皮,不阴不阳地说:"我忘了。"

"哼!忘了!!一定是故意不告诉我。"季岩冰的到来,对玥儿太重要了。

"哟!你倒厉害呀!我不告诉你是为你好,别热脸硬往冷屁股上贴。"

　　这句话戳在了玥儿的痛处。她气得什么话都说不出来了，丢下饭盆扑在床上呜呜哭起来。

　　就在这时，邱锐敲门来找玥儿。

　　青雏不冷不热地又来了一句："嗬，你方唱罢他登场。我们宿舍真热闹啊！"弄得邱锐一头雾水，站在门口发愣。

　　玥儿腾地从床上跃起："是热闹啊。今天，我真高兴，有这么多人找我！邱师兄，晚上我请你跳舞，如何？"玥儿很少这样大声扬气地说话。

　　"好，好，好，好……"邱锐连连点头。

第十四章

本年度评选优秀研究生的工作如期进行。

每学年的这个时候，是鲍副书记最忙碌的时候，也是最能体现其"价值"的时候。

这个时候，研究生之间的明争暗斗也趋于白热化。即便是平日温情脉脉的好友，此时，也会翻颜作色，争得面红耳赤。

因为，若能被评上，除了大红的荣誉证书和印有"汀州大学优秀研究生"字样的挂包，还有五百元的奖金——这对于囊中羞涩的学子来说，已经相当具有诱惑力了。

但更为重要的是，它将被记入档案，对于未来的毕业分配，其好处自然不可估量。

对于这一重大事件，鲍副书记十分关注。本星期五的政治学习，鲍副书记提前十分钟就赶来了。

这次，不待他挨个敲门，同学们已经提前到来——事前，大家都已听到了风声。

鲍副书记坐在靠窗的座位上，背对着窗户，逆光使他的面部表情显得十分严肃。他喝了一口邱锐递过来的水，清了清嗓门，威严地扫视了一下全场，说：

"这次评选优秀研究生，必须强调这些条件，那就是：具有坚定的共产主义信念，坚持四项基本原则，积极投身改革开放，自觉维护安定团结的政治局面，积极参加政治学习，严格遵守学校的各项规章制度，尊敬师长，团结同学……"

鲍副书记的这次讲话，大家都听得格外认真。

鲍副书记唾沫飞溅地讲了足足一个小时，但大家心里都明白，鲍副书记讲的其他话全是虚的，只有评分标准和扣分标准才是实的。

汀州大学评选优秀生采用计分制。计分标准定得相当细，仅大的项目就有"政治思想""遵纪守法""学位课成绩""科研成绩""社会活动""文体活动""社会工作""政治导师意见"林林总总十余项。

这些项目中，除学位课成绩是硬标准外，其他各项标准均有"弹性"。学位课成绩90—95分、85—90分、80—85分各档次分别加若干分，均有明确规定，在这上面做手脚是不可能的。

其他项目，既然有"弹性"，那么，你可以压，使之缩；也可以拉，使之伸。关键是看你"法力"如何了。

于是，围绕着"弹性"加分，一幕幕活报剧就渐次拉开了帷幕。

按照优秀研究生评选比例占研究生总人数5％这一标准计算，传播系今年的名额只有1.15个。研究生会和学生党支部共同提出了一个方案：受众调查研究所虽然是从系里分出去的，但是大家一块儿过组织生活，一块儿活动，他们的指标也应该划归系里。这样，四舍五入，就可以凑够两个名额。

但是受众调查研究所的十个研究生却坚决不同意。他们十个人，按四舍五入原则正好可以争来一个名额。十个里面选一个，概率更高，何必和传播系瞎掺和？

虽经多次交谈，对方丝毫不让步，无奈，传播系只好作罢。

一个名额，23 个人争，谁能问鼎？

大家一致看好季岩冰和青骓。

他俩学位课成绩都在 95 分以上，按规定当加 5 分。两人都有论文发表在国家级刊物上，按规定又加 15 分。青骓在省大学生演讲比赛中获过奖，可加 14 分。季岩冰在全国"春潮杯"小说征文比赛中获过奖，也可加 14 分。两人可以说是旗鼓相当。

不过，大家更看好季岩冰，因为他还担任着系研究生团支部书记，可多加 4 分。

按照评选程序，先由个人自我评估打分，然后，以系为单位对分数进行核实，再由党支部根据得分情况确定初选名单，经政治导师签名后报系总支审核，张榜公布，在广泛征求反馈意见的基础上，确定上报名单送交学校党委学工部。

程序如此繁琐！每年评选时，那些欲问鼎者，总被折腾得气喘吁吁。

季岩冰自我评估时，除了几项硬指标外，其他有"弹性"的，他都按最低分算。按窦争的算法，季岩冰应比青骓高出 7 分，可表交上来时，青骓反比季岩冰高出了 11 分——她都按最高分算。

出乎大家预料的是，邱锐和马宿草分数更高，两人总分都是 83 分，又比青骓高出 3 分。

系学习部长秦玥儿来收鉴定表时，说季岩冰估分偏低，让他重新再估，他淡然一笑，背起书包上自习去了。

表交上来的第二天，马宿草要求玥儿改分，他说"政治导师意见"这一项目上他应再加 3 分，并把一张鲍副书记亲笔写就的"德智体方面表现优秀"的证明书交给了玥儿。

第三天，邱锐同样交了这样一张证明书。自然，邱锐也加了 3 分。

有人看见，马宿草加分的当天晚上，邱锐拎了两瓶好酒拜访了鲍副书记。

两人打了个平手。究竟谁能最后折桂？大家拭目以待。

不久，系里忽然通知评选委员会说，邱锐的总分中应扣除 12 分。

有人揭发他在"全国性重要学术会议上宣读论文"一说有假。年初，邱锐曾随导师参加了全国传播学教育年会。这次打分时，他说在会上宣读了论文，理应加 12 分。

揭发者最近从年会常设机构处索要了会议简报。简报表明：邱锐只参加了小组讨论，根本谈不上宣读论文。

过了两天，系里又是一份通知，马宿草也必须扣掉 12 分——他参与编写的《传播学发展史纲》只是放在出版社待审，根本没有发排。为他开"发排证明"的那位编辑——马宿草的中学同学，也因此受到了牵连。

大家知道，邱锐有个老乡在出版社当副编审。

在马宿草被扣掉 12 分的同时，邱锐又把一张获《D 市汽车运输报》征文比赛一等奖的证书交给了玥儿，要求加 6 分。按评分规则，获省级以下征文一、二、三等奖者，可酌情加 6、4、2 分。

省级以下，那么什么级以上才可加分呢？规则中未加详细说明。邱锐要求加分，谁都没有理由指责。

谁知马宿草毫不示弱，过了几天也交给了玥儿一张证明："马宿草同志获阎庄乡文化馆文艺创作特等奖。特此证明。"

一等奖可加 6 分，特等奖当然也该加 6 分了。

平手，又是个平手。

邱锐在床上辗转反侧了两个晚上。第三天一大早，他就拎着一个鼓囊囊的旅行包出去了。过了两天才返校，包瘪了，手里却多了一张证明。

证明是市郊的一个派出所开的。上面说：邱锐同志见义勇为，只身同两名歹徒搏斗，救下了一位孱弱的姑娘。

系里为慎重起见，曾派人特意走访了受害者——汀州水利学院的本科生。姑娘一口咬定确有其事。

不过，有人说：姑娘是邱锐大学同学的妹妹。她曾多次拜访过邱锐。市郊那个派出所的所长，系里也有人见过，寒假时，他曾托邱锐给家里捎过东西。

见过归见过，邱锐同"违法行为做斗争"的 5 分是要加的。罪犯在邱锐的英勇斗争下早逃之夭夭，受害者一口咬定有其事，接到报案后赶来的派出所所长又亲眼看到了罪犯逃跑时的身影，还能有什么可以怀疑的呢？

在能加分的项目上，双方都已加足了分。交锋下来，邱锐因为"英雄救美人"，比马宿草高出 5 分。

看来，邱锐是稳操胜券了。他多日紧锁的眉头舒展开来，话语中也不时冒出朗朗的笑声，那种惬意和轻松，只有打满了十二回合荣登冠军宝座的拳击好手才有。

不过，邱锐的笑声只持续了两天，便戛然而止。

又是一个礼拜五，评选结果将在今天公布。虽然，结果对大多数人来说，已没有什么实际意义，但大家还是提前到来，聆听鲍副书记宣布。

邱锐更是迫不及待。他尽量抑制住心脏的狂跳，脸上强做出安详的微笑，但从他不停地在凳子上挪来挪去的举止看，他心里定如大海的波涛一样。

"马宿草今天肯定沮丧透顶，经过多回合的较量而被击败，内心的痛苦是完全可以想象的。"这样暗忖着，邱锐便装作漫不经心地瞥了马宿草一眼。

然而，令他吃惊的是，马宿草丝毫没有沮丧之态，相反，竟一副志得意满、胸有成竹的样子。噫！这倒奇了。邱锐惶惑了。

鲍副书记拉拉扯扯说了一个多小时，这才开始宣布评选结果。

邱锐的心提到了嗓子眼。

"吭、吭……"鲍副书记又习惯性地清了清嗓子，这是他发布重大政令时必不可少的铺垫，似乎不清这两嗓子，不足以显示出政令的重要。

这两嗓子使邱锐的神经又往紧里绷了绷，他大气儿不敢出地盯着鲍副书记。

鲍副书记用目光扫视了一下全场：

"经过自我评估和评选委员会的核查，本年度的优秀研究生是：马——宿——草。"

"马宿草？"如同晴空响了声炸雷，大家哗然。

"鲍书记，怎么……怎么是马宿草？"邱锐腾地站了起来。他什么也顾不上了。

鲍副书记并不意外地扫了邱锐一眼："怎么了？结果是按分数

定的呀！"鲍副书记双手往下按了按，示意大家安静。

"按分数，我比马宿草高出 5 分呢。"邱锐不管不顾地继续争辩。

"是吗？"鲍副书记翻了翻手中的鉴定表，"可这上面马宿草比你高出 1 分呢。"

"这怎么可能？鲍书记，我想看看。"不等鲍副书记同意，邱锐一把把表拿了过来。

"鲍书记，马宿草参加业余党校学习这 6 分，按规则不应该加！"邱锐如同抓到了一根救命的稻草。

"为什么？"

"业余党校是为入党积极分子举办的。马宿草作为正式党员怎么会参加呢？"邱锐急促地说完了这些话。

马宿草站了起来，慢条斯理地说："作为一个正式党员，虽然没人要求我再去参加业余党校学习，但是，我认为，作为一个党员，政治上应不断要求进步。

"马列主义是取之不尽、用之不竭的宝藏，我们对它的学习、认识和理解不可能一蹴而就，更不可能一劳永逸。虽然我跨进了党组织的大门，但离登堂入室，还相距甚远。所以，系里每期的业余党校学习，我不仅积极参加，而且还负责组织、督促。这一点，鲍书记可以为我做证。"

"马宿草的加分要求，我是同意的。邱锐，你还有什么意见吗？"鲍副书记口气很淡。

"……"邱锐哑了。

没想到，形势急转直下。

"如果没有什么意见，那就张榜公布了。散会。"

那张写有马宿草名字的大红光荣榜就贴在邱锐门口。那张光荣榜是马宿草从鲍副书记那里拿来的。

当夜，邱锐又在床上翻起了烙饼。从来不起夜的他，一连上了几趟厕所。

天亮时，人们发现，那张榜已不知被谁揭下来撕成了碎片。碎片上全是脚印。

榜虽然被撕了，但马宿草当选优秀研究生这一事实，却不会因为榜的被撕而改变。

邱锐这一次倒没有闷闷不乐，他表现得出奇地大度。张榜后的第二天下午，他竟然约窦争和朱巍在小炒餐厅撮了一顿。

在此关头请人吃饭？窦争和朱巍为邱锐的豁达而感动。

这顿饭的档次还真不低，仅里脊就有五种之多。酒是邱锐自带的，正牌的董酒。

酒过几巡，窦争额头生津，两朵红霞早飞上了双颊：

"妈的，马宿草这小子最不是玩意儿。什么分都往自己身上捞！他根本不应该加那么高分。"窦争是个义气人。

自从那次政治学习，马宿草欲向他开刀，季岩冰和邱锐挺身为他辩护之后，他就对两位舍友感激不尽，只恨没有寸缕以报。而对马宿草呢，则怀着深深的仇恨！总想报复他一下，又苦于没有机会。

"有什么办法呢！系里有人为人家撑腰呗！实际上他不仅不应该加那么高分，还应该倒扣分呢！"邱锐顿住了话头，慢悠悠地抿了口酒。

窦争和朱巍都停住了夹菜，看着他，静等下文。

邱锐倒不慌，把桌上的全部菜蔬挨个儿品尝了一遍才说：

"他考试照抄，按规则得扣掉 4 分。"

"照抄？"窦争和朱巍不约而同地问。

"上学期考英语精读，中途我上厕所，见他正蹲在便池上看一页纸，见了我慌忙往口袋里塞，结果乱中出错，纸掉进了便池。他走后，我探头一看，纸上全是英语词组。"

"真的？"窦争来了精神。

邱锐坚定地点了点头。

"那你应该向系里告他狗日的呀？总支不行就找郑老师。"

"找郑老师有什么用？你又不是不知道系里的矛盾。再说，评优秀研究生是总支管的。"

"照你这么说，就便宜这小子了？"窦争还不死心。

"唉！这事儿在系里是无法解决的。除非谁捅到学校。我是不愿和他一般见识。评上评不上，对我来说，都无所谓。'不知腐鼠成滋味，猜意鹓雏竟未休'。为这点蝇头小利而争，有什么意思呢！我不平的是，没有为同学们讨回公道。"

"你不出面我出面。今晚我就给学校写信，亲自写给校长。"窦争爽气地连干两杯酒……

就在学校召开表彰大会的前一天，传播系的优秀研究生人选又发生了戏剧性的变化——马宿草换成了邱锐。

校长收到了一封匿名揭发信，说 × 月 × 日在 × 教室的英语精读考试中，马宿草躲在厕所偷看。揭发者在信的结尾处呼吁：为了端正学风，严肃校纪，吁请校领导认真处理此事。

校长很重视，亲自做了批示。校长办公室派出专人赴传播系调查。

在调查人员面前，马宿草矢口否认，大呼冤枉，气冲冲地说是有人故意陷害，并坚决要求调查人员挖出诽谤者。扬言：必要的话他要起诉诽谤者。

因为是匿名信，又是用计算机打印的，无法找出证人对证，调查人员未果而返。不过，临走时撂下一句话：在问题弄清楚以前，马宿草评选优秀研究生一事先放一放。

这一放，马宿草的优秀研究生就泡汤了。学校的表彰会不可能专等他一人，而传播系也不能出现空白。

邱锐自然而然地补了上去。

表彰会的当晚，邱锐大放了一次血，从奖金中拿出一百元。请传播系的全体研究生在嘉华园餐厅狠撮了一顿。

据说，邱锐曾诚恳地两次去请马宿草。但是，直到宴会结束，马宿草始终没露面……

此外，让大家稍稍感到意外的是，刘启宇也没有参加。有人看到他背着书包上自习去了。

第十五章

在传播系，刘启宇和邱锐的关系很僵。

可大家搜肠刮肚地想一想，两年多来，他俩又确实没有为任何事红过脸。

僵的缘由何在？这对大家来说，一直是个谜。

据钱亮回忆，刚进校的时候，两人关系很正常。有一天晚上，钱亮拉刘启宇到409室聊天，邱锐正躺在床上看他那本《奴隶制时代》。钱亮随口问："什么好书？那么认真。"邱锐把书递给了他。刘启宇也接过来翻了翻，当看到封面上那枚"浙江省杭州市图书馆藏书"的公章后怔住了：

"你是不是在榆林的通天沟插的队？"

"是的。"邱锐直起了身子。

"1976年保送上的上海师院？"

"是的。"邱锐警惕地看着刘启宇。

刘启宇把书还给了邱锐，冷冷地看了看他，然后什么话也没说就走了。

自此，刘启宇很少搭理邱锐。倒是给大家这样一个感觉：邱锐对刘启宇一直巴巴结结的。邱锐每学期返校带的土特产，学生中除了马宿草,就是刘启宇有份儿了。不过,刘启宇总是不接受,大家亲眼看到他几次把东西退了回去。

本学期,生物系有一个女进修生隔三岔五地找刘启宇。

钱亮不无懊恼:本想玉成一件好事,岂料是"引狼入室"。

那是本学期树叶刚刚开始飘零的一个周末上午,钱亮和刘启宇在学生俱乐部听了场哲学讲座后一块儿回宿舍。

路过钟灵园食堂,一群背着书包,端着饭盒的女生说笑着迎面走来。将要擦肩而过,其中一个穿红风衣的女生忽然站住不动了,睁大眼睛盯着他们,好像面前的两人是外星人。

"这红衣女郎真他妈靓,我眼都照花了。"钱亮开始评点。

谁知话音未落,却见红衣女郎把书包和饭盆往旁边的台阶上一放,折回来和他们同向而行,一边走一边打量着他们。

"哥们儿,快瞧,这妞儿看上你了。"钱亮用肘轻轻捣了下刘启宇,压低嗓门说。

刘启宇似乎没听见,拉了钱亮一把,催他快走。

"绝对!我向毛主席保证。瞧!快瞧!朝你抛媚眼呢。乖乖,那眼神太具杀伤力了。"钱亮刻意把步子放慢。

"滚你的!"刘启宇加快了步伐。

那女子还跟在后面,犹豫了一会儿,最终还是拦在了他们面前:"你……你不认识我了?"她讷讷地问刘启宇。

"不认识。"刘启宇若无其事,表情很冷漠。

"我是戴琳……"她的口气很是急切。

"小姐，你一定认错人了。"刘启宇继续朝前走。

自称为戴琳的女子呆呆地站在原地不动了。忽然，她又紧走几步追了上来："刘启宇！绝对没错！是你！！"

"小姐，生活中认错人的事儿可是经常发生的。"刘启宇看也不看她，继续走自己的路。

戴琳不再追他们了，不过，她没有离去，站在那儿瞧着他们的背影发愣。

"你小子，这么漂亮的妞儿和你套瓷，你还撇清？要是我……"钱亮恋恋不舍地回过头去。

"别回头，快走！"刘启宇使劲儿拉了钱亮一把。

"你到底认不认识人家？"

"……"

钱亮疑惑地看着刘启宇……忽然，他好像明白了什么："我系一下鞋带。你先走。"

钱亮装作弯腰鼓捣鞋带，见刘启宇走远，便快步朝戴琳放书包和饭盆的地方走去。

钱亮迅速将饭盆塞进了书包，然后大摇大摆地晃进了吃饭的人流中……

吃晚饭前，有人敲响了407室的房门。

屋里只有刘启宇一人在，他打开门一看，愣住了——门口站的竟是戴琳。

"是你？"刘启宇很是吃惊。

"你到底认出我了。启宇，我对不起你……去年我回家探亲时，听说你考上了汀大。这次我来汀大进修，就是冲着你来的。没想到，今天就碰上了。"

"你怎么知道我在这儿住？"刘启宇的口气很冷，看都不看戴琳。

"启宇，其实，这些年我一直惦记着你。我知道我伤透了你……一直不敢和你联系。我以为你恨死我了呢。"说着，她慢慢向刘启宇靠近。

"请你出去。"刘启宇拉开房门，大吼一声。

她愣住了："好吧！我知道咱们的过节儿，不是一下子可解开的。以后我慢慢向你解释。先把饭盆给我。"

"……"刘启宇干脆不搭理她了。

戴琳从口袋里掏出一张纸看了看，又把它折好放回了口袋。

刘启宇拿起了饭盆："请你出去。我要吃饭去了。"说着，他开始往外走。

她见刘启宇不像是开玩笑，只好说："你去吃饭？我也要吃饭呢！把饭盆给我。"

"小姐，我拿你饭盆干什么？吃多了撑着了是怎么的？告诉你，五年前多吃的，现在早消化了。"

"自己拿了，又招了，现在又不承认。还让我亲自拿？"戴琳不依不饶。

"你拿吧！我要锁门了。"刘启宇有些火了。

戴琳看了看刘启宇，径直朝墙角的壁柜走去，到了柜子跟前，她"唰"地打开第二层的柜门，如同探囊取物一般，一伸手从里面拎出一只花饭盆，然后转过身来示威般地朝刘启宇晃了晃。

刘启宇蒙了，怔怔地盯着饭盆："这……这……"

"启宇，我知道你心里还惦记着我。"戴琳说着，把那张纸片

"啪"的一声拍在了刘启宇面前。

刘启宇凑近一看：这是一张八开大小的白纸，顶端写着几个醒目的红色仿宋体美术字：

盆儿回来吧！

纸的左角用碳素墨水画了个夸张得走形的女孩儿头像，女孩儿面露焦急，泪水婆娑，嘴里鱼儿吐泡似的吐出一连串的黑色 SOS。

最前面的 S 特别地大，约占了整张纸的一半，在 S 的下半部分，写着几行绿色的字：

欲认哥哥，怎奈他狠心回避，破题儿又早别离！猛回头，
却见去了饭碗，顿时我跌了眼镜，减了玉肌。

遥望见食堂人流，不由人熬熬煎煎地气；有什么心情
花儿、靥儿，打扮得娇娇滴滴的媚；准备着被儿、枕儿，
则索昏昏沉沉地睡；从今后衫儿、袖儿，都揾做重重叠叠的泪。
兀的不闷杀也么哥！

纸的右下角是一个男孩儿头像，一脸期盼的神情，双手接着女孩儿流下的泪，泪中是一个个蓝色的字：

这忧愁诉于谁？内情只我知。老天不管人憔悴。我怎
忍你泪添九曲黄河溢，恨压三峰华岳低。到晚来请到嘉华
园一舍 407，见了刘启宇，壁柜二层揭秘密。

其中，"刘启宇"三字较其他字大了一号，下面还加了着重号。

"是钱亮这小子搞的鬼！"字体分明是钱亮的。刘启宇看完怒不可遏。

戴琳也想起了那个跟刘启宇走在一起的鬼头蛤蟆眼的家伙。

"这纸是在哪儿看到的？"

"就贴在我们饭厅门口。"

"你以为我在向你献殷勤？错了。往昔的一切，早埋在了乌兰布沙漠里了。"

"启宇。我已准备和他离婚。其实，我心里一直爱的是你。"

"出去！"

钱亮并没有走远。他在 409 房间，密切地关注着自己导演的这幕戏。但他万没料到会是这样收场。

作为刘启宇的室友，两年多来，他对刘启宇的"内伤"深有体察。他尽力用友情去融化他心中的坚冰，并设法把他拉入娱乐圈中。"心病还得心药医"，他在暗中替刘启宇寻找着"心药"。

不过，今天这服"心药"显然没有对症。

戴琳走后，钱亮惴惴不安地回到宿舍："启宇，本来我想……"

刘启宇拍了拍他的肩膀："你的心意我理解。走吧，晚上我请你吃饭。"

饭桌上，刘启宇第一次向钱亮叙述了他的"内伤"。

刘启宇确实是个内伤很重的人。

那场伤害几乎毁掉了他……

刘启宇 1981 年考入金城大学生物系。这是个来自古城西安的小伙儿。钟灵毓秀的古城不仅赋予了他高大英俊的外貌，而且赋予了他多方面的才能：他的学习在班里拔尖，是系篮球、足球、排球队的主力，还弹得一手好吉他。

这样的小伙儿自然成为班上女孩注目的焦点。

其中，一个叫戴琳的女孩更是对他倾注了满腔的爱，主动上门为他洗衣服，主动替他占座位……姑娘的深情打动了他。他们相爱了。

那年他十九岁，她十八岁。两人爱得那样真挚、那样缠绵，朝夕相伴，如影随形：上课时坐在一起，上自习时坐在一起，吃饭时也坐在一起……似乎今生今世已没有什么力量可把他们分开了。

毕业分配来临了——这是考验爱情的重要一关。很多平时海誓山盟的恋人，就在这决定命运的紧要关头，为了个人前途，将誓言抛在了一边。

系里公布了分配方案，刘启宇因成绩优异，被分到中科院杭州药物研究所。

研究所就在美丽的西子湖畔。这是个人人都羡慕的单位。

戴琳因为来自边远省份，按规定只能回去。单位是她所在省的农科院。要人单位早已讲明：必须到远离省城的一个防风固沙试验基地锻炼五年。

许多人都为他俩的关系担心。戴琳更是心事重重，一见到刘启宇就泪流不停……

刘启宇找到了班主任，要求和戴琳调换单位。班主任很是不解："你的单位可是人人求之不得的。你要慎重考虑考虑。"

"老师，我已经考虑过了。"

"你年纪轻，不要一时感情冲动。万一……再说，按成绩和分配原则，杭州都不应该她去。"

"老师，戴琳有风湿性心脏病，杭州气候好一点……若实在不行的话，杭州让给别人，把我也分到省农科院。"

"……"老师沉默了，仔细打量着刘启宇……

他被面前这个青年人为了爱情甘愿牺牲自己的奉献精神感动了："你不后悔？"

"不后悔。"

于是，戴琳被分配到了西子湖畔，刘启宇到了省农科院。

两人分别时的那种难舍难分的场面，让前来送行者无不动容：车已经徐徐开动了，戴琳却一下子从踏板上跳下来，紧紧抱着刘启宇的脖子放声痛哭。当天，她没走成。

第二天，车已开动了，她却死活不肯上车。

直到第三天，才把她送走。

省农科院的防风固沙试验基地在离省城一千多公里的沙漠深处。

刘启宇先是坐了一天一夜的火车，又换乘汽车走了一夜，方到了基地的边缘。到此，汽车不通了。

在向导带领下，天刚蒙蒙亮，他们就深一脚浅一脚地在连绵起伏的沙海中跋涉。

骄阳如火球般炙烤着肌肤，炙烤着沙丘，沙粒儿在阳光下反射着灼目的光，令人头晕目眩。整个沙海宛如一个硕大的蒸笼，只觉得体内的水分嗖嗖往外冒。

刘启宇摇摇晃晃跟在向导身后。

向导是个中年男子。沙中日月，早把他凝固成了一堆立体的沙。他的肤色、他的神态、他的语言，均像沙粒儿一般。从早上开始到现在，他没和刘启宇说一句话，更没有怜悯地看他一眼，只是闷着头一个劲儿在前面走。

他的背上像长了眼睛，刘启宇落得远了，他会放慢脚步；刘启宇赶上来了，他又匆匆前行……

就这样，一直走到太阳将要陷入地平线时，总算看到一片叶子枯黄、了无生机的小树，以及树下几丘同样了无生机的红豆草。

离树和红豆草不远处是一个用垡子垒起来的小院子。

垡子垒墙可能是当地独有的一种现象。垡子就是带草根的土块。这儿年降雨量只有几十毫米，即使不用任何泥灰，只把这样的土块垒起来也不会倒塌。当地民谣在形容这一奇特现象时，唱道："垡子垒墙墙不倒，窗户大门小。"

为何要"窗户大门小"？后来，刘启宇才领略到了劳动人民的智慧。此地是世界上著名的风口，整年西北风刮个不停，挟裹沙粒的狂风使空气的能见度很低，有时甚至伸手不见五指。所以，窗孔开大，利于采光。而"随风沙乱走"的环境，逼迫室主必须将门造小，因为门经常要开。

到了院子跟前，但见四周的院墙已经颓圮不堪，很多地方塌有缺口。院子里有三间用垡子做墙的红瓦房。房前的空地上，长着几棵瘦伶伶的向日葵。

直到这时，向导的面孔才活泛起来，他走到刘启宇面前，用手拍了拍他的肩，说出了今天的第一句话："是条汉子！"

说是基地，加上刘启宇，里面只有四个人。站长老李是"文革"前的大专生。另外一高一矮两个小伙儿是近年刚毕业的中专生，高个儿叫左晓丹，矮个儿叫沈恃彤。另外还有一个编外人员，是从当地找来的一个农妇，为大家做饭。

刘启宇到达的那天晚上，那个农妇家里有事，请假回去了。晚饭由老李来做。

吃饭时，先是左晓丹抱怨饭菜不好，言语中已多有不恭。

老李面色很难看，但没有作声。

左晓丹把一个吃了一半的馒头，撒气地扔进了边上的泔水缸。脏水溅到了坐在泔水缸旁的沈恃彤身上。沈恃彤马上破口大骂。

口角愈演愈烈，双方动起手来。厨房里的擀面杖、锅碗盆碟全成了武器。

刘启宇想上去劝解，老李拦住了他："她不在，别人劝也没用。这架不打出个结果不会完的。"

几个回合下来，沈恃彤吃亏了，他如同一只急红了眼的狼，从案板上拎起菜刀就冲了上去。左晓丹从门背后抄起一把铁锹相迎。

再不管要出人命了。刘启宇不顾老李劝阻，上前去拦持刀的沈恃彤，岂料沈恃彤却举刀朝他劈来，他连忙一闪身，刀劈空了。

刘启宇又去劝左晓丹，左晓丹也不客气，铁锹带着风声就下来了。他急忙往后退，房子空间太小，虽避开了锋芒，锹尖还是挂伤了左臂，殷红的血迹顺着胳臂往下流。左晓丹似乎压根儿没看见，继续挥锹同沈恃彤厮杀……

"走吧，还得叫她来。"老李拍了拍刘启宇的肩膀。

"她是谁？"

"做饭的邬玫。"

"你一个人去吧，我在这儿盯着。"刘启宇放心不下。

老李叹了口气，走了。

一会儿，一个三十多岁的妇女气喘吁吁地跑进了院子："都给我住手！"

左晓丹看看沈恃彤，沈恃彤瞧瞧左晓丹，都不由自主地僵在了那儿。

她拉起左晓丹上上下下打量了一番，又拉起沈恃彤看了看，吁了口气："幸亏没伤着。你俩呀……"

她说着一口带着南方口音的普通话，说话时的神态完全像是慈母对待做错了事的孩子。

她又转过身来拉起刘启宇的左臂看了看："听老马讲，你是今天到的。刚来，就让你碰上这种事。走吧，到我家包扎一下。"她的口气带着歉意，似乎做错事的是她。

她又招呼左晓丹和沈恃彤："文超回来了，我做了拉条，再吃点儿去。"

左晓丹和沈恃彤听话地跟在后面。

邬玫的家离基地不远，也是用堡子垒的简陋的小院。屋里的陈设很简单，但每一件家具都擦得干干净净，东西摆放得井然有序。

老李正盘腿坐在炕上同一个中年人聊天。刘启宇认出中年人就是带他来基地的向导。邬玫指着中年人向刘启宇介绍说，他是她的丈夫，叫马福生，她又向里屋喊道："文超，快出来见见叔叔。"

一个瘦瘦的男孩从里屋走了出来，很有礼貌地叫了声："叔叔好。"孩子看上去不足十岁。

邬玫说，文超在离基地七十多公里的小镇上上小学。一个月回来一次。

邬玫非常麻利地给刘启宇包扎好伤口，走进厨房，不一会儿，给每个人端上了一碗热气腾腾的拉条。

现在，刘启宇才有机会认真打量一下女主人：虽然沙漠的风霜给她的脸上镀了一层黧黑色，但掩不住江南女子特有的那种灵秀。

他再看看马福生，心里很不是滋味：那张憨厚的脸上布满刀砍斧凿般的皱纹，看上去，至少比邬玫大十岁。可能是经常抽烟的缘故，一口黄牙。

回到基地，已是深夜了。老李让刘启宇和自己住一个房间。

两人躺在土炕上，都默默无语……

西北风吹起的沙粒儿"哗、哗"敲打着窗玻璃。

半晌，老李打破了沉默："你怎么愿意到这儿来？这可是鬼都不愿意待的地方啊！"

见刘启宇没吱声，老李接着叹道："你还年轻，想点法子调走吧。终日无事可干，好好的人在这儿待久了，都会憋出精神病的。"

"无事可干？"

"可不！听名字挺吓人的，'防风固沙试验基地'，可实际上呢，根据这儿的沙质和自然环境，植被根本无法存活。你是学生物的，慢慢你就会知道。"

"那么为什么设置这个基地？"刘启宇急了，一欠身坐了起来。

"院里可以以此为幌子向国家申请经费呀！说穿了，这个基地是聋子的耳朵——摆设。也是单位上那些没路子的或者派性牺牲品下来改造的场所。"

"我可是和任何人无冤无仇呀！"

老李沉吟了一下说："可能是这样的。前一段时间，给经费的那家机构派人来基地考察，院里谎报了一系列的成果，但忽略了基地人员的履历。人家抱怨人员素质太低，所以院里把你派下来充当一下门面。"

充当门面？刘启宇睡不着了，自己四年的大学学习就是为了无所事事地充当门面？

他开始为自己的前途担忧，同时又感到庆幸：幸亏戴琳没分来。

从老李口中，刘启宇了解到邬玫一家的情况。邬玫是 70 年代从杭州来插队的知青。她插队的地方离这儿很远，后来，不知为什么来到了这儿，并和放羊汉子马福生结了婚。

老李感慨地说："这真是个好女人。基地的年轻人，多亏了她的照顾。"

窗户已经透白了，刘启宇依然睡不着：戴琳在干什么？她是不是也在想我？

不到一星期，刘启宇已深深体会到：这儿根本用不着大学生，甚至根本用不着设此基地———一切都是在做无用功：

从省城运来的树苗，种进沙海中，过不了半月，就成了干柴棒，正好为当地老乡提供了柴薪。播下的草籽，更是肉包子打狗……

院子边上的红豆草和俄罗斯白杨，是为了应付考察，特设的道具。土是从数百里外运来的。每星期，院里都必须派出驼队，从一百二十公里外的凯兴湖驮水来浇灌。听说这里每棵草、每棵树的成本都在两千元以上，估计可以列入吉尼斯世界大全了。

刘启宇给院领导写了一封言辞恳切的信，希望能把他调到可以发挥专长的地方，条件再苦再差他也毫无怨言。

院领导答复了：年轻人不要好高骛远，基地的事业完全可以穷尽你一生所学了。既然你有专长，何不充分发挥出来，给沙漠创出一片绿洲来呢！

他失望了……

这时，唯一能给他安慰的是戴琳的来信。院里的"给养驼"半月来一次，顺带捎来每人的信件。每到"给养驼"来的日子，他就早早等在路口。

戴琳的每一封信，他都摆在枕边，翻来覆去地看。

戴琳的每封信都热情洋溢，讲三潭印月如何富有诗意，讲柳浪闻莺如何充满情趣，讲虎跑泉的水泡龙井茶如何好喝，讲雨中的苏堤如何烟雾凄迷……信尾总是惆怅地讲，如果你能和我在一起该有多好！再美的风景，也比不上你对我的情义。

每次读信，刘启宇都为自己的心上人能有这样的环境而高兴。只要戴琳能过得好，自己受再大的苦也挺得住。

他在艰难中苦挨着，白天在沙丘中做着无用功；晚上熄灯后，他又躺在床上编织着美梦。他和戴琳约定：等见习期满就立刻结婚。

戴琳对他的处境很是关切。她在上封信中讲，她已和领导谈了刘启宇的处境，恳请领导把刘启宇调过来。领导答应考虑。只等两人完婚后，即能以解决两地分居为由，调离沙漠。

刘启宇计算着时日，盼望着那一天早一点到来。

可在见习期将满的前夕，戴琳来信说：单位要派她到莫干山搞一次药用植物调查，需要很长时间。再说刚毕业，经济都很拮据，是不是把婚期推迟到明年"五一"？

刘启宇虽然很失望，但既然戴琳认为这样好，他还有什么好说的呢！

此后，戴琳的信来得少了，言辞也不如昔日那样充满激情。刘启宇心里为她辩解：一定是工作太忙，或是工作中遇到了什么不顺心的事——刚走上工作岗位，理想与现实必然会发生冲突，不顺心的事在所难免。自己不就是如此吗?

对于婚事,戴琳也不再提起。刘启宇想,她一定是被工作或是周围的人际关系搞得无暇他顾。他为戴琳忧虑,一个女孩儿远离家乡和父母,本就孤苦无助,再遇上不顺心的事,那该是多么凄凉啊!

还是早点结婚,让她心有所依。

"五一"前夕,他向单位打了结婚申请报告,然后准备南下杭州,他要突然出现在戴琳面前,给她一个意外的惊喜。

对于结婚,双方父母早就同意了,说只要他俩认为机会合适,什么时候结婚都行。不过,临行前,还是该和戴琳的父母打一声招呼。

他来到了戴琳家。戴琳的父母对刘启宇的突然到来,感到很意外,脸上也似有尴尬之色。

待刘启宇说明来意,戴琳的父亲字斟句酌地开了腔:

"我们不得不遗憾地告诉你,琳琳已于去年'十一'结婚了。"

"什么……"不啻晴天霹雳。刘启宇呆了。

"她是先结婚,后告诉家里的……我和她妈也知道你俩的感情……她说,调你到杭州很难……而她又……不愿回来……"戴琳的父亲一脸难堪地看了看坐在边上同样一脸难堪的老伴。

刘启宇不相信这一切全是真的,他的双腿发软,脑子里一片空白……他搞不清有多长时间处于无知觉状态,清醒过来后,他发现自己正站在一条河边。

他努力回想自己是怎样走到了这里,又是怎样和戴琳的父母道别,或是根本没有道别……珠峰崩塌、长江枯竭,对他,都不会有这样的震动……

刘启宇变了，他学会了抽烟、喝酒。胡须长了，他也不刮；衣服脏了、破了，他也不管。他也开始和左晓丹、沈恬彤为一点儿小事而争吵、打架……

更多的时候是一个人跑到无垠的戈壁滩上，像只狼似的声嘶力竭地吼，声嘶力竭地嚎。吼些什么嚎些什么，他自己也不知道。

他只想把内心的愤懑、辛酸，把自己残存的精力全部吼光嚎净。吼累了，他就躺在地上昏昏睡去。他的太阳、他的明天，他所有的一切一切，全不复存在了……

有时发泄完后，他也会后悔，觉得对不起父母，对不起大学寒窗四载……可是一次次的调离申请被回绝，眼睁睁看着青春在沙漠中耗光，他就重又陷入了颓废的深渊。他仇视一切，尤其是仇视女人……

一个春日的上午，他漫无目的地朝沙漠腹地走去。走啊走，也不知走了多久，直到再也迈不动脚步了，他才颓然地倒在一座沙丘上。

不知何时，起风了，西边的天际一片乌黑。不好，是沙尘暴！

春天，最易起沙尘暴。一旦刮起沙尘暴，飞沙走石，天昏地暗，整个沙丘都会移动。沙尘暴过后，一切都会被埋在沙中。

看着越来越近的沙尘暴，刘启宇并没有太大的惊慌，他索性放平了身体。刮吧，把一切都埋了吧……

忽然，他发现风沙中有两个黑点越来越近。看清楚了，是邬玫和马福生，他们大声呼喊着他的名字，跌跌撞撞朝他走来。

这时，沙尘暴已把他们三人完全笼罩了。四周一片漆黑。马福生一手拉着邬玫，一手拉着刘启宇："朝东走，那儿有道沙梁。"

沙裹着脚，迈步非常艰难。马福生几乎是在拖着他俩走，足足跋涉了一个多小时，才攀上沙梁。"趴在地上，别动。"马福生这位平时寡言少语的汉子，此时像个指挥若定的将军。

肆虐了近三个小时的沙尘暴总算过去了。再看看刚才刘启宇待过的地方，已被夷为一片平地。

那天晚上回到基地后，刘启宇发起了高烧。邬玫和马福生把他接到家里。马福生烧起了火炕。邬玫为他熬了一大碗姜汤。

躺在暖暖的火炕上，刘启宇热泪盈眶。

邬玫坐在煤油灯下，一边为他钉扣子，一边讲着往事……讲完，她看着圪蹴在地上抽烟的马福生，满怀深情地说："那些年，多亏了他。"

在邬玫的叙述声中，刘启宇感到十分惭愧：邬玫在那样的环境中都挺了过来，自己有什么理由自暴自弃？

邬玫，真是一位平凡而又伟大的女性啊。她深深地爱着她的丈夫、孩子，也爱着基地里的每一个人。她用女性的温柔去抚平一颗颗烦躁、受伤的心灵。左晓丹在调离基地时，含着热泪对邬玫说："我真想喊你一声妈。没有你，我真不知道如何度过这些岁月。"

就这样，刘启宇在沙漠中苦苦挣扎着，恶劣的环境造就了他冷漠的性格，也磨平了他的棱角，他开始像沙漠中的狼似的设法适应"无水"的环境了。

大学毕业后的第六个年头，他向单位提出报考研究生。

领导又是以基地需要人为由，断然拒绝。这次，他没有像前几次，不被批准就据理力争，去顶去撞。生活教会了他迂回战略。

他把自己五年的积蓄全取了出来，请了长假。先奔办公室主任家，一顿烟酒"轰炸"，主任的口气缓和了许多："这事得由院长说了算。我这儿是没问题。"

他又奔到院长家。当然，这次"炸弹"的质量和重量都加重了点。

院长总算开了金口："我个人没意见。每个符合报考条件的同志，都有考试的资格嘛！这是国家赋予每个人的权利。不过，还有几个副院长呢！我不能搞'一言堂'。"

农科院共有六个副院长，他一家家拜访，用五年的积蓄轰开了五家的门。

朱副院长倒是欣然收下了礼物，对他报考之事却一口回绝。说基地的项目是由他一手负责的，放走了刘启宇，一时又找不到人下去顶，最后还是让他为难。

他答应说，只要找到合适的人选，他一定答应刘启宇报考。

对此，刘启宇并不慌张，他早有对策。

每天早上、中午、晚上，他都找朱副院长谈心，且总是在吃饭的时候赶去。不用朱副院长客气，他拿起筷子就吃，吃饱了，还打着饱嗝直夸朱副院长的夫人手艺好。有时深更半夜还会跑去汇报思想。

一个星期下来，朱副院长胃口大减，夫人和女儿更是吓得晚上不敢睡觉。最后，朱副院长主动提出同意他报考，并敦促办公室从速办理。

过五关斩六将，总算拿到了报考证明。

考什么专业呢？生物他是再也不愿学了。空有一肚子专业知识，不让你派用场，又有何用？

他决心报考传播系，把民众的疾苦，把官吏的腐败，把一切一切的社会不正之风全部诉诸笔端。他要为人民鼓与呼。

　　就这样，刘启宇考入了汀州大学传播系。

　　刘启宇离开基地时，邬玫一家把他送了很远，很远……

　　第二年夏天，刘启宇又回了一趟基地，他把马文超转到西安上学。他要为孩子提供一个好的学习环境。

第十六章

优秀研究生评选过后不久，马宿草案头出现了一则座右铭。

这则座右铭是清代著名的东阁大学士阎敬铭的那首《不气歌》。他找来一张宣纸，请哲学系一个准书法家老乡用楷书写就，端端正正贴在案头：

> 他人气我我不气，我本无心他来气；
>
> 倘若生气中他计，气下病来无人替；
>
> 请来医生把病治，反说气病治非易；
>
> 气之为害实大惧，不气不气真不气。

马宿草真的不气？无从查考。尽管他形销骨立，却没有病倒，这也是事实。

非但如此，他的精神头还很足，他在匆匆忙忙筹备新的一期系业余党校学习班。

汀州大学有个不成文的规定，发展党员必须经过学校业余党校学习。也就是说，业余党校学习是加入无产阶级先锋队组织的第一步。

鲍副书记将党的组织工作又往前推了一步，在系里也成立了业余党校，每个进入校业余党校学习的同学，又必须先经过系业余党校的培训。

鲍副书记的这一举措，曾得到校领导的高度赞赏，建议在全校推广。汀州日报社还派记者对鲍副书记进行了专访，称他的创举是在高校进行马克思主义教育的好方法。报纸在头版显要位置刊登了他接受记者采访时的照片。

鲍副书记着实风光了一阵子。据说，报纸出来的当天，他专程跑到汀州日报社买了五十份报纸。

这样一来，鲍副书记在工作方面可谓是自我加压了。好在他有个尽心尽职的好帮手——马宿草。

马宿草负责业余党校人选的推举和各项活动的组织工作，可谓大权在握。

因此，尽管有不少学生背后可以把他损个臭死，见了面却不得不赔上笑脸。他的话在传播系还是具有一定的号召力的。

马宿草之所以匆忙筹备新的一期系业余党校学习班，与黄栌节的到来不无关系。每年金秋十月，当秋霜把嘉华园房前舍后的黄栌树染红的时候，校研究生会照例要举行为期一周的文化娱乐活动——实际上也是院系之间的大较量。

除了开幕时请一些三流明星进行表演外，其他活动无不包含竞争因素。如依次进行的拔河比赛、演讲比赛、声乐比赛、舞蹈比赛、辩论比赛和球类比赛等。直到把各个系赛得精疲力竭，方才罢休。

青年学生都想成为生活主角的那种较量心理，在此刻表现得最为明显。比赛根据得分确定各个系的名次。哪个系在黄栌节中大出风头，那么，证明哪个系群英荟萃，人才济济，哪个系的学生在嘉华园的地位也就提高了，走在路上，腰板不免就要往直里挺一挺，遇到陌生的异性问起系别，回答的声音也肯定会高出几分贝。

为了各自的系能在竞赛中夺冠，研究生们无不施尽浑身解数。参赛者如此，旁观者也无不这样。台上对抗激烈，台下也激烈对抗，扬己贬彼，甚至会因而拳脚相向。

传播系的钱亮还发明了一种喝彩方式：当为己方摇旗呐喊时，他让同学们鼓起腮，张开嘴，手掌放于嘴前使劲拍，于是掌声就发出共鸣，宛若洪钟。这样，不仅压倒了对方，而且还使对方惊愕不已，乱了方寸。

不过，这只能一次奏效，下次对方也就如法炮制。法宝失灵了！

这种喝彩方式很快风靡了汀大。

钱亮后悔不迭：

当初怎么没有申请专利？

传播系虽是个小系，但在以往的黄栌节上，一直保持前三名。这一点，连系领导都颇为骄傲，每次黄栌节后，都要对为系争光者嘉奖一番。名单中自然少不了活动的组织者。

这项活动，由研究生会出面组织。

邱锐是本学期接任系研究生会主席的。操办这次活动，对他来说，意义非同寻常：嘉奖事小，重要的是关系到明年的分配。

距离黄栌节还有一个月，他就开始积极奔波：谁参加哪项比赛，谁负责组织啦啦队，谁负责后勤，他都做了明确的分工。

以往舞蹈是弱项，这次，他专程从汀州师大请来了辅导老师。各项球类，也在他的督促下早早开始训练。

他原指望今年的名次较去年更进一档，岂料就在黄栌节开幕的前一天，马宿草宣布本期业余党校开学。每晚都安排政治学习。学员囊括了参加黄栌节的全部骨干。

而黄栌节的绝大部分活动都在晚上举行。

他知道这是马宿草故意拆他的台，可政治学习压倒一切！他急得两眼撮火，也只能背地里骂娘。

今年的黄栌节非同一般。在此期间，学校正好要举行九十周年校庆，黄栌节又成了校庆的一部分。学校为黄栌节的拨款，超出了以往的两倍。开幕式上，校领导也将亲莅现场。

受社会上办"节"风的影响，学校里也出现了办"节"热，什么"科技节""文化节""艺术节"等等，不一而足。在所有的节日中，尤以研究生会主办的黄栌节层次最高。因而，把大批本科生、走读生也吸引了过来。

而这些弟弟妹妹们所表现出来的追星热情，使节日的气氛更加热烈。

黄栌节帷幕一拉开，就将气氛推向了一个高潮。有了钱做后盾，开幕式上邀请的不再是无名小卒，而是有头有脸、有名有姓的汀州大腕：有正走红歌坛的"老狐狸"四兄弟摇滚乐队；有汀州名模、新近在选美大赛中荣膺首届"汀州小姐"称号的万里红小姐；有在去年省春节联欢晚会上做精彩气功表演的盖振天大师；最了得的是，不知哪位神通广大者，竟搬来"八大金童"之一——霹雳舞红歌星甄隽先生。

此公可非等闲之辈，他是目前追星族追逐的重大目标。报载在南方某市的一场演出中，上台向他求吻的少女竟达二十一名。就这，还不包括被保安队员"老鹰抓小鸡"般从台上拎下来的未得逞者。

听说请到了甄隽，女生们奔走相告，脸上充溢着只有小孩过节才有的那种笑。据传，走读部有个宿舍的女生竟激动得两宿没睡好觉，第三天晚上又为给甄先生送什么礼物讨论了通宵。

追星，这一当代社会时髦的人文景观，在追求新潮的大学校园里，表现得淋漓尽致。不信，你瞧：无论是研究生还是本科生，从门玻璃上、案头到床头，贴的几乎全是明星照片。明星"活辞典"更是不在少数。随便走到哪里，你若问起哪位明星的资料（譬如年龄、籍贯、星座、爱好等等），无论巨细，都会得到满意的答复。

传媒中那些光彩照人的明星，虽然令他们神往之至，但毕竟是望梅止渴。于是，校园里一些虽说不上"明"却有些名的"准星"们，如校园歌手、校园舞星、校园诗人、校园球星之类，便暂可充数，聊慰追星者的情思。

一旦哪位能入"准星"之列，门前定会"车如流水马如龙"。

传播系的刘启宇因为相貌堂堂，加之打得一手好篮球，便不时受到女生"骚扰"。走在路上，冷不丁就会冒出一张花朵般的笑脸："请问您是传播系的8号吧？我能知道您住在哪儿吗？"

还有一则绝对真实的故事：去年校篮球联赛，传播系在和历史系的交锋中，刘启宇被对方满脸青春痘的壮汉4号绊倒，膝盖摔出了血。女生队伍中先是一片叹息，接着便是一名女生情不自禁地高呼："打倒4号！"一呼百应，女生们群起响应。

不知哪位怒不可遏，竟将一个汽水瓶摞上了场。一个长相颇有些像台湾清纯歌星杨林的女孩满脸焦灼地对同伴说："你看他流了那么多血，全是鲜血呀！"另一个同样悲不自胜："若有创可贴该有多好！""可到哪儿找创可贴呀？"

这段对话，恰好让站在女孩后面的朱巍听到了。回来后，他发誓要打好篮球，并坚持不懈地练了半年之久。

"准星"们尚能牵动少女们的心，如今真正的明星莅临，追星者们欣喜若狂，更在情理之中。

黄栌节如期进行。

开幕式上，率先出场的是"老狐狸"四兄弟摇滚乐队。一律着白色金属马甲、黑色紧身裤的四兄弟一阵前摇后摆、幅度极大的形体动作，手中的乐器卷起山摇地动般的一阵狂飙。顿时，研究生俱乐部如同开了锅。

只是四兄弟如出一辙的平板相貌，才使女生们的灵魂暂时没有出窍。

接下来上场的是气功大师盖振天。盖大师今天也没有掀起波涛，他没有表演大家希望看到的绝活——灯管上荡秋千。据说，给的出场费距盖大师的要求甚远，盖大师临时取消了绝活表演。他指导两名弟子来了个"银枪刺喉"。两名弟子显然是刚出道，枪尖顶在喉尖上几次滑脱。

"汀州小姐"万里红的出场，起初，倒是镇住了所有在场的男生。

她穿着藕荷色的天鹅绒旗袍，衬得那张白里透红的脸蛋宛若出水芙蓉。她微微含笑，迈着轻盈的"猫步"款款走到同学们面前，举手投足无不透出端庄大方、教养有素。

男生们嘴中不由自主发出"啧、啧"之声。女生们虽然装作不屑地撇撇嘴，羡慕之情却从眼中暴露无遗。

只是万里红小姐的几句开场白，使男生们高涨的热情稍许降温，也使女生们的心理有了些许平衡。

　　万里红小姐场面肯定见得不少，然而面对这些狂热的研究生，她显然有些激动，在台前站了足足有三分钟，才轻启朱唇：

　　"同学们，能参加今晚的盛会，我感到非常高兴。你们是时代的骄子、国家的栋梁，未来靠你们。"

　　万小姐吐字清晰、字正腔圆、富有感情。台下爆发出一阵掌声。受此鼓励，万小姐的感情更充沛了：

　　　　同学们，我们的国家需要的不是安逸的生活，而是艰苦努力的生活。21世纪呈现在我们眼前的是各种国家的命运。假如我们苟且偷安，只寻求虚浮怠惰的安逸及不光荣的和平；假如我们畏惧前人已冒着生命及财产的危险争取来的辛苦竞争，勇猛强壮的人必定会超过我们。为他们自己争取世界主权。所以，让我们勇敢地面对奋斗的生活，决心刚毅而妥善地完成我们的任务，以行动和言辞来维护正义，决心既诚实又勇敢地为崇高的理想献身。

　　　　我们的武器，是语言；我们的责任，是尽可能在思想上更好地锻炼自己，把我们的语言磨炼得更锋利，并且使它深入到世界各国无产阶级的心灵中去，成为他们自己的语言。

　　　　起来吧，同学们！吹起号角，把所有高贵的心灵从所谓文雅趣味的乐园中唤醒。他们倦眼惺忪，在无聊的蒙眬中过着半死不活的存在，心底里有着热情，骨子里却没有精髓，既不是太困要去睡眠，却又是太懒不能活动，在桃金娘和月桂树丛之间游荡，打着呵欠消磨他们影子似的生存。

　　　　……

万小姐还在慷慨激昂，台下却乱了套，这都是些什么词？人们面面相觑，如坠云里雾里。万小姐来时，肯定做了充分准备，背了不少名人演讲材料！估计是背串了，前言不搭后语。

人丛中不知哪个男生嘀咕了一句："原来是个水货！要不，我真要做几个月好梦了。"

开幕式上真正高潮的到来，是甄隽先生的出场。

舞台上的灯光忽然灭了，大家正惊诧间，蓦地爆发出惊天动地的摇滚乐。随之，从东西南北四个方向射出红黄绿蓝四道光束，四束光集中在舞台中央，形成一个同心圆。

这时大家才看清，同心圆中有一个黑点，在《高楼万丈平地起》的摇滚乐声中，黑点渐渐由小变大，倏地，灯光全亮了，舞台上现出甄隽潇洒的形象——原来刚才他背对观众单腿跪在地上。

"哗——"一阵潮水般的掌声。到底是金童，起势非同一般。

一曲《让我一次爱个够》还没唱完，台下有的女生已不能自持，几个从年龄上看必定是本科生无疑的女孩，边喊"甄隽！甄隽！"边往台上冲，被维护秩序的同学拦了回来。

"……I need you，让我的感觉跟着你走；I need you，请再一次拥抱着我，不管天长和地久……"

在音乐和灯光的配合下，甄隽越舞越狂放。

台下更乱了，几个走读部的女孩，边往前挤边哭着喊："甄隽，我爱你。"一个女孩终于冲破值勤同学的层层阻拦，跑上了舞台，摔倒了爬起来，再摔倒，又爬起来……

有了吃螃蟹者，这更如给油锅泼了瓢水，仿效者纷至沓来，合力往台上冲。值勤的同学绝对没有"老鹰抓小鸡"的功夫，个个顾此失彼，急得哇哇大叫。

主持人生怕出乱子，赶紧登台同甄隽先生商量，建议提前收场。甄隽在提出原定出场费一个子儿也不能少的条件被答应后，在值勤同学前呼后拥的护卫下匆匆离场。

这一下，狂热的女歌迷们对夺走她们心头之爱的主持人，便产生了无比的愤怒，许多人把原定送给甄隽的礼物纷纷砸向了他，有的甚至掷起了饮料瓶。主持人哪顾得了这许多，一边护着头，一边跟在甄隽后面仓皇逃遁。

据说，这场开幕式，让第二天打扫卫生的老太婆发了笔洋财，捡到的礼物足可以开一间杂货店。只是每件礼物上都有签名。有一只和真狗大小的玩具狗上，竟密密麻麻写了 217 行抒情诗。

……

开幕式一结束，各个系之间真刀实枪的较量便开始了。

第一项是拔河比赛，各个系须选出 20 名精兵强将参赛。传播系共 23 名研究生，被马宿草一家伙抽走了 12 名，剩下的不但连数目都凑不够，而且个个是"老弱病残"。

邱锐觍着脸皮央求马宿草帮上一把，暂时放回人马。马宿草眼皮一搭抹，冷冷地说："这期党校，是特为校庆而开的，是经校党委宣传部批准的，任何人都无资格变动学习时间。"

邱锐碰了个软钉子，只好一边骂娘，一边思谋对策。他东央西求地从走读部请来九名"雇佣军"，又从研究生活动经费中拿出三十元，为"雇佣军"每人买了一瓶华旗果茶。

虽然有赏，但临时凑起来的乌合之众，不敢言勇。对手又是人强马壮的法学院。第一个回合，僵持还不到一分钟，随着第一个人的倾倒，传播系便像推倒的多米诺骨牌，纷纷向对方倒去。第二个回合更惨，裁判一声令下，传播系折腰便拜，拱手称臣。第三个回合，传播系干脆弃权。

第二项是辩论比赛。因为青雅和钱亮两员大将均被马宿草拉走，他只好拉上平素见了人说话都脸红的白曦仓促上阵。结果，初赛即被淘汰。白曦还因答非所问，闹得满堂哄笑。

第三项是演讲比赛。邱锐把宝全押在这上面了——传播系能不能得分，在此一举。邱锐亲自上阵。选择什么样的主题？他整整琢磨了一天，最后选定了《研究生在社会变革中的方位》这一富有时代感的题目。

采用什么样的开场白呢？是介入式、潜入式，还是突入式？他又整整斟酌了一宿。为了保险起见，他打听好各个评委的住址，挨个上门求教。

功夫不负有心人。他的这番努力，终于为传播系赢来了宝贵的2分。

到第四项声乐比赛时，邱锐已精疲力竭了。平时虽然生旦净末丑、神仙老虎狗、南大腔北大调、软的硬的他都会那么一套，而此时却是心有余而力不足了——他的嗓子哑了。

他参赛的歌曲是《白云下面马儿跑》。

尽管他深化内涵的面部表情、有雕塑感的形体动作，一开始赢来了观众的热烈掌声，可唱到"马儿跑"时，唱腔顶不上去，连着试了三次，都不行。

他只好不失风度地自我解嘲说："同学们，比赛重在参与。我之所以参加了今晚的演出，不在于得分，正是本着这一精神。"

　　邱锐的这番话，使他体面地下了台，传播系从此也多了句歇后语：老邱跑马——三跑不上。

　　之后的比赛，传播系只有观看的份了。

　　本届黄栌节拉上帷幕时，传播系以 2 分的总成绩在全校 35 个院系中名列第 34 名。

　　传播系败得一塌糊涂！

　　在这场比赛中，只有一个人赢了——那就是马宿草。

第十七章

黄栌节过后，学校本学期的各种社团活动大体已完。

期末考试还在两个月之后。对于汀州大学的文科研究生来说，这段时期是本学期最清闲的时期，也是各种"派别"最活跃的时期。

除了上课，学子们做些什么呢？

研究生称自己的宿舍为"九三学社（舍）"，也就是说，早上九点钟起床，下午三点钟起床。

他们不必像本科生那样为早操所累，也不用担心辅导员会来检查。一天二十四小时不限电的优越条件，使他们可以尽情地过夜生活：跳舞、打扑克，搓麻将，海侃，不到意尽不登床。

即使上床，"卧谈会"又会将夜生活延续下去。不少人见了星星就精神，见了太阳就犯困。

"麻派"现今在汀大基本上绝迹了。这得归功于校学工部。

学工部人员不时在宿舍区巡查，发现打麻将者，先"缴械"，随之"黄牌"警告——将特制的黄牌给麻民所在的系和本人各发一块。

"黄牌"虽小，对评优、评奖来说已构成很大的威胁。但最令"麻迷"们难堪的，要算给家长写信了。

持"黄牌"者，须将自己得"黄牌"的原因如实诉诸家长，要家长给系里回信。系里接不到回信，"黄牌"将无限期挂下去。那么，评优、评奖就与你无缘了。日后分配也会留个尾巴。

家长给系里的信，自然是向系里检讨了，痛心疾首地忏悔没把孩子教育好，发誓日后一定严加管教云云。而写给孩子的信呢，笔调则更沉郁：节衣缩食供汝如何不易，而汝竟荒唐若是！

稍有自尊心的学生，接信后定会醍醐灌顶，幡然悔悟。

即使这些招不见效，学工部仍有高招：给冥顽不化者办学习班，并通知其父母一同参加。同时，让学员代替学工部巡逻，直到抓住新一拨方罢休。

昼夜巡逻，可不是闹着玩的。有了这次经历，纵你麻瘾再炽，定不敢轻易犯戒。

学校中规模最大的派别要属"扑克派"了。打麻将有赌博之嫌，打扑克可是一种正常的娱乐呀！那五十四张纸片经过这些高智商者的演绎，变幻出五花八门的花样，男女生乐此不疲。

发明扑克的这位仁兄，当初绝对不会意识到他在汀大有如此多的追随者。晚饭后，尤其是周末，只要谁在楼道里喊一嗓子："谁来打牌？"顷刻，就会有数颗脑袋从房门中探出，人未至而声先到。有身手敏捷者，腾挪如猿，早抢占了有利地形。

因云集者众，所以各位牌将，定有拥趸数几，为之摇旗呐喊，观牌瞭阵。

汀州大学的宿舍楼前后，小径上，花丛中，垃圾堆里，到处是扑克牌的残骸。这是它完成了"斗罢玉龙三百万，败鳞残甲满天飞"历程的最后归宿。

近两年，学校日渐壮大的另一个派别是"商派"。

"商派"要分等级了。有的研究生入学前曾在物资部门干过，或曾握有权柄，于是，便充当了流通领域的生力军。

另一种是父母掌有实权，便也利用父母的关系，加盟于调剂余缺、搞活流通的行列之中。

大学各路豪杰相聚，八方信息云集，所以很有些腰包鼓起来的。各个宿舍的电话机前，也昼夜排起了长队。

"喂！您的意思是用油轮把油从大港油田运往海南岛？……"

"我这儿有二百吨钢材，你能全吃下吗？"

……

这些都是大商。

小商呢，则是从东市批发些裤头之类的百货到西市去卖，赚个差价；或是做个准经纪人，组织同学编本畅销书，替人物色个家教收些好处费……

无论大商、小商，都是同学中的贵族。穿得一般都很阔绰，出手也很大方。有的腰上甚至挂着 BP 机，动辄"哔哔"响个不停。于同学交谈中，很潇洒地打开盖子一看："有人 call 我。"

在学校诸"派"中，最有生命力的"派别"要数"舞派"了。

学校营业性的舞厅有两家，只有周末开。不过，只要非雨天，"舞派"们仍有用"舞"之地。学校的任何开阔地、操场、楼前空地、楼顶平台，甚至马路牙子上都会摆开舞场。

这些"舞场"不需乐队，不需彩灯，好舞者将录音机一提，再拎上或红或绿的三五只塑料桶，将点燃的蜡烛往桶中一放，舞会便开始了。

这种舞会，简陋归简陋，但别有一番情调：轻风送爽，星月增辉，烛光幽幽，人影幢幢，起舞其中，妙不可言。

在这些露天舞会中，最有情调的当属毓樱大道下面的葡萄亭舞会。三五之夜，明月从葡萄藤的枝缝中溜到水磨石地面上形成斑驳的光点，很有点"疏梅筛月影"的意境。舞到酣处，便生些"不知今夕何夕"之慨。

这种舞会最大的好处是，不用买门票，无论谁，均可见烛起舞。学校营业性的舞厅尽管票价较外面便宜——一块钱一张，但对"囊中存钱清可数"的学子来说，已不折不扣算一个数目了。

这种舞会的另一个好处是不受时间限制，你可以尽兴而跳，兴不尽而不必还。所以，参加者甚众。

"舞派"生命力强，为他派所不及。若问个中原因，舞迷们几乎会异口同声地回答：松弛神经，锻炼身体。

果真如此吗？传播系的朱巍有他的见地：

且不说当你邀请陌生舞伴时心如鹿撞，单是踏节拍、避人流，也够你出一身汗了。所以，松弛神经之说，纯属托词。

说锻炼身体吧，也牵强得很。你采用什么方式不可锻炼？或打球，或长跑，哪一个效果不比跳舞好？即使你不愿出门，完全可以原地起跳三百下呀！是吧？

朱巍说这个话的时候，如果马宿草在场，他还会接着阐述下去：

"真正原因若说白了，可真有些不大磊落。正如鲁迅先生《肥皂》中的四铭，称赞那个乞丐绝非因为她孝顺，而是'去买两块肥皂来，咯支咯支遍身洗一洗，好得很哩'。"

跳舞如同去拜访老乡，只是作为一种接近异性的手段。跳起舞来，开场白必定是："你是哪个系的？""贵姓？""住哪儿？"一旦将这些套到手，不出三天，定会找上门去。

平素你若想挽住女孩儿纤手，扶其柳腰，她不斥你为流氓才怪。而在舞场上，这一切都可以堂而皇之地去做。

女生跳舞，心也坦荡不到哪里去。虽则表面上做出"守身如玉"状，骨子里恐怕早就"目挑心招""而望幸焉"了。于是跳舞前，无不刻意装扮一番，拿出最好的行头，涂脂抹粉，恨不得把场上所有的男性全吸引过来。

末了，朱巍还会来两句概述：很多事情，一旦被罩上炫目的光环，不合理的会成为合理的，不合法的会成为合法的。如同四铭一用道学来陈词，"咯支咯支"声中闪出的就不是乞丐光洁的身子，而是"挽救道德，挽救中国"的高尚。

不过，参加舞会，并非每个人都可以"踏花归来马蹄香"，那些相貌"语重心长"者往往会被冷落。

"语重心长"，是传播系使用频率很高的一个词。这个词，很有点儿"文革"的遗风：想想当年的报刊，描写贫协主席或工宣队长做忆苦思甜报告时，总爱来一句"语重心长地说"。"语重心长"说出的话，大体都很沉重。

先说男士——舞会中男士往往占有主动权。你腰一弯，手一伸，对方照例会自上而下，漫不经心地打量你一番，最后目光若无其事地在某个地方定了格——记住，绝不会在你身上。然后朱唇一启："很抱歉，我跳累了。"这是有修养者。

若碰上那些修养欠佳者，会冷冷地从牙缝中挤出两个字："不跳。"这时，你伸出的手，缩也不是，不缩也不是。你若稍有自尊心，真恨不得地上裂开一道缝，一头扎将下去。

作为"语重心长"的女士，在这种场合就更惨了。边上一个个同伴全被请走，孤零零只剩下你一个，如同被买主挑来挑去剩下的没人要的烂倭瓜。

如果碰巧遇上这样的情况，恐怕就更不是一个"惨"字了得了：一位潇洒的男士，款款冲你走来。你的心跳加快了，是来请我的吧？

对方果真走到了你面前，满脸是笑，优雅地一伸手。你的血涌到了脑门，眼中露出了激动的光芒，迅速从座位上弹了起来，并将手同样优雅地伸了过去。

谁知男士却视你若无物，径直越过你，挽起了你身旁另外一位女士的柳腰——原来，他请的并不是你。

人家相携步入舞池，而你的手却还伸着——这时，你的心情又会如何？

也许你会说，既然自忖不行，干脆就"语重心长"者请"语重心长"者跳，所谓"金花配银花，西葫芦配南瓜"。

但是，参加舞会者往往有这种心态：男生无不想请漂亮的女生，而女生也无不想被潇洒的男生所请。

再说，被漂亮潇洒者所拒，尚可忍受，若被"语重心长"者拒绝，那就不只是钻地缝了。

不过，"语重心长"者中也有脸皮忒厚的——自然是男士占了绝大部分，还专挑漂亮的女士请。若女士说："跳累了。"他会说："那么我抱你上场。"若女士说："不跳。"他会眼睛毒毒地一瞪："不跳你来舞场干吗？"

这都是些愣头青，用的是硬功。也有用软功的：一次请你不跳，下次再请，若你下次仍不跳，他就三次、四次、五次、六次地请下去。

碰上这种"痴情汉"，一般女士恐怕只好"起舞弄清影"了。

更有无赖者，你不跳，他就出手硬拉。遇到这种情况，女士纵有一百二十个不愿意，也不得不起身相陪了——舞场上真正坚贞不屈的烈女，毕竟不多。一旦拉扯起来，大庭广众之下，反倒不美。

还有些无赖中的报复者，把你硬拉上了场，你刚进入角色，他却反手一丢，扬长而去。这时，难堪的就不是"语重心长"者了。

若论"身份"，诸派中最不俗的要数"托派"。

如同洋货备受青睐一样，"洋插队"在大学校园也时髦得可以。

当然，要获得"插队"权，首先得"托福"过关。"托福"原文 TOEFL，意为英语为非母语者的语言考试。译成"托福"，不知是谁的知识产权？现今大学里，想托它享福的人不在少数。

那些"托派"，因为自己的事业同"洋"字联系在一起，也顿觉不凡起来。"登泰山而小天下"，考托福而小众生了。

被崇高的事业吸引的这伙人，对学校的考试分数，抑或是入党、评选优秀研究生之类的事儿是不屑一顾的。甚至跳舞、打扑克之类的活动也为他们所不齿。

在他们眼中，除了托福，别无他物。如同潜心佛教的高僧，六根清净，心里唯有佛祖。

不过，并非每个人都能跻身"托派"的行列。首先，外语不能太差；其次，家底得殷实——光报名费就得三十二美金（听说，今年价格又涨了）。光凭助学金，得饿半年肚子。即使联系到了学校，拿到了签证，没有一笔川资恐也难以成行。

能具备上述条件的，并不占研究生的多数，能跨洋圆梦的，更是凤毛麟角。

虽然如此，乐此不疲者仍如雨后春笋。有的一次不行，再来一次，甚至反而复之，屡败屡战，颇有点儿像曾国藩打太平天国。

传播系研究生中的"托派"，当以白曦为代表。

这是个生活诸方面均需他人照顾的小弟弟。白皙的脸上尚不见须，嗓子也没转音，又高又尖，如同一只正学打鸣的童子鸡。

每周，他那在外事部门工作的母亲必定千里迢迢打来电话，对他的饮食起居详细关照一番。当然，也忘不了垂询托福的进展情况。若有哪一周家里没有来电话，他就顿时手足无措，眼望天花板，喃喃低语："我妈怎么没来电话？我妈怎么没来电话？"接下来就如同丢了魂一般。

平时，若不是舍友督促，他会连续数星期不洗脚，衣服泡在盆里半年不洗。不少人为他担心，他一人去异域可怎么生活？

白曦在传播系研究生中，虽然年龄最小，却是老"托派"了。据他本人称，自上大学始，他就魂系"西洋"。大学四年，专业书籍未曾系看过一本，但凡书店里有的托福书籍，他每本均有。

他学托福的精神，委实令人佩服：背、听、做题，未见他有片刻消闲。他从来不看电影，也不看任何其他书籍。他的日程表上没有星期天。

这是个不到"西洋"非好汉的人物。

平素他不爱说话。不过，一旦你和他谈起美国，他立马神采飞扬。从旧金山的金门大桥到得克萨斯州的大草原，从哈莱姆的黑人居住区到曼哈顿的商业大街，他如数家珍，熟悉得如同自家门前的小胡同。

他的床侧挂了一幅美国地图，大小占去床侧的全部墙面。每晚睡觉前，他都看上一眼，每个州的大小城市他都能倒背如流，各个城市有哪些学校他更是了如指掌。

前一段时间，他刚考完托福，总分647。目前，他一边联系学校，一边又向 GRE 冲刺。桌上的托福"连队"不见了，被《GRE 速成指南》《GRE 成功捷径》《GRE 新突破》《GRE 大冲刺》《GRE 大跃进》这些 GRE"军团"所代替。

一旦 GRE 能考到 2200 分，申请到奖学金将不成问题，那么他多年的"美国梦"就圆了。

虽然他的面色愈来愈苍白，时不时咳嗽中会咯出血来，他的斗志却丝毫未减……

诸派中若排起队来，最冲的当属"侃派"。若论资格，最老的也非"侃派"莫属。

青年学生善侃，可说是古已有之。东汉清议，太学生是主力军。据《后汉书·党锢列传》记载，京师太学诸生与郡国士子相呼应，"危言深论，不隐豪强""自公卿以下，莫不畏其贬议"，终于酿成党锢之祸。

到了南宋，又有太学生高升等人聚众朝野，力主抗金。不过，后来被朝廷一阵乱棒打将出去。到了这个份上，朝廷认为：他们再也不敢胡言乱语了。

但是"侃派"士子的豪情，不绝如缕。明末东林党人，更加慷慨激昂。

随着沧桑巨变，"侃派"发展到今日，变化自然很大，个中趣事一定很多。如果哪位仁兄写一部《侃派发展史》，定能发笔小财。

不过，无论变化多大，有几点却不会变：参加者均是善侃之人（最不济也得是个热心听众），得有个侃首（大家以他为中心），得有个固定的侃点（如果像草寇似的四处打游击，绝对成不了派）。

传播系的侃点在 407 室，也就是钱亮的房间。侃首也非他莫属。

中饭、晚饭时，睡觉前，是"侃派"三次铁定的聚会时间。

或端着饭碗，或拿着茶杯，边吃边聊，边喝边侃。其乐也融融。

侃的内容五花八门，天南地北。当然，侃得最多的是男女间的秘事。

日复一日地聊，月复一月地侃，便给传播系留下了很多"宝贵的文化遗产"，"好诗""好句""逸闻趣事""精彩片断"应有尽有。

其中有钱亮的"绝对"：

列方程开平方，分解因式；

走直线过切点，直插圆心。

横批：0 大于 1

他的一则谜语，因一题多解，更是风靡嘉华园：

谜面是"新婚之夜"。要求答出河南省的一个地名。

结果却答出了两个地名：一个是开封，一个是洛阳。两种意见争执不下。

说"开封"者认为：既然是新婚之夜，自然得突出"新"字了。所以，最确切的应该是"开封"。

答"洛阳"者认为：若将时间倒推二十年，答"开封"自然对。但现在是 90 年代了，即如说是"新婚之夜"，"开封"也是"过去时"了。

于是,有人提议:日后再出此谜语时,须加个时间定语。譬如:

谜面:新婚之夜。要求答出河南省一地名(站在二十年以前的角度答)。

第十八章

黄栌节之后，传播系还有一件趣事。

一个周末的晚饭后，戴琳又来找刘启宇。

这名女士，本学期差一点把 407 室的门槛踏破。

钱亮从生物系他的一个女老乡处探知，戴琳的丈夫两年前在一次车祸中失去了双腿，她不愿意再伺候这个瘫子，才躲了出来。

每次戴琳来，刘启宇和钱亮都不理她。

自从上次听了刘启宇的回忆，钱亮对自己引狼入室的行径，后悔得要死。

尽管次次受到冷遇，戴琳仍不收兵。她锲而不舍，施起了软功。

一次钱亮下自习回来，听到屋里传出说话声，先是戴琳的声音："启宇，你的心就那么冷？！上大学时，我一次也没有给……给你，现在，我想……想给你。你要的话，现在，就可以拿去……"

"滚！"是刘启宇怒不可遏的声音。

……

钱亮在心里祈祷：兄弟，你千万顶住啊！

他来到 405 室。马宿草和朱巍都在，两人正不知如何打发这个周末。马宿草新近追的力学系一名女生，又同他拜拜了。

"谐星"钱亮的到来，马宿草、朱巍都很欢迎。

钱亮，不仅说话诙谐幽默，为文也很有特点。他经常在一些通俗刊物上发表小说、故事之类的东西。他的文章说不上有多么深刻，语言却绝对具有自己的风格。中文系的一位语言学老教授看了他的文章后，专门把他找到了家里，叮咛他毕业后一定考他的博士生。

"秋宵一刻值万金。你俩傻坐着干吗？"

"天下之大，女人之多，可是没有一个是我们的。"朱巍一脸苦相。

"嗨，大丈夫何患无妻，慌什么！"钱亮做出满脸的不在乎状。

"你小子别是有了吧？给哥们儿保密，想当个坐三站、四站，而不愿补票的不婚铁汉。"朱巍打趣道。

钱亮连连摆手："冤枉煞哉！哥们儿还没这么大的法力。说真的，倒是差点坐了一站。"

"怎么回事？快讲，快讲。"两人来了精神。

钱亮不紧不慢打开了话匣子：

"我大学毕业后，在市文化馆当教员。一次，我写了一个剧本，被市话剧团采用了。作为编剧，这便有了与演员接触的机会。演女主角的演员，长得真叫漂亮，套句老词，真是'鸟见不飞，马见不走'。哥们儿给迷倒了。

"女演员很高傲，哥们儿哪敢轻易下手？后来，听人讲，她是个文学青年。这不就有门儿了吗！听说我们馆长认识她爸，我就请馆长出面作伐。馆长还真给面子，当着她的面，把我吹得天花乱坠，说将来不得个诺贝尔文学奖，至少也弄个茅盾文学奖。

"姑娘一听很高兴，当场表态：她不羡财富、不羡官，就喜欢有才华的人。于是，便有了约会。你们知道，我有个毛病，经常故意把似是而非的字念错，偏偏又喜欢在各种场合臭转词。

"那天晚上，天气很好，姑娘的心情也很好。我俩绕着城湖漫步。我一不当心，先是说了个'心不在马'。姑娘疑心没听清，看了看我。

"后来，在形容她的演技时，我又说了句'很有鬼力'。姑娘这次听清了，严肃地对我说：'你刚才说什么来着？请再说一遍。'她这么一正经，闹得我想改口也不好意思了，我硬着头皮又说了一遍'很有鬼力'。

"'你回去好好查一查字典。那不念鬼力，应念魅力。你们馆长也真是的，说话一点儿也不负责任。'姑娘很生气。一会儿，她又问：'那个剧本到底是谁写的？'

"当时为了剧本能上演，我拉虎皮做大旗，剧作者的排序，第一位是市委宣传部长，第二位是市文联主席，第三位是文化馆长，第四位才是我。我又不能将这些点破，只好说：'是我们四人合写的。''你这个水平能写剧本？歇菜吧你！'姑娘气哼哼地走了。

"此后，我又找了姑娘好多次。人家就是不搭荏儿，只赠给我这么一句话：'先把初中语文好好补一补。'"

钱亮讲完，三人哈哈大笑。

"哪里跌倒，哪里爬起。现在，校园流行征友热。你怎么不写上一张呢？凭你哥们儿的侃功，不侃晕几个才怪。"

"老马这招高。"朱巍连声附和。

"蒙兄弟们如此看重，本人不侃翻几个，可真对不住大伙了。那么，现在就写上一张？"钱亮来了兴致。

"快写，快写。"两人一致怂恿。

钱亮拿出纸和笔，马宿草和朱巍分坐在他左右，出词献句。不一会儿，一张别致的征友启事出现在案头。纸的右上角，画着一位身着燕尾服、头戴礼帽的年轻绅士，双眼抑制不住渴盼的神情，双手平伸，虔诚地捧出这样几行潇洒的美术字：

螺髻巍巍，桑榆易逝

烟霭苍苍，盛年难再

或岭南，或塞北；或五湖，或四海。你走来，他走来，大家走到一起来……螺髻集天下之芳草，烟霭拢一世之英华。书山跋涉，有待斯时；寻朋觅友，更赖何日？月亮缘太阳才射璀璨之光，伯牙因子期方把高山流水奏响。

本舍几位男士，愿和您览湖光，登险峰，指点江山，激扬文字；也愿和您行吟泽畔，纵谈家长里短，小巷逸闻。

洞府虽陋，有惊鸿翩至则名；嘉华园虽僻，有淑女相伴则畅。

若问陋室何在？嘉华园一舍407。

对于落款，马宿草不干："都到407室，不把我俩给晾了？不如把两个宿舍都写上。"

钱亮便在"407"后面又加上了"405"。

三人又达成了一个共识：无论女士找到哪个宿舍，资源共享。

众人摇头晃脑，读了一遍又一遍，甚是满意。于是，当夜，这张征友启事就出现在钟灵园、毓秀园、萃英园和昊葳园的十几座女生楼前。

期盼是难免的。不过，没让期盼的心跳得过久，就在第二天吃晚饭时，两个女孩登门拜访了。

令人感到好笑的是，这两人活脱脱就是"反差"二字的注脚：一高一矮，一胖一瘦，一黑一白……总而言之，统而言之，一美一丑。

美的高姑娘，差不多集中了美女所应有的全部特点：苗条的身段，凝脂似的皮肤，顾盼流兮的双目，让人看了以后如饮甘醴。

而矮的丑姑娘呢，简直就是丑的化身：不仅又黑又胖，连头发也如存放多年饱经风吹日晒后的烂稻草——干枯发黄。那口黑黑的四环素牙，更是不敢恭维。

对她们俩走在一起，大家并不感到奇怪，生活中常有这样的现象：嫉妒往往发生在同性之间。如果两人才貌相当，彼此肯定会视同陌路。因为"相当"，就是竞争，就要争个高下。而竞争，犹如静谧的夜空中刮过的一阵龙卷风，会将和谐的气氛撕破。

两个人反差显著，一方对另一方构不成威胁，双方则相安无事，甚至相处得很好。这一点在女性身上体现得尤其明显。

两个女孩叩响的是 407 室。钱亮让座、倒茶，忙得不亦乐乎。

姑娘们凳子还没坐热，朱巍、马宿草早闻讯赶了过来。马宿草还一个劲儿抱怨钱亮，来了贵宾也不及早通报。

三人都很激动。朱巍、马宿草原准备去看电影，票已买好，也放弃不去了。

这两个姑娘是管理学院 89 级的本科生，美姑娘姓晏名樱，丑姑娘姓张名美花。晏樱很能侃。几次神侃，钱亮没将对方侃翻，自己每次倒败走麦城。并非钱亮侃功不如晏樱，一向口若悬河、滔滔不绝的他，在晏樱面前竟紧张、拘束得语不成调，词不达意。

和那位演员姑娘交往留下的阴影，还笼罩着他。他生怕再失"前蹄"。每次侃完，他都为自己发挥失常伤心欲绝，发誓下次再决高低。

然而，下次呢？他却重蹈覆辙——钱亮爱上这女孩了。

钱亮陷入了烦恼之中，一方面，是因为自己在女孩面前发挥失常，却无力回天；另一方面，是周围情敌环伺：马宿草、朱巍都对晏樱表现出了过分的热情。朱巍在传播系蚩名远播，然而，不到一个月时间，他连续请晏樱看了两次电影，一次竟然是双场。

最令钱亮担心的是马宿草，这位系研究生党支部书记，追起姑娘来，如同他做组织工作一样，有板有眼。虽然因"自然条件"所限，以往他的成功率很低，但失败是成功之母呀。经验方面，他远远超过钱亮。看来，他正欲集十数次经验之大成，发动新的攻势。

每次晏樱到407室，她前脚刚进来，马宿草后脚就到。好像有特异功能，每次他都能准确地捕捉到晏樱到来的信息。

晏樱不仅能侃，而且是个不折不扣的外交家。对于几位征友的目的，她是再清楚不过了。然而，她不动声色，犹如一个老练的钓手。

对待三人，她采用等距离外交，不温不火，不偏不倚。经验告诉她：若对哪一个表现出了过多的热情，哪怕是一丁点，其他几个就会因吃妒醋而疏远了她，她的利益就要受损。而只有保持等距离，方可将三人的积极性充分地调动起来。

每个竞争者，要赢得她的青睐，必须用不同的方式大献股勤。但凡股勤，无论是哪种方式，对她，都是有益处的。说真的，她在心里就是企盼着竞争局面的出现。情场如股场，股市只有经众人哄抬，股价才能上涨。

她很有心计，征友启事是她先看到的。虽然她身边不乏追求者，但是，这种新奇的追求方式，她却很想尝试一番，具体结果如何，对她来说，无所谓。男女之间的缠绵旖旎，不就是生活中的味精嘛！

拉上张美花，是她精心策划的。她深谙"红花需要绿叶扶持"这一道理，陪衬，尤其是反差极大的陪衬，会产生惊人的效果。"要想甜，放点盐"，糖水倒不是因为放了盐而甜度增加，而是因为有了盐的反衬，饮者才更觉得甜。

张美花是班上公认最丑的女孩，常常成为男生打趣的对象。"你如果不帮我的忙，将来张美花当你老婆"——这句话是男生要挟对方的常用语。

异性之间的取悦，第一印象很重要。她把张美花死拉硬扯到了407室。反差，使她光芒四射。

张美花完成了历史使命，晏樱也就让她悄然退出了历史舞台。

晏樱对三个人平等相待，使三个人均看到了希望，均加快了前进的步伐。如果吃饭的时候她到来，面前总是会出现三份饭菜，且都是食堂中最高档的。如果三人中有一人请她看了电影，其他两人接着就会请她观赏录像、歌舞或时装表演。每次她到来，三人就会自始至终相伴，谁都不愿离开哪怕是一分钟，生怕在此期间她把关怀多给了别人。

不过，在同学面前，他们却做出对晏樱不屑一顾状，甚至有意识地埋汰她几句。

她呢，谁的饭都吃，谁的电影都看，不多吃谁的，也不少吃谁的，安排得井井有条、纹丝不乱。

既是竞争，就不可能保持永久的平衡。晏樱没想到，她的生日Party竟将她精心维持的这种平衡局面彻底打破了。

今年的生日Party，对晏樱来说，具有特殊的意义。不仅因为这是她大学生活中最后一次生日Party，还因为，在她的追随者行列中，又有三个新人位列其中。她早早就开始了筹划工作。

钱亮等人也处在忙乱之中。生日 Party，无疑给他们提供了一次表明心迹的机会。他们各自都在暗中默默盘算着。

钱亮问马宿草："晏樱生日，你准备给她送什么礼物？"

"我……我不送什么礼物。"马宿草表情很坦然。

钱亮暗中一打听，马宿草几天前就将一条珍珠项链放在了晏樱的案头。

钱亮送给晏樱一台"随身听"，朱巍送了一只价值不菲的化妆盒。

Party 在学校美食中心卡拉 OK 厅举行，租这个厅，晏樱花去了 300 元。前几天，同宿舍的王辉过生日，租百乐舞厅，花了 250 元，她要压过王辉。王辉上次请了 20 个人，晏樱这回要请 35 个人，声势要闹得更大。

幻彩灯把斑驳的光影洒向四周，给人以扑朔迷离之感，紫光灯又使衣物蒙上了一层荧光，使人进入一种"幻境仙界"。在悠扬的乐曲声中，寿星晏樱和来宾纷纷入场了。

晏樱今晚穿了身玫瑰色毛呢套装，脖子上戴着马宿草送的珍珠项链，胸前别了枚闪闪发光的胸针，头发精心梳理成了"月亮弯"，使她看上去越发妩媚可人。

钱亮三人也精心装扮了一番。一个个西装笔挺，皮鞋锃亮。马宿草明显是下午刚理了发，焗过的头发油亮油亮。

Party 主持人这个角色今晚备受注目，能担此重任者，无疑在女主人心目中占有重要地位。不用说，在场的不少人都有逐鹿之心。

不过，最后到底由谁担任，得由寿星说了算。大家都期待着晏樱来定夺。

钱亮下意识地看了马宿草一眼，见马宿草也正看着他。两人目光相碰后，又都装作若无其事地移开。

晏樱来了段开场白：

"各位朋友，今晚大家能参加我的生日 Party，我感到由衷的高兴。这是我大学四年的最后一个生日，能结识这么多的好朋友，我很荣幸……"

大家对她冗长的"讲演"并不感兴趣，关心的是由谁来做今晚的主持人。

"讲演"终于结束了。掌声中，晏樱的目光转向钱亮他们这边。钱亮、马宿草几个人心里都敲起了鼓……

"我想请马宿草、钱亮做今晚 Party 的主持人。"

晏樱的话音一落，众人把目光都投向了马宿草和钱亮，不少人眼中明显带着羡慕之色。

钱亮、马宿草不由得挺起了胸，而朱巍则面带戚容，坐在边上，一言不发。一会儿，他推说身体不舒服，提前退场了。

马宿草、钱亮成了逐鹿中的胜利者，然而，事情并没有完结：两个主持人，究竟谁主谁次，谁指挥谁呢？

无疑，两个人都想成为第一主持人。端倪很快就暴露了。

马宿草首先提议击鼓传花，钱亮不同意，他主张"警察抓小偷"。两人争持不下。还是晏樱过来打圆场："为了使咱们的节目丰富多彩，两种游戏都举行，先击鼓传花，后'警察抓小偷'。"

击鼓传花开始了，大家在边座上坐成一圈。击鼓者双眼蒙布，坐在中央以啤酒瓶当鼓，拿根筷子，敲击瓶颈，大伙把一条手绢依次飞快地传下去。

如果手绢传到你手里，击敲者恰巧停止敲击，那么你就必须站起来为大家表演节目。节目内容由主持人确定，或唱歌，或跳舞，或学猫叫……当然，谁都不愿把手绢留在自己手里。

钱亮做了一次牺牲者，他站起来，走到圈中间，满怀深情地唱了首《月亮代表我的心》。

随后，"警察抓小偷"：大家仍然围坐一圈，从主持人手中拈阄。阄由主持人事先写好，一个警察，一个小偷，其余做观众。拈到"小偷"者，须向众人眨两次眼睛，大家互相注视，尤其是"警察"更要擦亮眼睛。

如果"小偷"眨完两次眼睛，"警察"却没发现，"警察"就要表演节目。"小偷"的两次眨眼，必须有两个以上的观众做证。如果"警察"抓到了"小偷"，则"小偷"就要表演节目。

马宿草拈到"警察"时，"小偷"的两次眨眼，他全都瞧见了，可他却没有出击，他甘愿受罚——钱亮来了段《月亮代表我的心》，他怎能忍受钱亮一人把心向晏樱展示？他唱了首《情义无价》：

有谁知道情义无价

能够付出不怕代价

……

什么时候能等到你的温柔

而你已主宰了我的梦……

虽然嗓音有些嘶哑，却唱得情真意切。

游戏结束，吃完蛋糕，接着开始跳舞。方才，钱亮和马宿草打成平手。舞曲一响，两人几乎是同时走到晏樱面前，谁请晏樱跳第一曲舞，谁将占上风。

面对同时伸过来的两只手臂，晏樱这下子犯了难，这个搞平衡的高手，实在不知道眼前这根钢丝该怎样走下去。和两个人同时跳，自然不行，和两个人都不跳，也不妥……这时，她呆住了。

大家都盯着他们三人看。

她只好选择了，将手伸向了钱亮……

马宿草如同遭到了雷击，面无表情地僵在那儿。虽然第二支曲子，晏樱主动邀请他跳，马宿草的情绪一直没能振奋起来。

……

生日 Party 之后，晏樱和传播系三位男士之间的关系再也没能摆平：除钱亮外，其他两人明显地疏远了她。

而钱亮三天以后，也同样尝到了后果——他的入党重点培养对象的资格被莫名其妙地取消了。

这可是毕业前的最后一次入党机会了。他急急忙忙找到鲍副书记，鲍副书记审视了他半天，冷冷地说：

"你要检点你的生活作风问题。"

钱亮一下子蒙了……

第十九章

今年，对老师们来说，是个幸运年。

吵嚷了好几个年头的职称评定，十一月份就要兑现了。

初评从十一月中旬开始。按照规定：十一月十号前老师们要把科研成果提交系职称评定小组，由系职称评定小组拿出初步意见，提交校职称评定委员会。

汀大是个老牌大学，可以说是人才济济。再者，恢复高考以来，学校的规模扩大了两倍。按理儿说，教授、副教授的名额也应该成比例增加。

可实际上呢，教授、副教授的名额早就框死了，保持在80年代初的水平。打个比方说，原先一个果子四个人分，现在要十六个人来分。僧多粥少，难免挤破头。

再就是，后起之秀欲晋升职称，除非老一辈退休或中途谢世，方可填补空缺。舍此条件，你就是学问撑破肚皮，也得静候。

更令老师们头痛的是，职称评定说不上多长时间来一次，或两年，或三年，或五年六年没个准。碰上了算你走运，碰不上该你倒霉。

若是少壮派，焦急归焦急，"十年总能碰上个闰腊月"。若是老者，那就"怎一个'急'字了得"。譬如，你今年五十六岁，副教授职称，如果在四年内有一次职称评定，那你就有可能被评为教授，也就可以干到六十五岁才退休。如果四年内没有职称评定，再干四年就得告老，你这辈子的终极职称也就是副教授了。

人人都欲晋职，而名额却有限。这可怎么办？于是，就有了"地方粮票"和"全国粮票"之说。

"地方粮票"，也就是说，你已经达到了副教授或教授的水平，囿于名额，学校承认你副教授或教授的资格，但不与工资挂钩。你的职称在汀大有效，调出就无效了。

"全国粮票"，是国家名额内的副教授或教授。职称与工资挂钩。无论你调到天涯海角，职称一概有效。

"地方粮票"实际上等于体育比赛中的安慰奖。不过，在你没有退休以前，它是"全国粮票"的候补。

评职称，首先得拼成果，譬如论文多少篇、专著多少本等。再就是拼资历、拼授课水平了。若这些都相若，那就只好拼关系了。有时候也怪，关系反倒比你的授课水平、资历和成果都重要。

一场职称评下来，说脱一层皮，绝非夸张。

即使是脱两层皮，老师们还是要为此而拼搏的。若能晋职，最直接的好处是经济上可以得到实惠，工资立马调整，虽然每月只是增加了几十元，但对于时下被列为"九等公民""海参鱿鱼认不全"的老师们来说，已具有相当大的诱惑力了。

这还在其次，更重要的是，这是对自己科研和教学能力的一种承认。海参鱿鱼可以不吃，身为人师，水平不高，这一点是令人不能忍受的。

今年学校分给传播系的名额是：资格副教授1名，副教授1名，资格教授 1 名，教授 1 名。

系里共有 7 人报了资格副教授，23 人报了副教授，9 人报了资格教授，11 人报了教授。

本次评职称距离上次评职称，中间已隔五年，很多人早就望眼欲穿了。

评定的帷幕还没拉开，已经硝烟四起。

首先是解承祚讲师住进了医院。

他是郑门的开山大弟子。虽然他刚过四十岁，却已经腰弯背驼，两鬓染霜了。

解承祚上研究生时，其刻苦，在传播系有口皆碑。说他三载寒窗，不独阅尽了系资料室的全部藏书，且校图书馆中本专业的藏书，也被他翻了个底朝天。

系里的资料员和班上的同学都知道：资料室第三排靠窗的那个座位是他的专座。即使哪次他偶尔去迟了，那个座位大家也帮他留着。很多时候他是带着干粮上资料室的，中午干脆不回去，让资料员把他反锁在屋里。

毕业时，仅资料摘抄卡片他就装了满满三纸箱。

毕业后，他留校了。他的刻苦精神和严谨的治学态度仍蜚声传播系。每年年终系里的科研成果统计，他总是名列第一。

解承祚是被撞伤的。

职称评定前夕，他的专著《中西方传播学比较研究》终于出版了。这本书是他自费一万两千元出的，虽然印数只有四百五十册，但凝聚了他十三年的心血和汗水。

他在把书从校印刷厂用板车往家拖的路上，被一辆斜刺里冲出来的自行车撞伤了。

谁知在医院检查时，除查出他的小腿胫骨骨折外，又查出他是乙肝病毒携带者，且正处于发病期。

医生看了他的病历后，严肃地说："根据病历上的记载，你应该早就知道你的病情，为什么不抓紧治疗呢？"

医生又把脸转向他的夫人承雪琦——汀州电机厂的翻砂工，一位皱纹过早地爬上了额头、同解承祚一样瘦弱的中年妇女，带着责备的口气说："你丈夫严重营养不良。你怎么不注意他的饮食呢？"

承雪琦眼里含满了泪，疼爱地看着丈夫："他……他一直把病历……藏着。"

"没事的。书已经出来了。咱们今后加强营养就是了。"解承祚执着妻子的手，反倒安慰起妻子来。

这本书是他们全家心血的结晶啊！

书稿早在六年前就拿出来了。随后他又六易其稿。专家看后一致认为：这是传播学领域一本不可多得的好书。结构严谨，论证严密，论据充足，文笔优美，填补了国内传播学领域的一项空白。

但出版社却不愿接受，说："出这种学术专著，从经济效益考虑，极不合算——曲高和寡，销不出去。"

他又连找了几家出版社，竟没有一家愿意接受。好说歹说总算有一家出版社给了答复："若自费出，我们可以考虑。"

看着他日渐增多的白发，承雪琦拍板说："我们自费出。"

自费出书，需要九千元钱。

对于一个教员来说，自费出书谈何容易！解承祚各项收入加起来刚过两百元，承雪琦因为厂里效益差，每月收入还不足两百元。两个人每月不足四百元的收入，却要负担五口人的生活：解承祚年逾七旬的老母亲，上小学三年级的女儿和上小学一年级的儿子。

承雪琦制订了家庭六年规划：六年间，每年存款一千五百元。为达到这一目标，除保证老人的营养外，家庭其他成员一星期吃一次肉。而每星期难得一次改善生活，夫妻两人又全照顾了两个正长身体的孩子。

承雪琦六年间竟然没添一件衣服，她每次回娘家，总是将姊妹们穿剩下的衣服搜罗了来穿。儿女们穿的衣服也是表兄表姐们的旧衣服改的。

儿子解甜和女儿解圆很懂事，每逢节假日，姐弟俩就在家属区和学生宿舍区的岔路口摆个饮料箱，一边卖饮料，一边看书，他们要为爸爸的出书"添砖加瓦"。

今年年初，总算将出书的钱凑足了。解承祚兴冲冲地前去和出版社接洽，谁知经办人说："书号费和纸张费全涨价了。需再加三千元。"

这犹如当头浇了一瓢凉水：三千元，全家得再节衣缩食两年。再说，到时候没准儿又涨价了。为了这本书，妻子、儿女们跟着受了多少累呀！

他心里窝火：求学时的寒窗苦读，从教后的灯下笔耕，十余载来，兢兢业业，孜孜矻矻，可结果呢？他真想一把火把书稿全烧掉。

承雪琦再次显示了她的果决："今年就是砸锅卖铁也要让你的书出来！"

她回到娘家向姊妹们求助，向姑姨以及熟识的同事们张口，东挪西借，暑假前，总算凑够了数。

书稿交到了出版社，解承祚却没有丝毫的享受劳动成果的快感。相反，他的心情异常沉重。第二本书还写不写？这学问到底能不能再做了？……他欲哭无泪。

……

不过，有人愿意给他提供赞助，他却又不愿意接受。

那是暑假里的事。

爸爸的书稿交给了出版社，两个孩子乐坏了。解甜拉着爸爸央求道："爸爸，你不是说书写完后，要带我们上龙泉山风景区玩吗？"

孩子们想上龙泉山，已嚷嚷几个年头了。多好的孩子啊，为了这本书，几年来，没穿过一件像样的衣服，没用过零花钱……

"好，爸爸一定带你们去。"

两个孩子高兴得一蹦老高。

没想到在去龙泉山的船上，解承祚邂逅了上研究生时的同窗倪屹。

那是傍晚时分，白日里难耐的酷热已渐渐消去。人们纷纷从闷热的船舱中走出，斜倚在甲板栏杆上乘凉。

解甜和解圆也跑到了船尾甲板上。

江轮溅起一簇簇跳跃的水花儿，水花儿吸引了一群江鸥，它们倚托着船行时带来的气流，轻快地滑翔着。

姐弟俩拿着面包屑，朝飞翔的江鸥撒去。江鸥停止了滑翔，嗷嗷叫着争食落在水面上的面包屑。姐弟俩乐得拍手大笑。

姐弟俩的欢乐情状，引起了倚栏赏景的一个大个子青年的注意。

他先是饶有兴致地看着姐弟俩嬉戏，忽然，他走到了孩子们跟前。

两个孩子停止了嬉戏，疑惑地看着他，旋即欢叫着分别抓住了他的一只手："倪屹叔叔。"

倪屹几年前出差时曾到过他们家。

"和谁一起来的？"倪屹问。

"和爸爸。"解甜抢着回答。

"爸爸呢？"

"在舱里睡觉。"

"怎么现在还在睡觉？"

"爸爸刚去睡。从昨晚上船开始，爸爸一直没睡。"解圆回答。

"怎么了？"

"爸爸为我俩买了舱票，他自己却买了散席……"解圆懂事地低下了头。

倪屹随解甜、解圆来到了五等舱。刚到门口，就有股难闻的汗腥味扑面而来。鸽子笼似的上中下三层铺位上，蜷缩着被汗垢浸透了衣衫的农民。地上全是大包小包，几乎没有下脚的地方。舱中间放着几只篾笼，里面是些半大的鸭雏，鸭儿嘎嘎叫着，鸭粪发出刺鼻的臭味。

靠门的地方，几个农民把一只破包放在过道里当桌子，吆五喝六地在玩扑克。他们一边大声嚷叫着，一边搓着脚上的灰垢。

有谁想到，在这样的环境中，竟睡着一位堂堂的大学讲师。

倪屹捂着鼻子挤到了解承祚的铺位前。解承祚恬静地睡着，鼻孔里发出轻微的鼾声。

解承祚随倪屹来到了第三层倪屹的二等舱。

这里就另有一番天地了：整个舱室只有两个人，配有沙发、彩电、盥洗间。地上铺着地毯，脚踩上去柔软舒适。

倪屹出自程门。上研究生期间，他和解承祚不但同住一室，且是上下铺。

倪屹常逃课，所以每次考试，他总是把解承祚作为靠山：他傍着解承祚而坐。他高大的身材和颀长的脖子此时显示出了优越性。

不过，一年级下学期考政治时，倪屹却翻了船，还连累了解承祚坐腊。

那次，几个系混在一起考，考卷又分成了 A、B 卷。倪屹是 A 卷，解承祚是 B 卷。这一下，倪屹可傻了眼。

平时他很少上课，根本辨不出谁是谁。他抓耳挠腮半天．有几个题仍答不出。按考场的布局，解承祚左边那个穿白衬衣的小伙子该是 A 卷。

趁监考老师出去擤鼻涕，他把长脖子越过解承祚，朝那个白衬衣小伙子低声嚷道："哎，哥们儿，第六题应该选择哪个？"

解承祚在桌下死劲儿踢他。他莫名其妙："干吗？"

白衬衣小伙儿站了起来，把手中的考场记录本一合："你们两位可以不参加考试了。"

原来，他是教务处来检查考试纪律的老师。方才，他一直埋头填写考场记录。

倪屹不得不参加补考。一贯学习勤奋的解承祚因为通风报信，也得补考。

现在，两人忆起往事，都哈哈大笑起来。

倪屹比解承祚小五岁，虽非同门，习惯上仍以师兄弟相称。倪屹毕业时，去了南方一家公司。

解承祚打量着师弟，几年不见，他那大块头又横向发展了差不多一倍，中部也已"崛起"。

"师弟这是到哪儿去？"解承祚问。

"我刚从日新马泰回来，顺道回趟家。"解承祚知道，倪屹的家在离龙泉山不远的一座城市。

"日新马泰？"

"是啊，日本、新加坡、马来西亚、泰国。"

"到那儿干什么？谈业务？"

"不，是随市经贸代表团去的。取经参观呗！"

于是，这位师弟就大谈特谈日本的红灯区和泰国的人妖，并意犹未尽地打开旅行包，取出花一百铢泰币和人妖的合影让解承祚观赏。

"你们去取经参观就是参观了这些玩意儿？"解承祚开玩笑。

"嗨！实际上可不就参观了这些玩意儿！每到一地。真正的经贸活动，只是走个过场。在日本的新宿红灯区，一年四季都挂着这样一个条幅：'欢迎中国代表团'。可见，国内每去参观的团体差不多都要光顾。

"你再听听参观回来做报告都讲些啥：无论是局长还是市长，做三个小时报告，有两个小时津津乐道的是这些玩意儿。嘴上呢，说这是资本主义腐朽的东西，是资本主义水深火热的体现，可说白了，还不就冲着这些东西去的。"

"那你可开了洋荤了。"解承祚笑着挖苦。

"这算啥！又不是头一遭了。这是第三趟。现在这样的团太多了！若想出去，今年冬天还可以上趟西欧。"

"你这一趟花了多少钱？"

"三十来万。嗨！反正花的是公家的。"

三十来万？能出多少本书！解承祚心里感慨着。

"哎，老兄，什么年头了，你怎么还是这种行头？"他用手捻了捻解承祚的衣服。

"没办法。教书匠嘛！能和你比？"

"现在得讲包装，你瞧我身上这套衣服，正宗的皮尔·卡丹。你猜猜多少钱？美元一千五……"他看解承祚不感兴趣，收住了话头。

"你这几年都干了些什么？这么阔绰！"

"先是在公司跑出口业务，后来做了业务部经理。不过，我马上要辞职了。给公家干，挣得再多，大头也是公家的。我准备单干。

"你呀！也真是的。这年头还做什么学问！对了，我还正要求你帮忙呢。我准备注册一家私营公司，生产生发水。你老兄用如椽巨笔给我写篇报告文学，除宣传我之外，再把生发水吹上一通。企业和产品要想在市场竞争中站稳脚跟，没有知名度不行。

"你也清楚我肚中那点墨水儿。毕业时，听说分配到公司，我把手头有限的那几本专业书，一股脑儿全扔了。要我写，还真写不好。"

他满怀希望地看着解承祚。解承祚没有搭腔。

"你看这样：你帮我写篇报告文学，你出书的费用我全包了。文章如何发表，也不用你操心，我会找全国一流的刊物。你只管写就对了。"

"我的文章值那么多钱？你高看我了！"

"别人不清楚你，我还不清楚你？不过，话又说回来，这年头，只要肯出钱，什么事都有人替你干。我要找别人，很多人还求之不得呢！之所以找你，一方面是信得过你，另一方面也是看咱们当年的交情。"

"那么你的生发水效果到底怎样？"

"你也不是外人，实话告诉你：鸟事儿不顶！现在的什么祛斑霜、增高药、生发水之类的，你看广告做得玄乎，有几家顶用的？

"虽不顶用，也不用发愁。现在大家的生活水平提高了，就开始追求美。即使上当了，也还是有人愿意买的。你老兄只管写，吹得越玄乎越好。头发长出来了，算他走运；长不出来，只怪他生理结构有问题——为什么别人都长头发，偏他不长呢？"

"你这是弄虚作假。"

"假？哎，你也真是……到底写不写？"

"很抱歉。这类欺骗文章我不能写。"

"你可真呆！欺骗文章？说得多难听。老兄，你还是好好考虑考虑，一篇文章一万二，你得勒十年裤腰带……"

虽然倪屹给他汇来了一万两千元，并附寄了一包有关生发水的资料，但文章，解承祚还是没有写。

他将钱和资料，原封寄了回去。

……

现在，不管怎么说，解承祚的书总算出版了，他十几年的心血变成了铅字。

这次评定职称，他有了资本。

第二十章

解承祚还没有出院，李毓林老师又住了进去。

李老师在系里教传播反馈调查。

这是一门纯粹操作性的学科。要深入到社会各层去，调查传播渠道是否畅通，传播源发出的新闻是否被社会接受，接受的程度如何，流失的程度又如何……

这中间需要做大量的工作，先分门别类地制作各种调查表，按受众群的不同，分发到不同部门，然后再一一回收、统计、归纳出结论。因系里设备落后，光一项统计就要搞几个月。

传播系本科生和研究生的这门课，全由他一人带，每周二十多个课时。年近六旬的他，拖着病体带着学生奔走在工厂、矿山、农村、学校、机关……不知洒下了多少汗水！

他对工作的严谨态度，以及独辟蹊径的调查方法，深得老师和同学们的好评。他收集回来的反馈信息，对完善汀州乃至全省传媒机构、保证传播渠道的畅通及扩大传播群，起了很大的作用。他曾三次被评为校级先进教师，两次被评为优秀教研室主任，去年又被评为省级教书育人模范。

但是，繁重的教学任务，使他无暇坐下来经营专著、论文。这样，每次评职称，他都因"科研水平不够"而被刷下来。

他今年已五十九岁了。这次，是他第四次申报职称，也是他教学生涯中的最后一次。如果评不上，他穷尽了毕生心血，站破了三尺讲台，最后的职称也只能是讲师。

初评时，系里设法把他报了上去。前天复评结果下来了，又没有他。在系会议室公布结果时，李老师突然瘫坐在椅子上。他被送进了医院。检查结果：脑溢血。

医生说，已经没办法治了。

郑主任发誓，一定想尽办法敦促学校特批一个。如果批不下来，他这顶乌纱帽不要了。

李老师躺在病榻上，四肢全失去了知觉，唯独脑子还很清醒。他眼睛睁得大大的，一眨不眨地盯着天花板。他在盼望着最终裁决的结果。

郑主任找校长，找校职称评定委员会……穿梭奔波，苦苦哀求。

有关人员对李毓林老师的遭遇非常同情，但又表示无能为力——因为学校的名额早已框死，如果给传播系多拨一个，就要挤掉其他系一个。而其他系也都为名额争得不可开交。

负责人告诉他，要想让李毓林评上，只有在传播系内部调整。也就是现已当评的两人中，必须有一人弃权。

这一下，郑主任更是为难了：当评的两人，一个是自己的研究生解承祚，另一个是系党总支书记李子奇。这两个人，该动员谁让呢？

动员解承祚？不妥。撇开师生之情，单就解承祚的教学及科研水平也理应当评。更何况为了那本学术专著的付梓，他还住在医院呢！

　　那么，动员李子奇？也不妥。李子奇也是赶乘最后一班车了。他今年底就要退休，前三次评职称，限于名额，他都是自动弃权把指标让给了他人。

　　再说，他同李毓林还有点个人恩怨……

　　在传播系的老师中，李子奇、李毓林、程肖庄三个人有许多共同之处，上大学时不仅是同班同学，还住在同一宿舍。毕业后三个人又同时留校。然而几十年来，三个人走过了三条不同的道路。李子奇从政，李毓林被打成了"右派"，在西北沙漠中蹉跎了二十年，只有程肖庄一直做学问。

　　论天分及在校时的学习成绩，当属李子奇最高。读书时已发表了四篇论文。不过这位品学兼优、根正苗红的雇农子弟听从党的召唤，搞起了政工。

　　三十多年来，他听党的话，跟党走。为了迎接一场又一场的政治运动，为了切实搞好"三大革命"，他起早贪黑，废寝忘食，兢兢业业，一丝不苟。孩子他没管过，家庭他没顾过，他把自己的心血全投入到"战斗"的洪流中去了。

　　"文革"结束，这时的他已年近五旬。政治运动不再时髦，科研教学再次成为学校生活的主流。一向走在前面的他，此时虽然竭尽了全力，却依然步履蹒跚。为了给学生上好课，他从床底下找出尘封多年的上大学时的笔记；为了提高科研水平，他没日没夜地查资料写论文。

　　然而，学业毕竟荒废了几十年，他面临的又是每天有三千万个信息源产生的"第三次浪潮"。

　　他所有的努力，都显得那样苍白。他教的马列文论课，到课率总是最低；他寄出的一篇篇论文不是杳如黄鹤，就是原封退回。他有一种前所未有的失落感。尤其是每次评职称时，看到年轻老师一堆堆的成果，他感到自惭形秽……

　　再看看自己的家庭：由于很少教育孩子，三个儿子均未能迈进大学的门槛。现在，除了老大"插队"返城后进了一家全民企业，另外两个儿子均是临时工。儿子埋怨，爱人埋怨。多年的政工生涯，得罪了一批老师，老师也埋怨。

　　看着学生眼中闪出的怜悯之光，他感到空前的迷茫：三年困难时期，国际上"反华大合唱"时，是我们这批人坚决跟党走；武斗开始时，是我们出来制止武斗，"复课闹革命"；恢复高考后，又是我们站在讲台上，培养出了一批新生力量……

　　可现在，我们却两头靠不上——当年自己的老师，现在成了"系宝""校宝"，处处受人尊敬；自己培养出的学生，因为政策向年轻人倾斜，职称优先，住房优先……

　　这时，他又觉得深深地不平：自己是为时代做出了牺牲。战火中牺牲的同志，被追认为烈士，而为共和国承上启下牺牲的这批人，又得到了什么追封？

　　年底就要退休了，他庆幸自己赶上了末班车。

　　对李毓林，李子奇一直存有负罪之感。那是1957年底，系里追查"右派"的工作虽然进行了几次，仍未能完成任务。

　　一天，校党委副书记又把他找了去，开门见山地说："李子奇同志，你们系一直是我校的王牌系，这次，全系只揪出两个'右派'，是不是有点温情主义？难道就没有漏掉的吗？你要回去发动群众，开动机器，好好地追查追查。"

就在这次谈话之后，李毓林——这个资本家的遗腹子，成为差点漏网的"右派"。

被划成"右派"后不久，李毓林全家被赶到新疆阿克苏建设兵团接受改造。也就是在那里，李毓林原本孱弱的妻子，患上了风湿性心脏病。当时年仅两岁的唯一的儿子因为无人照看，一次跑到公路上玩耍，被拖拉机轧断了双腿。

1978年，李毓林平反后，全家又回到了汀大。每次路上见到李毓林，李子奇都低着头，内疚地匆匆走过……

对于李子奇和李毓林的这段宿怨，郑主任是知道的。这种情况下他能动员李子奇去让吗？不能，绝对不能。况且，他已让过三次了。

可就在郑主任颇费踌躇之时，不期李子奇却找上了门："老郑，我的指标给毓林吧。"

"可你？……"

"若不是我，他早就该是教授了……"

郑主任拉着李子奇的手，不知说什么是好。失去了这次机会，对他，将是终生的遗憾！

李毓林躺在病榻上的第六天，学校的批文总算下来了——资格副教授。

虽然是"地方粮票"，但无论如何总算可以告慰那颗企盼的心灵了。

郑主任一拿到批文，跌跌撞撞就往医院赶。当他双手颤巍巍地把批文呈于李老师面前时，李老师的眼珠终于动了一下，瞳孔旋即散了。但眼睛一直大睁着，嘴角僵硬的肌肉也微微抖动了一下，不知道是想哭还是想笑……

一直到开追悼会那天，李毓林老师的眼睛始终未闭上。其间，她的夫人，一个白发苍苍的瘦小老太，曾数度在手心里呵了气，想使他的眼睛闭上，却未能奏效。

那双无神的眼睛茫然地盯着天空。

追悼会十分隆重，一位副校长亲自致了悼词。悼词中对李老师予以很高的评价。然而，给与会者留下更深印象的恐怕不是这些溢美之词，而是传播系主任郑掖的一副挽联和家属与遗体告别时的情景。

郑主任那副挽联挂在追悼会遗像两侧，一尺多宽，一丈多长，斗大的隶书字体，浑厚凝重：

火传薪尽，烛灭人亡，死也不瞑目，彼苍太忍！

母老家贫，妇病子残，生亦皆是泪，此境何堪？

可能是书写者过于激动的缘故吧，宣纸的许多处竟被笔锋划破，真可谓是力透纸背！

在与遗体告别时，首先出场的是李毓林八十三岁的老母和脚步蹒跚的妻子。两人互相搀扶着挪到遗体跟前，老太太一声"毓林啊，我的儿"，就再也说不出话了。

早已哭哑了嗓子的李师母忙给老人捶背。俄顷，老人才呜呜咽咽出了声：

"儿啊，儿，娘和爹都对不住你啊！让你遭了一辈子罪，让你受了一辈子冤枉。你爹死时，还没生下你，可你一懂事就成了资本家的狗崽子，实际上你哪享过一天福！'右派'平反后，一家老小，病的病，残的残，里里外外全靠你照顾……我的儿啊，我的苦命的儿，娘不该生下你，不该生下你呀……"

老太太哭得死去活来。与会者无不动容。

轮到他的儿子与父亲遗体告别时，殡仪馆里更是哭声一片。

他的儿子李小林是坐着轮椅来与父亲告别的。刚才上殡仪馆的台阶时，是几个学生把轮椅抬了上来。他把轮椅摇到父亲遗体跟前，边哭边朝灵床扑去，"咚"的一声栽到了坚硬的水泥地面上，脸碰破了，鲜血直流。

人们慌忙把他往轮椅上抬，他却抓着灵床死活不松手："爸，你怎么不带儿子一起走？你走了，谁背儿子上下楼，谁给儿子洗澡……"

尸体将要火化时，李师母把资格副教授的大红聘书放在了李毓林枕边："毓林，你……你把它带去吧。这些年你为了它，没睡一个囫囵觉。星期天、节假日，就是大年初一，你都在鼓捣你的数据、资料……你把它带走吧，留下它，有……什么用……"

这次职称评定中，最不合算的该是胥颢老师。他原是资格教授，这次申报教授。

虽然申报教授的有十一人之多，但根据成果和资历，胥颢老师问鼎无疑。但是，五十九岁的他，为了增加保险系数，想再"烧一把火"，没承想弄巧成拙，反被取消了评选资格。

评选开始前不久，他听学校考古系的一个老师讲，在商都古文化区，发现了一块奇怪的甲骨。虽然根据碳14测定出它属商代无疑，但上面镂刻的东西却没有人认识，既不是文字，也不是图案……

胥教授一听，马上来了灵感。他当晚就赶到了商都文化区，声称专程赶来释疑解难。他请工作人员拿出甲骨。

这是块长约 30 厘米，厚约 1 厘米，一头宽一头窄的兽骨。宽头约 3 厘米，窄头约 1 厘米。发绿的骨面上，镂刻着蚯蚓似的印痕。

胥教授仔细端详着上面的印痕，忽然，他拊掌大叫一声："了不起！实在了不起！！这是考古史上最最了不起的重大发现，也是世界传播学界的一大幸事。其重要程度，完全可以和睡虎地秦简、西安兵马俑、马王堆汉墓相提并论。"

工作人员急问端详，他却笑而不答。

他笑眯眯拔腿就走，匆匆忙忙赶回旅馆，连夜写出了一篇长达一万两千字的论文：《机弩龙骨传信——从考古看中国古代信息传播的又一形式》。

文章说，商都文化区新发掘出的这块兽骨，确切地讲：应该叫"龙骨"。它是商代后期出现的一种传播信息的工具。

商代后期，纣王无道，天下诸侯纷起。以西岐周公旦为首的反叛藩王，不仅"牧帝辛之田"，还时时觊觎朝歌。为了便于彼此间的联系，便发明了"龙骨"这一传递信息的工具。

"龙骨"上镂刻的印痕都代表着一定的意思，如两个圆环相套，就代表着藩王聚会；三个圆环相套，就表示诸侯会猎；若是两条平行线被另一垂直线段截断，则表明要众邦戮力伏击商军于途。

这种信息一般由西岐发出。将印痕刻好后，用一种特制的机弩发往各个诸侯的通信联络站。联络员收到后，迅速送交藩王。于是，诸侯就可以统一行动了。

周所以能代商，"龙骨"功不可没。

文章说，商都文化区发现的这块"龙骨"，是要诸侯各邦于明日子时合攻朝歌。

……

文章写好后，胥教授迅速杀回汀州。他连家也没回，直接找到《华夏传播》杂志的总编，说："这是近十年来考古史上最重大的发现，也是建国以来，传播史研究上的又一重大突破。"希望杂志能在最近一期上刊登。

总编接过稿子，面露难色，说："最近一期已经发排，能否在下一期刊出？"

胥教授一把夺过了稿子："像这样的重大成果，我完全可以找更高级别的杂志。但考虑到贵刊一直对我非常支持，所以才优先给了你们。"

总编只好说："那好吧。我打声招呼，从最近一期中抽下来一篇，把这篇顶上去。"

胥教授没有即刻回去，他盯着总编打完电话，并亲眼看着责任编辑把自己的稿子编好送往排字车间，才兴冲冲地回到家。

从杂志社回来的第二天，他自费举行了一个新闻发布会，从汀州大小新闻媒介中均请了记者。

这一爆炸性新闻，先是传遍汀州，继而全国的许多新闻媒介也作了报道。

胥颢教授在全国传播学界的知名度，顿时大增。

这段日子，胥教授可谓是春风得意。他在学校到处做报告，大讲特讲他是怎样获得这一成果的。他说："表面上看，这一成果是偶尔得之。然而'台上三分钟,台下十年功'。这一偶尔得之的背后,凝聚了多少血汗!没有平素严谨的治学态度,没有深厚的专业功底,就是把一块金砖放在你的脚下,你也会把它当作石头踢开。"

他告诫学生:"科学来不得半点虚假。要想学问上有所长进,有所突破,就必须老老实实地耕耘,脚踏实地地积累。只有量变达到一定程度,才能引起质变。要想有大的质变,必须有大的量变为前提。"

然而,还没有等到胥教授有更大的质变,系里又传出一则更加令人震惊的新闻:胥颢教授的成果,纯属编造。

消息源来自一家全国性的传播理论杂志。一位署名汀传的作者在该杂志的一篇文章中,对胥颢教授那篇论文进行了驳斥。他说,他曾拿那块甲骨专程请教了北大的一位著名古文字专家。专家看后,一眼就断定上面镂刻的印痕是甲骨文。

专家说,那块甲骨是古代宫廷发往各地的"公函",上面的几个字相当于今天的"此致敬礼"。之所以一些考古工作者辨认不出,是因为那块甲骨从中间断开了。

作者为了慎重起见,专门又跑到那块甲骨的发掘地,恳求考古人员在原地继续发掘。果真又找到了另一半。两块对在一起,一切就昭然若揭了。只要稍稍有点古文字常识的人,均可认出,正是专家所说的那四个字。

文章在结尾处说了这么一段话:

本世纪初,英国有个汉学家叫Stain,他研究汉学积年,然成果寥寥。一次,他到了中国新疆,在一维吾尔族聚居区,他问一名头目是否有古维吾尔族文字残片。这名头目是个文盲，为了骗几个钱，就在一块丝绸上用烧火棍胡乱画了几下，说那就是古维吾尔族文字。

Stain 买走了这块绸布后就回到了英国，不久，他连续出版了几本专著，声称他已经破译了中国古维吾尔族文字，在英国汉学界引起了轰动。

几年后，另两位英国汉学家也来到了那个维吾尔族部落，并且找到了给 Stain 提供文字的那名维吾尔族头目，经过一番讨价还价，头目终于说出了实情。于是，Stain 便以学术骗子的恶名被绑在了历史的耻辱柱上。

然而，时隔将近一个世纪，没想到 90 年代的华夏大地上又上演了惊人相似的一幕，这就不能不令人深思了。

……

据说这篇文章的作者汀传是系里一个老师的笔名。他这次也申报了教授。

校职称评定委员会取消了胥颢资格教授评选教授的资格，并将这一事件向全校通报。

告示就贴在校行政楼前的橱窗里。

不过，这张告示远没有紧挨着它的另一张告示吸引眼球。因为，那张告示更加离奇：

告示通报的是生物系的一位副教授，他不但和中国人民开了个玩笑，而且还幽了世界人民一默。

说是上个月，青水区几个民工在拆古城墙时，发现了一个足球大小的白色物体，以为是什么宝贝，便拿到汀大生物系进行鉴定。

这位副教授化验完后，宣布了一则足以令世界人民震惊的消息——在中国汀州发现了特大菌体"太岁菌"。

"太岁"这一雅称,是这位副教授给冠的名。

这一发现,对研究生物的进化和演变具有不可估量的作用。

先是国内报刊作了报道。先后报道这一消息的报刊有 104 家。其后,国外一些报刊也做了转载,转载者达 64 家,囊括了世界上所有的大报。

这一消息,引起了国家的重视,中国科学院生物研究所派出专家小组赴汀大生物系对这一菌体进行进一步研究。

当专家组向这位副教授要生物切片时,他却推来推去不肯拿出。

开始,专家组还以为是这位副教授想独占专利,便督请学校出面。校领导很严肃地批评了他。

最后,他不得已取出了"菌体"。

岂料一化验,哪是什么"太岁菌",却是一堆普通得再不能普通的化工涂料。

可能是哪个居民涂刷房子时,剩下一点儿,偷懒倾倒在了城墙上。

……

胥颢教授也住进了医院。

职称评定在十一月底拉上了帷幕。

职称评定结束后,学校的书摊增多了,摊主差不多全是老师。推销的呢,自然是自己的著作了。

第二十一章

在老师们"职称大战"的时候，传播系的研究生正在进行"拖拉机大战"。

"拖拉机"是扑克牌的一种打法。在汀州大学，它是一种最受欢迎的娱乐形式。

传播系的这场大战已持续了四个晚上五个下午，被称为传播系92年牌坛甲级联赛。

经过几轮循环赛，筛选出的两对高手于今天下午进行决赛，由邱锐和钱亮对窦争和朱巍。

决赛采取五局三胜制，前四局战成了二比二平。这是决定胜负的关键一局了。传播系的男研究生几乎倾巢出动。

邱锐的心情很紧张，他手中有一副"四连拖"的"天牌"，如果能以这副牌抠底，那么将会创造一个惊人的"奇迹"——对方即使底牌扣五分，十六倍就是八十分，加上牌面上的得分，升三级没问题。

一举就可以定乾坤了。

邱锐的手心攥出了汗。他强抑着心跳，做出若无其事的样子，时不时催对家一下。

随着手中的牌一张张地少下去，他的心跳得更快了。攥牌的手也开始微微颤抖。

渐渐地，邱锐手中的杂牌都打了出去。这时，庄家窦争打了个对牌，邱锐毫不犹豫地将一张小王贴了进去——他手中还有一张大王守关。胜券在握，邱锐心底的喜悦再也抑制不住，脸上的笑意简直要溢出来了。

"哇，小王都贴出来了。一定有一张大牌！"观战者都被这副怪牌给镇住了，不约而同地叫了起来。

窦争也紧张起来，他盯着邱锐那张神鬼莫测的脸，手中紧紧抓着牌，半天不敢打出一张。

"出呀，要死死个卵朝上。"钱亮催促他。

窦争一咬牙，狠狠地把一张小王打了出来。

邱锐欣喜若狂，他从凳子上一跃而起，狂叫一声："大王！"

"砰，砰，砰"，有人轻声敲门。

哪个丧门星，偏偏这时候敲门？大家恼怒地看了看门，目光又转向了牌桌。

邱锐合身扑在桌上，好像生怕谁把牌抢走似的，他用双手压着牌，小心翼翼地开始翻底捡分："五分，十分……"

"砰，砰，砰"，敲门声比方才高了点。

"谁？干什么？"窦争不耐烦地吼了一嗓子。

"我……我卖……"一个女人的声音。

"不买！不买！快走开。"不等对方"卖"字吐完，屋里的人全吼了起来。

到学生宿舍推销文化衫、打火机，甚至菜刀之类的小贩太多。

对这些人，学生们相当反感，有时你正睡午觉，他会"砰"的一声推门而入，全不管你睡意正浓，缠着你半天聒噪。有时晚上你正在看书，一持刀人倏然而进，举着菜刀一声猛喝："要刀吗？"吓得你一个冷战。

有些宵小之辈，趁你不注意，还会顺手牵羊摸点什么。

对方可能犹豫了一下，但终于还是走了，楼道里响起了沉重的脚步声。

"哟！这个卖东西的倒挺自觉。"坐在门口的朱巍有些好奇，将门拉了道缝。

听见门响，女人站住了。这是个五十多岁的戴眼镜的妇女，从她朴素却又整洁的衣着看，像个老师。她左手拿着几本书，右手吃力地拎着一个帆布旅行包，包的拉链开着，里面也是书。

她脸上的表情很是难堪。她扶了扶眼镜，犹豫了一会儿，才开了口："我是经济学院的老师。这是我自费出的《战后西方经济发展新态势》。出版社让包销，你们看看有没有参考价值。"

大家都放下牌，关切地围了过来。

"怎么没让新华书店销呢？"钱亮问。

"托了几家，人家说这种书不畅销，占地方，不要。"

大家互相对望了一眼。

"我买一本。"邱锐率先拿起一本。

"我也买一本。"

……

屋里每个人都买了一本。

"如果没有参考价值，也不要强买。"女老师好像做错了什么事似的。她感激地看着大家，眼眶竟有些湿润……

女老师走了。

大家打牌的兴致再也提不起来，横七竖八地斜倚在床上。

"这可真叫自产自销。"钱亮说了句俏皮话。

但是没人搭理他。

"我给大家讲个趣闻。"钱亮总是耐不住寂寞，"上星期六，系里的解承祚老师到校后勤处申请平价煤气。申请的人很多，排成了长龙。突然，队伍出现了骚动。后面的人一挤，他撞在了前面的一个老太婆身上。老人身子一歪，摔倒在地，骨折了。

"老太太是个家属，没有公费医疗。这下可好了，解老师连医药费加营养费共赔了两百五十多元。而一瓶平价煤气比市价只便宜两块多钱。听说，为了申请平价煤气，他跑了半年多了。"

趣闻讲完，没有一个人笑。

"这个不行，我为大家再讲一个。首先申明，我的话绝对不加任何杜撰的成分。"见刚才的趣闻没把大家逗乐，钱亮有些不甘心。

"说是程教授一个小学同学的儿子考上了汀大。老子来送儿子上学，顺便也就拜访他引以为自豪的老同学。

"程教授住在楼房的顶层，一到雨天，屋外大下，屋内小下，于是瓶瓶罐罐就派上了用场。

"老同学去拜访时，恰值刚下过一场雨，屋里的瓶瓶罐罐都还没撤去，同学好奇地问：'屋里咋这么多瓶瓶罐罐呢？'

"程夫人是个爱虚荣的人，她不愿在这个农民面前丢面子，就笑着说：'老程喜欢吃自家酿的醋。你看这屋里就全被醋瓶醋罐占满了。'

"同学回家后，对儿子感慨道：'难怪人家说知识分子酸，哪能不酸？我数了一下，他家的醋瓶醋罐，大大小小一共十一个。'"

钱亮的笑话讲完了，依然没有收到预期的效果，屋里仍没有一个人笑。

"妈的……"邱锐也不知是对谁有气，一脚踢翻了凳子。大家坐了一会儿，都快快地回宿舍去了。

最后那一局究竟得了多少分？没人知道。

一直到晚饭时分，楼道里再也没有出现平素必然出现的那种喧闹。

突然间，"半调子"歌星钱亮一阵声嘶力竭的狂吼，打破了楼道里的寂静：

> 小么小儿郎，
>
> 背着那书包上学堂，
>
> 不怕太阳晒，
>
> 也不怕那风雨狂。
>
> 只怕社会不重才呀，
>
> 有了学问又能怎么样？
>
> ……

第二十二章

今年的"职称大战"，鲍老师也参加了。

他申报了副教授。只是在资格审查时，第一关就被刷了下来。

听说反对他最坚决的，是系主任郑掖老师。为此，鲍老师还找郑主任大闹了一通。

鲍老师申报职称的消息初传到嘉华园时，传播系的研究生们着实议论了一番。窦争嘴一撇："哼！他要能评上副教授，连门卫林师傅养的那只猫也会笑出尿来。"

不想这句话不知让谁汇报给了鲍老师。

在随后的一次政治学习时，鲍老师拍着桌子，几乎是咆哮着说："有的同学恶意中伤老师，已经不是第一次了。其性质之恶劣，令人发指。现在不兴扣帽子打棍子了，但我还是要说，这个同学的所作所为，已经丧失了一个社会主义国家的研究生应具备的基本道德品质，是资产阶级自由化在汀大的集中表现。

"别以为系里拿你没辙，我告诉你：到了合适的时候，咱们新账老账一起算，校纪解决不了的话，咱们用法律这个武器。你不是想过嘴瘾嘛，让你尝尝诽谤罪的味道。"

大家从来没见过鲍老师发这么大的火。

有人认为鲍老师这样说，是源于多年搞政治运动的惯性：说几句大话吓吓人而已。

但知道内情者，暗暗替窦争捏把汗……

为这么一句话而暴跳如雷，鲍老师的涵养确实还没差到这个份上。让他耿耿于怀的，是窦争本学期初在传播系几个研究生聚会上的酒话。

当时，因为有几杯酒垫肚，一向不胜酒力的窦争说话就没了遮拦："你们知道吗？鲍老师获得硕士学位的那篇论文，是本人的手笔！"

"什么？"众人惊愕得眼珠子都要跳出来了。

"你们知道他的毕业论文的题目是什么吗？是《新闻传播与党的政治思想工作》。谁要是不信的话，可以到省委党校查一查鲍老师的论文档案。这篇文章的底稿呢，现在就乖乖躺在我的壁橱里。"

"吃菜，吃菜，别瞎说。"邱锐岔开了话头。

大家知道，窦争这些话，如果属实，在传播系乃至全校引起的震动，将不亚于一颗重磅炸弹。大家跟着转移了话题。

窦争替别人写论文，在传播系早已不是新闻。

实际上，传播系的"枪手"，绝非窦争一人，只不过窦争把动静闹得大了点儿。

窦争的"枪手"生涯开始于一年级第一学期末。领路人是汀州师大哲学系 92 级研究生杨泽君。

两人是在舞会上认识的。杨泽君也是个铁杆舞迷。碰面次数多了，两人的友谊也渐次加深。很快，窦争对杨泽君歆羡不已：杨泽君出手相当大方，衣着也十分阔绰。

杨泽君是本市人。问问家世，也稀松平常：父母都是汀州石化厂的工人，母亲去年还下了岗。

窦争虽然时不时搞点儿小买小卖，但吃穿用度，始终捉襟见肘。他请杨兄指点迷津。杨泽君打开了话匣子：

常言道："靠山吃山。"咱们文化人就要靠文吃文。

现在官场上不是流行这样的话嘛，官要当得潇洒，离不开四个"凭"：家里一个暖瓶，办公室一个花瓶，工作得有水平，手上要有文凭。而这些人中的相当一部分，并没有文凭。让他们靠自己的努力去挣个文凭？难！有的是没有时间，有的压根儿没那个能力。这是一类人。

另外一类呢，是那些暴富起来的大款。有的小学都没有毕业。现在也想附庸风雅，弄个硕士、博士当当。

这两种人的存在，加上现在许多学校学位管理混乱——只要给了钱，其他的可以睁一只眼闭一只眼，这样，就为我们发挥自己的潜能提供了广阔的空间。

不瞒你老弟，我现在专门承揽各种论文的订货业务，也就是人们所说的"蛇头"。接到订"货"，我再根据"货"的不同性质把它批发给不同的"枪手"。譬如他攻读的是理科，我就找汀州理工大学的；是文科的，我就找汀州师大或汀大的……其他像医科或工科的，我都有对付的办法。

你老弟如果有意当"枪手"，我可以给你找活儿。向你收的回扣也会比其他人低。

……

就这样，窦争成了杨泽君的"枪手"。

很快，他就在"枪手"中站稳了脚跟：三五千字的学期论文，他两三天就可以交活儿。万字以上的毕业论文，他不出一个礼拜也能"搞掂"。他很注重职业道德，每件活儿都干得像模像样。

后来，他又拓展业务空间：不仅为大款、干部效劳，还帮那些为实习、或找工作忙得无暇他顾的在校大学生、研究生做论文、做作业。

不用说，他的收入相当可观：一年级下学期，他赚了三千多元。他给自己留下一千元，其他的分寄给了母亲和妹妹。他的母亲因为常年在水上劳作，又缺乏必要的保护，现在双腿基本上瘫了。他的妹妹去年考上了本省的一所工科大学。

上学期末的一天，杨泽君又找到了他，说手头又接了一个甜活儿：客户出手很爽，开价一千元，订一篇硕士学位论文，题目是《新闻传播与党的政治思想工作》。

杨泽君说还按老规矩三七开。他留三百元，余下的七百元全归窦争。

临走时，杨泽君又交代，这个活儿，一定要做好保密工作。客户十分谨慎，再三叮咛，千万不能在汀大找人做。只是因为汀州师大传播系的"枪手"中实在没人能挑起这个活儿，无奈才找了窦争。他说他这样做，已经坏了道儿上的规矩。

窦争问："你知道他是哪个单位的吗？"

杨泽君回答："之所以有人肯把活儿给我，就是因为我恪守职业道德，从来不问客人的情况。"

窦争按期去交活儿的时候，杨泽君十分严肃地把窦争拉到阳台上，悄声问："有没有人看见你写这篇论文？"

窦争想了想："没有哇。干吗搞那么神秘？"

杨泽君说，他想起客户是谁了：有一次，他去找窦争时，在传播系研究生宿舍见过这个人，大家都喊他鲍书记。

鲍书记肯定对他没有印象，要不，不会把活儿交给他的。

"兄弟，口风严实着点儿。早知道是你们系的领导，说什么我也不会把活儿给你。这事儿要捅出去，麻烦可就大了。你小命可是在人家手里攥着呢。我呢，恐怕也得吃不了兜着走。"杨泽君几乎是在哀求窦争。

……

谁想到窦争酒后失言。

第二十三章

"你应该多关心关心玥儿。"

十二月初的一天下午，打完篮球，在回宿舍的路上，刘启宇忽然这样对季岩冰说。

"你也应该多关心关心她呀！"季岩冰望着刘启宇。

"我……我怎么能……"

"你怎么不能？毛主席他老人家说过，'关心他人比关心自己为重'。"季岩冰开了句玩笑。

"我怕她吃亏……真的！"刘启宇停下了脚步，郑重其事地说。

刘启宇和季岩冰的关系一直很好。他俩的那种关系好，不是酒桌上的称兄道弟，也不是信誓旦旦的大包大揽，而是一种真正的相知。他俩都不爱说话，见面时点个头或是会意地一笑，一切都在不言之中了。

吃过晚饭，季岩冰到阅览室上自习。看天色尚早，他拿了本法语词汇书到外面背单词。他正在自学第三门外语。

研究生阅览室建在螺髻山阳面的缓坡上。阅览室后面有一条弯弯曲曲的石板路。

季岩冰在石板路上边散步边背单词。忽然，他发现前面有个人低着头踽踽地来回走着。

是窦争。

"窦争。"他喊了一声。

窦争竟没有听见。

等他走到窦争跟前，窦争才发现了他。窦争手里拿着几张纸，脸色很难看。很少见窦争如此心事重重。

"在这儿干吗？"季岩冰问。

"噢……文妤来信了。"他扬了扬手里的纸。

"她好吗？"

"……她正陪我母亲在临江看病……对了，她还提起了你。让我代她谢谢你。"

季岩冰看了看窦争，久久才说："走吧，咱俩散步去。"

两人沿着石板路往前走着。谁都没说话。走完石板路，已是桂杏径。这时，天已完全黑了。

这是一个无月的夜晚。幽长的桂杏径此时分外寂寥。路灯好像瞌睡了似的，无精打采地挤出那么一点儿光晕，那不太清亮的光晕再经树枝的过滤，待洒到地面上时，就更显得可怜兮兮了。

毓樱大道下的葡萄亭里，响着悠扬的舞曲。

窦争以往是葡萄亭的常客。

今夜，听到舞曲，窦争却提不起精神。他随季岩冰踏上了樱梅径。

樱梅径的尽头就是凝碧潭了。星光下，潭水发出幽幽的寒光。

他鼓了鼓勇气开了口：

"岩冰，我想求你原谅。"

"噢？"季岩冰侧过了脸。

"你会原谅我吗？"

"干吗那么一本正经！凡该原谅的我都会原谅的。"

窦争嗫嚅了半天说："我偷翻了你的抽屉。"随之他又慌忙解释："绝对没有其他意思，我只是想解开一个谜。"

"嘀，我有那么大的谜吗？"季岩冰有点儿诧异。

"那天，你从《光明日报》上剪下自然科学进步奖获奖者的名单，很郑重地放进那只紫檀木盒，我很好奇。一次看你不在，我拉开你的抽屉，见那只盒上镌刻着一行小字：'奖给华东区文艺调演少年组声乐一等奖获得者——芦苇'，我又打开盒子，见那张你剪下来的报纸上获奖者名单中，也有个芦苇。"

窦争边说边观察着季岩冰表情的变化，他分明感到季岩冰身体猛地一颤。

"另外，你书架上有几本书，扉页上的落款是：×月×日芦苇购于××书店。我想，这个芦苇肯定和你有很密切的关系，从你对这只盒子的珍爱程度看，这个芦苇甚至维系着你的喜怒哀乐，是你生命的重要一部分。"

不等窦争说完，为了掩饰失态，季岩冰缓缓向映鸿桥走去。他的腿好像有些发软。

到了桥堍，他好像再也迈不动脚步，双手抓着汉白玉栏杆，以便使身体不致跌倒。

"他肯定有什么见不得人的隐私，要不，他不会如此失态。"窦争心里想。他有点后悔自己的残忍了。

像季岩冰这种宠辱不惊的人，一旦举止失措，那一定是往他心上捅了致命的一刀。

窦争神情紧张，忐忑不安地站在季岩冰身后："实际上每个人都有隐私，都有些见不得人的事情，我就有。所以也没有什么。"窦争想给季岩冰一个台阶。

季岩冰缓缓地转过身，怔怔地看着窦争。从他的面部表情看，他在强抑着内心的波涛。过了足足有三分钟，季岩冰才开了口："是啊，芦苇和我有关系，非同寻常的关系。"这句话似乎不是从他口中说出，而是从心底迸出。

"你想听听我和她的故事吗？"

"不必了。我对谁也不会说你和她的关系。我就只当什么也不知道。我保证。"

"不，我要对你说。本来，这辈子我不打算向任何人提起这件事了，但是，自从见了文妤之后，我就一直想对你说。"

这回轮到窦争感到意外了……

以下是季岩冰的讲述：

我和芦苇第一次见面是1973年。那年春天，我随父母被赶到新疆和甘肃交界处的一所"五七"干校。说是干校，实际上是一座变相的劳改农场。

干校建在戈壁滩上，周围是一望无垠的戈壁荒漠。

"开荒造田，植树造林"，可连耐旱植物芨芨草、骆驼刺都难以存活的戈壁荒滩上，哪能种什么庄稼，长什么树啊！

不过，那些"老九"们却从此体味到了人格被践踏的痛楚。

干校里没有学校，"黑子女"们都在离干校十几里的军垦农场——十四团的子弟小学上学。我上三年级。

农场子弟显然比我们优越得多，干校子弟受点欺负就难免了。

受欺负最多的是干校的一个女孩，她就是芦苇。

她的父亲是省委副书记，据说是美帝潜伏下来的特务，还是个"死不改悔分子"。他在干校受的批判最多，哪一次都少不了他。

他也真倔，每次批斗会上，都挺直腰板站着，有人把他的头摁下去，他又即刻挺起来。

听说他的夫人是苏修特务，在苏联一所音乐学院留过学，在国际上获过声乐大奖，还受到苏修头子的接见。她在另一所干校。

女孩的长相很特别，脸像白瓷一般，鼻梁高而且直，尤其那双眼睛，眼梢稍稍上吊，黑黑的瞳仁闪着幽幽的亮光。她的五官安排得那么协调，比家里的那个洋娃娃还好看。

她的衣服，虽然都是旧的，但穿在她身上就和别人不一样。她特别爱干净，衣服总是清清爽爽的，指甲也修剪得很整齐。总之，她和其他人不一样，她好像是从另外一个世界来的。

对了，她的头发也很特别，自然地弯曲着。她梳着两条羊角小辫，用两条红缎带扎着，走路时辫梢一颤一颤的，很是好看。

农场子弟总是揍她，她的脸上、手上常常青一块紫一块的。可是奇怪得很，从来没见她哭过，也从来没见她报告过老师。

课间，别人刚揍了她；可下节课上课时，她就像什么事也没发生过，认认真真地听讲。

她不爱说话，放学回干校时，总是一个人走在后边。每次考试，她总是第一。

不知怎么回事，我特别想接近她，想和她玩。别人揍她，就好像是揍我。

有一次，班上最霸道的一个男孩又在揪着她的辫子往墙上撞。我再也忍不住了，不知从哪儿来的勇气，我抄起墙角里的笤帚狠命地朝他头上砸去，他蒙了，松开了揪辫子的手。

旋即，他又扑向了我，我俩扭打在一起。

其他几个男孩儿都来给他帮忙，不用说，最后我伤痕累累，头上被打了几个包。

那天放学的路上，我俩走在了一起。她执意要看我的伤痕。她轻抚着我头上的包，那双星星似的眼里满含着泪花："疼吗？"我装作满不在乎地笑着说："一点儿也不疼。"她的泪顺着脸颊往下流。

以前，她被打成那样，也从来没见她哭过。

此后，谁再敢动她，我都会扑上去。自然，每次都是伤痕累累。但是，每次我都心甘情愿，只要她能不挨打，我挨得再重也不怕。

第二年，学校要"破四旧，立四新"，有人说她的头发是烫的，是资产阶级思想，要剪掉。没等我护住她，几个男生就揪住她的辫子剪起来，她拼命护住头，可怎能抵得住那么多人？不一会儿，她的头发被剪得东一块西一块的。

她失声痛哭起来。她是个非常爱美的女孩呀，剪掉她的秀发，比把她打个半死都让她难受。回去的路上，她还一直在哭。

回到家，我也哭起来，恨自己无能，不能保护住她。忽然，我想到了一个办法：如果把头发也剪成她那个样子，不就可以减轻她的痛苦了吗？——有人和她一个样。

我找来剪子，照着镜子，极力回想她的头发哪儿少一块，哪儿高，哪儿低。

等我剪完，就朝她家跑去。她家的门虚掩着，我一步跨了进去。

她正伏在爸爸的腿上哭，那位倔强的汉子似乎脸上也挂着泪珠。

看着我，父女俩先是一惊，马上什么都明白了。芦苇跑过来，紧紧抓着我的手。她父亲也走过来，把我俩揽在怀里，久久地，一句话也没说。

最后，他拍了拍我们的头："给你们俩都理成光头怎么样？这样就没人再剪了。"

一会儿，我俩就头上泛青了。她父亲把我俩往镜前一推，打趣道："嗬，快瞧，一对小和尚。师兄，快带你师妹上山学艺吧！"

我和芦苇相携着跑出门，唱起了歌谣：

今天的天气好，

我背书包考，

一考考了个大鸡蛋，

老师问我怎么办，

我说我在家里没吃饭，

老师给了我五分半。

一分韭菜一分蒜。

一分大米饭炒鸡蛋，

吃了个香，喝了个饱，

走一步，退一步，

一退退到理发铺。

理发师，技术高，

剃头不用理发刀。

一根一根拔毫毛，

一拔拔了个电灯泡。

……

我俩快活得大笑起来，学校里的烦恼全抛在了脑后。

"冰冰！你是我最亲的哥哥。"

我把指头往脸上一勾："羞，羞，把脸勾勾。姑娘不嫌羞，长大没人瞅；姑娘不害臊，长大没人要。"说完，我笑着又朝前跑了。

芦苇在后面紧迫："我就要你瞅，我就要你要。"

那时候，眼泪似乎永远要比笑声多。不久，灾难又降临到芦苇头上。

1975年"反击右倾翻案风"，她爸首当其冲。听说这次升级了，她爸被圈进了"牛棚"。

一次，专案小组来揪斗她爸时，她竟然把组长的手给咬了。于是，她不仅当胸挨了一脚，三天没起床，而且被学校开除了。

得到消息时，我哭了。我实在闹不明白，我们这些孩子到底犯了什么罪？为什么要被这样对待？芦苇倒很镇静，她把那只檀木文具盒送给了我，凄楚地说："冰冰哥，我用不着了，你拿着。"

我也不愿到学校去了，没有芦苇，上学还有什么意思？可父母强迫我去。

于是，我变着法儿逃学，想多陪陪芦苇，没想到她竟反对我逃学："冰冰哥，你要再逃学……我就不理你了。你不知道我多么想上学……"

她眼里噙着泪。我吓得就不敢再逃了。

每天我上学时，她总是一直送我到干校通往农场的岔路上。放学时，她又站在岔路口等我。无论刮风下雨，她都是那样。

每次放学回来，她都要问我学了些什么，我就丢三落四地给她讲。我发现，她聪颖得让人吃惊：我讲的东西，她全能领会。有时考试我答错了，自己还不知道错在哪儿，她都能给我指出来。

自打她父亲被圈进"牛棚"，她的吃饭成了问题。干校实行军事化管理，规定："学员"就餐时必须先列队高唱革命歌曲，然后按顺序打饭。家属无资格进入食堂，家属的饭由"学员"打回。

父亲进了"牛棚"，芦苇被恩准可以进食堂，但必须是在"学员"打完饭之后。这样，她只能吃些残羹剩饭，有时连残羹剩饭也吃不上。

我每天总是设法省下一个馒头带给她，可每当我把馒头塞到她手里时，她总是把头一昂，胸脯一挺，做出一副吃饱的样子，似乎再好的山珍海味也吃不下了。

我有时硬塞给她，可回到学校却发现，馒头又变戏法儿似的出现在书包里。她不愿意拖累别人。这是个外表柔弱，内心却刚强异常的女孩儿。

一天，放学归来，她又照例站在岔路口等我。

那是个阴霾的早春天气，戈壁滩上的早春，寒气袭人，风沙弥漫。不知道她等了多久，脸蛋儿冻得通红。看到她，我欢叫着跑过去。

每天放学，想到可以马上见到她，我就感到浑身充满了劲。学校里受到的屈辱、十几里的土路似乎都不在话下。到能看到她的人影时，我就会加速向她跑去，恨不得马上站在她面前。她也会飞快地向我跑来，早一点把翘首期盼的焦急心情传输给我。

到了跟前，我俩都会伸出双手，欢叫一声把手紧紧握在一起。她的小手温热绵软，手指修长，那是双天生的拉小提琴的手。

可那天我握着她的手时，却觉得她的手冰凉冰凉，步履也没有往日欢快，眸子也没了往日的光彩。

"苇苇！怎么了？是不是病了？"

"没有。"她勉强笑了笑。

"这么冷的天，你不应该站这儿等。"

"等的时候，我一点儿也不感觉到冷。"

"哼！傻丫头。"我摁了摁她的鼻子。

"今天学了些什么？"她的问话有气无力。

我知道，她一定是饿坏了。但我又不愿点破：她不愿意让人怜悯。后来我才知道，那天她确实是饿坏了，一整天她滴水未进。

原来，她自己每天都吃不饱，还省点馒头偷偷塞给"牛棚"中的父亲。不用说，在父亲面前，她又会头一昂，胸脯一挺，做出饱得不能再饱的样子。

昨天，她又从安着铁栅栏的窗口给父亲递馒头时，被看管人员发现了。于是，那个被她咬了一口的专案组组长，给食堂下令：三天内不准她吃饭。

"苇苇，咱俩到河滩摘榆钱儿吃吧？我特想吃。"

距干校一公里许的疏勒河畔，稀疏地长着几棵高大的榆树。繁重的体力活，使饥饿的阴影笼罩着每个人。一到春天，没等榆树上的榆钱儿绽放开，"老九"们早放下斯文的架子，将它变成了腹中物。

我俩来到河滩。榆钱儿几乎全被摘光了，只有树梢上还残留着几串。戈壁滩上的风，无遮无拦，飞沙走石。榆树枝在北风中狂摇，发出尖厉的呼啸声。

"冰冰，别摘了。"芦苇拉住了我。

看着她苍白的脸，我拨开了她的手，坚定地朝榆树走去。走到树跟前，我还故意向她做了个鬼脸，意思是爬棵树何足挂齿！其实，我心里也很虚，风实在太大了，随时有掉下来的可能。

但是，只要苇苇不饿着肚子，即使摔下来我也毫不在乎。

"冰冰，不能上，我求你了！"苇苇扑了过来。

我赶紧双腿一夹，朝上爬去。她没抓到我。

"冰冰，你下来呀。"她带着哭腔。

我费力地向上爬去，费了好大劲儿总算到了树梢，但怎么也够不着榆钱儿。我折了一根带杈的树枝儿，想将榆钱儿钩过来，没有成功。这时风更大了，我随树枝摆来摆去，好像在荡秋千。

"冰冰，下来呀！"她在下面号啕大哭。

我又往上爬了爬，用一只手攀住一根结满榆钱儿的树枝，把它压弯，伸出另一只手去摘。就在这时，又一阵狂风刮来，"咔"的一声树枝断了。

我什么都不知道了……

……

我醒来时，已是两天之后。看着围在身边的人群，我竟懵里懵懂。我挣扎着想坐起来，左胳膊和左肋钻心的疼痛把我拉回到现实中来。原来左胳膊骨折，左肋骨断了两根。

"苇苇呢？她吃到榆钱儿了吗？"我着急地问。

母亲弯下腰让我别动。

"苇苇呢？"我简直是在吼了。

母亲告诉我，是苇苇把我背回了干校——确切地说，是一步一挪地把我拖回了干校。等到了干校门口时，她也昏了过去。是收工的"学员"发现了我们，把我们送进了医院。

苇苇是因为饥饿加之疲劳过度才昏过去的。她一醒来就疯了似的扑向我的病床，抓住我床头的铁栏杆，不哭，和谁也不说话，呆呆地一眼不眨地看着我。饭也不吃，谁劝也劝不走。医生说："没见过这么倔的孩子。"

苇苇没有想到，更大的厄运却在等着她。她的父亲因为问题严重，要带回原单位接受群众批判。她也得被带回去。是两个大人才把她拖走的……

讲到这儿，季岩冰顿住了话头。眼睛失神地望着远方，他还沉浸在往事之中。窦争也被这段往事深深吸引了，静静地等待着下文……

打倒"四人帮"后，我们全家又回到了原来的那座城市。

"这些年芦苇怎么样了？她的父母会不会也平反了呢？"这些问题总是萦绕在我的心头，梦中也总是出现她那单薄的身影。

1980年春天，那时我正上高一，听班上的男生总是在叽叽喳喳地议论，说是新近另外一个班上转来了一个女孩，是省委副书记的女儿，长得异乎寻常地漂亮，百分之百的校花。

还有人说，她走在街上，常有些年轻人情不自禁地尾随在她身后。

对于这些议论，我不以为然。一天放学，走在我前面的几个同班同学指着走廊对面走过来的一个女孩说："瞧，那就是校花！"

我放眼一望，仿佛触电一般顿时僵在那儿：竟是她——芦苇。

虽然岁月把一个柔弱的小姑娘变成了成熟的少女，但多少次出现在梦中的那张白瓷般的面孔，女性中少见的修长而通直的鼻梁，那微微凹陷的深潭似的眼睛，对我来说太熟悉了。

没错儿，是她。

她出落得更标致了：身材颀长、匀称，尤其是那双腿，明显比同等身高的女孩要长——可能是其母亲遗传的缘故吧。听说她母亲不仅是声乐方面的专家，舞蹈方面也很有造诣，年轻时还是省歌舞团舞剧《天鹅湖》的主角。

她穿着一件藏青色的薄呢外套，围着条雪白的绉绸围巾，衬托得那张脸更加光洁玉润。那头曾给她惹祸的弯曲的秀发扎着条杏黄色的缎带——她喜欢用缎带扎头（记得在干校时她扎的是红缎带）。她的通体打扮给人以超尘脱俗之感。

我只觉得心跳加速、呼吸急促起来，恨不能一步跨到她面前。不过，刹那间我又犹豫了，人家现在是省委副书记的千金，再不是当初那个任人欺负的"右派"的女儿了。人一阔脸就变，生活中这样的事儿太多了。此一时彼一时也，何必主动上前套近乎！

看着她越走越近，冲动和犹豫在我胸中也冲撞得愈来愈厉害：这些年来，时时刻刻盼着见到她，那种急迫心情容不得我片刻的犹豫。可艰难的生活形成的强烈的自尊又掣肘了我……

就在她要和我交臂而过的时候，我突然采取了一个折中的办法：装作没看见她，昂首阔步、旁若无人地迎着她走过去。

就要面对面时，我的心跳到了嗓子眼，可我强忍着不去看她。她走过去了，没和我打招呼，我如同跌入冰窖一般，有一种强烈的失落感。

她走过去了几步，即刻又站住了。这一切，我不用回头，也完全体察得到。我压抑住心跳，慢慢朝前走，用第六感觉去感知她。

她折回来，可能是怕认错人，越过我和我同方向走。我可以感觉到她的脚步慌乱、急促。忽然，她装作不经意地回过了头。

为了让她看清，我也高昂起头。

"岩冰……"如同石破天惊，她的话语带着颤音。她跑了过来，两颊飞红，双眼放出灼人的光彩。

"岩冰……岩冰……真的是你啊！"她一把攥住了我的手，"我不是做梦吧？！不是吧！"她的手有些发颤。

我想说句什么，却什么也说不出来，只是傻呆呆地看着她乐。

"刚才你为什么不打招呼？为什么？你一定是认出我了！！你说！！！你说！！！"她使劲摇着我的手。

我还是什么也说不出来。

边上站着的班上的几个同学还没走，嫉妒得"啧啧"连声。

她害羞地松了手："岩冰，你等我，我拿书包。"她飞快地跑进了她们班的教室，即刻又飞快地跑出来，手中的两本书还没来得及往书包里装。

"走……我们走……"芦苇激动得语无伦次。

我俩骑车漫无目的地走，都恨不得把这些年压在心底的话全说尽。也不知过了多久，来到市外的伊江边。

春天的伊江晶莹澄碧，静静流淌，宛若娴静的少女。江渚上的芦苇已冒了芽儿，泛出油油的嫩绿。江堤旁的旱芦、菰和杨柳织出的两道围墙，使堤路安谧清静。

我俩顺着堤路漫步，来到这清静所在，突然间都沉默了。我很激动，为这梦寐以求的相逢。同时也涌起一种莫名的情绪，这是以前在干校时所没有的。

芦苇显然也很激动，脸上的线条很柔和，仿佛沉浸在美好的遐想之中。

"岩冰,这几年我曾发过誓,无论到天涯海角,我一定要设法找到你……今天我好高兴……"她说到这儿,侧过头深情地看着我。不知怎么回事,我不敢直视她。

春风吹动远处的芦苇,发出嗖嗖的响声,听来如在梦里。柳絮、杨花像雪片,纷纷地扑面而来,有一片柳絮,挂在她的头发上了。我想替她拿掉,伸出手却又缩了回来。

"怎么了?"

"你头上……落了片柳絮。"

她用手拂掉,停下脚步,从头到脚看着我。我很不自在。

芦苇"噗"的一声笑了:"你变了。"

"变丑了。"

"不……你长大了……"她的脸不知怎么红了起来……

此后,我们俩一放学就待在一起。星期天,我俩就相约到伊江边看书。看累了,就畅谈自己的理想、抱负和各种见解,或昏天昏地地在江边的小道上乱窜,或漫不经心地沿着江堤游荡,采野花,寻鸟蛋,捡石头,捉螃蟹……

芦苇还是原来的芦苇,许多高干子弟的不可一世,在她身上丝毫看不到。有些漂亮的女孩,或高傲地睥睨一切,或顾盼流兮,搔首弄姿。她总是那样清清亮亮,自自然然。

不过,在她面前,我感到了一种重压。和她走在一起,总是引来路人很多目光。她太出众了,即使把她放在再多的女孩中,人们总会首先注意到她。此时,我一方面很得意,另一方面也有隐忧。

她给我重压的另一个原因是她太聪颖了。连续两次获省数理化竞赛一等奖,获十二省市数学联赛第一名。她不但数理化好,文科也出类拔萃。我自幼喜欢文学，自恃文学功底不错，班上老师和同学也这样认为，可她的文学水平丝毫不比我逊色。

她也不像其他功课好的同学，只知道啃书本。她的钢琴、小提琴的演奏，都有一定的水平。一次全市中学生文艺会演，评委中一位音乐学院的知名教授听了她的演奏后，苦口婆心地劝她投考音乐学院。她还会自己作词、谱曲。她作的词很有特点，具有古典的意境美、音韵美。

她多方面的、超群的才能，实在是让我有些慌恐。后来，我反思了一下恐慌的原因：因为我太爱她了，生怕失去她，而她比我强，会不会因此轻视我、不爱我了呢？

为了不落后于她，我拼命充实自己，加倍刻苦学习。我本来不喜欢音乐，却报名参加了音乐讲座，买来了各种音乐书籍，并让母亲给我买了把小提琴；为了学习上超过她，我开夜车到凌晨二三点钟……

可无论怎样努力，我发现我始终超不过她。

一次，市里数学统考，那次的数学题相当难。我是班里的数学尖子，可仍有两道题不会做，考完后，我就在教室里继续做。她来找我回家，一看题目，不到五分钟，两道题全做出来了。她学理科，我学文科，两份考卷压根儿不一样。

我臊得满面通红。她怕我难堪，说："这是一本数学书上的例题，昨晚碰巧我看到了。"其实，我心里明白，全市性的数学统考，哪会找现成的例题？再说，她怎么会碰巧看到两道考题？

象棋我下不过她，围棋我下不过她……完了，我只能跟在她身后了。我是个自尊心很强的人，有时我真想揍自己一顿。在我们这所全国重点中学里，我也是数一数二的好学生呀。

她是个很善解人意的女孩儿，她生怕刺伤了我的自尊心。下棋时，关键时刻她会故意走错几步棋……

她越是这样，我越是难受。有时我会莫名其妙地朝她发火，我想激怒她，有时我几天不理她。其实我心里虚得要命，她若真的不理我，我不跳井才怪呢！

我所以这样做，是因为在其他方面都胜不了她，只好借此来显示自己的男子汉气概了。

我不理她，她可就真慌了，真的像是做错了什么事似的，惴惴地小声问我："岩冰，我什么地方做错了？你说出来，我改，我一定改……"

实际上她有什么错呢！难道说要她改得不如我才行？我明明知道我的做派十分无理，可我当时就是想那样做。

每当看到她惶恐不安的样子，我心里有种畸形的满足感。

不过，我的硬派顶多也就坚持两三天，就会被她攻破。她以柔克刚。放学时，她来叫我一同回去，我会没好气地说："走你的。我不愿回。"当我忐忑不安地走出教室时，又总会发现她就坐在教室附近的石凳上默默地看书。

看到我，她会调皮地朝我眨一下眼："嗬，总算出来了。走不走？不走，我接着练坐功。"无论我回去多迟，她都会等我。

她实在太迁就我了，为了我，她可以牺牲一切。

高二时，学校成立了舞蹈队，凭她的体形不用说就被选上，还是队长呢。舞蹈队每天下午抽出一个小时在操场训练。每逢穿着紧身衣的舞蹈队训练时，操场上的男生就特别多，我想大部分是冲她去的。

我心里就特别不舒服，穿得线条毕露，让别人观瞻……我是嫉妒、是吃醋。

放学后我不等她了，早早就走。第三天，我刚刚跨出教室，发现她背着书包在门口等我。

"舞蹈家，怎么不去练您的舞啦？"我阴阳怪气地问。

"再也不去了。我已退出了舞蹈队。"

"怎么了？你不是很喜欢跳舞吗？"我颇感意外。

"可你不喜欢我跳呀！"

是为了我？她觉察到了我的态度。我内疚起来，赌气归赌气，对她好的事，我总是尽力去做的。"还是跳你的舞去吧，我在操场边等你。"

"不了。你不喜欢，我跳起来也没劲儿！再说我已说服了胡老师，答应他今后凡有重大比赛，我会随时参加的。"

有时，我冷落她几天，再跟她和好后，她会幽怨地看着我："你答应今后别折磨我。你一不理我，我就感到空落落的。"

在我严重地伤了她、又内疚地站在她面前时，她又会像个受了委屈的孩子，噘着嘴："你得安慰安慰我。"

每当这时，我都会煞有介事地沉痛宣告："伟大的无产阶级科学家、文学家、艺术家，杰出的共产主义战士，芦苇女士不幸因病逝世。她的死，是全党、全国人民的巨大损失……她永远活在人民心中。"

她边笑着追我，边忘情地说："坏死了，坏死了，总诅咒我。我……只活在你心中……"

　　许多时候，我很难把眼前这个温顺得像只小羊羔似的女孩儿，同干校那个怎么挨打都不哭、竟敢咬专案组长手的倔强女孩联系起来。这可能就是爱的力量。为了爱，她可以忍受一切。

　　不过，她也有倔得让我没办法的时候。

　　我爱开夜车，早上起来得较迟，所以有时不吃早点就往学校赶。她后来知道了，每天早上给我带早点。她有只专用的提袋，里面放了保温杯和饭盒。杯里盛着热气腾腾的豆浆或鲜牛奶，饭盒里则是各式各样的点心。

　　无论是刮风还是下雨，每天早上她都站在我的教室门口的乒乓球桌旁，一边看书、一边等我。她必须看着我吃完，不吃完决不放我走。她怕我回到教室学习起来就把早点忘在一边。

　　就这样，我度过了酸甜交加的高中生活。应该说主要是甜，那酸是我自个儿找的。

　　高考后，我俩都报了北京大学，她报的是物理系，我报的是中文系。等待录取通知书的那段日子，是我一生中最幸福的日子。旷日持久的鏖战总算结束了，我们完全可以轻松一下了。

　　她家里有勤务员、保姆，家务琐事不用她插手。每天早上吃过饭，她就到我家来，我们一起看电视，一起谈论文学、音乐，谈我们想谈的所有话题……

　　和芦苇谈话，真是一种享受，虽然她许多方面的功底都比我深，但她决不像有些女孩，刚读了几本书，就认为自己无所不知、无所不晓，和人谈话时总爱抢个话头，或是喋喋不休、嘤嘤不停。芦苇呢，总是微微含笑、专注地听我讲，偶尔得体地插上一句，显得既不轻佻，又不呆板，让人有如沐春风之感。

有时我的见解显然十分偏激,自己都感到站不住脚,她也决不即刻点破。只有当我的情绪完全平息下来后,她才娓娓谈出她的看法。

静水深流,芦苇如一潭容纳百川的深水,却无丝毫的喧哗、泡沫。

我俩开始承担起做饭的义务了,那是由她提议的。不想第一顿饭就闹了笑话。

她问:"伯父、伯母最喜欢吃什么?"

"红烧肉。可你会吗?我可是不会。"我把希望寄托在她身上。

"哦,也不会。咱们学吧,我不会,你也不会,将来……"她自知说漏了嘴,忙岔开话题,"你打下手,我来试试。"

备好了料,接下来如何操作呢?这可让我们犯了难。红烧肉的"红"是怎样来的?放肉前用不用加其他调料?放了糖之后用不用放盐?为此我俩争执了半天,最后终于统一了认识。

费了九牛二虎之力总算烧好了。可揭锅一看,有一半肉煎在了锅底,夹起上面的一块尝了尝,咸中带苦,苦里含腥。这下两人都傻了眼。

爸妈马上要下班了,这可如何是好?芦苇急得快哭起来了。

"别慌,苇苇,我有招儿。"我端起锅飞快地跑下楼,把肉倒进了垃圾箱,然后到街上的饭店买了份红烧肉端了回来。

中午吃饭时,我向爸妈夸耀说:"这是苇苇做的,味道不错吧?"正当爸妈连声赞扬时,谁知苇苇开了腔:"伯父、伯母,我……我把肉烧坏了。这是岩冰从……"芦苇红着脸。

我一听,急了,从桌下踢她,想让她闭嘴,岂料踢在了二姐腿上。

二姐故意笑着大声嚷嚷:"岩冰,你干吗?踢我干吗?"

爸妈全明白了,大笑起来,爸爸眼泪都笑了出来。

妈妈亲昵地拉着苇苇的手询问操作过程，原来我们忘了放水，多放了盐，却没放酱油和黄酒。

第二天，苇苇就开始钻研菜谱了。几天工夫，她做菜的水平大有长进。凭她的聪颖，干什么没有干不好的。过了半个月，她已经可以做满满一桌子菜了。她做的象牙里脊，乳白滑嫩，色形味俱佳；她做的蟹黄扒菜心，菜心翠绿软嫩，蟹黄橙黄鲜美；卷筒虾仁，则外香松脆，里肥鲜嫩……

此外，她还学会了做各地风味小吃，像上海的糍饭、山西的猫耳朵、四川的担担面、浙江的虾肉小笼包，她都拿得起放得下。

终于有一天，母亲对父亲有了意见："老头子，近来你怎么越吃越多！"

父亲的筷子在满桌的菜上逡巡了半天，恋恋不舍地收回了筷子："苇苇，你要再这样做下去，我的皮带恐怕要系不住了。"

已经结了婚的二姐也插话："苇苇，有你做饭，我赖在家里不想走了。"

听别人夸苇苇，我心里别提有多高兴。

"苇苇，给我做弟媳妇好吗？"二姐看着苇苇。

"我要有这样一个儿媳妇，那是我积了八辈子德。"母亲用手轻轻抚摸着苇苇的头发，眼中溢满了慈爱。

苇苇羞赧地低着头，飞快地瞥了我一眼："这不是我一厢情愿……"她一转身跑进了内室，逗摇篮中二姐的小孩玩去了。

父母、二姐全欣喜地看着我，我心里蜜一样甜，嘴上却说："吃你们的饭，话多！"

"二姐，你听萌萌在笑呢！"里间传出苇苇朗朗的笑声，她叫的是二姐。

遗憾的是，这醉人的时光太短暂了。不久通知书来了，苇苇以全省理科第一名的成绩被北大物理系录取，她的数学、物理、化学全是满分。而我呢，第一志愿没录，录的是西北另一所重点大学。

接到通知，我心里很难受，倒不只是没考上北大，主要是因为不能和苇苇朝夕相处了。这两年来，虽然有时候气她，故意不理她，实际上我知道，我一刻也离不开她了……

到大学报到前的一天，我俩来到了伊江边。

这是个薄雾天气，乳白色的晨雾轻柔地飘过远处的田畴，飘过河面。这团团的晨雾若即若离地抚摸、舐吻着泥土、河水、蒿草。

那不知名的野花、野草飘散着沁人心脾的芳香。薄雾中的天空显得深邃邈远，周围的世界静谧得让人心悸。

我俩谁也没说话，默默地走完了江堤，然后又越过水草来到了江中的沙洲上。这里更安谧了，只能听见我俩脚踏水草的啪啪声。浅水中游弋的鸟儿，惊恐地瞧着我们。只有当我们靠近时，这些鸟儿才惊叫一声，随即溅起一片水珠，箭一样地朝空中飞去。

这时，沙洲中部芦苇丛中的一群群野鸭，便也扑棱棱抖开翅膀，笨拙地飞向另一处沙洲。浅滩处，长满了芨芨草，好像给滩岸铺上了一层绿色的地毯。

芨芨草丛中一些不知名的花儿，璀璨地开着，宛如为绿地毯配上了多彩的图案。靠近水的沙滩上，趴着许多硕大的闸蟹，有几只蟹还用铁螯钳着水草，水草在江水的冲击下一摇一晃，这些蟹就像是在荡秋千了。

若在平时，芦苇定会欢叫着去捉这些"八爪铁将军"。而此时，她全然没有兴趣，周围的美好景色她似乎压根儿没看到。

"嗨！当了状元还掉着脸？你该请我客呀！"我逗她。

"岩冰……"她眼里竟全是泪。半晌，她讷讷地说，"我真后悔……后悔第一志愿报了北大。"

"又不是生离死别……瞧，成了三花脸了……"我把手绢递过去。眼窝有些发酸，我赶紧转过脸去。

她用手绢捂着脸，强抑着不哭出声，但悲切的呜咽声还是弥漫开来……

我的眼泪再也抑制不住了。我快速走开几步，在一处长满紫云英的平地上坐了下来。几朵迟开的紫色花朵，挂着晶莹的露珠在晨风中摇曳，点点如离人泪。

芦苇在我旁边坐下来，她低着头，肩膀仍在抽动。我不敢看她，眼睛瞧着江面。

一双燕子打我们头顶掠过，燕翼剪开水面激起两簇水花，玻璃似的水面便被打碎了，波纹牵动了岸边的水草，岸边两只正在觅食的水老鼠吓得惊慌地从草棵中探出头来，然后一前一后地遁进了远处的洞穴中。

芦苇在沉默。她用一根树枝狠劲地在沙地上画着，画着……

"两只老虎，两只老虎，跑得快，跑得快。一只没有耳朵，一只没有尾巴，真奇怪，真奇怪。"我想打破这沉重的氛围，便唱起了在干校时我们常唱的这支童谣。这本是支轻快的歌曲，然而此时唱出来却迟滞凝涩。

"嗨，好像唱跑了调。"我自我解嘲。

芦苇抬起头，直盯盯看着我，黑黑的眸子中似有愁绪万千。

"芦苇你记得吗？那一年咱俩都理了光头，你爸让我带你出去学艺，可……可师妹总比师兄学得好……"我本想使气氛轻松起来，却不料说出了这样一句话。话一出口，我马上后悔了。

苇苇眼中的泪又像断了线的珠子。

"苇苇，这两年我总是惹你生气……可实际上我……"

"你别说了，什么也别说了……"苇苇已经悲不自胜，似乎我的每一句话都可以把她击垮。

我俩都陷入了沉默。

远处传来了雷声，头顶聚起两堆乌云，豆大的雨点旋即砸了下来。我俩谁都没动，任凭雨点打湿了衣衫。这是场对流雨，乌云过后，太阳马上从云层中露出了笑脸，远处的天际挂起了一道彩虹，空气越发清新。

"岩冰，听二姐说你的胳膊阴雨天还疼？"

"哪里的话？你瞧，一点没事。"我屈起左臂做了个健美动作。

"真的没事？"

"真的没事。"

"让我看看。"

我有些不自在。她执意要看。她轻轻地抚摸着疤痕："痛吗？"

"一点也不疼。"

她在轻轻抚摸，手在颤抖，泪水嗒嗒地滴在疤痕上。不知怎的，她的手似乎带着火，触及的部位即刻燃烧起来，整个躯体就如火山喷发前被岩浆激荡的地表……

我突然意识到了什么，想拂开她的手，可当我触到那双修长白皙的手时，那双手却仿佛产生了强大的磁场……我俩的手紧紧攥在了一起——自打第一次见面时，她忘情地握了一下我的手，我俩始终保持着一定的距离。少男少女的羞涩已经替代了干校时的两小无猜。

而此刻，一切羞涩似乎全被抛在了爪哇国，只留下一片真情，一片可以熔化万物的真情……我俩的手心全攥出了汗，却都不愿放开。我们互相看着，眼睛一眨不眨地对望着……

金色的太阳透过如纱似的薄云斜照在芦苇身上，她的头上反射着一团明亮的光，使她那张没有任何瑕疵、白瓷般秀丽的面颊晶莹如温玉，羞悦的云霓又为白瓷镀了一层红晕，于是，整个面部就像焦骨牡丹初绽的花蕾。

她的脖颈也如凝脂一般，白而玉润。那搭配极其适当的五官，凝聚了造物主对她的全部偏爱，那黝黑的瞳仁里两个亮闪闪的光点闪烁着火辣辣的光芒……

我们都想说什么，却谁也没开口，只是用自己的眼睛告诉对方自己的一切，又从对方的眼神中找出自己已经求证了多少遍的答案。

周围的万物似乎都不存在了，宇宙停止了运转，一千年一万年化作了瞬间的永恒……

"冰，我想喊你一声哥。"芦苇的眼里泪光涟涟，不待我醒过神来，"哥——"一声带着颤音的呼喊从唇间迸出，把十八岁少女的情怀无遮无拦地倾泻出来。

我来不及答话，一把把她揽在了怀里，这是我平生第一次拥抱她。她伏在我肩头，身躯微微颤抖着，柔发摩挲着我的脸，我的五脏六腑逐渐熔化成为灼亮的熔岩在胸间奔突冲撞，我好像就要焚毁了……

芦苇仰起了脸，微微闭上了那双深潭似的眼睛。我想吻她，吻她的眼睛，吻她朝霞般鲜艳的嘴唇，自上至下通体地吻她。但我最后还是强忍住了，她在我心中太神圣了，我不愿丝毫地亵渎她……就在她耳畔轻声地说："等到那一天。"

"等到那一天。"她柔声地重复。

讲到这儿，季岩冰仿佛再无力讲下去了，瞅着凝碧潭发呆，思绪也似乎滞留在风沙弥漫的疏勒河，留在"春燕衔泥双飞蝶"的伊江畔……

快讲，快讲，接下来呢？"窦争被这段往事深深吸引了。

停顿足足有五分钟，季岩冰几次想开口接着讲，嗓子却哽咽……怎么也讲不下去了。

他强笑了一下："走吧。我的书包还放在阅览室……以后，有机会，我再接着讲……"

他的声调与平素判若两人，每一个音节都像从冰窖中挤出，带着丝丝的寒意……

第二十四章

圣诞节前夕，汀州连续落了数日大雪，远山近水披上了厚厚的银装。

往昔苍翠的螺髻山，如今也被玉女罩上了洁白的冠盖。通往嘉华园的枫文径旁的雪松用稠密的枝叶将飞雪搂抱在怀中，这些树便成了一个个肥硕的蘑菇。

房顶、路上的积雪足有半尺多厚。江南的雪不像北方的雪干冷凝重，它松软轻盈，踩上去如同踏在茸茸的棉花上。

圣诞节那天，雪住了。然而太阳也像被积雪压垮了似的，迟迟不肯露面。大雪荡涤了空气中的尘埃，清新明朗的世界给人们带来了好的心境。

操场上、宿舍楼前后，以及大道上全是打雪仗的人。不管认识不认识，大家只管把雪捏成团，向对方猛掷。即使打疼了对方，也绝不会听到对方的申斥。相反，校园里到处充满了嘻嘻哈哈的笑闹声。

邱锐、季岩冰、刘启宇、钱亮也被银装素裹的世界和校园轻松活泼的气氛撩拨得坐不住了，加入了打雪仗的人流。

在枫文径，一个长得娇小的女孩突然不宣而战，朝他们开起了火。

　　四个人停止了内战，集中火力朝女孩射击起来。女孩起初还勇猛还击，不一会儿就被四股强大的"火力"压得抬不起头来，用双手护着脸且战且退，最后竟嘤嘤哭了起来。

　　大家呆住了，停止了射击。

　　邱锐走过去，关切地说："对不起，小姐，我们打痛了你！"

　　女孩破涕为笑："你们以多对少，不算英雄。"

　　众人都笑了。

　　二舍楼前的空地上，秦玥儿、石青骓、方凌霜正和物理系的一帮男生开仗。

　　投入大自然的怀抱，她们一下子变得年轻了。

　　玥儿戴着一顶自己织的雪白的小帽在雪地里蹦蹦跳跳，如同一只活泼的小鹿。青骓以往那种做作的表情也不见了，她抖掉打进脖子里的一个雪球，嘴里夸张地"嘶嘶"嘘着气，大声朝两位同伴发号施令："集中'火力'揍那个大高个。"

　　正当三人被对方的"火力"压得抬不起头时，邱锐他们赶来了。三员女将顿时精神倍增，一起高兴地大喊："援兵来了，援兵来了。"

　　四个人挤了挤眼，咕哝了几句，每人在雪地上团了个雪团，朝石青骓他们走来。

　　"还不开火，愣着干吗？"石青骓发问。

　　待离三个女将只有四五米远时，四人突然朝女将们开起火来。三员女将大怒："怎么，打起了内战？""好哇，你们这帮胳膊肘朝外拐的家伙。"

　　物理系的男生们则兴奋得连声欢呼："打得好，打得好，打得鬼子哇哇叫。""天下男士一条心，男同胞理应团结紧。"

"攘外必先安内。朝这帮卖国贼开炮。"青雅又发了一道命令。

于是三女士便掉转枪口，对准邱锐他们。物理系的男士们见三女将人单势孤，停止了战斗，开始坐山观虎斗。于是，战争演化成了真正的内战。

经过十五分钟的激战，一个个的衣服上、脸上、眉上、头上全沾满了雪，精力也在"炮火"中消耗殆尽了。

"好男不和女斗。好男不和女斗。"男士们首先挂起了免战牌。女士们早已体力不支，正好借坡下驴。

"走啊，萃英园的梅花开了，赏梅去。"邱锐发出了邀请。

一伙人踏着积雪朝萃英园走去。

萃英园的房前屋后，遍植梅花，未到梅树前，早有暗香浮动。此时梅花开得正盛。

萃英园南坡上，是一片红梅。一枝枝怒放的红梅，从枝头洁白的积雪中探出头来，似乎在向人们报告着春将到来。

萃英园的北坡上，是一丛丛黄梅，花瓣上挂着积雪，不仔细看，疑花是雪，疑雪是花。

他们顺着两坡之间的青石小径慢慢观赏。身旁不时走过三三两两相携相伴、踏雪赏梅的人。

在下行政楼旁的台阶时，玥儿不小心被地上的积雪滑得一个趔趄，多亏身旁的季岩冰扶了一把才没有跌倒。她歪着头看了一下季岩冰，说："唉，若没有这场雪，就好了。我真怕花儿被冻坏。"

"若没有雪做背景，你赏梅可就少了不少情趣。你这几晚上也就不会夜夜睡不着了。"青雅总是忘不了编排玥儿。她朝大家神秘地挤了挤眼。

"怎么，玥儿晚上睡不着了？"大家惊奇地问。

玥儿也闪着好奇的目光："我晚上睡不着和雪有什么关系？"

"怎么没关系？下雪使我们的玥儿姑娘想到了自己的月貌花容，激动得睡不着呗！韦庄的《浣溪沙》不是有'暗想玉容何所似？一枝春雪冻梅花'吗？"

众人哈哈笑起来，玥儿的脸腾地一下通红了。

玥儿这几天晚上是没有睡好。当然，原因绝不是如青雎所说的那样。

几天前，她收到了一封无落款的信。信是青雎从系里捎回来的，在把信交给玥儿时，青雎意味深长地笑了笑。

从邮戳上看，无疑寄自本校，近在咫尺却要寄信，又不写明地址，此信无疑有"情况"。

什么情况？只有玥儿清楚了。

接到那封来信后，玥儿开始在床上夜夜辗转直到天明。

看玥儿窘得低头不语，邱锐马上接过话茬："是啊，梅只有以雪为背景，意境才会更佳。古人许多著名的诗句都把梅和雪捆在一起。如'寒梅惊破前村雪，寒鸡啼破西楼月''一声羌管吹呜咽，玉溪夜半梅翻雪'。"

见有人赞同自己的观点，青雎更是来了精神："古今中外方家作文也好，绘画也罢，都很看重背景的作用。背景不仅可以展示事物之间的相互联系，还可以深化主题，使人感受到比作品本身更深层的东西。

"如宋人那幅名画'深山藏古寺'，画中并没有出现寺庙的影子，而是巧用背景，将'藏'字烘托得淋漓尽致。

　　"你看：一条弯弯曲曲的小路，掩映在莽莽的林海中。近处，青山如黛；远处，淡云隐岫，给人旷深邈远之感。小路上，一位满头是汗的小沙弥正吃力地挑着一担水赶路。空中，几只小鸟啁啾着，荒野阒寂无人。

　　"不用任何文字说明，无论谁，一瞄画面，就分明感觉到寺庙就在某座山峰后面。"

　　对青骓这通议论，众人拍手称好。

　　"实际上，背景运用得好，还有化腐朽为神奇之妙。"钱亮接过了话茬，"清代乾隆年间，扬州八怪之首金农，应一位盐商之约，到一座叫'平山堂'的酒楼吃饭。席间商定以古人诗句'飞红'为酒令，每人必须说出一句有'飞红'字眼的古诗，否则罚酒。

　　"轮到这位盐商了，他想了半天，一句也想不出来。众人正要罚酒，盐商胡诌道：'有了有了！柳絮飞来片片红。'举座哗然：柳絮明明是白的，怎么会'飞来片片红'呢？

　　"这时金农却不紧不慢地指着楼宇道：'这正是元人歌吟平山堂的诗句。'众人闻言，请他细说端详。金农脱口吟诵：'廿四桥边廿四风，凭栏犹忆旧江东。夕阳返照桃花渡，柳絮飞来片片红。'

　　"其实，'平山堂'并非名楼，哪来元人吟诵呢？金农信口成章，无非是替盐商解围罢了。

　　"因为有了'夕阳返照桃花渡'作为背景，'柳絮飞来片片红'这个原本不通的死句不仅给救活了，而且成了很有特色的'佳句'。"

　　"咱们何不以梅为背景，每人也吟一句古人诗句？谁吟不出，今晚请大家吃饭。"青骓动议。

　　众人都不甘示弱，纷纷附议。

"不过得先填饱肚子再说，我的诗才可是饿得没影了。"窦争捂着肚子。

"这样吧，咱们不妨边吃边吟，吃完了也决出了胜负。"邱锐附和。

于是大家朝"听梅轩"旁的"一剪梅"饭庄走去。

"听梅轩"建在萃英园中部的一个小山包上。大片大片的梅林环绕着这座檐牙翼然的八角廊轩。廊轩很普通，轩柱上的一副对联却很有点儿意思：

　　得轩内清静世界，正可临风听涛，况当菡萏初绽，栀子飘香；

　　浇胸中宿恨闲愁，用何佐酒论诗，且将寒梅细品，丹桂慢饮。

"一剪梅"饭庄很小，只有一间门面，陈设也很简陋。

传播系的研究生经常来这儿聚餐，是怀着一种复杂的心情：

这家饭庄是中文系的一个讲师开的。他在学校很有才名，几次评副教授却都没评上，一气之下辞职当起了店小二。他的夫人去年下岗了，和他一起经营这爿小店。店门口也挂着一副对联：

　　上课铃未响，诸君但坐无妨，谈什么经世致用，暂饮杯清茶去；

　　蒸笼盖才揭，肚子填饱有益，算不上美味佳肴，且吃碗面条来。

据说这副对联和"听梅轩"的那副对联，都是这位老师的手笔，只是创作的时间相距十年。

他写"听梅轩"那副对联时，是恢复高考后不久，学校重修"文

革"中被毁的"听梅轩",在全校范围内征集对联,老校长在一百
多件应征作品中选中他的那副。

……

因为尚未确定谁来付款,侥幸心理使大家点起菜来十分慷慨,
一下子要了十四盘,青雅还点了二十五元一盘的烤乳猪。这一顿少
说也要七八十元。

菜陆续上来了。天冷,大家没要啤酒,以香茗代之。

几盘菜下肚,青雅一马当先:"不但要说出古诗,还要说出哪
个朝代,是谁写的,题目是什么。"她自忖,这样一来,定能难倒
几个,"我先来。鬟垂香颈云遮藕,粉著兰胸雪压梅。唐朝韩偓的《席
上有赠》。"

"岸容待腊将舒柳,山意冲寒欲放梅。唐朝杜甫的《小至》。"
玥儿紧随其后。

"兴庆池南柳未开,太真先把一枝梅。唐朝张祜的《春莺啭》。"
钱亮接着吟道。

"安得健步移远梅,乱插繁花向晴昊。唐代杜甫的《苏端薛复
筵简薛华醉歌》。"季岩冰道。

"十月长年见早梅,今年二月未全开。金代元好问的《十月》。"
邱锐稍顿片刻说。

"渡头轻雨洒寒梅,云际溶溶雪水来。唐代刘禹锡的《松滋渡
望峡中》。"刘启宇和方凌霜几乎是同时吟道。

"算谁的?"最后大家裁定。应算刘启宇的,他比方凌霜快了
半拍。

越往后越难了。因为众所周知的名句几乎已被前面的道出了。

方凌霜急得抓耳挠腮，终于脱口说道："绿垂风折笋，红绽雨肥梅。……"

"不行不行。你说的是雨中杨梅，不是雪中寒梅。"方凌霜话未落音，青骓立刻截断。

"翠余长染柳，香重欲薰梅。唐朝沈亚之《虎丘山真娘墓》。"

"不行，还是不行。大家均是七言。你是五言怎么行？小方，今天你请客吧。"钱亮也开始发难，将起了军。

"对，今天小方请客。"大家欢呼起来。

"别忙，别忙，我这儿有了：去岁荆南梅似雪，今年蓟北雪如梅。唐代张说的《幽州新岁作》。"方凌霜急得汗都下来了。可终于应付了下来，她得意地朝钱亮嚷："死钱亮，你不幸灾乐祸了吧！"

他们在吟诗对句时，那个戴眼镜的厨师呆呆看着他们……

最后上的一盘菜是压轴菜：烧乳猪，酱紫色的肉块鲜嫩可口，几双筷子一齐伸去，顷刻，风卷残云，碟中只剩下一块整肉和若干碎丁。众人谁也不好意思下筷了，但却不愿放过这块肥肉。

终于，邱锐伸出了筷子："我看看这是不是景德镇的碟子。"他夹起了那块美肴，用半秒钟"考察"了碟子中心，然后从容将肉夹入口中。

"哟，这碟子可有年代了！你们看——"青骓端起碟子翻倒，露出碟底说，"是同治年间的吧。"美味的碎丁统统置于青骓的碗里了。

青骓一边文雅地将一块块碎丁往口里送，一边慢悠悠地说：

"邱主席，这可是我们在校的最后一个圣诞了。你们研究生会为大家准备了什么活动？当干部的可别只为了评先进时加几分呀！古人无花无酒过不得清明，我们无娱无乐何以度得圣诞？"

青骓仍忘不了评优秀研究生时的那档子事，说话夹枪带棒。

邱锐知其所指，面上却不露声色，笑呵呵道："我正准备和大家商量呢。大家出出主意，看举办什么活动好呢？"

"舞会！"钱亮首先提议。

"拉倒吧！还舞会呢，若举办舞会，我们拒绝参加。"三位女士一致反对，且个个面露愠色。

为什么女士们对舞会如此深恶痛绝呢？说起来可就话长了。

传播系共有 23 个研究生，其中男生 18 人，女生只有 5 人，可谓比例严重失调。本来该是物以稀为贵，可按照钱亮的说法是"才子成堆，佳人寥寥"。

如果把本系的娱乐活动同整个学校的大舞台接起轨来，男生往往显得游刃有余，女生则在被冷落之余产生怅然若失的慨叹。

这就产生了心态失调现象，一般的女生都易于满足班集体内部的封闭性活动，男生则倾向于开放性活动。

舞会是集体活动的重要内容。若系里举办舞会，女生往往提议不许外系的人——尤其是女生入场。若有哪位男士带来了女同学、女老乡，女生不独对入侵者怒目而视，而且对内奸也报之以冷目。

男生呢，却希望大量引进，多多益善。况且"他山之石可以攻玉"之类的词儿，可佐证引进、开放之举带来的妙处。

青骓他们的第一个圣诞节，研究生会安排的圣诞活动就是舞会。舞会在系会议室举行。

为了办好舞会，吃过午饭后，系里的女研究生全部上阵开始布置舞场。又是装饰彩灯，又是剪裁彩练，拖地板，抹桌凳，抬饮料，个个忙得不亦乐乎。

晚上，女生们一个个拿出最好的行头，精心打扮了一番。舞会初始，女生们个个心情怡然，舞曲甫响，无论谁面前，都会出现几只手。

她们呢，往往做出矜持状，先要摆出副委决不下、不知应谁好的样子，然后才挽起某位男士的手臂，并对被自己冷落的男士表现出十二分的歉意。

可是不久，随着外系女同学的介入，姑娘们坐不住了。男生们争先恐后地去请外来者，殷勤地为对方递上饮料，有的外来者面前会同时出现五六只饮料瓶。她们被冷落了，有的连续四五支曲子竟没有被请上一次。

姑娘们气愤难平，她们一下午的辛勤劳作竟换来如此报答。

青骓首先拍案而起："大家静静，大家静静。传播系同学请围成一圈，围成一圈。我们要做个游戏。"然而大家舞兴正浓，没人理睬她。她只好颓然坐下了。

可看看在满脸堆笑的男士们的臂弯里翩翩起舞的外来妹——她们大多是本科生，姑娘们又不免有点惭愧。

不过这种惭愧很快就被由此激发起来的自傲心理取代。先是青骓高昂头颅，一甩门离开了舞场，其他四人紧随其后，很有点从容赴难的壮烈。

回去后，姑娘们大骂男士们寡廉鲜耻的媚外之举，个个摩拳擦掌，并发誓要加倍地进行报复。

报复计划的实施是在第二年的圣诞节。

考虑到前一个圣诞节姑娘们的不辞而别，几个男生干部商议，圣诞之夜采取击鼓传花的方式来表演节目，而不再举办舞会。没想到征求姑娘们的意见时，姑娘们坚决不肯，一致要求仍然举办舞会。

这就让男生们丈二和尚摸不着头脑：自从上次圣诞节后，大凡男生们举办的舞会，女生们坚决拒绝参加。这次是怎么回事？

谜底很快就被揭开了。

舞会开始后，女生们鱼贯入场，令男生们吃惊的是她们每人相携一舞伴——这在以往的经历中是绝无仅有的，本来就"狼多肉少"！这不是要干晾男生们嘛！更令男生们叹为观止的是，这些被携入者，要么高大英俊，要么是学校有名的舞星。

后来才弄明白：

原来，女生们在请舞伴前，青雅曾发出倡议：都要设法请到最优秀的男士。舞会后，在请到的舞伴中评选舞会王子。大家每人出五元钱，谁请的舞伴被评为王子，就为她买一件圣诞礼物。

那些"准舞星"们平时牛气得很，姑娘们请动他们，不知道下了多少本钱。

舞曲一响，不待本班男士们去请，姑娘们早和被携入者旋到舞场中央了。姑娘们个个脸上一副睥睨一切状，瞟都不瞟本系男士一眼。

有识相者知道，今天是别想请女士跳了，请也没用。可也有不识相者——总归是本系同学嘛，难道还不如外来者面子展？

倘若抱着这种念头，必定要碰钉子。钉子还真不软："对不起，我跳累了。"要么干脆是："我不想跳。"

而与此同时呢，却亲亲热热地挽住了外来者的臂膀。男士们自然恨得牙根痒痒。

舞场中央只有姑娘们和她们请来的舞伴在跳，男生们则一个个像霜打的茄子，蔫不拉叽地蜷缩在墙角。

不过正当姑娘们春风得意时，形势却急转直下——姑娘们舞兴正酣，忘了防范，一帮本科生女孩儿趁机搅入舞场。这一下，男生们犹如惊蛰后醒来的甲虫，精神大增，压抑的舞瘾火山般爆发出来。

女生们的气焰渐渐被压了下去。到了最后，连他们请来的舞伴也叛逆了——竟丢下她们，和本科生打得火热。

姑娘们再次受挫："男人都他妈的喜新厌旧。"

姑娘们发誓再也不参加本系的舞会了。

……

有这样的背景，钱亮提出举办舞会而遭到姑娘们的反对，那是再自然不过的了。

不举行舞会，那么举办什么活动好呢？击鼓传花表演节目之类的把戏，他们是不屑的。小儿科！本科生玩玩倒还罢了。

"无衣无褐，何以卒岁？"没有活动，青春的热力何以发泄？无论是哪一所大学，自进入十二月下旬始，就会处于狂欢的热浪之中。

此时，课基本上完了，而离期考却还有个把月，圣诞节、新年，这些接踵而来的节日，令年轻人激动不已，亢奋的情绪如同钱塘江的来潮——一浪高过一浪。要让他们坐下来，那真如"白日参辰现，北斗回南面"了。

最后，刘启宇想出了一个折中的办法——举办假面舞会。

假面舞会有诸多好处：首先，经过化装，戴上了面具，分不清彼此，就让那些长相"语重心长"者免除了坐冷板凳之虞。

其次，那些平素见了异性面红心跳的腼腆者，也会因面具的遮掩陡增了勇气，说不定会主动邀请心仪已久者舞上一曲。

人很奇怪，在面具下生活，就犹如在夜幕下行事一样，因为有了遮掩而无所顾忌。同时，也会因真假的错位而使美丑发生颠倒。

经过一番思谋，青雅首先答应下来。以往即使系里的封闭性舞会，她也是坐冷板凳的机会多。

有了第一个就有第二个，很快大家都同意了。

方凌霜提议：对舞会的最佳装扮者实行物质奖励。这下子，大家的情绪更是高昂起来。

下午，大家开始了紧张的准备工作。到同学、朋友处借服装，找来各色吹塑纸做面具，一个个忙得不可开交。为使自己的扮相独具特色，相互之间竟还保起密来。

紧锣密鼓筹划下的舞会，定于晚上八点整开始。

七点五十分了，除了主持人之外，竟无人登场——大家都不想过早暴露自己。

伴随着人文馆钟楼上悠扬的钟声，大家仿佛突然从天上掉下来似的，一下子全出现在门口。往昔熟悉的面孔不见了，或牛头或马面，或精灵或神怪，或魑魅魍魉……大家都在互相揣测着对方。

这是谁？一双红色的高跟鞋，一件别致的米色风衣，洁白的头巾下柔柔地搭拉着几缕刘海，走起路来，步履款款，腰肢闪闪，别有一番风韵。可惜一副宽大的墨镜遮住了半张面孔，只露出鲜红的唇。

方凌霜？不，她没这么高。青雅？没这么苗条。

那又是谁？一顶藏青礼帽低低地压在额头上，黑呢大衣随意地披在肩头，戴着画有山姆大叔的面具，那两撮黑胡须夸张地上翘。他迈着卓别林式的步子，双手自如地玩着一根文明棍。

Who is it？（这是谁？）在面具下实在难以辨别。

只有那个戴牛头面具的，无疑是刘启宇了。尽管他故意佝偻着腰，但他那一米八八的高大身材，系里无人匹敌。

一个戴小精灵面具的邀"红色高跟鞋"共舞，他想搭讪着从口音中辨出对方是谁，但"红色高跟鞋"故意不理，只是轻盈地扭动着腰肢，嘴里娇嗔地发出哼哼哈哈声。

"牛头"刘启宇正试图弄清楚与他共舞的"护士小姐"是谁。逗她说话，她不吭声。装作不经意想碰掉她的帽子，小姐矜持地躲开了。刘启宇无奈地摇摇头。

山姆大叔的忠厚本已招人喜爱，再加上卓别林式的幽默，那位穿黑呢大衣的先生今晚倍受青睐。舞伴们的热情邀舞，竟使他难以招架。

今晚表现最活跃的，要数那位戴棒球帽着鬼怪面具的小个子小伙。他邀了这个邀那个，不停地旋转，一支曲子也不放过。

舞会的气氛空前热烈，边座上基本没有剩余的人——这在传播系的历史上绝无仅有。在面具的遮掩下，大家跳得无拘无束，平时有过节儿的或互相不理睬的，此时都可以携手共舞了。

好奇心刺激着每个人，不等舞会结束，许多人已迫不及待地揭掉了面具。真相使人大感意外：

"红色高跟鞋"竟是钱亮。

揭掉山姆大叔的面具，人们看到的是青雅那张"语重心长"的脸。她累得满头大汗，却兴奋得满脸通红。她今晚受到的邀请比三年的总和还要多。

四处邀舞的"棒球帽"小伙，是平日里见女生就脸红的白曦。借助于"鬼怪"的力量，他痛痛快快地过了次舞瘾。

……

舞会接着进行。

然而，原先那种欢快、热烈的气氛却没能再现，边座上重新出现了富余人员。白曦又恢复了往日的羞怯神态，默默地坐在角落里；青骓再次被冷落……

未几，青骓推说头疼，起身要走。

钱亮明知就里，却故作关切地问："是不是方才跳累了？"

青骓脸一红，白了他一眼："是老毛病了。"

"那可得好好治治，没去开过药吗？"

"开过了，不管用。"青骓心不在焉地说。

"噢，我这儿有张偏方，是唐代天际大师开的，专治服药无效的顽症。平素我可是不轻易示人的，你不妨拿去试试。"钱亮一脸的诚恳。

"内有十味药：好肚肠一根，慈悲心一片，温柔半两，道理三分，言行要紧，中直一块，孝顺十分，老实一个，阴阳全用，方便不拘多少。

"用药方法为：宽心锅内炒，不要焦，不要燥，去火埋三分。

"用药宜忌：言清心浊，利己损人，暗箭中伤，肠中毒，笑里刀，两头蛇，平地起风波。"

他全然不顾青骓脸色如何，继续一本正经道："这方中的药，只要正确服用，必能药到病除。"

青骓气得脸色刷白，嘴唇颤抖，齿缝中挤出两个字："混蛋"，一甩门出去了。

第二十五章

江南的雪化得快。

虽是三九寒天，圣诞节前，那场大雪已不见了踪影，只有螺髻山阴坡的树根处，还残留着星星点点。

伴随着积雪的融化，本学期接近了尾声，学生最忙碌的时刻来到了。

考试如同驭人手中的缰绳，现在"嗖"的一声收紧了。平素用功也好，散漫也罢，都得按照驭人的指令朝着同一方向前进。

教室、图书馆的座位开始紧张起来。已过了熄灯时间，任凭管理员怎样催促，仍有人赖着不走。宿舍过道里、水房中的长明灯下，凌晨三四点钟，还有人在背书。

学校附近的各个复印店前，排起了长龙。平时上课极少有人系统做笔记。现在，谁的笔记做得好，就备受青睐，大家纷纷借了去复印。有时，一个班里，竟只有一个版本。

学生中流传着这样的打油诗：

分不在高，及格就行。

学不在深，突击则灵。

何须长期苦战？何须灯下劳形？

考前补补笔记，三天两天建功。

学习为了什么？还不是一张文凭！

这种突击学习法，效果自然不佳。也许走出考场，一切又都还给了老师。去年寒假过后，郑主任来了个突然袭击：拿出期末考卷让传播系的本科生重新做。谁料及格率竟不到20%。

相比而言，研究生要比本科生轻松得多。一是考试科目没那么多：一、二年级有两门闭卷考试，其他全是交篇作业了事，而三年级，大部分院系，甚至连作业也不用交了。二是丰富的社会阅历，使他们套题的本领，比本科生要高明得多，经过他们的一番活动，即使那两门闭卷考试，事实上也成了开卷考试。

专业课的作业早在学期结束前的一个月就布置下来了。交作业的期限从容得很，可在本学期末交，可在假期归来后交，甚至可拖到下学期的任何时候交。

真正坐下来独立思考，拿出真知灼见的并不多，大多是找些资料抄一篇了事。几年下来，大家有个共同体会：抄来的文章也许比自己冥思苦想写出的文章得分要高。

不过抄文章也有个诀窍，千万别从头至尾抄，如果这篇文章恰巧被老师看到过，那就不妙了。你要找出几篇同类的文章，抄这篇的观点，抄那篇的例子，东一段，西一段，神鬼莫辨。个中功夫正如研究生们的口头禅："天下文章一大抄，看你会抄不会抄"了。

两门闭卷考试科目是英语和政治，英语又分精读和听力。

汀州大学规定，及格线为80分，听起来，蛮吓人吧。不过，大可不必惊慌，正像现今市场上水货泛滥一样，这分数中的水分足可挤出一大盆。

先说英语吧，对于在社会上工作多年，外语已经生疏的研究生来说，不折不扣地算个问题。老师早就料到这一点，所以，考前先指定范围。

READER'S CHOICE 洋洋洒洒二百余页，十六个单元，老师规定，只考单数单元，这样，书就变成了一百多页。老师又进一步规定，单数单元只考单数课文，如此一来，书就减到了五六十页。

这还没完，考试的重头戏是词组选择，老师将考试的词组一一画出，只是范围较考试内容稍宽泛一点。譬如，要考二十五个词组，老师就画出七八十个词组，背吧，只要背会了这些，考个及格没问题。

听力呢，也简单：考前先将听力材料发下去，附带答案，考题就从此中来。只要记住了答案，按答案画圈就行了。尽管你什么也听不懂，照样可以拿高分。

考试时往往出现这种情况，录音带还没放完，有的学生已交卷了。

政治考试也大同小异，考前圈定几个复习题，一背即可。

老师如此关照，学生仍不满足，"明确、明确、再明确，窄点、窄点、再窄点！"——学生们向老师提出更高的要求。

当然，他们不会这样直杠子明说，而是采取迂回战略——设法套题。

……

虽然蒙混过关并非难事，但是，简单，大家都简单，要想得高分，还得另辟蹊径啊！

这就看各自的解数了。

窦争对期末考试，从心里发怵，倒不是他脑子比别人笨，而是他用在学习上的时间实在太少了，基本上没上过什么课。

政治课窦争总是不去上，点名时让白曦代答。当然，他总得意思意思，白曦的要求也不高，一次一支烟。

可别小看这一支烟。

研究生助学金分 70 元、80 元、90 元三个档次。由本科直接考上来的，每月 70 元；工作 2—3 年者，每月 80 元；工作 4 年以上者，每月 90 元。这些助学金要吃饭、穿衣、理发、洗澡，还要买书、娱乐。现今的物价，可不得一个子儿掰两半儿花！

情况也并不尽然，家境好的同学，可以不时得到家里的接济，不虞衣食。但这只是少数。

大多数人，上了十七八年学，年纪一大把，还要靠家里养活，面子实在挂不住，所以，咬牙硬撑。尤其那些已有家室或家庭条件困难的，不撑也得撑。像 91 级的老张，爱人和孩子都在农村，他还必须从 90 元助学金中省下钱来寄给家里。

再说烟的问题吧。让研究生们像工人、农民一样抽三四毛钱一包的低档烟，那是有点儿太掉价了。而要抽高档烟，现在的好烟，动辄十来块，对于囊中羞涩的学子来说，委实有点奢侈了。

所以，很多人买烟都是一根一根买，这样既经济，又可防止别人向自己讨要。

传播系曾有这样一个笑话：90 级一个瘾君子，一天晚上，烟瘾大发，于是，挨个宿舍讨要。他转遍了整个传播系，竟没有要到一根。

他的讨要，反倒勾起了其他几位瘾君子的烟瘾，大家合计凑钱买一包。恰值月底，大家翻遍了抽屉，竟没凑够一包烟钱。

一位老兄想了个高招：深入"挖潜"，堵塞"跑、冒、滴、漏"——

平时发现地上掉了一分、两分钱，大家不屑（很多成分是不好意思）去捡，又不忍心扔出去，扫地时，随手扫到床底屋角。现在，派上了用场，大家各自回屋，搜索探寻，终于凑够了数目。

英语是小班课，上精读的老师，又是位面带寒霜、不苟言笑的老者。窦争不能课课必逃，有时也去应付两节。即使坐在教室里，他也是"人在曹营心在汉"。

一次上课，老师提问到了他。他正趴在桌上睡觉。那是道选择题，一共有 A、B、C、D 四个答案，他竟理直气壮地回答："是 E。"老师愕然，学生们哄堂大笑。

那么，窦争的心思用在哪里？

窦争本学期的傍肩儿严锦璐，是一个丰腴的现代派女性。她"性"趣无穷，体内仿佛安装了一台意大利野马跑车引擎。窦争相当一部分时间，耗费在与她无休无止的猫腻之中。

此外，本学期，他的母亲瘫了，而他的妹妹上大学的费用，基本上得靠他提供。窦争需要更多的钱。

窦争的财源，靠的是当"枪手"的报酬。本学期初，汀州师大一名"枪手"不慎"走火"。汀州师大开始追查。作为知名的"蛇头"，杨泽君只好蛰伏起来。

窦争的客户，大多由杨泽君提供。这样一来，他的财路就断了。

好在严锦璐给他找了几个客户。这些客户都是田川的生意伙伴，精明得很。价格本来谈得好好的，但窦争一交"货"，对方就开始挑剔起来，要么说质量不过关，要么说时间没按他们的要求。扣来扣去，窦争就落不下几个子儿。

他求严锦璐给他找些其他活儿。

严锦璐介绍他去田川家当家庭教师。

窦争施教的对象，是个只有九岁的三年级小学生。一个研究生，去教一个三年级小学生？每次上课时，窦争都觉得有些滑稽。

滑稽归滑稽，钱却是实在的。窦争每星期去两个晚上，一个晚上五块钱。

田川人虽不到四十岁，可能是长期"扶瓶"的缘故，已经中部"崛起"了。他名义上是一家之主，其实，家里的实权掌握在女主人蒋奇卉手里。

蒋奇卉长得又矮又胖，像只充满气的皮球。她是省人大常委会蒋副主任的千金。

蒋副主任当副省长时，田川是他的司机。长城亚太实业总公司的后台老板，实际上是蒋副主任。

田川和蒋奇卉都没有受过正规大学教育。田川虽然将要拿到研究生文凭，但周围的人都知道：那是水货。

他的作业、毕业论文差不多都是严锦璐找窦争代做的。

蒋奇卉对窦争很苛刻。规定窦争必须八点钟以前赶到，十一点过后才能走。她要让她的每一分投资都能见效。

然而，那个被娇宠得敢向饭桌撒尿的总经理公子，却不按老娘的指挥棒转。

每次，田夫人用巧克力等一大堆食品刚刚哄得儿子坐定，一转身，他却又摆弄起了电子游戏机、变形金刚。初始，窦争总是劝他收起来，可"小皇帝"眼睛一瞪："你他妈再管我，让我爸赶你走。"

有一次，田公子来了兴致，非要窦争趴在地上让他当马骑。窦争执意不从。田公子揪住窦争又踢又咬。窦争的上衣扣子也被拽掉了。

"我爸爸、爷爷都让我当马骑，你为什么不让？"田公子越打越来劲儿。

响声惊动了田夫人。她推开门一看，竟什么也没说。

"你看这孩子……"窦争指了指田公子。

田夫人冷冷地看了看他："他是个吃屎孩子，你未必也是吧？"

窦争脸都气青了。

学校离总经理家，骑车要一个多小时。为了赶在八点以前到，有时他晚饭也来不及吃。饥肠辘辘的他，看着"小皇帝"面前的大堆食品，心里很不平衡……

总经理家装潢相当考究：除厨房外，四室两厅的地面上，铺的全是新疆和田出的套色纯毛地毯。每个房间的墙面护板，从地面一直铺到天花板。橘红色的吸顶灯，投出柔和的光芒。客厅的东侧，是一溜做工考究的真皮圆角沙发。

西侧紫檀木案几上，放着一只硕大的鱼缸。鱼缸里面，几条扁扁的剑似的龙鱼，在悠闲地戏水。

案几两侧，各置一尊根雕。一尊是只造型逼真的孔雀，基本上没有什么人工雕凿的痕迹，浑然天成。

另一尊是只缘木而上的小猴，小猴一手攀树，另一手搭个凉棚放在眉前，仿佛在向远处眺望。树桩的节疤，恰好构成了猴儿的嘴脸，使这只小猴看上去顽皮可爱。

一次，田公子非要让窦争帮他拿鱼缸里的红龙鱼玩。窦争听田总经理说过，那一条鱼得三万多元钱，说什么他也不敢动。

田公子便攀着那尊猴子根雕自己去拿。一不小心，根雕倒了，他重重摔在地上，"哇"的一声哭起来。猴子搭凉棚的那只手也给撞断了。

田夫人冲进了屋，一边抱起宝贝儿子哄，一边黑煞着脸看着窦争："我一个月掏那么多钱，连一个孩子也看不住。"

更可气的是田家的那只纯种西德牧羊犬。

窦争第一次上门，按响门铃，报了身份后，女主人从门眼中审视了半天，终于徐徐打开了门。他那双沾满尘土的脚刚跨进去，蓦然，他发现主人脸上堆起了阴云。

他马上意识到，自己应该换拖鞋。可弯腰解鞋带时，又有些犹豫了，左脚袜子的破洞在脚底板，只要不高抬脚，尚可对付一下，可右脚袜子上的洞在脚尖，足有火柴盒那么大，这可如何是好？他用脚趾头使劲把袜子往前拱了拱，红着脸，脱了鞋。

幸亏门口光线暗，女主人没有发现，可在接受男女主人的问询时，那条牧羊犬不知从哪儿钻了出来，绕他转了几遭，竟饶有兴致地卧在他脚边，舔起他的脚趾头来。他的脸红到了脖子根……

然而，更令他难受的是，连续三个小时不能上厕所。

主人家厕所里的抽水马桶，是可以自动调温、自动冲洗的那种，边缘上蒙着柔柔的咖啡色皮革。

每次他上厕所冲完水出来后，女主人都会不放心地进去再冲一次。出来时，脸上就挂着愠色。

几次下来，窦争再也不敢上那间尊贵的厕所了。

屈辱，莫大的屈辱使窦争几次都想甩手不干了，可是，想到母亲和妹妹等钱用，他咬着牙，硬撑了下来。

现在，该考试了。他想向主人请假，回校应付考试。没容他张嘴，田夫人却先开了口："我儿子该期末考试了，想请你每个星期多来一次。"

"这……"窦争话还没说出口，田夫人不容置疑地一挥手："这段时间，每个晚上多加一块钱。"

窦争还想说什么，田夫人径直进里屋去了。

雪上加霜，期考，对于窦争来说，就比别人多了几分紧张。

紧张的，不止窦争一人。封瞻比窦争更紧张。

封瞻读的是在职研究生。平日里，忙着当他的记者部副主任，基本上没来上过课。考试这几天，才来临时抱佛脚。

一天晚上，他找到了窦争，装作不经心地说："快考试了，你准备得怎么样了？"

窦争正为考试这件事苦恼："80分才能及格，这次肯定过不去了。"

"别急，哥们儿。实际上，要想及格也不难。"封瞻打住话头，一副神秘的样子。

"怎么？你老兄有高招？"窦争来了精神。

"先来支烟。"封瞻斜靠在椅背上，给窦争扔过去一支玉溪烟。

封瞻吐出一串烟圈，慢吞吞地说："听说跟咱们一起上英语的管院，大伙儿凑钱给老师买了两条'红塔山'。这下，管院肯定全部及格了。这可苦了我们。"

"那我们也送啊！我第一个出钱。"

"钱倒是小意思。你想一想这个道理：大家都送，等于大家都没有送。学校今年规定，要保证5％的人不能及格。咱们要想摆脱厄运，得来点儿绝的。烟咱们照送，我出，给他两条中华。此外，咱俩单独请老师吃顿饭，借机套套题。钱也由我出。

"我之所以拉上你，一方面是咱哥俩感情不错；再一方面，你老弟也清楚，我压根儿没上过课，老师就是给我说了范围，也找不到。这一点，得仰仗你了。"封瞻道出锦囊妙计。

"好说，好说。明天下课后，咱俩就请。"

第二天下课，其他同学都走了，他俩推说有问题要请教，缠住老师，东一句西一句，问个没完。直到早已过了吃饭时间，两人才做出刚刚意识到的样子："呀，您看，光顾了请教，吃饭时间都过去了。校食堂肯定关门了，老师，干脆和我们一起吃顿便饭吧。"

老师推辞了半天，还是跟他们来到了校外一家个体小餐馆。

两人花八十多块钱点了一桌菜，虽算不得很丰盛，但对于难得下馆子的老师来说，已经相当不错了。

老师显然吃得很满意，平时紧板的面孔放松了下来，他用餐巾纸揩了揩额头上的汗珠，打着饱嗝："你俩复习得怎么样了？"

两个人等的就是这句话，于是，忙不迭地说："不行，不行，离老师的要求差远了。唉，年纪大了，东西总是记不住，真害怕不及格。"

"一般不会吧。这次考题不算难，只要好好复习，都会过去的。"

"构词法，内容太多了。真不知如何下手。"窦争说。

"平时经常用的那些，像前缀呀，后缀呀……考试的目的嘛，还是学以致用。"

两个人互相对望一眼，封瞻继续发起攻击："这次作文题不会超出课本吧？"

"我在课堂上已经讲过了，考试内容以课本为主。"

"只是八个单元都要准备的话，怕来不及。"

老师看了看两个睁大眼睛认真聆听的学生，又看了看满桌的剩菜，无可奈何地说："五、七两个单元恐怕得重点看看。"

"谢谢老师，谢谢老师。"两个学生激动得差点跳起来。

对付听力老师，传播系学生一起上阵。

听力老师是位三十岁左右的女士，她的丈夫正在美国留学，家里又没有小孩，教课之余，跳舞，成了她消磨时光的主要方法。

投其所好。考前，传播系学生一连在系会议室举行了五次舞会，每次都是把老师请来又送走。跳舞时，男生一起上阵，展开车轮大战，直跳得老师娇喘微微，香汗点点。

钱亮惊呼："二年级学生在施美男计啊。"

自然，这些时间没有白花。

对付政治老师，方凌霜单枪匹马上了阵。战场，仍然在舞场。

政治老师是个研究生刚毕业的小伙儿，他对跳舞的痴迷，不在听力老师之下，他跳舞有个固定的去处——教工俱乐部。

侦察到他的行踪，方凌霜在教工俱乐部守株待兔。总算有了机会，她主动走上前去，优雅地一伸手："老师，请您跳舞。"

女士主动请男士？长得有点"夸张"的政治老师，真有些受宠若惊，慌慌张张地站了起来。

方凌霜今晚刻意打扮了一番，还从青雏那儿洒了几滴香水。

"老师，您认识我吗？"

"嗯，啊？……"老师的神思不知逗留在何处，竟一时没有醒过神来，俄顷，才期期艾艾地说，"你是……"

"老师，您真是贵人多忘事啊。我是您的学生，91 级传播系的。"

"噢！噢！有印象，有印象。"政治老师连连点头。

"老师，您经常来跳舞吗？"

"是啊，是啊，经常。"

"我也喜欢跳舞。可就是要考试了，时间太紧，没空来。"

"不过，只要合理安排时间，跳跳舞，放松一下，还是可以的。"

"老师，我苦恼的就是不会合理安排时间。譬如政治吧，您讲的内容那么多，我真不知道该怎样下手！"

"政治好办。只要看看课堂笔记，考试肯定能过关。"

"老师，我平时写字比较慢，课堂笔记记得不太全。"

"那你可以借借别人的笔记。"

"现在大家都在复习，向别人借有些不妥。老师，您能不能把您的讲义借我看看？"

老师还在犹豫，方凌霜装作脚下一滑，差点儿倒在老师身上，她娇嗔地"啊"了一声，说了声"对不起"，不过，身体还是往老师跟前凑了凑……

第二天，她来到老师宿舍。拿到讲义后，她并没有即刻就走，而是坐下来和老师探讨问题：

"老师，您出的这道题，'战后资本主义发展的新趋势及其原因'，我实在不知道该从哪几个方面作答！"

"回去简单看一下笔记吧。"

"我害怕要点答不全。"

老师笑笑："答不全，问题也不大。"

方凌霜也会意地笑笑。

"老师，这道原著理解题，'无产阶级失去的只是锁链，得到的却是整个世界'，该从哪几个方面着手？"

老师郑重地翻开了讲义："你看，首先要……"

讲义已用不着借了……

实际上，和老师打交道花去的时间，比复习所用的时间还要多。

不过，即使套到了题，要想得高分，要点得答全。平素很被人瞧不起的政治系研究生，此时扬眉吐气了。独自或几个人将答案做出，复印后在嘉华园叫卖。一份四元。其他系也纷纷仿效，但研究生们只买政治系的账。

考试很顺利。只是在考听力时，白曦和窦争发生了点儿小小摩擦。

为了便于互相"借鉴"，传播系几个人坐在了一排，窦争和白曦紧挨着。交卷前，窦争有一题拿不准，悄悄问白曦："A还是B？"

"B。"

"不会吧，我好像听的是A。"

"没错，是B。"

窦争忙把A改成B。

交卷时，白曦正好在窦争前面，窦争一看白曦的考卷，那道题答的是A。

……

成绩出来了。英语，无论是精读，还是听力，传播系全部及格。政治，窦争考试前三天才复印了白曦的笔记，他竟然拿了传播系的最高分，96分。而白曦呢，不及格。

据知情人透露，第一次改的卷子，白曦是及格的。可就在老师要把成绩送教务处时，教务处突然又有了新规定，为了端正学风，严把考试关，每门课必须有10%的学生不及格。凡达不到指标的，考卷一律拿回去重改。

于是，白曦成了牺牲品。

知情人士说，事实上，只要白曦稍加打点，完全可以及格。有比他成绩低好几分的人，拎上烟酒"轰炸"一番后，便安然过关了。

白曦这个假期过不安生了。

第二十六章

放假的前一天，刘启宇来找季岩冰："听说明天玥儿要回家，你应该去送一送。"

"邱锐说，他和玥儿一道走。"

"正因为这样，你才应该送一送。"刘启宇认真地看着他。

"你这个家伙……"季岩冰捶了刘启宇一拳，"明天咱俩一起去送，如何？"

刘启宇答应了下来。

汀州火车站在江的对岸。

他们四个人坐轮渡过江。一路上，玥儿一直很落寞，一副若有所失的样子。

"怎么了，玥儿，快要见到妈妈了还不高兴？嘴上可以挂个油瓶。"季岩冰在逗玥儿。

玥儿幽怨地看了他一眼，脸又转向了别处。

江风很冷。玥儿把围巾紧了紧。

忽然，轮渡上骚动起来。不知何时，两排椅子中间的过道上站了一个打扮入时的青年。他夸张地鼓了几下掌，见大家都在看他，便操着一口汀州口音说道："现在不是讲奉献嘛，兄弟虽然不才，也想奉献奉献。趁大家过江这段时间，我愿义务为大家表演几个节目。"

说到这里，那双灵活的眼睛在船舱里扫来荡去，观察着众人的反应。

见这番话引起了大家的注意，便从口袋中摸出一副扑克牌，从中挑出红桃、梅花、方块三张"A"，把正面朝大家展示一番，然后全扣在地上，说："大家都瞧清楚了吧，这是三张普通得不能再普通的牌，不过，到了兄弟我手里，它就有了神通。"

他将三张牌一一拿起，让坐在走道旁边的邱锐看了看，然后又全扣在地上，问邱锐："这位兄弟看清楚了吗？"

"看清楚了。"

"好。我稍一变换，准保你辨不出哪是哪。"他飞快地将三张牌掉换了一下，又问邱锐："哪张是红桃 A？"

邱锐指了中间一张。

一翻，竟是方块 A。

他又将牌全翻过来，让邱锐边上的一个壮汉看了看："这位老兄可得盯紧了啊！"他将刚才的过程又重复了一遍，问壮汉："哪是方块 A？"

壮汉斟酌了半天，指了指左边的一张。

"你看清了？"

壮汉肯定地点了点头。

结果翻起来却是张梅花 A。

大家的兴趣更高了，密匝匝围了一圈。

"这样玩，不得意思，你我带点彩要得要不得？"人丛中挤过来一个又干又瘦的中年汉子，说着一口变了调的四川话。

"你这是什么意思？带彩就是赌博，赌博是犯法的！我是为大家提供娱乐，你却要赌博，你说你这个人多不文明！"

"不是你不赌，而是你不得钱赌。像你这样的年轻人见过几多钱？不是我看不起你，你连百把块也拿不出来。"

"你有几个钱，烧成这样？"汀州小伙儿看来很生气。

"要说钱，全船上的人就是当了裤子把钱加起来也没我多。老子是个体户，家里开了四五个商店，拔一根毛比你们的腰都粗。"四川汉子说着，从怀里摸出一个鼓囊囊的信封，把里面的钱往外拉出一截，用手一拨拉，说："看清了吧，全是一百元一张的。不算多，才一万八，两壶酒钱。"

"……"汀州小伙儿脸上现出一种无可奈何状。

"我早说了，你赌不起。整个船上没有一个人赌得起。看，一个个穷酸样！"

"好。我和你赌。"汀州小伙儿一副豁出去的样子。

"你有多少钱？"

"两百。"汀州小伙儿把钱掏了出来。

"去去去，老子牙都笑掉了。算了。缺钱，叫声大爷，给你个千儿八百花花。别在这儿丢人现眼。"

"大家听听，眼下的个体户真不得了。仗着有几个臭钱，不光在大家头上拉屎，还在大家脸上蹭屁股。咱们平头百姓，钱是没得几个，可咱们人穷志不能短。来，大家凑钱，和他赌一赌，争回这口气。"汀州小伙儿跳上座椅朝船舱里大声呼吁。

"对。争回这口气。"不知从哪儿挤过来的几个操东北口音的小伙子齐声附和着，每个人还摸出了几张钞票。

也有几个民工模样的人似乎动了心，窸窸窣窣在口袋里摸了半天，却终于把手又放了下来。

"大家放心，我有把握让大家赢。赢的钱我分文不要，按大家出钱的多少分给大家。"

也许是出于义愤，抑或是为了赢钱，又有几个人掏了钱。

汀州小伙儿将手中的钱在空中晃了晃："还有人出吗，大老爷们甘愿让别人在头上拉屎？"

"咳！我说对了吧，全船的人就是当了裤子加起来也凑不够。""四川人"又撇开了凉腔。

"妈的，都是些窝囊废！快掏钱。"东北汉子们方才的文雅不见了。其中有两个人，每人拿着一个棒球帽，骂骂咧咧挨座儿要钱。

"他们肯定是一伙儿的。"玥儿悄声对刘启宇和季岩冰说。

刘启宇和季岩冰点了点头。

不一会儿，这帮人要到了邱锐那一排。邱锐坐在离玥儿他们不远的另一排椅子上。

邱锐边上一个穿件油渍麻花的工作服、样子很憨厚的民工模样的人，慌忙从怀里摸出一个布包，解开缠在上面的尼龙绳，小心翼翼地抽出几张钞票。

不等民工将钱塞回怀里，一个留小胡子的东北人"嗖"地将包夺了过去："凑个数。"

"俺不……俺不……"民工嘴里嚷着，起身来抢包。

另两个东北小伙儿，一人抓住民工一只胳膊，硬将他摁回座位：

"凑个数，只是凑个数。多凑份子多分钱。"

民工的钱被押了上去。

这伙人又把手伸向邱锐。邱锐看了看那个左颊有块刀疤的小伙子，从袋中摸出了五块钱。

很快，刀疤脸来到了玥儿他们面前，三个人都没有搭理他。刀疤脸瞪了他们一眼，朝下一排走去。

这伙人挨船舱要了一遍，把钱交给了汀州青年。

这时，船快靠岸了。

"好吧，看你们也凑不够了。老子今天做些让步吧。"四川人似乎很不情愿地把钱也交给了汀州青年。

不用说，这次汀州青年输了。

四川人把钱往提包里一塞，拔腿就走。

"对不起大家，对不起大家。"汀州青年嘴里嚷着，随四川人向出口撤去。

"还我的钱。"

"他们是一伙的。"

"别让他们走了。"

……

船舱里乱了套。

有几个押了钱的人堵住了过道。

刚才索讨钱的东北小伙儿，此时，全从腰里拔出了匕首，转眼间换成了汀州口音："都他妈坐着别动。"

与此同时，其他的一些同伙开始抢劫起来。女士的坤包、首饰成了他们进攻的主要目标。

刀疤脸看见了玥儿脖子上的项链，拎着匕首冲过来。这条项链是玥儿母亲的结婚礼物。玥儿考上研究生后，她送给了女儿。

见刀疤脸走来，玥儿惊恐地朝后仰着身子。就在刀疤脸的手将要触到玥儿的脖子时，季岩冰和刘启宇互相使了个眼色，从座位上一跃而起。

刘启宇一把揪住刀疤脸的脖子。季岩冰则攥住了刀疤脸拿刀的右手，往后一拧，又往上猛力一抬，匕首"啪"地掉在地上。刘启宇顺势用膝盖在刀疤脸的小腹上使劲一磕，刀疤脸"哎哟"一声跪倒在地上。不等刀疤脸站起身，他俩挥起重拳，左右开弓朝刀疤脸击去。刀疤脸躺倒不动了。

"兄弟们，上啊！"四川人朝他的同伙儿喊道。

于是，这帮家伙挥舞着匕首冲他俩扑来。

季岩冰顺手从甲板上抄起民工挑行李的扁担递给刘启宇，接着，他跳过一排椅子抄起了另一根。他俩手握扁担背靠背将玥儿护在中间。

这帮家伙尽管人多，但看着面前这两个雄狮般的大汉，吵吵着，就是没人敢冲过来。

"小心，启宇！"玥儿尖声叫着。

原来倒在地上的刀疤脸，此时缓过了劲儿。他摸起地上的匕首，扑向刘启宇。

刘启宇一闪，没有完全躲开，匕首把他左肩的羽绒服划了个口子，羽绒飞了一地。没等刀疤脸刺第二刀，季岩冰转身挥起扁担朝他打去，刀疤脸右肩重重挨了一下。他又倒在了地上。

船靠岸了。那帮家伙不敢恋战，扔下同伴，纷纷朝出口跑去。

"截住他们。一个也别让跑了。"季岩冰朝周围的人大喊。

但是没有一个人阻拦，大家自动让在两边。这帮家伙越过栏杆跳上了船坞。

季岩冰和玥儿赶紧察看刘启宇的伤口：他的肩膀被划了长长一道口子，血已渗出了衣服。好在伤口不是很深。

玥儿要马上为他包扎，他哈哈笑着说："没事儿，擦破了点儿皮。走吧，别误了你们的火车。"

这时，邱锐不知从哪儿钻了出来："咦？都逃哪儿去了？我刚才找工作人员去了，想给他们来个一网打尽。"

他身后果然站着两个穿灰色制服的工作人员，每人手里掂了根电警棍。

邱锐又朝躺在地上的刀疤脸狠踢了一脚："便宜了这帮混蛋。"

第二十七章

这个假期，季岩冰、刘启宇、窦争都没有马上回家。

季岩冰要留在这儿写毕业论文。

刘启宇不回，是前些天邬玫来了封信，说过年要带丈夫、儿子回杭州老家，路过汀州时想来看看刘启宇。

刘启宇几天前就开始了准备：给马文超买了很多文具和好吃的东西。

自从考完试后，窦争情绪一直不高，天天蒙头睡大觉。

季岩冰问他是怎么回事。他说没什么大事，只是考试累了，想多休息休息。

"你应该回家看看。"季岩冰不止一次这样催促他。每当这时，窦争总是不说话，茫然地盯着天花板发愣。

其实，并不是没有什么事，而是窦争羞于向季岩冰启齿。是的，那件事儿说起来，实在是太难堪！

那天，窦争一考完试，就兴冲冲来到长城亚太实业总公司严锦璐的住处。他俩经常在这儿幽会。

两人正在床上缠绵，突然，外面的铁门响了。严锦璐大惊失色：

"他……他……他来了。"

"谁啊？"窦争低声问。

严锦璐顾不上答话，掀起席梦思床垫："快……快……快趴在里面。"

床垫距地板不足一尺高……窦争还在犹豫。

这时，外面的铁门已被打开了。幸亏里面那层门被严锦璐锁死了。只听钥匙在锁孔里咔嗒咔嗒响了几下，门没有开。

"快快快！"严锦璐焦急地拉窦争。

窦争只好爬进去……严锦璐赶紧把床铺复原。窦争只觉得床垫上的弹簧紧紧顶着他的背。

"怎么回事儿？"外面的人在咆哮。

严锦璐把窦争的裤头塞进褥子底下，理了理头发去开门。

门刚开了一条缝，外面的人倏地就进来了。

是田川总经理。他不理严锦璐，飞步走向壁橱，拉开橱门朝里看了看，又走到盥洗室、厨房各处看了看。没发现什么。他还不放心，又去推了推盥洗室的窗户。

严锦璐紧张地看着田川。田川检查了一遍，没发现破绽，慢慢转过身，疑惑地盯着严锦璐的眼睛："为什么半天才开门？"

"我……我正在休息。"

田川又把目光投向床铺。糟了，窦争的袜子还撂在床头柜上……严锦璐鼻尖渗出了汗。

田川掀起被子，伏身在床上检查着什么。趁此机会，严锦璐把左手伸向背后，悄悄地把袜子塞进枕头下面。

"哟，找到什么宝贝了？"严锦璐消灭了物证，胆气壮了起来。

"好吧，上床睡觉。我是怕哪个小白脸把你拐卖了。"

"去你的！你说睡觉就睡觉？你把我想成什么人了！"严锦璐一扭身，背对着田川，假装生起气来。

"哎哟，宝贝，真生气了？"田川用手逗弄着严锦璐的脸，"你知道，我是太爱你了。不想让别人碰你……"

"除了你，谁敢碰我！"

"那就好，那就好。快上床！"

"你不怕回家跪搓板？"

"哼，她敢……快！"

……

床垫剧烈摇晃起来。伴随着严锦璐装腔作势的呻吟声……

床垫每晃动一下，弹簧都向窦争的背、头猛击一下。他紧紧趴在地上，脸贴着地板，颧骨被硌得生疼。

窦争感到莫大的屈辱。他真想一挺身跳出来。

好不容易，床上的人折腾完了……

"起来，给我倒杯水。你的床垫该修一修了。"田川的声音。

"还不是让你给折腾的。有几根弹簧不管用了，我早就准备修了。"严锦璐趿着鞋到厨房倒水，"在家里，她会这样伺候你吗？"

"唉……所以我总想着你。"

"说得好听。什么时候娶我？"

"以后再说……对了，听说你和汀大传播系的小白脸打得火热？我告诉你，你只能是我的……敢和别人乱来，当心……"田川话还没说完，不知被什么东西给堵了回去，然后是两人的喘息声。

"谁她妈的向你告的刁状？你给我说清楚。是不是新来的哪个骚货？你以为我心里不清楚，你让我到汀大学外语，还不是为了给她腾个位子，你好和她鬼混？我也告诉你，把我逼急了，我告到你家里去。"

"好了，好了。我不过是开句玩笑。你心虚什么？"

"我心虚还是你心虚？我和他来往，还不是为了你的文凭？你个没良心的。"

"好了，好了，姑奶奶。年终发红包我关照一下，多给你点儿。"

"多给多少？"床又摇晃起来。

"这个数……"

"不嘛……再多给点儿。"严锦璐在撒娇卖嗲。

……

两人讨价还价完，田川说他累了，要睡一会儿。不一会儿，便传来惊天动地的鼾声。

一直到傍晚，田川才走。

趴在床下的窦争，可以说是度过了他人生中最痛苦的时期……

田川走后，他衣服也顾不得穿好，一甩手就冲出了门。他发誓：这辈子再也不理严锦璐了。

窦争休息了几天，情绪渐渐平息下来。

这天，刘启宇说他要到汀州火车站接邬玫一家。季岩冰和窦争也要求同去。

在火车站等候时，窦争又闹了点不快：

汀州是个交通枢纽。每年春节前后，打工的民工、探亲的旅人，把汀州火车站挤得水泄不通。车站广场上密密麻麻全是人，有的铺张报纸坐在地上，有的干脆把铺盖卷也打开了，睡在广场上。

为了转一趟车，有人要在车站广场上露宿三四天。

又一趟车要进站了，两个穿制服的女工作人员正在集合要上车的队伍。这两个人一人拿着一根长竹竿，像在指挥着一群鸭子，不时地朝队伍中敲打几下："都站好了，不准插队。"

一位穿了件露着棉絮的旧军大衣的老者，可能是什么东西掉在了地上，他弯腰去捡时，后面的人一挤，队形乱了。

两位女工作人员，挥起竹竿噼里啪啦打起来。一定是用劲儿太猛，竹竿的头部裂开了，竹屑乱飞。

那位老者的脸被打破了，往外冒着血。他的脸痛苦地扭曲着，眼睛木然地看着竹竿上下起落。其他人也都是本能地用手护着头，惊恐地躲闪着击打。

"住手！凭什么打人？"窦争冲了过去。

那个胖得像肉球的女工作人员挥竿朝窦争打去，竿到半空，却没有落下来——她看窦争的模样不像民工。

"你凭什么打他们？他们和你一样都是人！"窦争眼里冒着火。

"这是我的权利。你算什么玩意儿，要你来管！"

"你的权利？谁给你的权利？"窦争质问。

胖女人理屈词穷，但她又不愿丢了面子："我打了，你怎么着？我还要打！"她又举起竹竿挥向人群。窦争一把夺过了竹竿，从中间折断扔在地上。

"好啊，你敢打我？你等着！"胖女人气呼呼地跑进候车室旁边的民警值班室。不一会儿，一个又高又瘦的民警和她一起走了过来。

"就是他！扰乱社会秩序，把他铐起来！"胖女人气势汹汹地指着窦争。

民警拎着手铐走近窦争。"站好，看你那副流氓相！"他突然抬脚朝窦争踢去。窦争灵巧地一闪身。警察没踢着他，自己反而差点摔倒在地。

"你凭什么踢人？"刘启宇和季岩冰走了过去。

警察上下打量了他俩一番，问："你们是干什么的？"

刘启宇急中生智，他一指季岩冰："他是《北方日报》的记者。"季岩冰上研究生前确实是《北方日报》的记者。

"噢……"警察的脸色缓和下来。

"报社专门派他来了解汀州的春运情况。"刘启宇趁热打铁。

"辛苦了，辛苦了。"警察完全变了副面孔。

"那两个工作人员真是太恶劣了，怎么能随便打人？！"季岩冰说道。

"我怎么是随便打人？他们不遵守秩序。"那个胖女人还在犟。

"记者同志，对不起。我们一定会说服教育她改正错误。"警察连推带拉地把胖女人劝走了。

窦争不解气，恨恨地说：

"我实在闹不明白。这些工作人员，都是我们这些老百姓用血汗钱雇来为我们工作的。按理说，我们给了他工资，他就应该好好为我们服务。他的工作如果不称职，我们有权利监督他、惩罚他，甚至踢掉他的饭碗。

"可现在倒好，一切都颠倒过来了，一旦变成了吃官饭的，马上就可以骑在老百姓头上耍威风，都想用手中的权力刁难一下老百姓。

"最可怜的是农民,什么人都可以踩他们一脚!你们说,这都是怎么回事呀?"

窦争的话,使季岩冰和刘启宇都陷入了沉思。

第二十八章

邬玫一家的到来，使平素沉默寡言的刘启宇变得活泼起来。

他把母子三人安排在自己的宿舍，自己则和季岩冰、窦争挤在一起。

每天一大早他就陪母子三人外出游览，晚上又和他们聊天到深夜。马福生喜欢抽烟，尽管刘启宇平时不抽烟，他特意买了一条汀州的名烟陪马福生一起抽。

他亲切地管邬玫叫姐，管马福生叫姐夫。

善良的邬玫、淳朴的马福生、聪颖的马文超也深得季岩冰、窦争的喜爱。他俩同刘启宇一样，管邬玫叫姐，管马福生叫姐夫。他俩都非常喜欢小文超，不厌其烦地解答他提出的各种问题。窦争还乘轮渡过江到一家学生用品专卖店，给文超买了一堆文具和学习资料。

文超一直住在刘启宇的父母家里，今年夏天，他考上了西安市重点高中。文超长得很像邬玫，身高已超过邬玫半个头。

一天，季岩冰和窦争去打开水，闲不住的邬玫过来帮他们拖地。文超站在书架旁翻书看。他抽出了邱锐那本《奴隶制时代》。

"别翻叔叔的东西。"邬玫说道。

就在文超把书插回书架时，邬玫好像被烫了一下，她拿过书，当看到封面上那枚"浙江省杭州市图书馆藏书"的公章时，她呆呆地愣在那里。

恰好刘启宇走了进来。看到这种情景，他接过书，默默地插回书架："姐，我一直没告诉你……"

邬玫愣了好长时间，才缓缓地说："启宇，他也很不容易。你别向外说了……"

"姐，我谁也没告诉过。"

这时，季岩冰和窦争打水回来了。邬玫把话题岔向了别处。

一天，刘启宇又陪母子三人外出了。

吃过晚饭，季岩冰和窦争在校园散步。窦争忽然想起了什么，对季岩冰说："期终考试前，有一次玥儿碰到我，曾问起你是不是有一个叫芦苇的女朋友。我觉得很意外，问她是听谁说的，她说是邱锐亲口告诉她的。"

季岩冰这时想起送玥儿时，玥儿冷漠的表情……

"我是这样告诉她的：'岩冰原来是有这样一个女朋友，现在情况怎么样我不清楚。'我这样回答合适吗？玥儿听后表情可是很难看。"

季岩冰苦涩地笑了笑，什么也没说。

他俩不觉已沿山坡上的阶梯走到了毓秀园的平台上，汀大尽收眼底。学生们大都回家了，四周静悄悄的，只有几只归巢的鸟儿啁啾着从头顶飞过。

"岩冰，你和芦苇后来到底怎么样了？"

季岩冰手扶栏杆，望着夕阳中有点凄凉的校园，开始讲起来：

到大学后，我俩基本上每天一封信。她是她们班上的收发员，我是我们班上的收发员。我俩的信有个特点，在信封上标有××年×月×日。同宿舍的同学若记不起今天是几号，只要一看我桌上的来信，就能推断出日期。

我俩似乎有说不尽的话，每封信都到快要超重才止笔。

夜深人静时给她写信，是我一天中最快乐的时光。

她除了向我倾诉当日所想所做外，总忘不了提醒我明天该干什么。譬如："岩冰，早饭你已连续吃了四天稀饭，明天该吃顿面了。"或是："你身上的衬衣明天就穿够一星期了，洗澡时别忘了换上那件草绿色的。"要么是："据气象台预报，近日寒潮来临，明早起床时套上那件枣红色毛背心。"她对我的一切了如指掌，仿佛她就和我待在一起。

一到假期，下午宣布放假，晚上我俩就会登上列车，而不管有没有座位票。我们不愿让这份相思之苦延长哪怕是一分钟。

假期自然是我们最美妙的时光。她的父亲此时已调到北京某部当部长，她每个假期都在我家度过。每次她回来，都会给父母、二姐、小萌萌和我带一些礼物。

一般都认为，大学门是难进好出。尤其是文科学生，即使不听课，考试混个及格，问题不大。

我却把时间抓得很紧。并非我把分数看得很重，我是为了不落后于苇苇。我知道这位聪颖绝顶的女孩的厉害，加倍努力尚落在她之后，又怎敢稍有懈怠？晚自习不到清洁工清扫教室我决不离开，星期天也很少看电影——没了苇苇，看电影又有什么意思！

我广泛地涉猎各种书籍，图书馆的中外名著我几乎全部读完。读书的同时，我也开始尝试着写作，到大三结束时，我已在各种报刊发表小说、论文三十余篇。一部中篇小说在一家全国性刊物发表后，又被几家刊物转载。我和一位老师合著的史学专著也已付梓。

这一切，我都没有告诉过苇苇。我不喜欢那种稍有一点成就就吵得想让满世界都知道的人。

这三年，苇苇的成就，我想也绝不会低于我，她也没有告诉我。其原因，一方面是她的性格与我相同，另一方面是为了不刺激我，在任何时候，她都让着我。

大二那年暑假，她被选拔参加了全国大学生夏令营，并被任命为副队长，去了九寨沟。大三的寒假，我又在报社实习。这样，我俩整整一年没有见面。其焦灼思念之情自然可以想象。

大三那年的四月份，她来信说，他们班将到我们学校所在的这座城市的一个研究所实习。接到信，我每天都扳着指头计算着时日。

一天晚饭后，我正准备到教室上自习，有人敲门。

开门一看，只觉眼前一亮，是她——我朝思夜想的苇苇。她好像又长高了点，曲线更加优美。她就站在门口，定定地看着我，眼中闪烁着两点星火……

我们久久地互相对望着……

已经有多少年没有这样相望了？一年！可在我看来，那好像已经是几百年前的往事了。那让人多少次魂牵梦绕的娟秀的白瓷般的面孔，如今就真真切切地展现在我的面前……

我望着，心潮澎湃地望着，眼睛骤然生痛起来。

我边上的同学们也都痴痴地望着，全变成了乌眼鸡，有的竟然嘴都没合拢。

苇苇的美丽可以震慑任何人。

"芦苇，找到了，那我就回去了。"忽然，门口有人说话。

这时我才注意到门口站着一个小伙儿，一个相当潇洒的小伙儿，高高的个子，穿一身洗得发白的牛仔服，白净的脸上戴一副镀铬眼镜，显得书卷气十足。

"这是我们班长，我一个人晚上瞎撞他不放心，陪我来了。"苇苇马上解释。

我赶紧请他进屋坐。

"不了，谢谢！"他从头到脚审视了我一番，彬彬有礼地点了一下头，转身走了。

望着他的背影，我心里不由自主地咯噔了一下。他从容不迫的神态，以及端详我时的眼神，使我感到了一种重压、一种威胁，心里莫名其妙地紧张起来。

他已经走远了，我仍久久地盯着他。

"岩冰，我还没吃饭呢！"苇苇还沉浸在久别重逢的喜悦之中。

我转过了头。不知怎的，方才见面时的激动心情，被她的班长的出现冲淡了许多。

那一夜，我再也没有激动起来。睡下后竟然做了噩梦，梦中苇苇和她的班长相依相携，在花丛中漫步，在月光下呢喃……我再也睡不着了。

苇苇和她们班的同学就住在我们学校的招待所。研究所在市郊，早上一大早他们就要出发，晚上很晚才回来。但是不管多么晚，她一回来就会直奔我这儿。我呢，也总是把饭打好，等她回来一起吃。

这段时间，同宿舍的哥们儿，个个都嫉妒得发了狂，每天晚上的"卧谈会"大家都绕着苇苇转，不独赞叹苇苇的美貌，更重要的是被她的品德折服。

无论回来多么疲劳，她一见我换下脏衣服，马上就会帮我洗掉；我们原本不太洁净的宿舍也被她收拾得窗明几净；星期天我还没起床，她已打好了早餐送过来……睡我上铺的王申懿发感慨："若能找上这样的老婆，此生即使做牛做马也甘心。"

大家愈是这样赞扬，我心中的隐忧愈重：是啊，这样的好女孩，哪个不钟情？哪个不愿为她赴汤蹈火？北大俊杰如云，那位班长……

这些天我总是逃避着不去想他，可那张脸却总是不期然地撞进我的脑海，尤其在梦中，那张脸总和苇苇相伴随，最后又总是和苇苇比翼双飞……

和苇苇的其他同学相比，那张脸总是更多地出现在苇苇身旁，却也并非是我疑心生暗鬼。

每次我送苇苇回去，不管夜多深，我都会在楼道、水房，或者其他什么地方看到他的身影。他似乎是不经意地待在那里，我却认为他是刻意在等苇苇——因为无论刮风下雨，每天都会看到他。

星期天我和苇苇上街，在远处的人丛中也会看到他。

对于他的跟随，我想苇苇不会没有察觉。有几次我分明感到苇苇在朝他看，看后表情就有些异样。虽然只是短短的一瞬，却没有逃出我的眼睛。

我渐渐消瘦起来，话愈来愈少，见到他的身影我就紧张。不觉恨起他来,再看到他时,我总是怒目而视,想让他在我的怒视中退却。

他不知是视而不见,还是浑然不觉,仍在我的视野中晃荡。

苇苇有时想向我解释什么,犹豫半天还是缄了口。

我开始整夜整夜地失眠。我恨他,恨不能揍他一顿,不知怎的,我竟也迁怒起苇苇来,是不是他俩早有默契?我越想越害怕……

陡然,我心中产生了一个怪念头,我要气气苇苇,我要让她重视我,真正体会到我的不可替代。

我们班上有个叫吕婷的女孩,长得十分妖冶,性情也十分放荡,人称"公共汽车"。她曾经多次露骨地向我表白,说我在班上最具魅力,说她不需要我对她负责。可我始终没有正眼瞧过她。

我找到了她,约好星期天到我宿舍玩。她喜出望外,连声说:"真的?!真的?!!"

星期天,苇苇照例早早就来了,她说要上街给我买件衬衫。我磨蹭着,等着吕婷的光临。

一会儿,吕婷来了。显然她精心化了妆:涂着口红,画着眼黛,脸上敷了厚厚一层粉,衣领开口很低,连脖颈上也涂得粉白。

一见她,我装作望眼欲穿的样子叫道:"你怎么才来?"我转身向苇苇介绍:"这是我的好朋友。"我把"好"字咬得很重。

我观察着苇苇表情的变化,她先是一震,旋即笑容可掬地握住了吕婷涂满蔻丹的手。苇苇是个很有涵养的人。

我的"好朋友"三个字,仿佛给吕婷注射了兴奋剂。她受宠若惊,双目放光,即刻拿出十倍于"好朋友"的热情来回报我。

她抛着媚眼,嗲声嗲气地说:"你呀,学习起来就什么都忘了。看衬衫脏的,快脱下来,我给你洗洗。"

衬衫是上次苇苇帮我洗的，今天早上刚换上。苇苇瞧瞧衬衫领子，有些不知所措。

那天，吕婷在我面前极尽狎昵之态。对此，我心里十分反感，表面上却做出愉悦的样子，只是在她有一次要挽我的胳臂时，我避开了。

苇苇的脸有些苍白，虽然她仍在笑，但笑得很勉强。我有了种报复后的快意。

此后，估摸着苇苇要来时，我总是约吕婷也来。

苇苇脸上的笑越来越少了，人也瘦削下去。我心疼起她来，我为什么要这样折磨她？我是不是做得太过分了？

不过，一看到她的班长，我这些内疚就全都烟消云散。

我就这样在她心上拉着锯，一直到她实习结束。

她要走的前一天晚上，我们在校园的小路上散步，这一次，我没有约吕婷。

我俩沿着垂柳飘拂的小路，慢慢地走着，很长时间谁都没说话。

她低着头，眼圈青黑，显然她有几个晚上没有休息好。她几次仰起了苍白的脸，嘴唇翕动了半天，却什么也没说出来，似乎有万钧的重力压迫着她。

我知道，她难受，一方面是为明天的别离，更主要的一方面是吕婷的出现。

她哭了，哽哽咽咽，揪人心肺："岩冰，岩冰……我……"她幽怨地看着我，又把话头强咽了回去。

她要走了，就在明天。一年的苦苦相思好不容易盼来了聚首，可我……我做了件什么样的蠢事啊！

忽然，我后悔起来，想扇自己几巴掌，我要向苇苇讲明一切，我不能让苇苇对我误解，我不能让纯洁的爱情里掺进污点。

可就在我要向苇苇讲明真情的时候，那个讨厌的人影却又在岔路口出现了。

他一边快步朝我们走来，一边大声地招呼着苇苇。

到了跟前，他优雅地朝我点了点头，然后转向苇苇："占用你几分钟时间。我们打算今晚把行李托运走，你的包裹我们已帮你打好了，你回去检查一下，看有没有东西落下。"

我和苇苇随他向招待所走去。

他一出现，我就觉得心头窝气，无名之火不由得冲天而起。

他在指挥同学们集中行李往车上搬，谁司何职，哪些行李放在哪里，他调度得井然有序。看来，这是个有相当组织才能的小伙儿。从同学们对他的态度来看，他在同学中很有威信。

我几次想上前帮忙，他都客气地说："您歇着，我们人手够了。"是的，我不是他们圈中的人。

看着他们忙碌，我站也不是，坐也不是，只觉得自己是个多余的人。我转身走了。

第二天送站时，我犯了个更加致命的错误，一个一辈子都不能原谅自己的错误。出于对前一晚上被冷落的报复，我拉上了吕婷。

车就要开动了，我和苇苇面对面站着。

"执手相看泪眼，竟无语凝咽……多情自古伤离别，更哪堪冷落清秋节……"

我希望她哭，希望看到她的委屈，只要她一哭，我硬撑起来的冷漠的堤坝，就会顷刻间坍塌，我会把她揽到怀里，求她原谅，向她说明一切。

奇怪的是，她没有哭。她好像灵魂早已出窍，泪水早已流干。木呆呆地看看我，再看看站在我身边的吕婷，她的脸上没有丝毫的表情。

那是一张什么样的脸呀！好像肌肉、神经全部瘫痪了，凝固成一尊白色的大理石雕像。

雕像就那样呆呆地矗立着。

汽笛响了，车门的踏板已收起来了，雕像还是那样矗立着。

她的同学在催她，列车员在催她，她才好像忽然从梦中醒来似的，撕心裂肺般地大叫一声"岩冰……"，泪水哗地倾泻下来。

她最后凝视了我一眼。那一眼，如利剑刺向了我的心！那一眼，使我铭心刻骨、终生难忘！那一眼，好多年后还使我从梦中惊悸而醒！

她用手背抵住嘴，猛地转身朝车门冲去……

车慢慢启动了。那尊雕像又出现在车窗口，苇苇双手死死抓着窗框，上半身全探出了车窗。雕像倏忽活了，她的脸痛苦地扭曲着，抽动着——伴着泪水在抽动，如同雨打的秋荷。她的泪眼大大地睁着，似乎要用眼神把我带走。

那一刻，我的脑子成了一片空白，似乎灵魂已被她攫走了。

忽然，有人挽住了我的胳膊。此时，吕婷紧紧地依偎住了我，我想把她推开，她却就势"啪"地在我脸上吻了一下。我惊呆了！

车窗中的那张脸也一定惊呆了！！只见那个身影在窗口摇晃了几下，就再也看不见了。

我一把推开吕婷，恨不得掐死她。我的神情一定非常凶恶，吓得她眼睛都直了。我一屁股蹲在了地上……

完了，卑鄙的我，无耻的我，天杀的我……我躺倒了，一躺就是几天，身心皆进入了恍惚之境。

伊江畔的沙洲上，柳絮轻扬，紫云英正闹，苇苇和一个男孩相偎相拥，呢喃低语……但那个男孩不是我，是她的班长。

"不……不……"每次我都从梦中这样叫醒。

我忐忑不安地盼着苇苇来信，一天、两天……一星期、两星期……我简直要崩溃了。

我伤透了苇苇的心，她再也不理我了。我要给她写信，讲明这是误会，我要告诉她，我一往情深地爱着她。正是为了怕失去她，为了引起她的注意，我才采取了这样卑鄙的手段。

苇苇，你在我心目中的位置，任何人都不可替代。你是我赖以生存的支柱啊！

我写了许多信，却一封也没有发出去。

苇苇会原谅我吗？那当众的一吻又怎能说得清？她会不会认为我是在掩饰，是在狡辩，从而把我看成一个虚伪的人呢？

无边的痛苦无休无止地啃啮着我的心，多少次到了邮局门口，无颜的内疚和可怜的自负又使我一次次折了回来。

我无望地开启着班上的信箱，夜里躺在床上默默地祈祷：明天会有苇苇的来信。

没有，一直到暑假也没有。

暑假里，苇苇没有来。没等暑假过完，我就返校了。

下一学期，我仍没接到苇苇的来信。

无边的落寞整整笼罩了我一个学期。

我学会了喝酒、抽烟，学会了骂脏话，冷不丁还想找人打上一架。静夜里却又暗暗后悔。这样做苇苇会高兴吗？我这个样子不就更配不上她了？我发誓明天一定改。但过了几天依然没有来信，我就又陷入了泥潭。

如此反复，我在炼狱中苦苦挣扎……好不容易盼来了寒假。

苇苇你回来吧！我求你了。我滴血的心在呼唤。

寒假，她没有来。但是，她托詹霞带来了一包东西。詹霞是我们高中时的校友，也在北大读书。

包里是给爸、妈、二姐、萌萌的春节礼物。这是她每个春节必带的。其中还有一个毛线团，内附一张字条是给妈妈的。

> 阿姨，我上次给岩冰织的驼毛毛裤，因线不够，左裤
> 管约二寸许配了其他毛线，最近托人从内蒙古购到了驼毛
> 线，劳神您拆后续上……

苇苇现在怎么样了？她不给我来信是不是出于赌气？即刻我又否定了自己的想法，苇苇绝不是那种故意拿人一把，明明想的是东却偏要说成是西的女孩，她的所作所为都是出自本心，不含丝毫矫饰……

那么，是不是和那个班长……

我不敢往下想。现在，我才真正体会到了我做出车站那一幕，以及不给她写信的可怕后果。我这不是把苇苇往彼方推吗？

我真蠢！

我迫切想了解一切。詹霞走时我跟了出去。谁知看到我出来，她压根儿没正眼瞧我，甚至从鼻孔里轻蔑地"哼"了一声。

"詹霞……"

"……"她睥睨着我。

"苇苇她……"

"问苇苇？！哼！你还算是人？你这个无情无义、寡廉鲜耻、不知好歹的东西！苇苇当初怎么错看了你？我们大家怎么都错看了你？我纳闷儿：苇苇一直为你辩护，直到现在还在为你辩护……其实，你……你连狗都不如。走开！你走开！！看到你我觉得恶心……"

这连珠般的炮弹把我击蒙了。我想发火，却发不出来。我急于想知道是怎么回事，我急于知道苇苇的近况。我平静了一下心绪：

"詹霞，苇苇现在是不是有了朋友？"

"是啊！当然有朋友！！像苇苇这样的女孩儿还能找不上朋友？！笑话！你以为你是谁？苇苇当初看上你就是高看你了！告诉你，追苇苇的男孩儿一大串，个个都比你强得多！"詹霞高昂着头。

我的心倏地掉到了冰窖里，脑子轰的一下，只觉得眼前发黑、双腿发软。

"詹霞，我想再问你一句话，苇苇是不是和她们班长……"我强抑着感情，颤抖着挤出了这句话。

"是……"詹霞语塞了，她可能觉察到了我的情绪。

我踉踉跄跄转身往回走。

"岩冰！"詹霞追了过来，"其实……刚才，我有的话是气话……我们一直认为，你和苇苇是天造地设的一双，可你为什么就甩了苇苇？！听别人讲那个女孩并不比苇苇出色！谁能比得上苇苇！"

"……"

"你甩了苇苇，我还是听她们班上的女孩讲的。

"她实习回来后就病了，在医院躺了一个多月，她天天盼着你的信，可你……我骂你喜新厌旧、忘恩负义，她还为你辩护，说你不是那种人。她求我再也不要贬低你，说骂你就是骂她……

"她的心你能理解吗？她是多么深深地爱着你啊！"

我的脑子是空的，我已丧失了思维的能力。过了许久、许久，我才问了一句：

"她和她们班长……是真的？"

"嗯……不过……"

詹霞沉吟了半晌，郑重地说："平心而论，他是个非常优秀的小伙儿，无论是学习，还是人品。"

詹霞来后的第二天，我就回校了，年也没过。

我把自己关在屋中，一个人哭、咆哮，揪自己的头发……

其后我躺在床上，三天滴水未进。耗尽了气力，耗尽了热量，不过，脑子却异常清醒起来：既然你深深地爱着苇苇，凡是为她好的事，你都应该倾全力去做，哪怕牺牲自己的一切、一切，甚至是生命。

苇苇比你强，她就应该找个比你强的小伙儿。那位班长不是个很出色的小伙儿吗？他和苇苇好，你就应该为苇苇高兴，而不应该如此生气。你这样不是很自私吗？

既已错了，就让它错吧！一切苦痛让我一人承担，只要苇苇能过得好，我什么都认了。

这样想想，我的心情渐渐平静下来。

我默默承受了这份苦痛，我为苇苇祈祷、祝福。可心情真的就静若止水吗？不，苇苇的影子一刻也不能从我脑中抹去。尤其是月白风清之夜，我独坐床头，这种思念就更加难耐。

梦中总是出现这样的场景：

苇苇给我送来了鲜牛奶、点心，看着我吃下去；

苇苇系着围裙做饭，我在边上择菜、淘米；

苇苇在给我洗衣服，我坐在边上云天雾地地瞎吹，她住了手，脸上涌起了红霞，那双好看的眼睛深情地望着我；

我俩手挽手在伊江边散步，沙洲上，春燕衔泥蝶双飞；苇苇低声说："等到那一天。"

……

可这一切都到哪里去了？每次梦中醒来，我都偷偷地哭。

不行，我必须去见见苇苇。如果不见到她，我简直活不下去了。不管结果如何，我必须去见她！

我打定了主意，专门抽出一个上午上街采买东西。这些年苇苇一心扑在我身上，为我考虑唯恐不周，可我又为她做了些什么？

我把手头的钱全部拿上，买了苇苇最喜欢吃的冰糖百合、冬果梨。这些东西在冬令季节相当昂贵，我却各买了十斤，闹得售货员吃惊地盯着我。我又买了芋艿鸭卷、马蹄糕、鸡脯鱿鱼饼……把一只硕大的旅行包撑了个溜圆。

在一家百货商店，我看到了一套做工相当考究的时装，里面配件水红色的拉毛高领毛线衣，外面是蛋青色的呢西装套裙，西装上衣微微卡腰，而裙裾呈喇叭状。如果苇苇穿上，曲线一定更加优美，更加华贵，这好像是特意为苇苇定做的。价钱是五百八十元。

我已经没钱了，但一定要买下它。我对售货员讲，让她不要卖出。然后立即赶回学校。

我向同宿舍的同学借钱。虽然我没有对大家讲我要上北京，但他们从我最近的情绪中已猜出了我的心思，都拿出了手头全部的钱。

来自贫困山区的小李子，平时，打一份菜总要分两顿吃，这时也把抽屉角角落落的钢镚儿全找出来，凑了十三元六角捧给了我。

大家殷切地看着我，王申懿说："快点去吧，芦苇是我们大家的偶像。"

我的眼圈湿润了。

等我买上衣服赶回学校，通往火车站的公共汽车已收了班。但我不能等到明天。我背起沉重的旅行包朝车站赶去。

我们学校离火车站十公里，为了节省时间，我没有走大路，从市郊的农田抄近路往前赶。

天上寒星点点，旷野阒寂无人。

眼前的小路，在星辉下如一条灰白的细线，蜿蜒曲折，时而穿过田畴，时而越过一片乱坟岗。坟堆上干枯的蒿草迎风抖动，发出低低的呜咽，如同什么人在倾诉着内心的伤痛。

几个新坟上的花圈在星光下现出幽幽的白光，破碎的纸片在风中噼啪作响，好像是些白色的小鬼在幸灾乐祸地拍着巴掌。

若在平时，我肯定会恐惧得毛发直竖，而此时我却浑然不觉，只有苇苇那张白皙的脸在眼前飘荡。苇苇现在在干什么？是在教室上自习，还是躺在床上辗转反侧呢？要么是和她的班长在校园的小径上漫步？

我恨不得一步跨到北京!

前边终于亮起了灯光,我在黑暗中磕磕绊绊走了两个多小时。

春运高潮尚未过去,广场上密密麻麻尽是人。走进广场时,我的内衣已经汗湿了。我从人丛中挤过去,买了张站台票,便急匆匆进了站。

过了大约半小时,一列开往北京的列车进了站。车未停稳,人群呼啦一声拥到车门口。列车看来早已满员,车门车窗全部关闭,我急得背着包跑前跑后,始终找不到上车的机会。

汽笛一声长鸣,列车喘着粗气出了站。

又等了两个多小时,总算又盼来了一列车,车门车窗依然不开。

这时候,我见车内一个中年人开窗买东西,马上拼力挤过去。我向来没有低三下四求过人,这次顾不得那么多了,买了包烟,脸上挤出笑递过去。还没等那人回过神,我把包往窗里一塞,双手奋力一撑朝窗内钻进。

邻座一人想把窗子放下来,但已经来不及了。慌乱中,把桌上的一只茶杯撞到了地上,有人发出尖叫,周围响起一片责骂声,我只好一迭声赔着不是。

走道上全是人,连行李架、椅背上也有人占据。我被挤在两节车厢的中部,进不得,退不得。旁边的厕所门大开着,里面竟然挤了六个人。

我靠在厕所的板壁上,紧紧抱着包,生怕里面的食品被挤坏。每当有人通过,我就赶紧转过身,用背抵挡着拥挤。

厕所里飘出的臭味,混合着车厢里的汗味、变质食品的哈喇味,令人窒息。

我就这样硬撑了三十多个小时，整个旅途滴水未进。

一下车我就瘫倒在地上，双腿怎么也站不起来。足足过了半个小时，我才一瘸一拐地朝出站口走去。包带经不起沉重的负荷，一下子断了，我只好抱着包。

饥肠辘辘，眼冒金星，我来不及吃饭，问清路就朝北大赶去。

到了北大，夜幕已经降临。偌大一个校园到哪儿找啊？

问了好多人，总算找到了物理系女生宿舍。爬完六层楼，对我来说好像经历了一个世纪。连敲了几个房间，均没人。

我实在支持不住了，靠在楼梯的拐角处发呆，不仅双腿不听使唤，连脑子也不听使唤了。

楼道里走过几个女生，全用警惕的眼光打量着我。是啊，此时我一定很狼狈，蓬头垢面，疲惫不堪，活脱脱一个盲流。

一个瘦高个女孩用锥子似的目光审视了我半天，冷冷地问道："你是干什么的？"如同预审员在审问罪犯。

我没好气地答道："找人。"

女孩儿抬高了嗓门："你找谁？"

"找物理系的芦苇。"

"噢！她到科学馆去了。她们系举行演讲会。"看来她认识芦苇。

我抱着包挪下楼，终于找到了科学馆。底楼阶梯教室里边传来阵阵掌声，外面的窗台上也围满了人。

我从人丛中找了个缝隙朝里望去，热气使窗玻璃上挂满了细密的小水珠，看不分明，只觉得黑压压一片人。

一个浑厚的男中音正慷慨激昂：

"时下，虽然有一套套重视人才的理论，有一批批夙兴夜寐的人才，却没有建立起合理利用人才的体制。尽管每个领导都说自己重视人才，但许许多多单位又都在浪费人才，无效地使用人才……"

教室里传出一阵经久不息的掌声。我被演讲深深吸引了，不知不觉地朝门口走去。

"我国的人才浪费是一种结构性浪费。一方面，许多单位因为人才缺乏，举步维艰；另一方面，大批学有所长的人才，却'请缨无路'！

"如果不能给人才以施展才能的天地，不能给学人一张平静的书桌，我们就应该反思！

"说到底，我们的人才危机，还遗留有旧体制的阴影，不突破旧有的人才结构的森严壁垒，让拔尖人才脱颖而出的环境就不会形成……"

讲得太精彩了！我奋力向前面挤。一边朝台上看去。顿时，我呆住了，儒雅英俊的脸上架着一副宽边镀铬眼镜——是他，苇苇的班长。

我听不进他在讲什么了，只是出神地打量着他。这是一个相当英俊的小伙儿，身材高大挺拔，一头浓黑的头发随意地向一边撇去，显得既非刻意雕琢，又不失潇洒。他的举手投足都透出一股勃勃的英气，牵引着听众的每根神经……

不知怎的，我把他和我比较起来。他比我强，至少在气质风度上。

忽然，在前面的第一排，我看到了苇苇。她穿一件红色的羽绒服，不知是被演讲所感动，还是因衣服的映衬，她白瓷般的脸上透着红晕。只是比原先明显瘦削了。苇苇，我差点叫出声来。

她专注地听着，使劲地拍着巴掌，眼里闪出熠熠的光彩——这光彩我太熟悉了：疏勒河畔，当她受了委屈，我替她遮风挡雨时，我见到过这种光彩；伊江边，我俩呢喃低语时，我见到过这种光彩……可如今，这光彩却对着讲台，对着她的班长！

我悄悄地踅出了教室，我不能再听了，也不能再看了。

我离开科学馆站在路灯下的阴影里，痛苦地看着灯火明亮的教室，听着如浪的掌声……

我麻木地站着。也不知站了多久，演讲会结束了。教室里的人，鱼贯涌出。我在人流中寻觅那张熟悉的脸。一拨人过去了，我没见到苇苇，又一拨人过去了，我仍没见到苇苇。

我疑心是自己看错了，想追上去。忽然，后面传来银铃似的笑声，不用回头，一定是苇苇。她走过来了，边上是她的班长，两人肩并肩走着，轻声说笑着。

我赶紧掩到了树后。我的眼睛有些发痛，心也不觉疼痛起来。我想别过脸去，我不忍心去看，但眼睛却不听使唤，随着他俩的身影移动。

他俩在前面走，我抱着包机械地在后面跟着，惆怅地跟着，双腿像灌满了铅。

在一盏路灯下，班长忽然站住了，从苇苇肩头拂去了什么东西，好像是根羽绒服里脱出的羽毛。苇苇侧过头，粲然地朝班长笑了笑。

这笑，使我如遭雷击一般，如一根无形的绳索捆住了我，我再也不能迈动脚步了——当我在伊江边要拂去苇苇头上的柳絮时，苇苇也是这样看着我的呀！

苇苇和她的班长走远了。我仍站在原地。这时我感到了从未有过的刺骨的寒意……

我坐在马路沿上。周围早断了人迹，只有西北风和我做伴。北风将地上的纸片卷起，漫不经心地抛向冬青树那边的暗处，我似乎也随着轻扬的纸片飘飞开去。

有四十多个小时没进滴水了吧！身上残存的热量已被北风敲诈殆尽。

就这样坐下去？我该怎么办？我的思绪怎么也集中不起来，如洪水洗劫过的烂池塘，枯枝败叶、污泥浊水，漫无边际地翻涌、翻涌……

看着怀里圆鼓鼓的旅行包，我凄惨地笑了笑。一路上怕里面的食品被挤坏，我一直小心翼翼地抱着。

该回去了！

所经历的一切如梦如幻！！

我抱着包朝苇苇的那座楼走去。敲了半天门，旁边的窗子上终于开了个小洞，露出一张睡眼惺忪的老太婆的脸。

"这是女生宿舍，半夜三更敲什么？"

我挤出了最后一点微笑："阿姨，我是从外地来的。物理系的芦苇的同学托我给她带了点东西，麻烦您转交一下。"

"你不留个条？"

"不用了。"我跌跌撞撞地晃进了黑暗中，一滴苦涩的清泪挂在了嘴角……

毕业前夕，我意外地收到了苇苇的来信。

看到那熟悉的笔体，我疑心是看错了。我不敢立马拆开。我把它装在贴身的口袋，在外面转转悠悠，多少次想开启，却终于放回袋中。

一直到了晚上，临睡前夕，我把一切琐事全办完——我不能让琐事来干扰我看信，哪怕是一丁点。我洗了手，端端正正坐在桌前，用一把小刀小心翼翼地启开了信封：

岩冰：

一提起你的名字，我就想哭，现在泪水又禁不住落了下来……

前些天，门卫转给我一大堆食品，还有衣服。第一眼看到它们，我就知道是你托人带来的，我好激动啊！我抱着那堆东西又哭又笑。你没有把我忘记，你没有忘记那个夜夜梦见你的妹妹。

东西我一样都舍不得吃，每天我都要拿出来看看。

让我遗憾的是，没有看到来人，我想向他了解你的近况，了解你的一切……

今天，我下定了决心，一定要把这封信发走。在此之前，我已经给你写了近百封信，可每一封信都压在了箱底。因为，我实在不愿意去伤害另一个女孩，尽管她……她无意中曾那样重地伤害了我！

我心中的苦痛，是任何语言文字所不能表达的。不给你去信，我简直不知道该怎样活下去！一年来，我在无边的落寞中苟延残喘着……

个中的原因你该清楚吧？！但我绝没有责怪你的意思。冰，写这封信，我只想让你明白，明白我的心，明白那个曾认为是为你生、为你死的女孩的心。

可是，我……我却没有资格……

从第一次看到那个女孩——她叫吕婷，这个名字我不会忘记的。看到她在你面前那般亲昵，我难受得要死。说真的，我一直认为你应该完整无缺地属于我……那天晚上，我整夜没睡，第二天也什么都干不下去了。

天一黑，我就去找她（原谅我没有告诉你）。不过，你放心，我决不会找她去闹。我只是想从侧面问一问，她究竟是怎样才赢得了你的爱。我心里责问自己，肯定是我哪方面做得不够，肯定她有比我强的地方，才使你喜欢上了她。

知道了差距在哪里，我就极力去改，我要和她竞争，我要从她手里把你夺回来。

费了一番周折，我总算打听到了她的宿舍，刚一提起你，她马上说："我和岩冰已经到了非常的程度，我们俩已经……"

当时，我只觉得如雷轰顶……那一晚，我不知道怎样回到宿舍的。只觉得明天太阳再也不会出来了。

好些天，我都缓不过劲儿来，冥冥中，只愿这些都是假的，都是那个女孩凭空编造的。

可那天送我时，她也来了，就在车开动的那一刹那，她倒在你的怀里，吻了你。这一幕，真真切切，如利剑刺穿了我的心，我一下子晕倒了……

回校后，我想到了死。失去了你，我活着还有什么意思？！

我设法找了一百片安眠药。听别人讲，吃安眠药时，若喝些白酒，是怎么也救不活的，我又去买了瓶酒。

就在我把药片全吞下去，躺在床上等着死神降临时，我由死想到了救治，想到了医院，忽然，我又想到你那次为我摘榆钱从树上摔下来送到医院抢救的情景，想到了风沙弥漫的疏勒河，想到你顶着风向上攀爬的身影……为了我，你摔断了胳膊；为了我，你什么都不在乎！

可我……如果听说我死了，你一定会痛苦的，也许一直都会在你的心灵上留下阴影。我不能这样，我跟跟跄跄地奔到水房，抠住喉咙死劲呕。

我活了下来，谁也不知道我曾经试图自杀过。可我的心却死了，我怎么也提不起精神，终日恍恍惚惚。

终于我病倒了，在医院一躺就是一个月，我倒真希望就这样永远别起来，就这样死了，权当是病死了，就不会给你带来什么伤痛。我消极地对待治疗，医生给的药，我总是偷偷地扔掉。事实上，我的病也不是靠药所能救治的。

我躺在床上，他——我们的班长，你是见过的，一下课就来陪我。

关于他，在你面前我一直没有提起过。自大一开始，他就追求我。当然，我拒绝了，我说我已有男朋友，并且我的男朋友是世界上最优秀的，在我心中的地位是任何人都不可替代的。

可他仍在追，他说他要和你竞争，追不到我，他宁愿一辈子不结婚。我多次劝他不要徒劳。有时，看他倔强的样子，我真有点替他难过。

因为，他也是个优秀的男孩……但不管怎样，我只能属于你，我的心里只有你，爱是不能像其他东西那样可以平分的。

以往我没有向你提起他，一来是我心中确实没他的位置；二来是我不愿像有的女孩，把男孩的追求，作为向人夸耀的资本。

他知道我的病根，却什么也没说，只是默默地坐在我的床前。我把药扔了，他捡起来；我再扔，他再捡起来，直到我喝下。我不喝，他就不走。晚上怕我有意外，征得医生同意，他就趴在病房的桌上过夜。他这样，我只得吃药了，我不能伤太多人的心……

至今，他仍关心着我……他是个像你一样，极富内涵、爱得深沉的人。我很矛盾……有时候看到他，我真像是看到了你。

现在我想说说她——吕婷。以前，我怕想到她。想到她，我就心痛得要死。是她把我心中最美好的东西夺走了！

可我今天还是要对你提起她，我不喜欢她。自打第一眼看到她，凭一个女孩的直觉，我就认为她有点轻浮。不管你认为我是嫉妒也好，吃醋也罢！

如果和你相处的是个十分优秀的女孩。哪怕我心里再难受，我也不会说三道四的……可她……我真怕你将来不幸福。如果你不幸福，那么，此生我也就永远幸福不起来。

岩冰，自干校开始，我就把你视为我的保护神，视为寄托。那时候，还小，不更事。但是小女孩深深地感觉到：

跟岩冰哥哥在一起，她很快乐……及至稍长，她在心里给自己编织着一个又一个梦：此生此世，一定要和岩冰哥哥永远相伴。

岩冰，你是我生命的全部啊！我有什么地方做得不对，不合你的意，你提出来，我改，我什么都改，只要是为了你。

可你为什么不吭声呢？为什么？

要毕业了，你准备到哪里去？系里保送我上研究生，我没有最后答应。我想知道你去哪里，哪怕你到天涯海角，我都愿跟着你……

岩冰，你就不能再给我最后一线机会，给我来封信吗？我就真的连收到你一封信的资格都没有了吗？我鼓起了全部勇气说出了这些……

讲到这儿，季岩冰缄口不语了，他把头伏在栏杆上。窦争却急不可耐了："你该马上给她写信，道明真情。你快写，快写呀！"

"是的，我写了，在床上躺了三天之后，我写了回信。只有几行字。

芦苇：

来信已阅，释念。

很遗憾，我不能接受你的爱，你不适合我。

多年来，我一直把你当妹妹看待，别无他意。你的班长不错，珍视之。

颂祈

季岩冰

本来系里把我分到了北京新华社，我央求老师把我改分到了北方日报社……"

"你真是个混蛋！你没有心！没有肺！你虚伪！你自私！你他妈活该倒霉！"窦争劈头盖脸骂起季岩冰来，并狠狠打了他两拳。

季岩冰踉跄几步靠在栏杆上，他什么也没说，失神地看着远处，眼里涌出了泪花。

"岩冰，你为什么这样做？为什么呀？！"窦争轻抚着季岩冰的肩。

季岩冰无语，窦争也无语了。

两个人默默地靠着栏杆……

"后来你见没见过芦苇？"

"没有。听詹霞说她和她的男朋友出国留学了。"

毓秀园不知哪个宿舍的录音机正在播放毛宁唱的《涛声依旧》："流连的钟声还在敲打我的无眠，尘封的日子始终不会是一片云烟……"歌声如泣如诉。

两人呆呆地站着，长时间呆呆地站着，直到毓秀园的灯光全部熄灭。

"走吧，窦争。"季岩冰催促道。

窦争仍愣愣地望着远方……

忽然，他急切地对季岩冰说道：

"我明天就回家！"

第二十九章

寒假归来，带着满肚子荤腥的传播系学子们，第一次的政治学习是畅谈假期观感。

与以往那种插科打诨、敷衍应付的情况不同，同学们一个个都很认真，言辞也很激烈。

钱亮利用寒假，到陕西山区进行了社会调查。他说，农民因受不起教育，一批新的文盲正在滋生。在人均年收入不到 200 元的山乡，供一个中学生，需 1000 多元，一个学前班的娃娃，学费也要 60 多元。这个乡，原有 21 所小学，因学生交不起学费，教师发不下工资，有 8 所小学已经解散了，失学学生达 1500 多人。

一些农民气呼呼地说："什么九年义务教育！各种各样的摊派早让我们喘不过气了。再这样下去，我们农民娃儿哪有受教育的机会啊！"

钱亮慷慨激昂地讲："我从资料上看到，去年全国投入教育的经费是 631 亿元，公款吃喝的费用却高达千亿元。为什么这么多钱财被挥霍浪费，却要贫困地区的人民再去承担他们无力支付的那一部分学费呢？

"教育改革不等于釜底抽薪，不顾国力民情，失去公正合理的教育机制，将永远达不到培养合格人才的目的。"

来自河北的白曦说，他们省一名16岁的少年为了交8元书费，竟使出"绑票杀人"的毒招，把一名6岁的儿童活活勒死。

来自农村的朱巍说："现在农民负担太重了！"他们家4口人，去年各种摊派就达260多元，而他们种一亩地，劳动力不算，仅种子、农药、化肥、机耕、浇水、收割、拉运、碾打的费用，就跟粮食的收成差不多。他们村约三分之一农民有欠款。年前，村里筹款8万元，说是修低压暗管，施工中偷工减料，管子埋下几天就坏了。钱没了，而村干部们家家盖起了新楼房。

乡干部们就更抖了。乡长、乡党委书记，每人一个大哥大，每人一辆小轿车。原先坐的是"桑塔纳"，现在嫌档次不高，换成了"公爵王"。仅乡政府，就有5辆小轿车。

而乡中心小学，维修校舍需要3万元，报告递上去3年了，校长鞋底也磨破了，至今尚未有音信……

农业是国家的基础啊，而教育，是国家强盛的根本，长此下去，民族何以富强？国家何以振兴？

同学们一个个心情沉重，情绪激昂。

只有窦争，一个人坐在角落里，一言不发。本学期开学以来，他比假期情绪还要低落，似乎生了场大病，终日神情恍惚，郁郁寡欢。一下课，就躺到床上，蒙头大睡，或是呆呆地盯着一个地方发愣。

晚上，他再没有出去过。同学们都对他的反常行为感到惊奇。

此时，鲍副书记点了他的将，请他也谈谈观感，他竟木然地摇了摇头。

"你……"鲍副书记还是将火气压住了。

上学期的验收事件，鲍副书记本想大做文章，岂料被邱锐和季岩冰给搅了。此后，他又抓了几次把柄，都没有逮住实质内容。

本学期，开学一周了，窦争还没到系里注册。按理说，这件事由管教学的系副主任处理，可鲍副书记自告奋勇揽了下来。

他和谁都没商量，很快就起草了一份对窦争进行处理的报告：根据学校研究生管理条例规定，无故旷课一周，以自动退学处理。

报告让郑主任审批时，郑主任说："窦争迟到，确实事出有因。他给我打过电话，系里教学秘书也在开学前收到过他发的电报，并且当地医院及学校也出具了证明。"郑主任和颜悦色地说："无论我们处理谁，得先问明情况，草率行事，会伤了学生。"

接着，郑主任将窦争迟到的原因叙述了一遍，鲍副书记不吭气了。

不过，他并没有就此罢休。他找到教学秘书，查看有没有窦争的电报。

教学秘书拿出电报后，他又仔细看了看日期。

窦争的沉默，使409宿舍的"卧谈会"休会了。

"卧谈会"，恐怕是高等学府共有的一种思想交流形式了。熄灯后，被青春的热血激荡得睡不着的年轻人，躺在床上，开始了海阔天空的"卧谈"。

不过，这种"卧谈"有时也名不符实，碰到争论一个问题，说到激动处，双方拍床而起，这时"卧谈"成了"坐谈"。再接下来呢，"坐谈"又变成"立谈"。

但是，不管怎么"谈"，有一点却大可放心，即使"谈"得面红耳赤，"卧谈"还会继续下去，青春的热血和见识需要找个渠道发泄一番。

409室惯常的"卧谈会"实际只有窦争和邱锐两位主角。

现在，窦争的声音停止了。他的沉默使得邱锐也只好缄口。

不过，季岩冰和邱锐知道，沉默不可能维持得太久，沉默是为了爆发——正是积聚心头的郁闷通过正常渠道无从排遣才需要沉默，才需要聚积爆发的力量。

他俩尽可能在生活上多关心窦争，而不招惹他。

"爆发"是在窦争来校一星期之后。这是个周末，校露天剧场放映《秋菊打官司》。这部电影在公映以前，已被舆论界炒得火爆。

吃过晚饭，窦争就上了床，季岩冰和邱锐交换了一下眼神说："窦争，一起看电影去。"

"不去。"窦争翻了个身，脸转向墙。

邱锐和季岩冰在窦争床前站了一会儿，看窦争一言不发，只好关照了一句："那你好好休息吧。"两人轻轻带上门，搬着凳子走了。

汀州大学的露天剧场很有特色，一道粉墙将一块山坡林地围了起来，坡地北低南高，尽北头，搭了一座硕大的舞台。舞台既是全校开会时校领导的主席台，也是学生、教师文娱活动的演出场地。平时，舞台中间扯起一块白布，于是，它就又具有了放电影的功能。

除了舞台有顶盖以外，围墙内的其他部分，就以天当瓦了。看电影时，学生每人搬一凳子，沿山坡而坐。晴天，邀清风为邻，星星做伴。雨天，只要院内的积水不将人漂起来，学生照样稳如泰山。这时，你站在高处往下看，雨水中长出了一大片五颜六色的"蘑菇"。

冬天，就更见风致了，男的戴帽，女的披围巾、戴手套、着口罩，个个全成了套中人。虽然羽绒服、太空棉、裘皮服装已笼罩了华夏，然而汀州大学几乎人人都有件绿色军大衣，特为看电影而备。陌生人到了汀大，一看绿乎乎一片，还疑心进了军营。

这样看电影，有诸多好处：一是门票便宜，尽管外面的电影票每张涨到两三块，而这儿呢，始终只有两毛钱。

再就是，你可以根据自己的情况，随意而坐。近视的，可以靠前；眼睛好的，可以坐后。你可以邀集三朋五友，坐成一圈。兴致好的呢，可提前到场，或打扑克，或下象棋。

更有那些提着瓜子、话梅、锅巴、冰棍的小贩，不时穿巡其间，你不用离座，就可以买到可心的食品。

如果电影不好，或是你有要事相商，还可以提上凳子，坐到远远的地方，纵情畅谈，而不用害怕影响别人。场地大着呢！

再一个好处，就是为那些恋爱初级阶段的约会者提供了方便。平时找上门去，生怕有嫌，此时，你花上两毛钱，往放映室一递，于是，银幕上方的粉墙上就会出现幻灯字幕："×× 系 ×× 级 ×× 专业 ××× 请到 ×× 地"。约会目的达到了，却又不显山不露水。

尽管《秋菊打官司》故事情节十分抓人，然而，没等到秋菊"要到说法"，季岩冰就提前回宿舍了。

窦争返校后的反常情绪，让季岩冰很不安。

季岩冰刚到宿舍门口，就听到里面传出哭声，虽然哭者刻意压低了嗓门，但那遏制不住的呜呜咽咽，还是传了出来。

季岩冰开了门，见窦争正用被角捂着嘴枘哭。见他进来，窦争止住哭声。由于强抑，他的胸膛急促地一起一伏。

季岩冰绞了条毛巾递过去。

窦争"哇"的一声痛哭起来。这次哭，没有任何压抑，如同掀掉闸门的洪水。

季岩冰什么也没说，关切地替他掖掖被角，静静地看着他。

哭了许久许久，可能是积聚的郁闷发泄完了，窦争抽抽搭搭地止住了哭。

"要喝水吗？"季岩冰递过去一杯水。

窦争喝了两口，停下来，看着季岩冰。

"你到底遇到了什么事儿？"

"欧阳……欧阳……欧阳老师死了！"窦争又失声痛哭起来。

如同一声霹雳！季岩冰呆呆地愣在那里。

过了好长时间，季岩冰才从震惊中醒过神来："欧阳老师是怎么死的？"

说起欧阳偶然的死因，不能不提到文津中学，而提到文津中学呢，必须先说说张奎三。

张奎三何许人也？他原是古渎镇街头的一个混混儿。当然，这都是四十多年以前的事儿了。

他原籍何处，无人知晓。他本人也不知道。

"南京沦陷"后，古渎人在下江人逃难的队伍中发现了他。当时，他只是一个七八岁的孩子。他的父母可能是在逃难的路上死了，剩下他孤零零一个人。

那一伙儿下江人继续西逃，他却留了下来。从此，把一个祸根留在了古渎。

他先是终日挨户乞食。晚上就睡在那孔人称龙门桥的石拱桥桥洞里。不知从哪一天开始，人们忽然发现，这个没人教育的孩子，正渐渐变成"一条狼"。

古渎是个水旱码头，车船辐辏。

舟船就要靠岸时，人们总会看到一个头发乱蓬蓬的十二三岁的孩子正悠闲地在最佳泊位上戏水。你让他离开，他提出得先给钱。不满足他的要求，哪怕你喊破嗓子，他愣是不让开。你要是和他来硬的，他更绝，一头朝船撞去。久而久之，看到他朝码头走来，商家要泊船，不用他提要求，都会主动给他钱。

他到居民家乞食，不用再可怜巴巴地喊"爷爷、奶奶"，每家都会拿出最好的让他吃。谁家要是稍一怠慢他，不是家里死了鸡，就是柴垛着了火。

到十五六岁，他又养成了另一嗜好：调戏妇女。他要看上谁家妇女，这家可就麻烦了。吓得古渎家家户户，一到晚上早早关灯闭户。

一次，他看上了镇西头绸缎庄张老板新续弦的妇人。这个妇人只有十八岁，是一个汉剧团唱青衣的。

张老板的大儿子在县衙门当差。平时，张奎三一般不敢招惹他。也可能是为色所迷，张奎三自从见了张夫人一面后，天天围着张宅转。

有一次，张夫人和丫鬟外出，刚走到大门口，他涎着脸皮走过去，学着戏台上的腔调："小娘子，让小生摸一摸。"说着上前就要摸张夫人的脸。

张夫人哪受过这个气！杏眼圆睁，"呸"地朝他脸上就是一口，号哭着折回了院子。

张老板带着两个家人出来了："竟敢到我家门上撒野？给我打！"

两个家人拳打脚踢，把张奎三打得口鼻流血躺在地上。

"看你今后还敢撒野！"张老板欲带家人回府。

"慢！"张奎三踉踉跄跄站了起来，"爷，你狠！"他用手背揩了揩嘴角的血，眼睛像锥子似的盯着张老板。

张老板看着他的模样，一时不知所措。

张老板绸缎庄的旁边是一家卖油炸臭豆腐的小店。油锅里的油滚得正欢。

张奎三踉踉跄跄走到油锅前，他把左脚往一张板凳上一蹬，把破裤管往上一拉，露出脏兮兮的肉，然后，从油锅里舀出一勺油，扬手倒了下去。只听"吱"的一声，冒出一股烟，四周弥漫着焦煳的臭肉味。

张老板目瞪口呆。旁观者也都吓得伸直了舌头。

张奎三斜眼看了看张老板："好舒服。再来一勺！"他又舀起一勺油。

张老板慌了："别……别……千万别……"

张老板急令家人搬来凳子请张奎三坐下，又从柜房拿出二十个银圆为张奎三压惊。

张奎三鼻孔里哼了一声，看都不看。直到张老板加足了五十个银圆，他才狞笑着一瘸一拐地走了。

从此，张夫人吓得住在娘家不敢回来。张老板又从外地雇了两名武林高手护院。

就在古渎镇的居民被这个十六七岁的孩子折磨得叫苦不迭时，欧阳家的少爷带着教育救国的理想回到了古渎镇。

随他一起来的，还有他的新婚妻子廖莹秋和他父亲的贴身老卫士王营长。

王营长身高足有两米，一脸络腮胡子，河南洛阳人。他一生未娶，跟着欧阳老爷南征北战几十年。"枣阳会战"中，失去了左臂。尽管如此，他那一套少林拳练得出神入化，十个八个壮汉近身不得。

欧阳老爷把他视为自己的兄弟一般看待。这次儿子回乡办学，他让王营长随同前往，一来是因为形势吃紧，他想让这位忠心耿耿的老部下能在戎马倥偬中安享晚年；二来是他一身好功夫，可为儿子保驾护航。

欧阳老爷的威势，对古渎人来说可谓如雷贯耳。

听说少爷回来办学，古渎人额手称庆。他们一方面高兴的是今后子弟们有了上学识字的机会；另一方面，欧阳少爷回来，可以镇住无赖张奎三。

欧阳偶然靠父亲的资助，很快在家乡办起了三所小学、一所中学。他亲自担任这些学校的校董。他的这些学校从校舍到师资都是全临江最好的。学校的老师，是他亲自主持招聘的，他把关极严，但是，给的薪水也很高：中学老师每月一百五十个大洋，小学老师每月一百个大洋。当时，一个人每月的生活费大约是三个大洋。

他和夫人还亲自给学生授课。凡是古渎镇的子弟，一律可以免费上小学。中学的收费标准，也只有同类学校的一半。

不过，镇上的人希望通过欧阳少爷来治治无赖张奎三的打算，看来是落空了。

欧阳少爷一到镇上，他的本家就向他诉说了无赖张奎三的种种行径。他听后喟然长叹："这就是我们教育失误的一个典型例子！

人可以向善，也可以向恶，关键是看你如何引导他。"他发誓："我一定要挽救他。"

张奎三战战兢兢地站在欧阳少爷面前。自从欧阳少爷回来后，他收敛了很多。他知道，凭欧阳家的威势，要想惩治他，犹如捻死一只蚂蚁。听说欧阳少爷找他，他能不惊慌？

欧阳少爷和蔼地请他坐下，说：

"听说你养成了很多坏毛病。不过，这不打紧，你毕竟还是个孩子。只要改恶从善，还会成为一个对社会有用的人。

"我今天找你来，是和你商量这样一个事儿。今后你半天到我家里帮工，帮助王营长打扫卫生，修剪花草；半天到学校学习。我每个月给你五十个大洋。你的一日三餐也在我家吃。这样安排，不知道你愿意不愿意？"

张奎三起初疑心自己听错了……他扑通一声跪在地上，头磕得山响："少爷，你是我的再生父母。我一定好好干，好好干。"

开始，张奎三干得确实很卖力。不久，他的恶习就一一暴露出来，活儿也不好好干了。只是惧怕王营长，他才不得不装模作样地应付应付。让他去上学，他总是逃课，和街上一帮浮浪子弟鬼混。

他的眼睛也开始在廖莹秋身上踅摸来踅摸去。

一个月明星稀之夜，廖莹秋正在盥洗室冲凉，忽然，透过气窗，她发现窗外的香樟树上趴着一个人，正朝里偷看。她惊恐地大叫一声。

那个人哧溜滑下树，不见了。

欧阳偶然闻声赶到盥洗室，妻子向他诉说了事情的经过。欧阳偶然说："不会吧？你有没有看错？"

廖莹秋坚持说："不会错！最近一段时间，他看我的眼神一直不对劲。"

欧阳偶然抚着妻子的肩，笑着说："我的娇夫人，你一定是在国外优裕生活过惯了，来到这穷乡僻壤，有点儿不习惯，看什么都觉得奇怪。他嘛，还是个孩子。你不要太过敏了。"他又亲了亲妻子的面颊："好吧，闲下来我找他谈谈。现在，咱们睡觉吧。"

欧阳少爷的善良，等于养痈遗患。

那晚，张奎三怕得要死。他想连夜逃走。

他来到大门口，想从铁门上翻过去。谁知他刚一爬上大门，门房的门"呀"的一声开了。"谁？"声到人到，是王营长。

"你在这儿干什么？"

"我……我也是听见门响，出来看看。"

"有我呢，你回去吧。"

张奎三没逃成。他枯坐到天亮，等着惩罚。

然而，第二天，什么事也没有……

不久，院里又发生了一件事：

那是廖莹秋生下他们的第一个女儿欧阳文婕后不久的一天，欧阳偶然送芦以诺到江北去了。

她有个习惯，每天睡觉前都要洗澡。洗澡时，她还刻意看了看气窗。自从发生上次那件事情之后，她就把气窗关死了。

她洗浴完毕，穿上睡衣回到卧室，突然从门后闪出一个黑影。定睛一看，正是张奎三。

他不知道什么时候潜进了卧室。

廖莹秋刚想大喊，他早有准备，拿起一块抹布塞进了她的嘴里。

他死劲把她往床上拖。廖莹秋死命挣扎。

就在这时，旋风般蹿进一个人来，他揪住张奎三的脖子，一把就把他扔在一丈开外的客厅里。

是王营长。多年的军旅生涯，使他时刻保持着警觉。

他赶忙扶起廖莹秋："少奶奶，没伤着吧？"

廖莹秋含泪点了点头。

王营长安排好廖莹秋赶到客厅，张奎三已溜了。王营长撂开大步就追。

穿大街、过小巷，追到龙门桥堍，眼看就要追上了，那家伙突然一纵身，朝水中跃去。说时迟，那时快，就在他入水的刹那，王营长捡起一块石子朝他打去，只听"哎哟"一声，那家伙遁入水中。

王营长那是什么功夫！只这一下，张奎三左半边的牙齿全部被打掉。

王营长顺着河岸搜索到天亮，没有发现张奎三的踪影。

他跑到哪里去了？

三年后的仲夏，张奎三神气地挎着驳壳枪回到了古渎。

他现在的身份是土改工作队的副队长。

原来，那晚他跃入河中后，并没有按常规顺水走，而是逆水游出一大截，然后伏在岸边的芦苇丛中。等王营长向下游搜去，他便趁机逃走了。

古渎，他不敢待了。他一口气逃到江北，混进了解放军。

南京解放前夕，欧阳偶然的父亲曾专门派车来接儿子一家飞赴台湾，但是欧阳偶然谢绝了。他不愿跟着那个腐败政府到台湾去。他毕生的愿望就是"传道、授业、解惑"。无论谁当政，他想，这个权利还是不会被剥夺的。

王营长也决心留下来陪着少爷。

张奎三回到古渎，第一个去的地方就是欧阳倜然家里。

他把主仆三人全叫到大院里，用驳壳枪挨个指着他们的脑袋说："没想到吧？老子回来了。回来报仇来了。现在，我想干什么就可以干什么！你们等着吧！"

他乜斜着眼，淫荡地看了看廖莹秋，又朝三人啐了一口，得意扬扬地走了。

土改斗争如火如荼地开始了。欧阳家的学校、房产、地产全被没收。老少四人被赶到了镇西头的两间破磨房里。

按照张奎三的意思，欧阳倜然和王营长都应该被枪毙。但是，工作队长不同意。

工作队长是个戴眼镜的白白净净的湖北人。他看了看情况调查表对张奎三说：

"这两个人均不够枪毙的条件。欧阳倜然，虽然出身于反动家庭，但没有任何血债，也没在伪政府中任过一天职。他只是个知识分子。

"王营长，虽为反动政府效过力，但也为抗日流过血。'枣阳会战'时，他奉命到前线督战。一伙日军偷袭司令部，他带领留守人员奋力反击。战斗中，他手挥一柄大马刀连续砍翻三十六名日军。自己也失去了一条胳膊。

"我当时正在襄樊上高中，参加了战地服务团。到前线慰问将士时，曾亲眼见过他。他的事迹，在当时可是家喻户晓，鼓舞了很多人的抗日斗志。

"你要把这两个人杀了，错误可就严重了。"

张奎三只好咽了咽唾沫。

但是，他并不死心。他在窥视着机会。

他经常到欧阳偶然他们住的磨房里找碴儿。或是威胁几句，或是煞有介事地宣布一通政策。末了，他总忘不了把目光在廖莹秋脸上扫来扫去。

一天，他派人来到磨房，说是工作队下午两点要在镇政府开会，只准男人参加。

下午一点四十分，估计磨房里的男性已去开会，他大摇大摆来到磨房。

看到他来，廖莹秋吓得直哆嗦。

他用脚把门踢上，淫笑着说："不要害怕。我是来向你宣传党的政策的。"说着，他一步一步逼向廖莹秋。

廖莹秋连连后退。

就在这时，屋门开了。张奎三回头一看，只见王营长像座铁塔似的戳在门口。张奎三下意识地摸了摸左脸上的疤。

王营长什么话也没说，他随手在墙上抓了一把，一块墙砖生生被他拽了出来。他把砖朝空中一抛，挥掌一劈，砖碎成了几块。就在砖就要落地的一刹那，他挥手一捞，稳稳接住了一块，轻轻一用力，砖被捻成了碎面。他将手一扬，碎面在张奎三面前落了一地。

张奎三脸颊抽搐了几下，悻悻地走了。

此后，很长一段时间，他不敢轻易跨进磨房。暗中，他几次想下黑手，在工作队长的干预下，都流产了。

这段时间，欧阳偶然他们三人还没有受过多少皮肉之苦。只是在开忆苦思甜会时，被张奎三押到前台，接受批判。张奎三声嘶力竭地控诉在万恶的旧社会,反动派是如何压迫他、殴打他。讲到这儿时,他总忘不了摸摸脸上的伤疤。

这里还要顺带说一句,"土改"时,西街绸缎铺的张老板被毙了。行刑者,就是张奎三。不久,张老板那个花朵儿似的唱青衣的夫人便归了张奎三。一直到了晚年,张奎三都对他这一"土改成果"暗自得意。

……

光阴荏苒。转眼到了1966年,"文化大革命"爆发了。

张奎三扯旗造反,摇身一变,从副镇长变成了造反派司令。

那个湖北籍的工作队长,则由镇党委书记变成了"牛鬼蛇神",被押回原籍改造去了。

张奎三成了古渎镇真正的统治者。他脚一跺,古渎镇得摇三摇。他把司令部驻扎在当年欧阳家的大院里。

也就在此后不久的一天,欧阳偶然的女儿欧阳文婕突然失踪了。

当时,她正上高三。

尸体是几天后从离古渎镇四十多公里的古渎河的乱草滩上被人发现的。也不知是被水冲的抑或是其他原因,姑娘下身一丝不挂。

她的同学说,她失踪的那天下午,张奎三手下的一个喽啰来通知她,说是张司令要找她谈话。

王营长曾上门质问过张奎三。张奎三矢口否认,说当天下午,自己一直在市里开会。他说王营长是想往革命闯将脸上抹黑。

"文革"头两年,张奎三忙于夺权,对欧阳偶然三人没有采取大的行动。到了1969年冬,张奎三已经坐稳了古渎镇,他开始复仇了。

就在这时，欧阳文好呱呱坠地了。

夫妇两人还没有从壮年得子的喜悦中平静下来，厄运降临了。

一天深夜，张奎三采取突然袭击的办法，把欧阳偶然三人抓到了司令部。这时，欧阳文好才刚刚满月。

张奎三把欧阳偶然和廖莹秋反剪起双手吊在房梁上。王营长则被他们捆住双脚倒吊在房梁上。王营长这时已是年近七旬的老人，两鬓的络腮胡子也已霜迹斑斑。

"这个反动老杂毛有功夫。今天，咱们革命闯将把他的功夫给废了。"张奎三指挥手下人将王营长那唯一的一只胳膊抓住，拖过一张桌子，将老人的手强摁在桌面上。他找来一把梭镖，双手攥紧枪头部分狠命朝桌上扎去。

王营长的手被钉在桌面上。他头上的汗水唰唰地往下掉，但这位老军人一声都没吭。

"嗬，还真有种。去找一把铁锤来。"张奎三向手下命令道。

很快有人找来了铁锤。张奎三眯着眼，看着吊在房梁上的王营长："老杂毛，你真的不怕疼？真的有关公'刮骨疗毒'的气概？好，今天咱们就试一试。"他抡圆了铁锤，朝王营长的一根根手指砸去。

王营长的每一根手指都露出了骨碴。但他还是没叫一声，只是头上的汗水滴得更多了。

"他妈的！"张奎三泄了气。

他坐在一张凳子上休息了一会儿，又抡起铁锤站在王营长面前。

"你们放了他吧，放了他吧。"欧阳偶然和廖莹秋苦苦哀求。

"还没有轮到你们呢。账要一笔一笔慢慢算。"张奎三把脸重新对着王营长。

"当年，你打掉了我半口牙；今天，我要打掉你满口牙。"他抡起铁锤朝王营长两颊咚、咚就是两下。

王营长的一颗颗牙齿带着血掉在地上。

打够了王营长，他又指挥手下人打欧阳偶然。"那个婊子你们留着，我亲自收拾。"

他歇过了劲儿，走到廖莹秋面前。这次，他没用工具。他用手打一阵，又在廖莹秋身上摸一阵："哈，哈，我来看看她身上藏没藏美帝的密电码。"

打了一会儿，他腻了，又开始寻找新的刺激。他令人把王营长从梁上放下来，解开绳索。"老杂毛，看来这个美帝特务把密电码藏得很隐蔽。你去替我们搜搜如何？"

两个喽啰把老人拖到廖莹秋面前。

"搜呀，快搜呀。"张奎三和他的喽啰们兴奋地狂叫着。

突然，王营长一甩膀子把两个拖他的人掀翻在地，目眦俱裂，一头朝张奎三撞去。

只听"妈呀"一声，张奎三被撞得抛了起来，重重摔在几米外的一张桌子上。桌子倒了，张奎三痛苦地躺在地上呻吟。

王营长悲怆地大叫一声："少爷，少奶奶，我没有保护好你们。我愧对老长官！"便一头朝墙柱撞去。顿时，脑浆飞溅……王营长毙命柱下。

"王叔叔。"欧阳偶然喊了一声，昏了过去。

出了人命。这一下，张奎三和他的喽啰们慌了。他也顾不得疼了，赶紧把喽啰们聚拢来商量了一番，最后决定统一口径，就说王营长是畏罪自杀的。

这伙人匆匆忙忙放了欧阳偶然和廖莹秋。

一年后的秋天，廖莹秋也被宣布畏罪自杀了。她的尸体就躺在欧阳家大院那栋西班牙式小楼前的青砖地上。据当时收尸的人后来讲：尸身一丝不挂，其状惨不忍睹。

……

转眼又是几年，"四人帮"垮台了。

欧阳偶然在"文革"中虽然断了三根肋骨，瘸了右腿，但毕竟挺过来了。他当上了代课老师，还养大了和廖莹秋长得一模一样的女儿。

张奎三呢，"四人帮"垮台后，他确实沉寂了几年：先是镇革委会主任的职被撤了，随即被定为"打、砸、抢"分子给逮了起来，蹲了四年大狱。

可是出狱不久，他又红火起来。

80年代中期，江南乡镇企业异军突起，需要大量煤炭。北方煤多，南方煤少，而北方，许多地区的煤要通过古渎这一交通枢纽运往南方。

张奎三开始做起倒卖煤炭的生意。起初，他只是搞一点小买小卖：用较低的价格从北方人手里买下煤炭，再以较高的价格卖给南方人。

这样干了两年，钱也赚了不少。但他觉得这样赚钱太辛苦，于是，又把他当年闯码头的伎俩使了出来，雇了几名浮浪子弟，干起了强买强卖的营生。

上了年纪的古渎人，不会不记得，四十多年前张奎三将滚油浇到腿上，镇住西街绸缎庄张老板那一幕。现在，他来了个故技重演：

一次，一艘山东枣庄的运煤船泊在古渎，张奎三令他的弟兄们上前强买。威胁话说了一大箩，对方就是不买账，双方便交起手来。几个回合下来，张奎三的弟兄们根本不是对手。看来，对方显然见过不少阵仗。

张奎三只好亲自出马。

这时的张奎三已经五十出头，一身暄肉，精、气、神均不比当年。能不能将对方镇住，他心里委实没底。不过，这样败下阵来，今后就没法儿在古渎混了。

他对一名拿了一把剔骨刀的手下喊道："把刀给我！"

他拎着刀大摇大摆走到山东人面前。

这帮山东人均是血气方刚的后生，并没有把他放在眼里，挥着手中的铁棍喊道："不要命的，尽管过来。"

在离山东人只有一步远的地方，张奎三站住了，左脚蹬在船舷上，皮笑肉不笑地说："老子七八岁就开始闯码头，比老子还不怕死的人，还真没见过。"他把裤管一拉，指着大腿上的疤痕一字一顿地说："瞧见了吧，这是四十多年前老子亲自倒油浇的。那时候，你们都在哪儿？恐怕还都在娘腿肚子里转筋吧。留块儿疤，总归不好看！好，那咱们今天就把它给削了！"

他把刀在水泥船舷上荡了几下，用左手拇指试了一下锋刃，突然一扬手，那块带疤痕的肉飞起来掉在山东人面前。

山东人一个个面面相觑。

他若无其事地一扬手又削下一块："嗬，刚才没削净。"

当他要削第三块时，山东人撑不住了，扑通一声，全跪在他的面前："大爷，我们服了，我们服了。"

山东人不仅按张奎三提出的价格卖了煤，还请张奎三和他的弟兄们狠撮了一顿。

张奎三再次威震古渎镇。

南来北往的商船乍到古渎镇，船主都要拎上礼品拜见张奎三。

很快，古渎镇的煤炭经营权都掌握在张奎三手里。

在官场混过的张奎三，这时候很有些见地了：要想长期发财，不能单干独来，得找保护伞。他请客送礼拉关系，不久就和镇里、市里甚至省里的有些领导称兄道弟了。

他以古渎镇政府的名义成立了"古渎镇煤炭贸易总公司"。过了不久，他当年闯码头的小兄弟、一个国民党的退役老兵回乡省亲，他又拉他入了伙。于是，他的公司就变成了三资企业，可以享受许许多多优惠政策。

他把经营方针也进行了变革：原来主要靠强买强卖；现在，则推行"回扣为主，强买强卖为辅"的新政策。

强买强卖风险大，还容易断了回头客。这种方略，只能对付零星散户。大部分的卖主和买主都是集体或国营单位的。他便采取高回扣的办法让他们低价卖高价买。他拍着胸脯信誓旦旦地对他们说："我张奎三的钱，你们尽管放心拿，不咬手。出了事儿，我一个人兜着。你们远近打听打听，谁不说我张奎三是条好汉！"

张奎三实实在在地发了，成了远近闻名的"倒煤大王"。在古渎镇，除了当年的欧阳老爷，恐怕没有人能跟他比富了。

他当上了省人大代表、市人大常委。

……

文津中学位于镇西头古渎河和南清江交汇处的沙洲上。

张奎三从经营煤炭那天开始，目光就盯住了文津中学这一交通宝地：要是在这儿建一个大型货场，就可以日进斗金。

他处心积虑地思谋着……

他当上市人大常委后，就开始实施他的阴谋。他发动五十多名人大代表联名提交了一个议案：把文津中学迁走，在这儿建一个现代化的大型码头。如此，古渎经济腾飞，指日可待。

在向代表们陈述他的议案时，他保证：建码头的全部费用由他的古渎镇煤炭贸易总公司出。此外，他还拿出五百万元作为文津中学的迁校费用。

一切以经济建设为中心。提案自然获得通过。

窦争和文好考上大学的第二年，文津中学被迫迁到了镇东头原供销社的农资仓库里上课。

几年过去了，文津中学那儿，除建了几个可供运煤船停泊的水泥平台外，并没有出现现代化的大型码头。文津中学的校舍、操场倒是成了张奎三储存煤炭和其他物资的好所在。

他许愿给文津中学迁校用的五百万元，也迟迟没兑现。除了学校搬到农资仓库的第一个夏季，他拿了二十万元补了补各个房顶的漏洞外，再没拿过钱。

仓库是50年代修的简易房子，每到雨天，尘泥渗漉，泥墙洇湿，师生胆战心惊。

师生们几次联名给镇上、市里写信，得到的答复是我们协调协调。然而，就是不见动静。

倒是张奎三拿出一笔钱将书记、镇长的桑塔纳2000换成了奥迪。

窦争去年过完寒假回校后，曾给《中国教育报》写了封读者来信，报社很重视，派了两名记者下来调查，并发了内参。国家教委领导将内参批到省教委，省教委又责成临江市解决。

上学期初，市里倒是下来了两个派头十足的领导，在学校转了一圈回去后，再无下文。

文妤从汀州大学回来的第二天晚上，张奎三满嘴酒气、打着饱嗝来到欧阳偶然家。他看了看家里简陋的陈设，剔着牙齿对欧阳偶然说：

"汀州大学一个叫窦争的研究生告了我。听说他还是你未过门的女婿？他能告赢吗？告诉你，瘸子，古渎镇斗得过我的人还没有出生呢！

"当年镇上的人不是指望你来压我吗，怎么着？我为你打了不到一年的工，我却整整压了你四十年。

"你看你现在活得这个造孽劲儿。要是我，早一头碰死了。告诉你那未来的女婿，别以为是个研究生就有什么了不起！你不还是什么屁博士吗？书都读到屁眼里去了？"

"不许你侮辱我爸爸。你给我出去。"文妤横眉立目指着张奎三。

"哟嗬，这是你的女儿……啧，啧，这几年没注意，长这么大了。简直跟她妈、她姐一模一样……好白嫩的肉啊！"他眯着眼似在回味什么。

"你走不走？不走，我喊人了。"文妤朝门口走去。

"姑娘，别慌嘛。听说你还没有正式工作，到叔的公司里去，叔一个月给你开五千块。"他色眯眯地看着文妤。

"来人哪——抓流氓——"

张奎三噌地蹿出了屋子："走着瞧！"

……

今年寒假前夕，古渎镇下了建国以来最大的一场雪，积雪足有一尺多深。

那天，欧阳偶然老师正在高一（三）班监考，忽然，房顶传来嘎吱声。他赶紧指挥学生转移。

就在这时，教室后面的房顶塌了个洞，幸亏没有砸着人。学生们更慌了，惊叫着朝门口跑去，大家在门口挤成了一团，互相踩压。

"不要挤，不要挤。"欧阳偶然老师大声喊着。然而，学生们此刻都失去了理智，还在挤。门框被挤压得变了形。

这时，嘎吱声更响了，房梁出现了裂缝。

欧阳老师赶紧把一扇扇窗户都打开，声嘶力竭地喊："从窗子里跳。"

学生们纷纷跑向窗子。

"快踩着我的肩上。"欧阳老师站在一扇窗前，用瘸腿撑着地，手扶窗沿伏下身子。

伴随着嘎吱声，墙上的泥块唰唰地往下掉落。

学生们一个个踩着欧阳老师的肩膀，逃出去了。

就在欧阳老师拖着瘸腿往外爬时，整个房顶塌了下来。

师生们七手八脚地挖刨起来，欧阳老师被挖出来了。幸亏是挨着窗户，房梁没有落在他的身上，前后两堵泥墙又是朝两边倒，欧阳老师没有受到致命伤。但他的头上被砸了一个洞，他的左腿也被砸断了，露着骨头。

大家赶紧把欧阳老师送往镇医院。

医院却拒绝治疗。说文津中学一个癌症病人、一个尿毒症病人已经欠了医院七万多块钱，除非他们将欠账还清，否则，文津中学的病人一律不予治疗。再说，欧阳老师还是个代课老师，不享受公费医疗，费用找谁要去？

大家好说歹说，医院就是不接收，说他们现在是自负盈亏，不能不考虑本单位的利益。

文好听讯后，赶了来，抱着爸爸大声痛哭。

镇领导也来了，说欧阳老师的医疗费用由镇里出。医院这才把他推进了急救室。

这时，已错过了最佳治疗时期。欧阳老师因失血过多，脸色苍白，呼吸微弱。

医院紧急组织了输血，暂时留住了欧阳老师的生命。但是欧阳老师此时发起了高烧，又转成了肺炎。

窦争回到古淏镇，就朝欧阳老师家赶去。他还不知道欧阳老师的情况。

假期，在严锦璐房间的遭遇，以及季岩冰对往事的回忆，对他触动很大。他不能不想到文好。

事实上，上学期文好走后，他一直受着精神上的折磨：

寻欢作乐，窦争俨然潇洒异常。可是，那种畸形的缠绵，带给他的只是短暂的麻醉，也许在那一刻，他忘记了周围的一切，任自己的欲望如脱缰的野马，纵横驰骋。然而，当那野马跑得精疲力竭、大汗淋漓，停下来时，他又感到空前的乏味。奔跑时，看到的云蒸霞蔚的壮观景象，此时变成了单调乏味、了无生机的一片荒漠。

尤其是静夜，当他回想起以往的一切，就感到一种喘不过气来的压抑。这时，他就用"人生苦短，及时行乐"这块盾牌来抵御这种压抑。可是，这块盾牌的质地过于脆弱了，在这种压抑面前，如同腐草朽木，即刻被撞成了齑粉。而失去了盾牌，他就手足无措、六神无主了。

他苦闷、迷惘，渐渐开始了思索、反省。

对于文好，他始终怀着歉疚。从心里说，他并不是不爱文好。麦草地里，文好含泪的眼睛；抽屉里，文好放进的带有余温的馒头；那件文好第一次织的上下一样宽的毛衣；以及古漤河畔那销魂的月夜……都深深地刻进了他的脑海。

日益膨胀的欲望，虽然磨浅了这些沟回，然而，要使沟回全部消失，却又是不可能的——凡经历过的，必有痕迹。何况这种经历，不是闲庭信步，不是饭后遛弯儿，而是踩着泥泞，迎着滂沱大雨，一步一个脚印，艰难地走过来的。

到了文津中学，窦争才知道欧阳老师受伤了。

窦争跌跌撞撞赶到镇医院。欧阳老师已瘦得脱了形，那双充满了智慧，曾经给窦争鼓励、启迪的眼睛，深深地凹陷着……

窦争心头一酸，叫了声："欧阳老师……"扑进了病房，跪在床边，双手攥住了老师那双瘦骨嶙峋的手，他等着欧阳老师的责骂，甚至痛打。

来时，他已做好了充分的思想准备。欧阳老师打了他，骂了他，他的负罪感才会减轻少许。

出乎意料的是，看清是他，欧阳老师没有丝毫的责备，而是慈祥地看着他。但这慈祥的目光，却比打骂更让窦争难受。

事实上，文好回来后，并没有给父亲说窦争的情况。

但是，父亲从女儿反常的举动、落寞的情绪中看出了什么。他什么也没问。

这位老人，一生中已承受了太多太多的苦痛。他只是在暗中用慈爱的目光久久、久久地看着女儿。

"老师，你打我吧！骂我吧！这样我心里会好受点。"窦争摇着欧阳老师的手恳求道。

欧阳老师微微笑了笑，什么也没说，只是看了看文好，又看了看他。

窦争的泪再也忍不住了，他伏在床沿上失声痛哭……

窦争在医院里待了下来，一切料理事务他都抢着干。欧阳老师行将走完他生命的最后历程，已经吃不进东西了，稀粥喂进嘴里，又被他呕出。为了尽可能延长欧阳老师的生命，欧阳老师呕出一次，窦争就再喂进一次。

长时间的卧床不起，使欧阳老师身上长满了褥疮，有的地方开始生蛆，窦争每天拿酒精轻轻擦拭。欧阳老师要大小便，为了减轻老师的痛苦，他跪在床边，把欧阳老师双腿放在自己肩上，双手捧着便盆……

窦争和文好的细心服侍，并没有把欧阳老师的生命从死神那儿夺回。就在窦争开学前三天，欧阳老师的生命进入垂危阶段，几次昏迷，又几次醒来。窦争和文好一步不离地守在床前。

市领导、镇领导也都赶来了。这几天，临江市的大小媒体都报道了欧阳老师一生的坎坷遭遇。人们扼腕长叹！

市领导问欧阳老师有什么要求，欧阳老师断断续续地提出了两点。这也可能是他一生向党、向组织提出的唯一的一次要求：一是将文津中学迁回原址上课；二是能否将女儿转成正式教师。

市领导答应一定考虑。

到了次日，欧阳老师终于闭上了眼睛……

在这种情况下，窦争怎能离开医院赴校？

他给郑老师打了个电话，又给教务处拍了电报。在医院帮助文好处理后事。

第三十章

春天悄悄到了螺髻山。

校园的万物，经不起春姑娘柔指的抚弄，仿佛在一夜之间，呼啦啦全变了模样。

先是螺髻山那终年常绿的冠盖由墨绿转成了嫩黄，继而宿舍楼、教学楼前的空地上，也冒出了绿油油的嫩芽。

毓樱大道上的樱花更是耐不住寂寞，把黄豆大小的花蕾，纷纷摆上枝头。

花儿最爱争春，不等梅树枝头的残萼消尽，连翘、迎春花、榆叶梅、木槿早赶趟儿似的把笑脸迎向了春风。

"绝艳照秾春，春光欲醉人。"在春的召唤下，学生们脱去了臃肿的冬装，于是，青春的身影就多了几分轻捷与潇洒。姑娘们与花草争起了春，红的、黄的、绿的、紫的，五彩缤纷的春装，衬托得一张张青春的脸流光溢彩，于是，花草便黯然失色了。

课余时间，小径间、大道上、花丛中，到处徜徉着踏春的人流。

……

春带来了校园景色的变化，伴随着春的到来，校园里还发生了许许多多其他的变化。

先是每个宿舍楼的入口处，竖起了一面硕大的镜子。据说，这是新一届校领导为改变学校面貌，采取的举措之一。

一面镜子，能否带来学校面貌的变化，姑且不论。不过，它确确实实给同学们带来了不少方便。年轻人爱美，这一点，在镜子面前得到了充分的体现。

进出大楼的人，无不在镜子面前驻足停步，整衣照容。尤其是上课前下课后那段人流集中期，镜子前排成长队，人们挨个接受镜子的检阅。有的人，照了正面还不够，还要挺起腰身，眼球斜睨后方，仔细观瞻一下后背的效果。

当然，这种人常常会遭到后面急于照容者的白眼，也常常因此而发生口角。

为了维护照容者的利益，嘉华园一舍那面镜子的上方，出现了一张大红告示：

照容重地

请勿久伫

告示是门卫林师傅写的。

林师傅原本是郊区的农民，因和房产处的一位科长是亲戚关系，就到汀大当起了门卫。他是恢复高考那年来校的，从那时到现在，算来十又六年矣！

诗礼簪缨之地的熏陶，使这个只上了几天私塾的农夫，也颇带了几分书卷气。他动辄在值班室门口那块写通知的黑板上，来上一段打油诗。譬如：

挥动钢笔写文章

戴上袖章斗志昂

　敲起警钟叮当响

　誓为学校献力量

　值班队伍搞联防

　学习安心精神爽

　认真研究新成果

　一举成名天下扬

每到礼拜六，黑板上照例又出现：

　过了一周又一周

　今天又是礼拜六

　治安值勤加强管

　时刻不忘防小偷

林师傅除了防小偷，还负责给同学们传电话。

整座宿舍楼一千多人，就门卫处一部电话，林师傅之忙碌就可想而知了。他那浓重的家乡口音，不时在楼道回响。

长期的锻炼，使他的嗓音高亢洪亮，极富穿透力。用声若洪钟来形容，实不为过。

他的收入相当可观——每天从早到晚，打电话接电话的人络绎不绝，按学校规定，打 1 次校内电话 1 毛钱，校外电话 2 毛钱，传 1 次电话 3 毛钱。通话时间超过 5 分钟，还要加倍收费。

窦争曾给林师傅算过一笔账：如果平均 5 分钟 1 次电话，1 小时就有 12 次，每天按 8 小时算吧，就有 96 次，1 次电话 2 毛钱，那么林师傅一天仅电话费就收 19 块 2，一个月下来，就是近 600 块。

嗬！比一个教授的工资高多了。

不过，林师傅的好运本学期没完就到了头……

　　镜子反映的仅仅是表象，而真正能够反映学校深层次变化的，还在于学校出现了大大小小的许多公司，以及台球室、录像厅、小吃摊档。

　　新一届校领导在就职演说中表示：为了适应计划经济向市场经济转轨这一新形势，学校要从单一以教学和科研为主的封闭型的旧模式中跳出来，力争在五年内建成一座开放型的、全方位的人才培养基地。

　　为了表示开放，校门口那道竖起已有半个多世纪的围墙被推倒了，建起了一排虽称不上豪华，却也气派不凡的房子，向各个系出租，由他们来办公司、做生意。

　　于是，名目繁多的大大小小的公司便应运而生，什么"螺髻山新技术开发公司""烟霭湖新技术应用公司"……林林总总几十家。

　　既然开放，人才流动自然加快。不过，学校是人才流出的多，进来的少。

　　实际上，早在经商成为热门话题之初，老师中的一些不愿安贫乐道者，已经开始逃离诗礼簪缨之地，"下海"学起"游泳"了。现在，这股势头愈趋猛烈。

　　为此，学校曾先后制定了许许多多防止"流失"的措施，然而，市场经济的大潮，却把这些措施冲得摇摇晃晃。你不放人也好，你不调档也罢，我干脆连户口也不要了。

　　传播系一个月内飞走了五位青年老师，有的课"瘫痪"了。这所名牌大学的"老字号"系不得不向其他院校聘请兼职教师。

　　一方面是教学第一线师资紧缺，而另一方面，后勤部门却冗员遍布，传播系仅资料员就多达六名。

因为"老",有的家庭子孙几代都在学校供职。子女要吃饭,"近水楼台先得月"呗。

超编,严重的超编。这些只吃饭不干活或吃饭多干活少的人,拖得这所老牌大学气喘吁吁。

敢铤而走险者,毕竟是少数。大部分不愿安贫乐道,却又不敢"下海"者,便挖空心思找起了其他路子。

出路之一,编书赚稿费。当然,编出来的书绝非郑掖教授那种"文章不写一句空"的学术专著。一般是按出版社或书商的要求,编一些畅销书,利用学校的图书资料和自己的鉴赏能力,速而成之。有的几个月一本,有的两三周就可凑成。

这样,有诸多好处,不仅手头宽裕了,评职称也可算一成果。你说没有学术价值,那么学术价值靠什么衡量?

这种活动,滥觞于青年教师,继而中年教师、老年教师也纷纷加盟。这种书要赶潮流,必须加班加点,所以备课、上课就难免马虎点了。

外出授课,也是教师们捞外快的一条门路。不过,这要看你的专业是否吃香和你的名望是否压台。像经济、企业管理、法律、新闻这些热门专业的教授、副教授常被这样或那样的学习班邀请,而像历史、哲学、考古这些专业的教师则很少有人问津。

这点外快并不好捞,每节课二十元,比起学校每节课一块六,自然是很可观了。

但是,备课、讲课所付出的心血也相当可观——这种课丝毫马虎不得,牌子砸了,日后就很少有人来请了。

外出授课、编书并非人人有份。那些没份者干什么呢?

　　大学教师不像中学教师需要坐班，一般每周只有两节课。空余时间多的是。

　　他们最好的消闲方式是打麻将。他们打麻将不用担心学工部会来干涉。学工部是管学生的，他们是教师。

　　于是，无论是白天还是黑夜，楼道里都会响起噼里啪啦的麻将声。因"麻"也闹出不少"典故"来。

　　说是传播系一青年教师，麻将打了个通宵，忽然间意识到一二节有课。遂顾不上洗漱，慌忙骑车赶往教室。

　　其时，第一节课已过半，学生以为这堂课可能不上了，正鱼贯走出教室，忽见老师至，便纷纷落座。

　　老师仓皇间在黑板上写出一二三四几个要点，转身对学生说："请看白板。"

　　学生始时愕然，继而哗然。

　　中青年教师大批"流失"，毕业生不愿留校，在校教师又人心不稳。校方为此伤透了脑筋。

　　新一届校领导班子，把稳定教师队伍，作为施政纲领中最重要的一项。

　　欲使教师队伍稳定，首先得改善他们的待遇，使他们不为饮食起居而虑。要解决这一问题，得有经济实力做后盾。

　　钱呢？

　　国家一年下拨的教育经费，连一栋像样的楼房都难以造起。

　　那就自力更生吧。但像学校这样的非生产性单位又能生产出些什么来？

　　不管怎么说，条件还是得改善。非如此，学校无以生存。

新一届校领导班子推出了"5791 工程"——在 5 年内，助教月薪为 500 元，讲师 700 元，副教授 900 元，教授 1000 元。支票开出来，何以兑现？

校领导说："靠各个系自己创收！"

于是，学校可用来赚钱的机器全开动起来了。

一向严禁学生入内的人文馆大厅里办起了舞会，体育馆、各个俱乐部也随之仿效，一夜之间，校园里冒出六七家营业性舞厅。有的舞厅为增加收入，白天卡拉 OK，晚上舞会，连轴转。

树荫下、楼道里，到处支起了台球桌。

各个系也利用会议室，竞相放起录像、激光电影来。预告节目的海报，一个饭厅门口每天会贴出十数张。

除此之外，名目繁多的函授班、辅导班更是如雨后春笋。中文系规定，哪个老师能拉起一个班，可拿 10% 的回扣。

各个系还向社会看齐，纷纷办起了公司。

就在"经商潮"一浪高过一浪时，传播系的郑掖主任却逆潮流而动，在系务会议上要求传播系的老师要耐得住清贫。

如果老师都浮躁不安，又怎能教出勤勉务实的学生？如果学生在学校都是围绕钱而转，或是学着托关系、找门子、投机取巧，那么很难保证他走上社会后，能踏踏实实地做人。

果真如此，目前社会上存在的浮夸风、欺上瞒下、中饱私囊等丑恶现象，就很难绝迹。

他规定，任课老师一律不准参与经商活动，要潜下心来认真教书。

他的建议当场就遭到了反对，系副主任程肖庄老师说："你的建议很感人，却感动不了国家的经济状况。如果大家都衣食无虞，有谁愿意置斯文于脑后？"

程肖庄老师大力呼吁：当务之急是救亡图存。

程老师的呼吁，在系里竟激起一片赞同。

但是，郑主任不顾大家反对，一方面加强教学纪律，对几名经常误了上课、在"商海"中跋涉的老师在全系通报批评；另一方面推出了他的改革方案：

针对教学一线师资紧缺、而行政后勤又冗员遍布的现状，郑主任决定，首先从行政上开刀。

系里的每个行政领导干部，不能只当一个革命家，还应该成为教育家。每人必须至少上一门公共课。如果不能带课，那么，按系里规定给他的课时，扣除课时费，将这些钱拨给担任这门课的老师——郑主任的目的旨在督促干部钻研业务。

岂料，方案一公布，旋即在传播系掀起了轩然大波，鲍副书记等人联名给校领导上书，说郑主任此举，目的是想削弱党的领导，为资产阶级自由化在学校猖獗大开绿灯。

郑主任改革的第二个步骤是裁撤冗员，定岗定编。

经过周密的调查研究，他给后勤各科室都规定了人数，并按工作量的大小定出了各自奖金的数目，苦、累、脏、差的活儿，奖金高；而闲适、轻松的活，奖金相应则低。

譬如，资料室原先6人，现在定为3人，系办公室原先4人，现在定为2人。在岗的人数少了，奖金相应提高。

那么，裁下来的人怎么安置呢？系里办了个打字誊印社，让他们在里面干。

下岗人员只保留基本工资，若想提高收入，那就必须努力干。

那么，谁上岗谁下岗呢？后勤部门又乱了营。下岗，不光是收入减少，面子上也过不去。于是，哭的、闹的、要横的、以死相威胁的，搞得郑主任难以招架。

鲍副书记趁机组织了有30余人参加的请愿团找校长交涉，强烈要求校长施加压力让郑主任收回成命。并扬言，如果校长不管，他们将找教委。

与此同时，郑主任家也开了锅。5位年轻后勤职工成了郑主任家的编外成员，往昔，郑主任家6个人吃饭，现在变成了11个人；夜里，郑主任家的沙发上也多了两个不速之客。

更让郑主任挠头的是，接二连三收到恐吓信："你如果敲掉我的饭碗，我就敲掉你的脑袋。"家里的电话也半夜三更发起了"疟疾"——"丁零零零零"响个不停……

校长、党委书记都来劝他：你的出发点是好的，但改革不是一蹴而就的，得慢慢来。为了传播系的稳定，你还是收回成命为好。

内外交困，郑主任愤然辞职。

程肖庄教授继任系主任，他的"潮流派"风格得到了酣畅淋漓的发挥。

他在就职仪式上指出，传播系今后的办学方针是走与市场相结合的道路，无论是教还是学，都必须以市场经济为中心。

他满怀激情地向师生们发出倡议：要做市场经济大潮中的弄潮儿，而不是旁观者。

他还提出了具体的奖惩措施：无论老师还是学生，谁能为传播系创收，都可拿到不低于创收额30%的回扣。

传播系办起的第一个公司是"大众信息咨询公司"。总经理由程主任亲自担任。

往昔通知政治学习的告示牌，变成了广告牌，上面用红色油漆写了一则广告：

欲使企业长盛不衰

欲使财富滚滚而来

请进本公司

市场经济新形势下，企业大量需要的是与"人、财、物、产、供、销、内贸、外贸"密切相关的咨询服务。

本公司于此，独擅胜场。本公司职员，95％以上都具有高级职称。

本公司服务的项目，不求大而空，多属微观的"短、平、快"，具体微观到某种产品价格如何优化定位，某企业营销策略如何制订，某个项目引进外资的立项申请可行性报告如何撰写，等等。

本公司提供的"个案服务"堪称"实惠""解渴"。据统计，在本公司咨询，投入1元的成本，可为企业赢利593元。无论企业大小，本公司一视同仁。若在本公司多次咨询，价格方面还可优惠。

本公司热忱欢迎您的惠顾！

继"大众信息咨询公司"之后，传播系又出现了"通达实业有限公司""九洲广告公司""少儿智力开发公司""同大工艺品出口公司"。系办公室门口，一下子多出了五块牌子。

这种学校办公司的举动，还引起了新闻传播媒介的极大关注，先后有十几家新闻单位作了报道。

其中一家大报还配发了评论员文章，说这是向传统观念的一次有力挑战，是知识分子走出封闭的象牙塔，迈向社会，寻找与社会契合点的一次尝试，值得大力提倡。

舆论，将校园的"下海"经商潮推向了巅峰，无论老师还是学生，言必称"下海"。连解承祚也在湖边和嘉华园的交界处，摆了个小吃摊档，早晚卖起了馄饨、油条、大饼。

说起解承祚摆小摊卖油条，那可真是一次脱胎换骨的经历。

上次出书，他先后借了四千多元。本指望书卖掉后还款。可谁知，学术专著问津者寥寥，只卖出去了六分之一。就这些，还是托朋靠友用面子蹭出去的。

书是再也不敢出了，可账还得还。尤其是承雪琦她二姨借给的一千多元。二姨早就下了岗，去年查出患有黄疸肝炎，两个月前开始出现浮肿。

她原本是来找承雪琦借钱住院的。当得知解承祚正为出书犯难，便毫不迟疑地把手头的钱悉数给了承雪琦："出书要紧，我这是老毛病了，再拖几个月没问题。"不由分说，丢下钱就走……

现在，二姨危在旦夕！

解承祚躺在床上不吃不喝，仿佛大病了一场……几天后，他下了床，决定与妻子一起"下海"。

每天一大早，他就和妻子把摊档支在了路口。晚上，宿舍楼锁门，他才收摊。

解甜、解圆放学后要来帮忙，他坚决不让，并且不允许孩子再卖饮料。他对两个孩子说："爸爸是没办法了。情况不会总是这样，我把希望寄托在你们身上……"

季岩冰、邱锐、窦争三个人晚饭后散步时，正好撞上了他们的大师兄。

那是个雨后初晴的黄昏，三个人沿环湖大道信步走着。

春雨将道旁一排排雪松、云杉染得青翠欲滴，雨后的空气格外清新。道旁的树下摆了一长溜的小吃摊档，摊主正在招揽来往的行人。

在一家摊档前，三个人不觉站住了。他们发现了一个熟悉的身影——解承祚。只见他白衣白帽，正从油锅里往外夹油条。依然是那张书卷气十足的脸，然而，他为之忙碌的不是书山学海……

可能是眼镜蒙上了蒸汽，解承祚没有看清他们。三个人想赶紧走开，恰在这时，解承祚抬起了头。他刚想招揽，一看是他们，愣住了，脸上的表情很尴尬。

彼此尴尬地愣了一会儿，解承祚强做出洒脱的样子，开了口："诸位师弟，快来坐，快来坐。尝尝师兄的手艺。"

三个人只好走了过去。

承雪琦见是他们，忙着要摆碗筷。三个人赶忙谢绝，说已吃过晚饭，只是坐一会儿。

坐在那里，彼此又不知道说什么好。解承祚搓了搓面手，自我解嘲道："'却将万字平戎策，换得东家种树书。'我……"他说不下去了。

这时，有人要买油条，解承祚忙去张罗。三个人便趁机推说有事，赶紧走了。

学生中间的商品意识也空前浓烈起来，"商派"的队伍扩大了，毓秀园还出现了跳蚤市场。

毓秀园是汀大的文化娱乐中心，文科诸系都麇集在这里。

跳蚤市场就出现在毓秀园宿舍楼之间的空地上。每到星期天，练摊的学生（当然也有老师），就会在这儿摆开阵势：有卖旧衣服的，有处理旧书的，有卖生日贺卡的，有转让吉他、电器、自行车的。有人把家乡的特产也拿了来，如信阳的毛尖茶叶、吉林的长白参、宜昌的三峡石、洛阳的唐三彩，甚至芜湖的黑糯米在这儿都能看到。

一到周六，很多同学就开始做准备了：有外出组织货源的，有翻箱倒柜搜寻旧物的，也有走楼串舍收购的……

有的人早早地就用石灰圈好了位置。各种各样的帮佣者随之出现：有帮人看摊的，也有替别人占位的……五舍门前那块空地是黄金地段，专门有学生占好了位置出卖，一个平方五毛钱。若能占上十个平方，至少，今天的三顿饭有了着落。

不过，要能占十个平方，也还真不容易。星期天，宿舍楼大门还没开，有的人就早早地守在门口，一俟大门打开，就如出膛的炮弹，"嗖"地射向那块"黄金地"。

于是，星期天逛跳蚤市场，成了汀大校园的新时尚。

除了跳蚤市场，汀大的另一时尚是玩股票。

每天中午十二点钟左右，不管你走到哪座宿舍楼，收音机播放的不再是"吉祥鸟"流行音乐，而是"迪桑金融股市信息"。

《股票交易大全》《你想发财吗》《炒股100天》《炒股与百万富翁》《杨百万是怎样成名的》等"股科"专著摆上了许多同学的案头。

同学们口中动辄是"做空""解套""冲账轧平""拆息""爬椠""抢帽子""停板"等股市行话。聚在一起时，男女秘事也谈得少了。"'电子真空'又上涨了七个百分点,快灌吧。"或是:"'华商'又下跌了十个百分点, 不摊就来不及了。"各个俨然都是行家里手。

当今校园，最牛的是"股派"了。

大家不仅在谈，许多人动起了真格的。窦争算是其中之一。

本学期以来，大家明显地感到窦争变了。首先，他和外语系的严锦璐不再往来。

严锦璐找了窦争几次，窦争都不搭理她。一次，在路上，她拦住了窦争，娇嗔地说:"别吃醋嘛! 你还可以做'预备役'。"

窦争什么也没说，上前结结实实给了严锦璐一记耳光。

学习上，他比以前明显用功了。他开始创作小说，写了《情人住在十九楼》《浴缸里的女尸》两个短篇。

前者讲的是一个刚走出校门的女大学生爱上了单位一名男士，这名男士的年龄足可以做她的父亲，两人由相互爱慕发展到非正常的程度。

不过，随着时间的推移，她渐渐良心发现，对自己破坏他人家庭的行为，感到可耻。于是，在一次幽会的路上，她展开了激烈的思想斗争，最后，她终于折了回去……

后者讲的是一个怀着淘金梦南下深圳的女青年，轻信使她失了身。身无分文、举目无亲的处境，最终使她沦为以卖笑为业的吧女。她不顾一切地报复所有的男人……但她的良知尚未泯灭，报复之后，她又深感内疚。

小说通过吧女接完客后躺在浴缸里的心理活动，揭示了她复杂的内心世界。

虽然两篇小说的格调都不是很高，但表现手法却颇有可取之处。

除了写小说，他还走访了汀州几家医院，写出了一篇问题性的调查报告《婚后性之乐》。

他在查阅医院的病历时得知，一半以上的中国人，在性心理方面都存在轻重不同的变态。通过系统的调查，他将这种变态心理分为几个类型，并挨个儿剖析了其成因。

文章投给了南方一家月刊，竟被采用了。

最能体现窦争变化的，还在于他对文妤的牵念。基本上每星期都给文妤写一封信。他还为文妤买了一双汀州十分流行的坡跟皮鞋。

欧阳偶然老师死后，在市委、市政府的干预下，文津中学搬回了原址。但是文妤转成正式教师的事儿一直没有着落。学校曾找了市人事局，人事局说现在都在精简机构，没有指标。

对含辛茹苦把他养大的母亲，他也空前地孝顺起来。

一次闲聊中，他听人讲，离汀州一百多里地的齐云山山巅出产一种竹节，经白酒浸泡后，对治疗关节炎有奇效。

他乘车到了齐云山。在山脚下，他没能买到，便跋涉了二十里山路，进入深山老林，从分散的一户户山民家中一点一点购买。

买这些东西，钱从哪里来？文妤和母亲知道他的难处，信中总是嘱他别再买，省下钱来自己补贴一下生活。可他每次信中都像大富豪似的夸耀自己手头如何富余。

其实，本学期他的手头非常拮据。自从汀州师大那名"枪手"走火后，杨泽君一直没找过他。和严锦璐断交，等于最后的一个客源也断了。

　　家庭教师也没能再干下去。自从上学期末发现田川和严锦璐的私情后，他就不准备再干了。可想想母亲的病和妹妹的学费，他咬咬牙又上了田家。

　　可就在本学期第一次上课时，他不小心踩了那只"宝贝"狗的尾巴。小家伙转过身来，不客气地在他的脚踝上狠狠咬了一口。血立刻渗透了袜子。

　　他一怒之下，抬脚朝狗踢去，那只天天以狗食罐头、鱼、肉为生的宝贝，便像皮球一样弹了出去，砸在了那只孔雀木雕上，木雕"嘡"的一声倒了。

　　女主人闻声冲了出来，看了看围着自己脚嗷嗷尖叫的宝贝，又看了看那只横卧着的"孔雀"，杏眼圆睁："你撒什么野！"

　　"它咬了我。"

　　女主人这才注意到窦争流血的脚。她竟视若无睹，先走过去心疼地扶起了"孔雀"，上上下下、左左右右、仔仔细细地审视了半天。显然，没摔坏。

　　她又转身抱起了狗，轻轻地抚摸着，嘴里喃喃地安慰着，直到狗不再叫了，她才把它放下，冷冷地对窦争说："它咬了你，我们赔。踢伤了狗，你赔得起吗？"

　　长久以来积聚的愤怒再也抑制不住了，窦争朝那条围着主人撒欢的狗身上又是狠狠一脚，狗尖叫着飞向了墙。

　　他抱起膀子斜睨着她："我倒要看看这条狗到底值多少钱！"

　　女主人气得浑身哆嗦："你……"她用那只戴着三个钻戒的胖手点着窦争，什么也说不出来。

　　"听！这狗叫得多么动听。"他继续火上浇油。

"你……你流氓。"女主人终于从牙缝中挤出了几个字。

"可惜你不够漂亮。"窦争脸上挂着冷嘲的笑。

女主人仿佛也被踢了一脚，脸色苍白，几乎要倒下去。

窦争扬长而去……

没了这份外快，窦争要孝敬母亲就更困难了。他不仅戒了烟酒，而且伙食上尽量节约。然而，一个月70块助学金，即使一天三顿咸菜，又能剩下几个子儿！

这时，校办银行开始代办濠渤湾股票，招聘推销员，每推出一股，给一毛钱的报酬。窦争去应聘了。

他在各个宿舍楼、食堂门口贴出了广告：

> 脚下遍地是黄金 看你寻不寻

他还深入家属区上门兜售。几个星期下来，他卖出了6600股，一下子赚了660元。

他用260元给母亲买了一只磁化电疗仪，剩下的钱，他全买了"耐克达"股票。

他成了业余股民。他要挑起家庭生活的重担。床头的那些女明星照片不见了，换上了他亲笔抄录的《阅读股市行情要诀》：

> 了解股票放首先，升跌增减随后面。

> 股"市盈率"最重要，股价指数非等闲。

他订了份《华夏证券报》，每一期都逐字逐句阅读几遍，仔细咀嚼。

他开始经常出入股票交易所。起初，他总是背着本系的同学，生怕谁告到郑老师那里，可不久他发现，邱锐也在里面。邱锐开始见到他也是躲躲闪闪的。久了，两人见面点头一笑，心照不宣。

过了一星期，他原先以 5.0 元一股买进的"耐克达"涨到了 5.5 元一股。他马上抛售，一下子赚了 40 元。他欣喜若狂。

尝到了甜头，他准备长期作战，花 80 元买了架望远镜——由于人太多，很难挤到电子屏幕前，用它，老远就可看到屏幕上价格的涨跌。很多股民都有这玩意儿。

过了不久，他根据《华夏证券报》的指示，以每股 4.5 元的价格买了 100 股"泰德"。果不其然，过了两天，"泰德"涨到了 4.8 元。窦争没有急于抛，他在耐心地等待。

"泰德"在 4.8 元这个线上逗留了几天，又慢悠悠地开始上涨。等涨到 5.2 元时，窦争准备抛。

可《华夏证券报》在分析一大通股市走势后，指出：近日股市继续呈"牛市"，窦争打消了抛的念头，等着更加辉煌时刻的到来。

然而，"熊市"不期而至：5.0、4.8、4.5，窦争想抛，可又心存幻想，等待着"反弹"。岂料股市继续狂跌，3.8、3.2、2.8……很快跌到了 2.1 元。

过了一个月，股市始终没能反弹，窦争叫苦不迭。《华夏证券报》还在连篇累牍地嚷着"牛市""牛市"……

窦争赔了 240 元。而邱锐赔得就更惨了。他以每股 10 元的价格买了 100 股"蓝菱"，现在每股狂跌到了 3 元，他已经赔了 700 元。

除了窦争和邱锐，传播系还有几个同学在玩股票。封瞻的大哥在濠渤湾工作，他设法搞了 1 万股本单位的股票让弟弟在汀大推销。封瞻以每股比校办银行经销的同种股票低 2 角的价格向系里的同学兜售。同学们趋之若鹜，有写信向家里要钱的，有向同学借的。三天时间，封瞻便销售一空。

他马上打电话，让大哥再设法搞一万股，又是门庭若市。有些外系的同学怕购不到，还托传播系的熟人到封瞻处说情。

大家的发财梦做了不到一个星期，新华社的一则电讯，让大家的美梦变成了一枕黄粱。

这则电讯说：由于各地一窝蜂地发行股票，使中国的股票市场几乎成为世界上风险最大的股市之一。如果不从宏观上及时作出调整和控制，势必违背国家搞股份制的初衷，而且一定会给经济改革和国民经济良性循环带来更大的负面冲击。

鉴于这种情况，国家有关部门特此做出决定：未经国家批准而擅自发行的股票，一律收回。

濠渤湾股票正好属于此列。

大家很是扫兴。最惨的要算封瞻了，钱他早已汇给了大哥，现在，大哥只好又把钱寄了回来。这样一来，仅汇款的费用他就花了四百多元……

对于学生"下海"，学校里莫衷一是，赞同者有之，反对者有之。

赞同者认为：市场经济带来了人们社会观念、生活方式、思维方式、价值取向等等的变化。学生要想适应这个社会，就不能将自己仅仅局限于校园内。

要知道，校园内外的世界有很大的不同。要了解社会的复杂，不是光看两本书，或是唱着"外面的世界很精彩，外面的世界很无奈"便可以了解到的。

要知道梨子的滋味，就必须亲口尝。"下海"可与形形色色的人打交道，可遇见各种各样的事，更能了解社会这个万花筒，能缩短大学生在毕业后由校园到社会这一过渡过程。

同时，它也是新一代知识分子对自身价值、地位和作用的重新反省，是观念上的革新、认识上的质变。

学生力图谋取经济上的独立，也在谋取人格上的独立。一个人没有经济上的独立，他就不是一个完整的人，也就难以全面履行他的义务，担负他的责任。

学生们"下海"的有偿报酬，得到社会的承认，这将扭转知识贬值、知识分子贬值的不正常的社会现象，对脑体倒挂及知识分子心理的失衡也将起到缓冲作用，乃至今后从根本上改变这种状况。

自己主宰自己，自己把握自己，总比坐吃山空、不劳而获、得过且过、浑浑噩噩要强得多，要好得多。

反对者则认为：人生是条长路，学生时期正是这条路的准备阶段。今天的准备，正是为了明天的发展。

国家拨出专门经费，社会上四处开绿灯，还有家庭的特别照顾，为的是什么？不正是为了给学子们在这个浪潮激荡的社会上辟出一张相对安静的书桌，让学子们能够集中精力，专心学习更多的知识吗？

如果只是让学生能够赚钱谋生的话，那么，根本就没有开办学校的必要了。

所以，"下海"的做法无异于舍本逐末，只能使知识运用的较长周期被金钱运用的效率所掩盖，使长远的全局利益被眼前的好处所蒙蔽。

再说，人生有几个四年？偏要在这段宝贵的时期做些倒卖袜子、衬衫、明信片之类的小生意，美其名曰"体验"，你又能从几次小打小闹中体验到什么呢？

一棵大树，将来可以做梁做柱做基，边角材料还可以加以利用，物尽其材，但一棵砍倒的树苗能做什么呢？只怕一张板凳也做不了。

21世纪的中国需要的是各种建设人才，而不是清一色的商人。

如果离开宏观调控，抛掉教育的规律性，让教育也受价格杠杆的支配，人才领域的危机就会爆发，其后果将不堪设想。

……

两种意见，孰是孰非？一时尚难见分晓。

不过，有一点是肯定的，学校空前热闹起来了：你在阅览室写论文，一窗之隔的那边却在声嘶力竭地唱卡拉OK；原来树荫下的石凳上可以安坐看书，现在边上支起了台球桌。

有人哀叹："校园放不下一张平静的课桌了！"

第三十一章

榆叶梅、连翘还没吐尽芬芳，樱花开了。

今年的樱花绽开，似乎是一眨眼的工夫。

早上，季岩冰路过毓樱大道时，那铁锈红色的花蕾还咬着牙闭着嘴，不愿将自己的容颜向人们展露些许。

先是中午下了一阵小雨，雨停了，阳光灿烂，及至晚上，邱锐、季岩冰、窦争再到毓樱大道时，凭空已铺上一层雪白的云朵。

毓樱大道上，联袂而行的游人，拧成了"绳"。从此刻开始，一直到四月中旬，这条"绳"将绵延不断。

樱花缘汀大而闻名，汀大因樱花而增色。

汀大的樱花，是正宗的日本种。抗战时期，汀大是日寇华中驻屯军司令部总医院所在地，为慰士兵思乡之苦，司令官下令从日本奈良空运来了樱花树苗。从此，汀大便成了樱花的世界。毓樱大道右侧的樱花，相传是由司令官及其高级僚属种植的。

几十年的风风雨雨，日军幻想的"大东亚共荣圈"早已踪迹全无，唯有满园的樱花却随着年轮的增加，越开越盛。

"毓樱节"是汀大最隆重的一个节日。

在长达一个月的节日期间，诗礼簪缨之地，市廛之声盈耳，如织的游人，引来了摊贩，给学校带来了收益。

非汀大人员进校，须买门票。一张门票虽只有一块钱，集腋成裘，就是一笔不小的收入。

各个系呢，也趁机摆开了战场：生物系开放了标本室，化学系卖起了氢气球，中文系干起了导游，传播系搞起了摄影……

许多有经济头脑的学生，趁机小捞一票：有卖学校风光明信片的，有卖饮料食品的，有卖汀大纪念徽章的，还有的把樱花过塑，卖起了颇具特色的书签……

就在樱花开得最闹的时候，传播系的研究生们为了入党一事，也闹成了一锅粥。

系总支决定，在毕业班发展一名党员。

入党，本已是一个非常敏感的问题，何况这次入党，还与分配挂上了钩：人民日报社来函，要系里推荐一名研究生，除品学兼优之外，必须是党员。

《人民日报》是国家第一报，有好几年没向传播系要人了。这可是个难得的好机会。若在毕业之前入了党，那么进人民日报社就有了一线希望。

毕业班八个学生中，除马宿草之外，其他七人均非党员。马宿草虽是党员，但学习成绩却不如这七人。七人中若谁入了党，竞争力自然比马宿草强。

七个人，一个名额，竞争异常激烈。

七个人都写了入党申请书，但其他五个人都是一副听天由命状，只有青骓和邱锐摆出了志在必得的架势。

鲍副书记自然成为第一个要拿下的对象了。两人频繁地找鲍书记汇报思想，十天半月就是一份书面材料。

学生党支部书记马宿草，组织委员封瞻，也成了香饽饽。

这些天，邱锐小卖部去得很勤，隔三岔五拎上瓶啤酒、几包花生米踅进马宿草住的 407 室。

封瞻平时很少来校，邱锐买了十斤脐橙专程到江对岸他的府上拜访。

青雅虽然不可能展开烟酒攻势，但她也有高招：自己买线为马宿草和封瞻各织了件开司米毛背心。

自从那次评优秀研究生事件之后，邱锐和马宿草的关系一直很紧张。邱锐明白，单凭几瓶啤酒和几包花生米欲抚平裂痕是很困难的。他得付出更大的努力！

努力的方向呢？

一味揪住马宿草不放，可能也会把马宿草摆平，但是，这会导致其他几名总支成员的嫉恨。再说，太露骨，一般同学也瞧不上眼。须知，群众评议在入党时也起很重要的作用。

最后，邱锐来了个"暗度陈仓"，他把主意打在马宿草新近正在追的、据说已很有眉目的女朋友身上。

马宿草这位新女友，叫单晓华，是数学系 91 级的本科生。

当然，接近单晓华得把握好分寸，若让马宿草产生妒意，反倒弄巧成拙。

听说马宿草对女朋友的"呵护"到了无以复加的地步。不准她和其他男生进行打牌、打球之类的活动，不准她和其他男生单独交谈超过三分钟。跳舞之类的活动就更不允许参加了。

邱锐有个女老乡同单晓华住同一宿舍，平素邱锐和这位老乡来往不多，现在开始穿梭交往了。

他通过老乡间接请单晓华小撮几顿，并在她过生日时，装作不期而至地送上了一副羽毛球拍——马宿草是通过打羽毛球和单晓华攀谈上的。

邱锐在单晓华身上的努力结出了预期的硕果。先是单晓华在马宿草面前大夸邱锐，继而马宿草脸上的笑也不再打折扣了。

邱锐的任何努力对青骓来说都是一种威胁。她不能功亏一篑，审时度势后，她得出了结论：对总支成员，除了全面笼络外，还得重点培养。如果大家都不说你坏话，却又都不愿得罪众人为你一人说好话，那也很被动。所以得发展这么一个人，关键时能为自己鼎力说话。

她最后选择了92级研究生中那个最丑的女孩。

她的男朋友被同宿舍的人挖走后，情绪一直很低沉。青骓瞅准时机，一连为她介绍了四个男朋友。

一向任何好处都不愿放过的邱锐，现在空前大度起来。

为配合三月份的学雷锋日，系研究生会开展了一项"我想有个家"活动——评选卫生宿舍。第一名，从研究生活动经费中拿出三十元钱予以奖励。评委由研究生会全体成员组成。

最后，409室以绝对优势夺冠。然而，邱锐却说奖金应由第二名405室获得：405室前有一棵大树遮挡，光线暗了点，评选因而吃亏。

既然得主如此慷慨，大家也乐得做个顺水人情。只是窦争骂开了娘，怨自己白白干了几个下午，光阳台就冲洗了三遍。

愚人节发生的一件事，使邱锐和青骓的竞争达到了高潮。

学子们的节日多，一年四季逢节便过。不管它洋的土的大的小的官的民的，只要是个有来历的日子，都找出来过它一番。

而大学里，各方人才云集，自然不必担心有哪个本该成为节日的日子会遗漏过去。

学子们过节一般不看重内容与形式的统一，换句话说，这节日只是一种借口、一种由头，学子们照例是按照自己的方式去享受和宣泄。譬如中秋佳节，学生不一定去赏月思亲。同样，清明无须祭祖，圣诞节也就不用做弥撒默祷仁慈的主了。

若说名副其实过的节，以学子们特有的聪颖和睿智，过得别有情趣的，要算愚人节了。

这是一个不折不扣的舶来品，在西方的4月1日，人们都要相互善意地欺骗一下，被骗者叫作"fool"。做了"fool"，不但不愤怒，反而感到快乐。

这是一个充满幽默与智慧的节日，中国的寻常百姓一般不大理会，在大学校园里却很风行。

每年4月1日，校园里就出现各种各样的海报："港台影星刘德华来汀大和学生联欢""校食堂免费供餐""某女生宿舍征招异性朋友……"说得活灵活现，以致大批真诚者上当受骗。

不过，年头多了也便有了经验，凡是落款为"4月1日"的海报一概不信。于是，学子们又为如何提高上当率而努力探索和尝试。

今年的4月1日，当校园里人们自觉地绷紧神经的时候，传播系男女生宿舍楼前均出现这样一则正儿八经的公告：

公　告

愚人节期间虚假广告的盛行，已经严重地干扰了学校正常的学习和生活秩序。为了刹住这股歪风，传播系党总支特此规定：凡本系学生一律不准张贴此类广告，违反者将予以处分。积极要求进步的同学，至少须在全校范围内撕下五张虚假广告，于 4 月 1 日下午 5：30，送交系党总支办公室。

传播系党总支
4 月 1 日

公告前围了不少人："传播系党总支也管得太宽了。""是啊，真缺乏幽默感，像这种小事也来个行政命令！""谁要真去撕广告，那真是想入党想疯了。""我要碰见谁撕，非骂他一顿不可。"

尽管如此，还真的有人撕了广告送往系总支办公室，而且不止一人。

五点半正是下班时间，手拿一摞破烂不堪的纸片走在办公大楼里，还真有些难为情。邱锐正躲躲闪闪往六楼总支办公室走，在楼梯拐角处与青骓碰了个正着。青骓手里也是厚厚一摞。看看彼此手里的东西，都有些脸红。

当他们把纸片呈于鲍副书记面前时，鲍副书记一脸困惑。两个人这才知道被愚弄了。

说明原委，鲍副书记竟很激动："你们俩的这个举动说明，你们对党的感情是很真挚的，是听党的话的，是同党保持高度一致的。我很赞赏！"鲍副书记做了个坚定的手势，"不过，是谁贴了这张告示，我们却要清查。竟和党总支开玩笑，有没有一点组织纪律性？"

这次撕广告，青骓占了上风，她撕了八张，比邱锐多了两张。

季岩冰、玥儿4月1日这天，也实实在在当了一回"fool"。

吃晚饭时，刘启宇走进了409室。只有季岩冰一人在房间。

"今晚鲲鹏广场英语角有个活动，不知你有没有兴趣参加？"刘启宇一本正经地说。

所谓英语角，是汀大的英语爱好者自发集会的场所。每周三晚上，这些操着English的中国学生，聚集在鲲鹏广场，用English交流思想、感情，以及身边发生的故事。这是提高英语会话能力的好机会。

季岩冰、窦争、刘启宇、玥儿、白曦都是这儿的常客。平时寡言少语的白曦还是这儿的头目之一。

当然，有的人来到这儿，并不纯粹是为了提高外语水平，正如跳舞之于舞客并非全是为了锻炼身体一样，不少人把这儿当作猎艳的场所。以往，窦争就存有这种念头。

他的英语水平一般，不过为了应付场面，他也开动机器，琢磨了不少词句。

"Miss, How nice to see you! You are a very prctty and clever girl！"（小姐，见到你很高兴！你是一个既漂亮又聪明的姑娘。）

"My name is Douzheng. I'm a postgraduate of mass communication department. I want to make friends with you very much."（我叫窦争，是大众传播系的研究生。我很想和你交个朋友。）

这些是初次见面用的，到了一定程度，他还有词："Miss, Miss, come please, open your mouth, Let me kiss."（小姐小姐，请过来，张开芳唇，让我亲吻。）只是这套词始终没有在英语角上得到施展，为此，他颇觉遗憾。

"今天的活动非同寻常,因为是愚人节,所以活动围绕节日开展,大家每人讲一个发生在愚人节的、最可笑的故事,最后,选出最佳故事讲述者,发给奖品。留学生会的 Smith 小姐告诉我,有不少外国留学生今晚也要参加,这可是学习外语的大好机会啊!"

"你可别骗人。"因为是愚人节,季岩冰不免叮了一句。

"信不信由你。"刘启宇脸上显出好心得不到好报时所出现的那种神情。他转身走了。

对,反正今晚也没事。要是换了别人讲这件事,还真不敢相信。季岩冰决定去。

然而,他所信赖的人今晚却不折不扣地骗了他。常常有这种情况,人们一旦形成某种心理定式,就会按这种定式去审视周围的一切,却忽略了偶尔出现的奇特反常现象。

季岩冰上当了。谁知玥儿也受了骗。吃过晚饭,刘启宇把对季岩冰说的话原样向玥儿做了转述。

"别骗我,谁不知道今天是愚人节?"

"我骗你干吗?真是玥儿咬启宇,不识好人心。"

"嗬!启宇什么时候也学会变着法儿骂人了?你不如说启宇咬洞宾,不识好人心。岂不更押韵!"玥儿把他的话修改后又扔了回来。

"玥儿,你想想,我什么时候骗过你?"

玥儿一想,刘启宇还真的从没骗过自己,就说:"好咧,我随后就到。"

当玥儿赶到鲲鹏广场时,只有季岩冰傻乎乎地站在那儿东张西望。

空旷的广场上,只有他们两人。彼此看看,都有些不好意思。

也都明白了刘启宇的用意……

从去年圣诞接到那封信开始，玥儿的心绪一直是波浪起伏。

虽然他对她展开了强烈的攻势，可她始终在心里把他和季岩冰比较，虽然他也是一个很能干的小伙子，但他寸利必夺，任何机会都不愿放过的行为却又让她从内心深处感到不安：一个把个人利益看得高于一切的人，会为他人着想吗？会为他人献出一切吗？而季岩冰却不一样，从容恬淡，但又不乏真挚和热情……

上学期期末的一天，晚自习结束后，邱锐约她散步。

邱锐感慨地说，自己在感情方面饱受挫折，插队时曾结识了一个女孩，但她后来爱上了村支书，并且和他那个了……自己的心一直在滴血，长期以来他把感情严严地封存。只是上了研究生后，他爱上了系里的一个女孩，心中那块坚冰慢慢开始消融……

说到这儿，邱锐停住了话头，他盼着玥儿问他那个女孩是谁。

玥儿知道他的心思。她低着头没吭声。

"唉，还是人家季岩冰有福气呀！有个美若天仙的女孩深深爱着他。"

"什么？"玥儿心里一震。

"季岩冰的女朋友叫芦苇，是他原来的同学。你看季岩冰平时很少和女孩来往，因为他也深深爱着她。"

玥儿的心像被谁捣碎了一般。

第二天，她又找了窦争证实……

实际上，邱锐对芦苇的情况一无所知，他也是同窦争一样，翻了季岩冰的书和抽屉才推测出来的。

玥儿寒假一直处在痛苦之中。开学后，她仍提不起精神。

谁知前天窦争主动找了她，说季岩冰几年前就和芦苇分了手。他还将他知道的有关季岩冰和芦苇的一切，原原本本告诉了玥儿。

末了，他对玥儿说："不过要融化季岩冰心中的坚冰不容易，他爱她爱得很深。"他又意味深长地对玥儿说："精诚所至，金石为开。"

玥儿羞红了脸，但她心中的阴霾一扫而空，她兴奋地对窦争说："谢谢你。"

今天，刘启宇把她骗到这儿，该不会是刘启宇和季岩冰串通好的吧？她好高兴！不觉动情地看了一下季岩冰，见季岩冰正在欣赏鲲鹏雕像下那一树开得正闹的樱花。

把人家邀出来，却又不吭声，你葫芦里到底卖的什么药？难道这种事还得女孩子先开口吗？

总不能傻站着吧，无奈，她发出了邀请："散散步好吗？"

"噢！好的。"玥儿的邀请打断了季岩冰赏樱的雅趣。

两人从鲲鹏广场北面拾级而上。时值仲春，校园简直成了花的世界，鲲鹏广场四周全是樱花，粉白的花朵将广场的外侧围成一个硕大的白环，紧挨花环的内缘是一圈海棠，那红色的花朵又圈起一道红环，再往里是丁香，南丁香、洋丁香、小叶丁香、毛叶丁香……汀大的丁香品种有五十多个，从花瓣上分，有宽瓣的，卷瓣的，还有重瓣的稀有品种白佛手和紫重楼。丁香又织出一道紫色的花环。

上了鲲鹏广场，就到了毓樱大道，此时樱花在毓秀园宿舍窗口泻出的灯光的映衬下，与白天比，别有一番韵味，树干全隐在了黑暗中，唯有灯光中的那片雪白，仿佛是飘在空中的雪花突然凝固了一般。

　　路基下是一排高大的银杏树，银杏树往下是块漫坡地，由梨树、海棠分割成一个个小方块，雪白的梨花与海棠花争奇斗艳，"一树梨花压海棠"，究竟谁胜谁负得由游人评判。梨花、海棠织成的方块中，种着整齐的箭兰。丁香花、箭兰发出的浓郁芳香，随暖风在空中弥漫，把整个夜空都熏醉了。

　　季岩冰和玥儿一边散步，一边浏览着黄昏中如画的校园风光。不觉两个人跨过兰樱径来到凝碧潭边，绕潭是一排红碧桃，红碧桃后面又是一排枇杷，如伞似盖的枇杷冠将整个天空全遮住了，一轮半月悬挂空中，月光透过树叶洒在地上，织出斑驳图影。与黄昏喧闹的校园相比，这儿显得很安静。

　　两个人默默地走在潭边的小径上，都被这醉人的春色深深陶醉，谁都不愿把这安谧的气氛打破。

　　因小径太窄，两人挨得很近，一朵桃花轻扬着挂在了玥儿的发梢，他想帮她拂去，这一情景让他忽然想到了什么，久居在心头的那一切又涌了上来……

　　玥儿边走边想着怎样才能跳到问题的实质上来，看来自己如果不主动点儿，今天这难得的机会有可能会错过。她从侧面端详着季岩冰，寻找着开口的契机。

　　季岩冰脸上表情的变化，自然没有逃过玥儿的眼睛。见他神游八荒，玥儿打趣道："怎么了，是不是'梦魂惯得无拘检，又踏杨花过谢桥'了？"

　　季岩冰的思绪被拉回到现实中来："你头上落了朵花瓣。"

　　"在哪儿呢？你帮我拿掉呀！"

　　季岩冰轻轻拈起花瓣："'花戴满头归，游蜂花上飞。'只可惜此时没了游蜂。"口气中颇有些惆怅。

"山月不知心里事，水风空落眼前花。"玥儿看着季岩冰手中的花瓣，决计向问题实质处靠一靠。

玥儿话中的寓意，季岩冰心里很清楚。长期以来，玥儿对他怀有的那种情愫，他也不是浑然不觉，但是他心中的圣地已被另外一个女孩占据了，虽然他已永远不可能得到她，但是那块圣地只能为她而留。

玥儿是个很不错的女孩！从心里说，他真想有这样一个聪颖的妹妹。但若是其他的……他却不能接受。一个人刻骨铭心的爱只有一次，也只能有一次。

他指了指水面上低低掠过的燕子，故意把话岔开："'去年燕子天涯，今年燕子谁家？'张炎《清平乐》后面两句是什么来着？"

"三月休听夜雨，如今不是催花。"

"是啊！'三月休听夜雨，如今不是催花。'"季岩冰加重语气把词儿又重复了一遍。

玥儿心里咯噔一下：再有三个多月就毕业了，还"不是催花"，那么何时才是催花？等到催花时节，恐怕"花谢春将老"了，玥儿十分恼他。

两人都不再说话，慢慢地过了映鸿桥。

"季岩冰，现在有人向我求爱，只是快毕业了，我不知该不该谈。你给参谋参谋。"玥儿决计做最后一击，她在瞅着季岩冰表情的变化。

季岩冰心头一震，虽然他对玥儿没有非分之想，但一听到爱慕自己的姑娘将要和他人谈恋爱，心里仍不免酸酸的。不过，他马上赶走了这股酸意，既然自己是玥儿的好朋友，那么朋友得到了幸福，自己理应高兴才对。于是，他笑着说：

"这可是件好事啊！实际上只要你喜欢对方，管他何时毕业呢！即使将来天各一方，只要两人相爱，又害怕什么？'上邪！我欲与君相知，长命无绝衰。山无棱，江水为竭，冬雷震震，夏雨雪，天地合，乃敢与君绝。'你看，古人尚有这种豪迈气概，何况我们玥儿一个 90 年代的青年？别畏首畏尾的，妹妹你大胆地往前走，往前走，莫回头……"季岩冰想把问题说得轻松点儿。

"别说了，我听你的……"玥儿冷冷地打断了季岩冰，语气含着深深的哀怨……

季岩冰万万没料到，他的这番话，差点儿要了这个姑娘的命。

今年的愚人节，真正因愚人广告而得益者，应该算钱亮和窦争。确切地说，应该算钱亮的女朋友晏樱，钱亮和窦争都是为她奔忙。

窦争吃过晚饭到邮局给文好发信，回到宿舍见钱亮正坐在他的床上。

钱亮一见他就叫了起来："你小子让我好找啊，钻哪儿去了？"

"怎么？有什么事？看你猴急猴急的。"

原来，钱亮下午经过嘉华园入口处的广告牌时，饶有兴致地浏览了一番愚人广告，忽然，其中的一张吸引了他。这是一张卖车广告：

大减价！！！

本人——中英文化交流中心驻汀大代表拉比先生，因任期届满，拟近日回国。手头现有一辆十速跑车欲转让。

此车买回不满两个月，性能优良，尤其适合汀大多坡之地形。有购买者，请马上联系。价格面议。

地址：专家楼 303 室

或拨电话：827634-476-303

如蒙惠顾，感激不尽。

你忠诚的拉比

跑车？钱亮来了兴趣。因为晏樱对同舍的王辉有辆跑车，羡慕已久。

该不会是谁在捉弄人吧？不过，试一下也无妨。他拨通了电话。

"喂，您好，我是拉比先生。"对方操着一口熟练的中国话，但从语调仍可听出外国味来。

钱亮一问卖车广告的事儿，对方马上说：

"是的。是我贴的。先生如果要的话，我一定优惠。"

于是，钱亮便登了门。

这是辆九成新的车子。钱亮问卖多少钱，拉比先生说他买的时候是 940 元，现在打算卖 700 元。

"700 元？太贵了！如果 500 元，我买了。"钱亮和拉比先生砍起了价。

拉比先生连连摆手："不不不，不能低于 600 元。"

600 元也合算，钱亮应承了下来。

拉比先生让钱亮今晚八点把钱送过去，一手交钱，一手交货。

钱亮回去后，心里却犯开了合计：拉比既然马上要回国，那么，车子他必定急于脱手，不可能待价而沽。因此，只要耐心砍价，车价一定还会往下降。老外一个月工资是中国人的几十倍，决不能便宜了他。他想好了一个计策，专等窦争回来一块儿去实施。

听钱亮讲完，窦争很高兴，和老外做生意还是头一遭。

　　他俩以一包烟为代价，从修车师傅那里借了一套油渍麻花的工作服。窦争往身上一套，虽然短了点，但靠夜色掩护，勉强还能唬人。只是他那油光锃亮、梳理整齐的头发，以及书卷气十足的脸，却让人一眼即可看出破绽。

　　他俩又设法从门卫林师傅那儿借了顶鸭舌帽。窦争一看帽壳，却怎么也不愿意戴——里面厚厚的一层油垢。直到钱亮再三说好话，并许诺事成后以一包红金龙相赠时，窦争才在帽壳里垫了几层纸，嘟嘟囔囔地扣在了头上："回来非洗掉四两油不可。"

　　他们按预定时间来到了专家楼，拉比先生如约等在客厅。

　　"拉比先生，据您说，车子性能良好。我特意请了位修车的师傅来鉴定一番。中国有句俗话，叫作'当面鼓，背后锣'。也就是说，当面把问题搞清楚，免得以后再扯皮。我这样做，您不介意吧？"

　　"不介意，不介意。"看来拉比先生对钱亮的"慎重"态度还很赞赏。

　　窦争拿出早已准备好的钳子、扳手，煞有介事地这儿敲敲，那儿扳扳，并撬起内胎看了又看，一边看一边摇头。

　　"怎么了？"拉比先生有些紧张。

　　窦争没答话，做出更专心的样子，他又摇了一下脚镫，把耳朵贴近链盒，头摇得更厉害了。

　　"怎么？有毛病吗？"拉比先生更紧张了。

　　窦争这才拿起块破布揩了揩手，慢悠悠地说："您的车子没修过吧？"

　　"是的，我只骑过几次。"

　　"这就对了。因此，您不了解这辆车子的真实情况。表面上看，很新，很漂亮，是辆好车。但实际上呢？并非如此。简直可以说：糟糕透了。"

拉比先生目瞪口呆。

窦争俯身用扳手撬起内胎，指了指说："您瞧，内胎明显龟裂老化。而且龟裂已达二度。二度您明白吗？就是说，已到了要破的边缘。"

他又摇了摇脚镫说："您听，里面吱吱啦啦响，说明飞轮处已有钢珠碎裂，还不止一颗。总而言之，这辆车是货真价实的假冒伪劣产品。"

拉比先生简直不敢相信自己的耳朵，愣了半天，什么话也说不出来。

窦争仿佛动了恻隐之心，很宽宏地对拉比先生说："实际上，这事儿也怪不得您。我搭眼一看，也差点给蒙了。幸亏我做了仔细检查，又有十几年的修车经验。"

这番体己话显然使拉比先生感动了，他嗫嚅着说："我……我不知道……真的……"

"没关系，没关系，不知道者不为过。"钱亮也趁机做出大度状。末了，他问："那么，这车子的价格？"

拉比先生用询问的目光看着窦争——他不敢再报价了。

"打实里说，这辆车子二百五十元都不值。不过，这位老师不远万里来支援中国人民的教育事业，其精神，难能可贵！"说到这里，他把脸转向了钱亮："你呢，是不是也发扬点儿风格，多加三十块如何？"

"好说，好说。"钱亮满口应承。

拉比先生只有听从的份儿了，接钱时竟有些感动。

钱亮推着车和窦争边走边大声谈笑着。"Magnificent！（太棒了！）"两人都为今晚的精彩表演陶醉了——打败了英国鬼子，大长了民族志气。

"站住！站住！"忽然，后面传来了喊话声。

两人借着月光一瞧——妈呀！拉比先生正气喘吁吁地追过来。

"快走！洋鬼子醒过神来了，肯定要反悔。"窦争催促钱亮。

两人匆匆加快了脚步。

"Stop！Stop！"可能是着急的缘故，拉比先生那口熟练的中国话不用了。

由于跑车没有后座，不能带人，拉比先生又人高步大，不一会儿还是追了上来。

躲是躲不掉了。干脆以进为退：

"What are you doing？（你要干什么？）"一急，"修车师傅"窦争竟操起了英语。

拉比先生已经上气不接下气。他吃力地扬了扬手里的东西。

噢！原来是两支内胎。看来拉比先生觉得车子卖亏了，又不好反悔，想从这两支备用胎上捞回一票。

"How much？（多少钱？）"钱亮问。

"They are free.（不要钱。）"拉比先生双肩一耸，手一摊，把车胎递了过来……

第三十二章

"愚人节"的第二天中午，窦争一跨进宿舍门就冲邱锐嚷嚷开了："季岩冰在吗？"

"是不是在路上捡了块金砖？看那高兴样儿！"邱锐正趴在桌上写信，看窦争进来，赶紧把信收了起来。

季岩冰在隔壁房间同钱亮一起推敲他最近写的一篇述评《教育忧思录》。季岩冰和钱亮是一对文友。谁写出了新的作品，总要请对方挑挑毛病。

窦争来到407室，季岩冰和钱亮正为一处措辞在争论。窦争不管不顾地冲季岩冰肩上就是一掌："别争了！我有事对你说。"

"什么事？"季岩冰的思绪还在那篇文章里。

"有芦苇的消息了。"

"什么？"季岩冰噌地站了起来，手里的文章也掉在地上。

"什么六位七位的？"钱亮和刘启宇不解。

窦争也不解释，拉上季岩冰就往外走。他把季岩冰拉上楼顶平台，从口袋中掏出一封信递给季岩冰："你自己看。"

季岩冰一看信封，是临江古溇镇寄来的。不用说是文好写的。

他正要抽出信，窦争又一把夺了过来，狡黠地一笑："先让我检查一下有没有'少儿不宜'。我刚看了个头，看到有芦苇的消息，没往下看就匆匆跑来找你。"

"快点！快点！！"季岩冰催促道，"也不就是'亲爱的争'什么的，有啥不能让人看的。"

窦争还是把第一张塞进了口袋。

窦争和季岩冰一起看起信来：

……

进财哥，你看这世界小不小？刚才我向你提到的那个气质高雅的女人，你猜是谁？竟是你向我说过的芦苇姐。

她和她先生朝我父亲的遗像三鞠躬之后，忽然，她愣住了，触电般看着桌上那张上次我到汀大和你们几个的合影。

她指着岩冰哥急切地问道："这个人你认识？"

我告诉她是你的同学，叫季岩冰。

她的先生也走了过来，看了看照片，又看了看芦苇姐。

芦苇姐颓然地坐到了椅子上，半天没说话，我看她是极力克制着什么。她的先生赶紧给她倒了杯水。

据我的观察，她的先生对她非常体贴，他们俩非常恩爱。

在我家的两天，我们谁都没再提这个事。他们三人的感情纠葛你向我讲过。

进财哥，你说这种关系怎么处理才能更好？似乎怎么处理都会有遗憾。正像苏轼感慨的那样：此事古难全！

第三天，从爸爸的坟上回来的路上，芦苇姐问了我一句："他好吗？"看来她是实在忍不住了。

她的先生，我应该叫他姐夫，听了芦苇姐的问话，主动放慢了步子，和我们拉开了一段距离。

我便把我对岩冰哥的印象，他送我的过程以及你向我讲的许多许多都说给了她。

芦苇姐认真地听着，不时问上一句。她问得很仔细，譬如，岩冰哥的胳膊怎么样了，是不是还经常发低烧，甚至连岩冰哥的饮食起居都问到了。

对了，她还问岩冰哥结没结婚。

我告诉了她岩冰哥现在的状况。她叹了口气，低声说："再过两个月零八天他就整整三十一岁了。"

我安慰她，说现在班上有个女孩好像对岩冰哥有点儿意思。她连忙问姑娘的情况。我又把你对我说的有关玥儿的一切告诉了她。

她低着头再没说话。

我问她：这些年你和岩冰哥再没联系过？

她说，她毕业后上了研究生，是北大和美国哈佛大学合招的。在北大上了一年就转到哈佛去了。在美国念完了硕士，又攻读了博士、博士后。在美国一待就是七年。其间，她一直想同岩冰哥联系，又怕岩冰哥心中有她的影子，而影响了与别人的交往。她一直按捺着自己。她想让岩冰哥把她彻底忘掉。

回国后，她和姐夫都在北京一家世界知名的计算机公司工作。她现在是副总裁。一次出差，她曾到北方日报社看过岩冰哥。听报社的人讲，岩冰哥因写批评报道，遭到某领导的打击报复，他一气之下辞了职，连档案也带走了。

谁也不知他的去向。

他们走的那天，姐夫对芦苇姐说："你应该到汀大去看看他。这儿离汀大不远。"

芦苇姐看了看姐夫，最后还是摇了摇头。

不知怎么回事，看着他们，我心里特别难受……岩冰哥确实是个出类拔萃的男子汉，可姐夫也非常出众。短暂的接触，他给我留下了非常好的印象：他很精干，待人诚恳，胸襟也豁达。

芦苇姐跟他确实是天造地设的一对。可芦苇姐和岩冰哥呢，不是也极其般配吗？

感情的事儿，谁也说不明白。爱，有时候真是一种伤害！你说是吗？

芦苇姐这次来，是奉芦伯伯之托，专程来祭奠爸爸的。

芦苇姐还向我讲了爸爸两次救芦伯伯的过程。芦伯伯原先叫芦以诺，建国后改名芦开平。我想他可能是借用了张载的名句"为万世开太平"中的两个字。芦苇姐说，1947年冬，芦伯伯在南京组织高校的师生举行"反饥饿、反迫害、反内战"大游行，被叛徒告了密，遭到反动军警的追捕。在转移时，他腹部中了一枪，伤势非常严重。这时，国统区到处都在通缉他。要想安全到达解放区，困难重重。

芦伯伯躲在江宁一个交通员家里。因为不敢到医院诊治，他的伤口已经感染化脓了，生命危在旦夕。地下党组织非常着急。

这时芦伯伯想到了爸爸，便设法让人给爸爸捎了个信。

爸爸很快就到了江宁。

他向爷爷要了一部军车，说是要拉一批教学设备，把芦伯伯安全地拉到了家里。

他从临江的教会医院里请来名医为芦伯伯治伤，把芦伯伯从死亡线上拉了回来。

芦伯伯刚来时，吃饭、穿衣、大小便均不能自理。为了不走漏风声，这一切都由爸爸妈妈亲自照料。那时候，妈妈刚生下姐姐欧阳文婕不久。

一直到芦伯伯伤势痊愈，爸爸才送他走。

爸爸亲自驾着外公送给妈妈的游艇把芦伯伯送到了江北。

芦伯伯让爸爸和他一起到解放区，说蒋家王朝马上就要灭亡了。

爸爸说，他也早看出来了：像这样腐败的政权不灭亡，天理不容！但他撇不下弱妻幼女。他说，无论共产党也好，国民党也罢，他要的就是一个可以安心办学的环境。此生，他没有其他奢望，只是想让更多的人能受到教育。

芦伯伯慷慨激昂地告诉他，我们共产党人奋斗的目的，就是要让普天下的劳苦大众都过上幸福的日子，每个人都丰衣足食，每个孩子都有受教育的机会。他说在共产党领导下的新中国，教育将会得到足够的重视，知识分子的地位也会有很大的提高。中国将会有一流的国民素质，令世人惊羡。

爸爸激动地说，他就盼着这一天了。

临别时，爸爸送给芦伯伯两千块大洋，说这是支持你们的事业的。愿你们早日成功。

芦伯伯说胜利后，他一定会来看爸爸妈妈的。

但是直到爸爸死他们都没能再见上一面……

芦伯伯传教士养子的身份，使他始终处在斗争的旋涡中不能自拔。"文革"中还是爸爸又一次帮了他——

"文革"中，芦伯伯的对立面硬说芦伯伯1947年"学运"中变节投敌。他们抱着很大的希望来到古渫找爸爸写旁证材料。

他们串通张奎三威胁利诱，使尽了手段，爸爸硬是不就范。坚持说芦伯伯在美国期间就笃信共产主义。1947年"学运"负伤后，不仅没有变节投敌，还劝说他投奔解放区。

为了这几句始终不变的证词，爸爸右腿被打断，肋骨也被打断了三根。

这一切，爸爸始终没对我们讲过。我们有个多么值得骄傲的爸爸啊！

……

芦苇姐说，芦伯伯听郑掖伯伯讲了爸爸去世的消息后，一晚上没睡觉，心脏病又犯了。他说他早就应该来看看爸爸，前几年政务缠身脱不开身，现在退了，却又疾病缠身。芦伯伯有严重的心脏病、高血压。一年有多半年得住在医院。

他还没脱离危险期，就让芦苇姐马上来古渫。

他让芦苇姐带来了一笔钱，让我无论如何收下。他说再多的钱也报答不了爸爸对他的救命之恩。

钱我准备这样用：分成三份，一份给妈妈治病，一份寄给小妹，另一份寄给你。

进财哥，你再也别当"枪手"了，那钱来路不正，一想到这件事，我就睡不着觉。爸爸生前常念叨："清清白白做人，踏踏实实做事。"你别让妹妹替你担心了，好吗？

你也别再去炒股了。爸爸临终前对咱们说的话你忘了吗："一定要踏踏实实做学问。知识不会永远贬值的。"

我有个决定，没和你商量，主要是怕你为我担心。我准备南下打工了。赚了钱，供你把书念完。

"不行。这怎么行？我得回去制止她。"窦争急赤白脸地说。他没心思看信了。

季岩冰劝他看完再说。

你知道，当代课老师这点钱太少了。在临江咱们没路子，找个其他工作又不容易。

再就是，爸爸死后，张奎三总是来纠缠我。一次，我已睡下了，他又来敲门。我不开，他就踹。我把凳子、桌子全搬了来顶门，仍顶不住。

边上的邻居可能都听见了，却没人敢来劝。镇上的人都怕他。

眼看门就要被踹开，我心一横，拿了把剪刀走到门口，把剪刀对住心窝说，今天你要是进来，我就死在你面前。他看我要来真的，骂骂咧咧地走了。

我所以到南方打工，也是为了摆脱他的纠缠。

进财哥，我实在不明白：在这个世界上为什么坏人总是得逞？良善总是被欺？

像爸爸、妈妈，多么善良的人啊，一辈子过的是什么日子？

我第一次见爸爸哭，也是张奎三引起的。那是 1975 年，到处都在反击"右倾翻案风"，爸爸也被通知去开会。他怕我在磨房里害怕，把我也带了去。

当时主持会议的人迟迟没到，其他群众就对爸爸说："你来念报纸吧。你不还是博士吗？"

爸爸刚拿起报纸要念，张奎三进来了。他抬脚就朝爸爸坐的小板凳踢去，嘴里骂骂咧咧地说："你有什么资格念报纸？狗都不如的东西！"

凳子飞走了，爸爸一屁股坐在地上。

张奎三上前朝爸爸肚子上又是两脚。爸爸抽搐着瘫在地上。

那天晚上回去，爸爸先哄我睡了。半夜我听到啜泣声，爬起来一看，爸爸跪在外屋的地上，揪着自己的头发，边哭边说："我欧阳偶然一生都干了些什么呢？我有辱斯文，愧对师友啊！不是为了这个女儿，我真不应该活在这个世上。"

那一幕，刀刻斧凿般地刻在我的心上。

我到了南方，你尽管放心，什么时候我都不会做对不起你的事情。宁为玉碎，不为瓦全。这个道理我懂。

我也不会告诉你我的确切地址。我生怕你一担心找了去，会误了学业。你把学习搞好，就是对我最大的安慰。

进财哥，当你接到这封信时，我已南下了。

……

"文好，你急死我了！"窦争在楼顶上走过来走过去。

第三十三章

按照系里的教学计划，从四月份开始，三年级研究生将外出实习，时间两个月。

实习，也是为未来找工作打基础。

朱巍实习到了华夏经济报社。他上学期末就提前去了。

邱锐到了解放日报社，他还帮玥儿联系到了上海东方电视台。

玥儿和邱锐出发时，刘启宇又拉上季岩冰前去相送。玥儿说什么也不让送。

季岩冰把她的心伤透了。

系里把马宿草和季岩冰推荐到人民日报社实习。季岩冰把名额让了出来，他说他自己解决。

文好来信后，窦争吃不下睡不着，嘴上也起了泡。他为文好担心，可又没办法。文好到底去了南方哪里，谁也不清楚。

季岩冰也为文好捏着一把汗。他被文好的举动深深感动了。他劝窦争别急，等文好寄来钱后，从邮戳上可知道大致方位。知道方位后，自己再联系实习单位。他想利用实习的机会，帮窦争把文好劝回来。

季岩冰让出了名额，青雅便同马宿草一起到了人民日报社。

四月五日，实习的同学陆陆续续离了校。

华夏教育报社政教部主任姓金，长着一张和善的娃娃脸，见人三分笑。钱亮就在他的手下实习。

金主任只有高中文凭，又只有三十来岁，却能在这家全国性的大报中站得住脚，功夫一定非同一般。

不过，搞校对的小蒋，私下里告诉钱亮，校金主任的稿子简直是场灾难。看来，他是另有高招了。

时间久了，钱亮也看出些道道：金主任握有许多制胜法宝。

法宝之一，是他对上决不奉承。钱亮看到了一则实例。一次，部里聚餐，报社总编应邀参加。总编是个矮胖的老头，酒过三巡之后，老头额头生津，旋即宽衣解带，部里有人会意，立马拉开了临街的窗子。

谁知，金主任一个箭步跳过去，关死了窗子，转身疾言厉色地对总编吼道："快穿上！上次的感冒忘了？"说着，不由分说，替总编披上了衣服。

总编显然很贪杯，喝起五粮液来，一仰脖"吱"的一声，全进了肚，丝毫不打嗝。总编正喝在兴头上，金主任一把夺过了杯子："别喝了！别喝了！你的胃溃疡还轻？"那眼神全是责备。

总编像个小孩似的哀求："让我再喝一杯？"

"不行！不行！绝对不行！！"金主任干脆收起了杯子。

总编受到如此苛待，竟笑得更甜了……

很快，钱亮就又悟到了金主任的法宝之二——善于用兵。像"团结大多数，孤立极少数""不战而屈人之兵"这些策略，他运用得得心应手。

部里的副主任姓陈，原是一所高校的教师，因文字功底了得，才被招聘了来。论发稿量，金、陈两位主任，简直不可同日而语。每月陈主任至少有四篇稿子上头条。而金主任呢，顶多只有两块"豆腐干"填报屁股。

不过，陈主任在报社的日子却并不因此比金主任过得惬意。

纵然陈主任办事谨慎，待人接物热情周到，然而除金主任对他热情相待外，部里的其他人都视他如寇仇。他主动和部下打招呼，大部分人只是鼻孔里"哼"一声了事。

而对金主任呢，却是恭顺有加。钱亮纳闷了。

"小张，你上次写的'希望工程'的稿子，经我多方鼎力推荐，才评上了好稿。"

"小李、小赵，你们今后上班时间打牌可得长个耳目，若不是我向总编美言几句，这个月的奖金不泡汤才怪。"

"老张你也真是的，想趁出差回家遛个弯，这事儿你跟别人说啥！偷偷告我一声，哪次我没让你走？看，走不成了吧！"——陈副主任刚被指定分管考勤。……

部将们受到如此关怀，能不紧紧团结在金主任周围？能不视陈主任如寇仇？

总编也接二连三地接到部里的密报："前天陈主任发了两篇关系稿"，"今天又拿了人家一条烟"。亏得这些事情查无实据，陈主任又有出众的业务水平抵挡，才没卷铺盖。

不过，只要陈主任在部里，金主任就难以安枕，他还须"努力"。

一次，报社收到一封群众来信，是某山区县一所中学的十几个老师联名写的，反映县里几位主要领导将外地捐献的"希望工程"款项挪用了来盖私房，要求舆论机关予以曝光。

信由总编办转到了部里。这是件棘手的采访任务，牵涉到县里的几个主要领导干部，稍有不慎，后果不堪设想。那么谁来担此重任呢？

"老陈，你是咱们部里的笔杆子。这样的重头戏，理应你唱。"金主任点了将。

陈主任衔命"出山"了。钱亮要求和他一起去。

两人设法找到了写匿名信的老师，通过一个个耐心地恳谈，打消了他们的顾虑，取得丰富、翔实的材料。他们又参观了为县太爷们盖的花园式楼房，并从侧面了解了款项的来源。一切证明，挪用"希望工程"款项之事属实。

回去后，两人写了篇通讯《五座洋房是怎样诞生的》。

这次采访，陈主任的敬业精神给了钱亮很大的教育。由于县里故意设置障碍，他们住的县委招待所不是缺水就是停电，陈主任就买来蜡烛在烛光下整理材料，后来连饭也没得吃了，两人只好靠方便面充饥。

采访中，当他口渴难忍时，陈主任反而乐呵呵地说："嗬！咱俩到上甘岭了。"

看到学生三四个人挤一张课桌、大冬天坐在冰凉的砖垛上上课时，陈主任眼里噙满了泪花；看到县太爷们围着铁栅栏的西式小楼，他的牙齿咬得咯咯响："作孽呀！这帮败类。"

稿子见报了。很快就收到了很多群众来信，赞扬文章揭露时弊，道出了人民的呼声。然而，麻烦也接踵而来了。

三个衣着考究、颐指气使的中年男子踏进了政教部，点名要找陈副主任。这三个人就是文章中点到的县委主要领导。

即使到了报社，那种土霸王的做派依然没有丝毫收敛，他们暴跳如雷地指责稿子失实，完全是捏造，声称要诉诸法律。

有一个竟然耍起了无赖，拍着桌子扬言，若报社不为他们洗刷冤屈，登报更正，他将在办公室无限期地住下去。

陈主任平静地说："如果文章失实，我们一定会承担责任，但是，希望你们通过正当渠道交涉，不要影响其他人工作。"

三人闹了整整两个小时，见没有镇住陈主任，而体力的过度消耗又使他们住下去的坚定信念开始动摇，便悻悻地准备"撤军"。

这时，金主任适时地出现了，他俨然是陈主任的盟友："是啊，有问题可以慢慢说嘛，吵什么！别影响了大家工作。"他将三个人带到了部里的会议室。

会议室是个套间，外面一大间，是部里平时开会或其他公共活动的场所，里面一小间是储藏室，笔墨纸张、扫帚、拖把等杂物堆放在里面。

因办公室人来人往，电话不断，钱亮从早上起，就钻进了储藏室赶写一篇稿件。

没有料到里间有人，一进屋，金主任对三人的态度来了个大转弯。又是请坐，又是递烟，待三人面带诧异地坐定后，金主任抽了口烟，意味深长地说："你们要求更正？"

三人摸不着头脑："是啊！"

"那么你们认为文章哪些地方失实？"

"这个……"三人支吾了半天答不上来。其中一人终于找到了理由，"我们是党的干部。他批评我们，就是批评党，就是想挑起群众对党的不满。"

金主任失望地摇了摇头："这不行，这个理由站不住脚。"沉吟了一会儿，金主任又开了口："我很同情你们。像这样的问题，报纸曝了光，你们的政治生命就完结了。"

三人可能早就意识到了这点，脸色更沉重。

"兢兢业业干到这把年纪，也很不容易啊！政治生命一完结就什么都完了。"金主任一副悲天悯人状。

三人对望了一眼，似乎找到了救星，一齐对金主任说："是啊，是啊。正是因为这样，我们才不远千里赶来。趁上级还没处理，看有没有办法补救。金主任您见多识广，能不能给指条路？"

"报纸是党和人民的喉舌。我们既要揭露时弊，又不能冤枉任何人。嗯，这样吧！为了使我们的新闻报道完全真实，你们可向总编直接反映你们的冤情。当然，不能像刚才那位同志那样上纲上线，你们只就事论事，失实就说失实，敦促总编重新派人下去调查。总编公务很忙，你们要设法引起报社的重视，具体办法……"

金主任顿住了，三人心领神会："这一点我们有经验。"

"不过，如果调查结果仍然……"一位老者插话，显然心很虚。

金主任打断了他的话："为了便于报社的调查，还请你们协助做点准备工作。比如提前和调查对象打招呼啦，'希望工程'捐款的去向啦，等等。我这儿有张调查对象的名单……"

三人眼睛一亮："我们正愁不知道是谁告发的……"

"名单报社是保密的，本来不应该……"

三人不停地点头："我们明白，我们明白，决不会给金主任带来任何麻烦。"

三人对金主任感激涕零，那个老者执着金主任的手："金主任，你是我们的恩人。待事情平息后，我们一定……"

"先别说了，你们还很忙。"金主任很宽厚。

送三人出来，金主任在后面大声说："你们应该正确地对待舆论监督……"嗓门整个楼道都能听到。

第二天大家上班时，发现报社总编室门口的墙上贴了四张大字报，标题是：

冤　枉！

写失实报道记者偏听偏信

为民申冤屈还求总编做主

昨天的那三个人就守在大字报下。

很快，报社派下了调查组。虽然几位中学老师顶住了各种压力不改初衷，但由于县领导做了手脚，暗中通过财政拨款补齐"希望工程"捐款，调查的结论是：稿件失实。

不久，陈主任被迫调离了报社……

陈主任离开报社的前一天晚上，请钱亮在报社附近的一家餐馆吃了顿饭。这是一家湘菜馆，为了钱亮能吃好，平素十分节俭的陈主任点了满满一桌菜。但钱亮怎么也吃不下去，他想说几句安慰的话，却又不知从何说起。

陈主任看出了他的心思，笑了："小钱，你是在替我难过吧？确实，离开报社，我很遗憾！不过，不管到了哪里，不管什么时候，我都不会放下新闻这支笔。新闻本是一项高尚的事业，值得为此奋斗终生。

"现在新闻界确有一种不正常的现象，只要有人肯出钱，有的记者就可以不顾事实替人张目，或者为了迎合某个领导的意图，不惜歪曲事实。新闻的本质是真实，扭曲了本质，新闻的功能也就丧失了，不仅会误导读者，也会败坏社会风气。

"每一个有良知的新闻工作者，都应自觉起来与之抗争，如果社会上多一些严格自律的记者，多一些严守新闻道德的媒介，不正之风就会敛迹。"

说到这儿，陈主任从采访包中掏出一本精致的笔记本递给钱亮："刚到报社时，我曾到中国青年报实习了一段时间，带我的老师是一位很有责任感的记者，临别时，他把自己填的一阕《塞鸿秋》赠给了我，现在我再把它转赠给你。"

钱亮打开笔记本，只见扉页上写着几行苍劲的字：

城里走，乡里走，山里走，

握茧手，握绵手，握纤手。

风也受，雨也受，气也受，

人还道：

名也有，利也有，官也有。

伐恶效狮吼，

逢善魂相就，

图一个天地无垢心无垢。

……

等到钱亮实习结束离开报社时，金主任已升任负责后勤的副总编。钱亮前去和金副总编道别。两人正在寒暄，这时从门口进来一个佝偻着腰的老者，他是前任总编，两个月前退休了。两个月不见，他已风采大减。

老者把一沓票据颤颤巍巍递过去："金总编，这是我上月看病的医疗费条子，您批一下。"

金副总编看也不看就把条子递还回去："给你说过多少遍了，你的医疗费早超标了。老同志了，也不懂得自爱！"票据纷纷扬扬落了一地。

刘启宇没有离开汀州，他的实习单位是汀州日报社。

对于记者这个职业，刘启宇曾抱有美好的幻想："无冕之王"，不向任何势力屈服，不向任何权贵低头，用自己如椽的巨笔，激浊扬清，替人民"鼓与呼"。

沙漠中的六年，抹去了他脑中许多不切实际的幻想，但却没有抹掉他拥抱生活的激情。在这块与世隔绝的小天地中，他目睹了生活中阴暗的一面，也激励了他与阴暗作斗争的决心。

他设法跨专业考取了汀大传播系的研究生，目的就是为了将来能当个不偏不倚、驱邪扶正的社会判官。

实习拉开了他的"判官"生涯的序幕。实习的前一天晚上，他激动得一宿没睡。他接受的第一项任务是采访出席汀州政协会议的知识分子代表。

那天，会议分组讨论，知识分子代表讨论的中心议题是，教育科研单位如何适应市场经济大潮。讨论的气氛非常热烈，知识分子的忧患意识使刘启宇深受感动。

一位大学校长说："如果不增加对教育的投入，如果不提高教师的待遇，即使你'尊重知识，尊重人才'的口号喊得山响，也很难避免教师队伍的涣散，中国教育出现新的断层，也在所难免。

"一旦教学科研队伍出现解体，再图恢复将是十分困难的。这将给民族的发展带来不可估量的损失，因为即将到来的二十一世纪，将是一个人才竞争的世纪，没有一个强大的人才群体，中国将难以立足于世界强国之林。"

另一位著名物理学家对教师弃教下"海"深感忧虑，大声疾呼："如果教育工作者的岗位不在教学和科研上，而是在股市或商海里，当是教育和教育者的悲哀。"他反问："在中国经济再上新台阶之时，'舰长'、'大副'们纷纷'坠海'，经济巨舰还能远行吗？"

但是，面对"海"的诱惑，单纯依靠空洞的说教，能阻止住"舰长"、"大副"们"坠海"吗？一位青年教师说："当觉悟再也经受不住商品浪潮的冲击，当责任感、敬业精神这些高尚词句终于需要票子房子这些很实际的生存因素依托时，坠'海'在所难免。"

那么，解决的出路在哪里？政协委员们一致呼吁："承认人才、知识的社会价值，创造更多的专业上的发展机会，使之尽展所长，发挥最大的能量。"

刘启宇回来后，很快写了篇会议侧记。

因为置身于正在发生变革的大学校园，他明白学校存在的问题的严重性。若以群众的关注程度以及对社会发展的作用来考虑，这篇稿子无疑具有较大的新闻价值。他很高兴，自己抓了篇好新闻！

然而，把这篇稿子交给主任时，他在课堂上所学的新闻价值的定义却不得不修正了。

主任看后说："这篇稿子不符合形势，目前，中央正提倡'下海'，唱反调怎么能用？"

"可……可老师们谈的全是实际情况。"刘启宇争辩道。

"再实际，不符合宣传口径，也不能登。"

刘启宇怔住了……

时隔不久，刘启宇奉命去采访一次新闻发布会。临行前，主任很神秘地把他叫到跟前说："小刘，这可是一趟肥差，我看你挺老实，才派你去。"说完意味深长地拍了拍刘启宇的肩膀。

"肥差？"刘启宇大惑不解。

"去吧。去了你就知道了。"

新闻发布会在汀州最豪华的五星级饭店汀州大酒店举行。

主持会议的是一个姓董的农民企业家，别人都叫他"董经理"。董经理四十多岁，身高顶多一米六，油胖的脸上镶嵌着一双小却灵活的眼睛。他说起话来，眉飞色舞，极富有表情。

他是搞绿松石开采的。他所在的乡，原本是汀州最偏僻、最贫困的乡。一次，几个地质学院的学生来此地实习，发现该地山坡上富藏绿松石矿。消息不胫而走，附近的农民纷纷上山开采。这种无组织、无规划的开采，不仅破坏了矿床，造成了资源的极大浪费，且易引起纠纷。

是这个姓董的企业家平息了"诸侯"纷争的局面，在乡政府的支持下，将个体采矿者组织了起来，成立了乡绿松石有限公司。这个只有小学二年级文化水平的企业家经营有方，在不到五年时间内，从一文不名一跃成为当地首富，资产达四千余万，仅私人轿车就有四辆。年初，光荣地当选为市政协委员。

参加新闻发布会的除汀州各新闻传媒的记者外，还有副市长、市政协副主席等。

说是新闻发布会，其实并没有发布什么新闻，董经理讲了几句诸如"欢迎各位捧场"之类的客套话后，就开始用餐。

这顿餐倒是相当够水平，每张桌上除了一瓶正宗的"人头马"外，还有两瓶国产"茅台"。

董经理挨桌敬酒："喝喝喝，哪桌把酒剩了，就是看不起我董某。"

待大家酒足饭饱之后，董经理又让秘书发给每人一个牛皮纸信封。刘启宇只当又是那种早已打印好，只待各传媒回去写上："本报讯"或"本台消息"再署上记者名字的"新闻资料"，就顺手塞进了包中。

下午稍事休息，董经理提议与会者参观他的企业。

一排小轿车早在宾馆外等候了。车子大部分是从出租汽车公司租来的，一共有三十余辆。一溜崭新的轿车，在马路上呈线形排开，远远看去，蔚为壮观。

车行了一个小时之后，开始驶上山路。昨天刚下过一场雨，田沟里仍存有大片积水，山路却平平展展。

刘启宇感慨地说："这里的公路维护得真不错。"

"董霸天连夜动用了几千民工赶修，能错得了！"一路闷声不响的司机忽然插了话。

"怎么？他很霸道？"

"上星期，我们公司的一位司机送客路过他们乡的地界，碰到了他。那天他恰巧没带车，他让司机停车，把他送往另一个地方。司机说车上的乘客还要赶路，现在没空。他就不让汽车通行，并用大哥大打了几个电话。

"不一会儿，开来了两汽车人，不容分说，将司机摁倒就打。司机被打得跪在地上连声求饶，他仍然不依。乘客也下车帮着求饶，他命人连乘客一起打了。在这个乡，他是地地道道的土皇帝，连乡长都得听他的。"

刘启宇忽然觉得直反胃，恨不得把中午吃的东西全吐出来。

"你们记者怎么替这些人吹？这不是为虎作伥嘛！"

刘启宇真后悔参加了这个发布会。

汽车在矿区煞有介事地兜了一圈之后，开始往村里开去。

到了村口，大家惊呆了：在通向村子的那条足有一公里长的土路两旁，站了两排衣衫褴褛、手执纸花的小学生。

车子一驶上土路，先是传来十九响惊天动地的铁铳声，铳声一停，又传来"噼里啪啦"的鞭炮声，小学生们也挥舞纸花，声嘶力竭地喊："欢迎！欢迎！热烈欢迎！"

车一直开到了董经理家的院子前。院门口用柏枝搭了个两丈多高的门楼，门楼两旁挂着一副写在红绸布上的对联：

靠政策光棍致富

迎嘉宾再上层楼

进入大院，是一条用黑色大理石铺成的甬道，甬道两旁的花圃里植满了各种名贵花木。甬道尽头是一个巨大的喷水池，音乐喷泉正射出道道水柱。

喷水池后，是一幢四层的楼房，占地面积足有四百平方米。楼房的四壁均贴满了马赛克，巨大的茶色玻璃门旁，蹲着两只雕工精细的石狮，红色地毯一直铺到大门口。

在那间可容纳上百人的会客厅里，桌子上早摆满了各色茶点。

董经理说，这是为了迎接各位嘉宾，特请汀州大酒店的名厨师做的。

他这样不惜巨资，究竟为了什么？刘启宇感到纳闷儿。

大家都落座后，董经理的一席话替刘启宇解开了疑团："我今天请大家来，就是为了让乡邻们看看我董贵也有今天。原先，村里人都瞧不起我，骂我是二流子。三十好几了还打光棍。现在怎么样？"

是啊，他这是在耀威乡里。

刘启宇坐不住了。他悄悄走出了客厅，来到大街上。

小学生们还站在路旁，他们是在等着欢送嘉宾。

虽然时令已是四月，但山区的天气仍然寒气袭人。看着寒风中冻得瑟瑟发抖的小学生，刘启宇心头一阵酸楚。他们中许多人只穿着一条极其单薄又破烂不堪的裤子，很多人脚上没穿袜子，一双双皲裂的小脚冻得通红。

他走到一个扎着条小辫，小脸冻得乌紫，嘴唇上起满干皮的小女孩面前，轻声问："你们在这儿站了多长时间了？"

小女孩怯生生地回答："从早上就开始了。"

"那你们吃午饭了吗？"

"没有。"

"为什么不吃？"

"老师说怕客人忽然赶来，误了欢迎。"

刘启宇正要再问下去，走过来一个教师模样的中年人，他朝孩子瞪了一眼，孩子便再也不说话了。

刘启宇问中年人："这个村这么多学生？"

"全乡各个学校都来了。"

"都住在附近吗？"

"不。有许多人是赶了几十里山路来的。"

"一天不吃饭，就是大人也受不了啊！"刘启宇心疼地说。

老师尴尬地笑了笑："老董为我乡的教育发展做了贡献。我们……嘿嘿……表示一下心意。再说，老董也不亏待孩子们。每人给五毛钱。"

刘启宇来了火："孩子们在寒风中站一天，就值五毛钱！你也算是老师！"

刘启宇说完，转身走了。走了几步，听到后面有人喊他："记者——记者——我……我……"

喊他的是刚才那个老师。刘启宇站住了。

老师朝四周看了看，然后压低嗓门说："我们也不愿孩子们来受罪啊！实在是没有办法。"

"怎么了？"

老师又朝四周看了看，这才轻声说：

"老董是我们乡的财神爷。乡财政困难，哪个学校想建校舍，都得求他赞助。谁敢得罪他？你看，上次欢迎市领导，我校的学生来迟了一会儿，老董就发火了，把原打算拨给我们建校舍的七万元削减了一半，结果房子的四壁建起来了，房顶却没钱盖……"

……

嘉宾们又美餐一顿，才在暮色中离开了企业家的别墅。

车队已经远了，后面还传来小学生们有气无力的"热烈欢送！热烈欢送！"

回到报社，已是深夜了。刘启宇心情十分沉重，这次新闻发布会该从哪个角度着手？怎样才能符合宣传口径？他的脑中一片模糊。

好吧，先将情况向主任反映一下，看他怎样定夺。

第二天一上班，主任就来到了刘启宇的办公室："小刘，昨天收获如何？""收获"两个字他咬得特重。

"收获倒是有，但不知道符合不符合宣传口径？"

"先谈收获。"

刘启宇就将事情的经过向主任汇报。主任显然无心听，不等刘启宇讲完，便打断了他的话："你是说午餐后只发了份材料？"

"是的。"

"没发别的？"主任用不相信的眼光看着他。

"没有。除了材料没有别的。材料还在我包里呢。"为了证明自己的话，刘启宇从包里取出了那个装材料的信封递给主任。

主任接过后，看了看刘启宇脸上的表情，开始拆启信封。他先从中抽出几张纸，然后朝里面看了看，用食指和中指夹出了一个红纸包。他把红纸包伸到刘启宇眼前，用质询的眼光盯着刘启宇。

"嘿！纸包？这里面也不知装了些什么？"刘启宇有些意外。

"你没拆开过？"主任的目光如刀子。

"没有啊！昨天拿到信封我就塞到了包里。"

"那你打开看看。"主任的口气很冷淡。

刘启宇打开一看：里面竟是一沓一百元面额的人民币，共计一千元。

"钱？怎么回事？"刘启宇很是吃惊。

可能是刘启宇真诚的表情，使主任消除了他想独吞的看法。主任拍了拍他的肩膀说："有偿新闻。现在都是这样。等你走上工作岗位就会明白的。"

"这钱怎么办？我马上给他寄回去。"刘启宇急了。

"这就不必了。你看小刘，是这样：这趟差，本来是邀请我去的，因为我有别的采访任务，才让给了你。按惯例，咱俩各拿一半。"说着，他点出五张塞给刘启宇，另五张塞进了自己兜中。

"主任，这钱我不能拿。"

"拿着！"主任把钱不由分说地塞进刘启宇上衣口袋，"小刘，稿子嘛，就从企业家致富后，不忘乡亲，大力扶持教育事业这个角度写。稿子下午给我，争取明天见报。"说完，主任走了。

走到门口，他停住了脚步，回头叮咛道："对了，钱的事，别声张。"

刘启宇目瞪口呆地站了很长时间。下午，他没有按时交稿。第二天，第三天，他仍没有动笔。其间主任催问了几次，他回答说还没有理清思路。第四天，主任又来催稿，并说董经理差秘书打电话催问了。限刘启宇当天下午拿出稿子。

当天下午，刘启宇倒是把稿子交上去了，主任一看题目，脸顿时拉了下来：

靠拳头　打出万贯家私

显淫威　冻馁数千学子

刘启宇不管主任脸色如何，快步离开了办公室。他来到了邮局，将五百元钱寄给了董经理，同时寄去了文章的底稿。

第二天，主任说他不适合本部门的工作，请他另谋高就。

人事部只好将他另做安排。

这次，带刘启宇的老师姓汪，是汀州日报社大名鼎鼎的头牌记者，曾多次获得省、全国的好新闻奖。混熟了，他对刘启宇敞开了心扉："当记者实际上也不难，'上班首先翻大报，找好点子下去套'就是了。教科书上不是常讲，吃透两头嘛，只要你了解了上面的报道意图，再下去按图索骥，还愁写不出文章？"

"如果上头的精神和生活的实际发生了偏差，也照套不误吗？究竟以哪头为准？是中央精神，还是生活实际呢？"

"你小子别问那么多。'跟着上面跑，管你能吃饱！跟着下面跑，出力不讨好！'你说，跟哪头跑？"

一次，刘启宇随老汪到一个叫对河村的山乡采访一位村支书。

县委组织部干部介绍情况时说，这位姓牛的支书，原是村里的个体运输户，改革初年，就承包了队里的运输船，搞起了长途运输，成了村里的首富。

但他牢记作为一名党员的责任，"个人富了不算富，集体富了才算富"。当看到村里公益事业没人管，很多群众致富无门，脱贫无路时，毅然放下年挣万元的"铁饭碗"，当起了吃力不讨好的村支书，带领群众，农、林、牧、副、渔全面发展，使这个贫穷落后村一举成为全县的首富村。

老汪说，这是篇绝好的新闻。刘启宇也很振奋。可是，找到村支书时，这位老实巴交的基层干部的讲述，却与县委组织部的介绍大相径庭。

老汪问他："是什么动机使你放下了年挣万元的铁饭碗？"

牛支书红着脸说："这几年，运输户太多，再跑下去要蚀本了，正好乡领导找了我……"

回答使刘启宇很吃惊，然而，老汪却很能沉得住气，继续启发道："你当支书，就没有为群众办点实事的念头吗？"

"说真的，我本来就不想当支书，就是现在，我也不想当支书。一年才挣几百块钱！我出去跑腾跑腾，再瞎，一年也能挣个几千。可乡领导说，如果我不听党的话，就开除我的党籍。"

看来，这位牛支书是不开窍了。

老汪岔开了话头："你让村子由穷变富，肯定花费了不少精力？"

牛支书说："其实，我当支书啊，恁啥也没干。要说村子由穷变富嘛，那是老天爷给的。

"我回来当支书的头一年，请地质队到我们村里打井，谁知在村西的坡地上一打钻，发现下面全是铝土矿。多少辈子了，村里人竟然不知道。你说，这算不算老天爷给的？

"村里人知道后，就开始偷着挖了，附近的一个铝矿加工厂急需原料，隔三岔五派人来收。有了这个聚宝盆，村里能不富吗？"

看来，采访注定是要泡汤了。

可老汪回天有术："牛支书，你讲得很实在，实际上这正体现了你高尚的品质。你想，前几届村支书为什么都没想到为群众打井呢？为什么只有你一个人想到了？这说明你心里时时装着群众，为群众着想。乡领导之所以选你当支书，正是看到了你的奉献精神。你的先进事迹，我们一定要大力弘扬，要在全社会树立一种只讲奉献不求索取的良好风气。"

老汪这通阐述，说得牛支书目瞪口呆，他可能从来也没想到，自己竟有如此高的思想境界！

文章由老汪亲自执笔写了出来。

　　舍弃年挣万元的饭碗，负起脱贫致富的纤绳

　　牛洪海当了村支书，对河村三年贫变富

文章在《汀州日报》头版头条刊出。

刘启宇感到脸上发烧。

然而，更让刘启宇脸红的，是接下来的另一次采访。

这是在汀州经济比较发达的城关乡。

在乡招待所，老汪找来了乡里的通讯员小余："现在，抛荒地现象大量存在，你们城关乡，乡镇企业比较发达，在这方面，情况如何？"

小余说："现在呀，由于各种摊派，农民负担过重，加上工农业产品之间本就存在剪刀差，农民种地积极性不高。我们这里的农民，大部分都在乡镇企业干活，有的把地租给别人种，有的干脆撂荒了。我曾做过一个统计，全乡撂荒的水田有近千亩，山坡地就更不用说了。"

"有没有宁肯蚀本，捡别人抛荒地种的典型？"老汪问道。

"哪有这样的苕货！推都推不掉，哪还有捡别人抛荒地种的！你像我们村的方老汉，自己不愿种地，硬性摊派给姑爷，谁想娶他女儿，必须给他代种两亩地……"

小余话还没说完，老汪激动地从凳子上站了起来："对，对，这就对了。典型就在你身边，你却熟视无睹！"

老汪这段话说得小余莫名其妙，刘启宇也大惑不解。

老汪见两人发愣，在屋里兜了两圈，说道："你们是不明白方老汉的内心世界啊！他不是像小余说得那样，自己不愿种地，硬推给姑爷，而是他要给姑爷以传统教育，'农民农民，地为根本'。方老汉是想让姑爷懂得土地之于农民的重要性，他是想让姑爷不要为目前的社会风气所左右，扎根土地，为国家多做贡献。噢！对了，方老汉是党员吗？"

"是的。"

老汪一拍大腿："这就更好了。小刘、小余，我给你们讲讲这件事的新闻价值。"老汪屈起了指头："这件事至少有三个方面的新闻价值：

"其一，在抛荒地大量存在的今天，方老汉不为物欲所动，不但自己种好地，还教育后代要以地为根本。这就反映了新时代农民的高尚品德，为我们树起了一座时代的丰碑。

"其二，这是个移风易俗的典型，目前，农村嫁女，大肆铺张浪费，又是冰箱，又是彩电。而方老汉呢，以地为嫁妆。把钱不是用在铺张浪费上，而是用在农业的投入上。这对端正社会风气，弘扬艰苦朴素的传统美德，很有好处。

"其三，方老汉是党员，他不忘一个党员的先锋模范带头作用，他的所作所为，对于端正党风，重塑党员形象，很有意义。

"综上所述，这篇稿件具有非同一般的新闻价值！我打保票，定能获奖。我们马上去找方老汉。"

刘启宇觉得，老汪的分析有些离谱，是在"强扭角度"。但他不好意思点穿。跟着作假，又问心有愧。他拦住了激动得满脸通红、立刻要出发的老汪："汪老师，实际上，我们就照直写农村抛荒地严重，不是也很好吗？既符合农村实际，又符合中央精神。"

"小刘，你是学新闻传播的，你该知道什么叫新闻吧，'狗咬人不是新闻，人咬狗才是新闻'。新闻讲求奇特反常，只有这样，才出新意。现在，大家都在写抛荒地问题；我们突出奇兵，反其道而行，写个爱护耕地的典型，这样就不落俗套，不同凡响。"

刘启宇本来还想说："求新也不能违背事实造假呀！"但看到老汪不容置喙的神情，终究没有说出来。

文章见报了，头版头条，一行醒目的大字标题：

比金银更贵重的嫁妆

正如汪老师所预料的那样，文章被好几家报刊转载．不久，就获得省"好新闻一等奖"。

刘启宇沾了老汪的光，也得到了一个证书，然而，他从来不愿意示人……

第三十四章

三载求学，谁不想分个好工作？

双向选择为那些没有门路而又想抵达理想境地者，竖起了一道厚厚的障壁。没有任何外力可以借助，要突破这块障壁，自然要忍受常人不能忍受的苦痛。

朱巍现在感到无比的愉悦，虽然他经受了苦痛，但竖在他面前的那道障壁，眼看就要突破了。

上学期末没放假，他就提前到了华夏经济报社。去前，他曾和部里的周主任打过招呼，想到部里第二次实习。目的自然再明确不过了，为他即将到来的分配再烧把火。

二年级上学期，他曾利用赴京查资料的机会，在部里实习过。他小心谨慎的处事态度、勤勉的工作作风，以及与世无争的处世方式，给同事们留下了深刻的印象。

一次，当他又一连拖了五间办公室后，周主任很随便地问他："小朱，将来想不想来部里工作？"

他感到意外地惊喜，说话也不连贯了："想，想，当然想！"

在此之前，他做过到华夏经济报社的梦，却始终不敢想象梦会成真。周主任的问话，使他足足激动了一个星期，工作更卖劲了。

　　从实习的第一天开始，部里五间办公室的清扫任务，他就全包了，每天他第一个到部里，拖地，倒垃圾，还从后院的锅炉房拎来一瓶瓶开水。一个房间两瓶，五个房间他得跑三趟。

　　部里分鸡蛋、分菜蔬，虽然没有他的份，但他总是自告奋勇地去拖回来，一个个送到老师们的案头。

　　部里无论年龄大小，即使和自己差不多大的，他一律尊称"老师"。无论谁指使，他都毫无怨言地去干。

　　他所做的这一切努力，并没有得到一句赞扬，仿佛这一切都该他去做。做不好，还会受到一顿训斥。

　　一次，他帮小杨去取机票，因为不熟悉路，费了好大周折才取了回来，当他气喘吁吁地把机票递给小杨时，小杨劈头盖脸就是一顿训斥，说耽误了他的时间。

　　他刚坐下来想喘一口气，老吕又进来了："小朱，到车站帮我把这张票退了。记住，最好退给等票的人。这样，可省下退票费。"

　　这是趟到上海的车。他在买票的长龙中问了好多人，都没人愿意要。有几个倒是拿起票看了看，又还给了他。疑心票是假的。

　　"我按原价卖。不多收一个子儿。"他向人们解释。

　　他越是这样解释，人们越不放心。

　　快要发车了，他只好走向退票窗口。售票员扣了十九元退票费。回去怎么交代？他咬咬牙把钱垫了出来。

　　当他把钱交给老吕时，老吕一边点钱一边说："小朱，现在卧铺票很难买，多出几十块钱都不一定搞得到。你是按原价卖的吗？"

　　他委屈得直想哭……

　　有一次，小孙从山东肥城回来，带回一箱桃，让他从楼下搬上来。这箱桃是被采访单位送给部里的，每只桃足有半斤重。

大家都聚到办公室来品尝，他坐在边上，竟没有一个人让让他，仿佛他根本不存在。

大家吃腻了，而桃还剩五六个。

"这桃怎么办呢？"小孙问。

"有小孩的，每人带一个。"周主任说。

"小朱，把地打扫一下。"直到这时，人们好像才发现朱巍的存在。

别人都回家了。他饿着肚子吃力地拖着拖把。是啊，自己目前是等外公民！刚拖了一半，水压不够，水龙头不出水了。他只好从十三楼下到底层去涮拖把。

谁知第二天上班，周主任黑着脸说："怎么拖的地？"

而今，周主任开了"金口"，能不让他惊喜吗？

他比以往来得更早，走得更迟。他在心里想："就是经受再大的屈辱，只要能进来，我就没有白吃苦，我就能和你们平起平坐了。"

华夏经济报社，是传播系人人都梦寐以求的单位，我有此造化吗？该不会是周主任信口说说的吧？

不久，他从老李口中得知，周主任绝非信口开河。

那次，朱巍老家所在的县里举办山楂节，部里的老李应邀参加。他知道那里是朱巍的老家，便带朱巍一同前往。

县政府对应邀前来的记者十分殷勤。回归故里，又是代表华夏经济报社而来，朱巍感到无限荣光，很有点衣锦还乡的感觉。只是在交换名片、或是介绍身份时，他才回到现实的土地上，产生了深深的自卑感，他没有名片，只是个实习生。

山楂节结束的前一天，县政府设宴招待记者。县委宣传部长和朱巍同桌。这是个酒量大得惊人的干瘦老头。按照酒宴开始前县委书记的话，他负有让外界了解全县的重大责任。

席间，老李对部长说："我们小朱就是你们县的人。"

部长好像突然间发现了珍宝似的精神一振："噢！是吗？这可是我们县的骄傲！朱老弟——容我倚老卖老了，你怎么不早说呢？家里有什么事需要我们办吗？"

朱巍识趣地说道："没有，没有。"

"能不能给张名片？"

朱巍脸红了，只好实说："我是实习生……"

部长掩饰不住地露出了失望。

老李赶紧说："我们部里已和人事处打了招呼，因为小朱实习表现突出，部里想把他留下来。"

部长脸上重新现出了先前的殷勤，给他夹菜的频率加快了不少。

朱巍只当是老李替他解围，他很感激。晚上休息前，他往浴缸里放满水，摆好拖鞋后，来请老李："李老师，您洗澡。"

"小朱，你先洗，你先洗。"老李在整理材料。

"您洗过我再洗。"朱巍站在一旁坚持说。

老李放下了材料："小朱，今后别这样客气了，我们马上就是同事了。"

"李老师，真的部里有那样的打算？"朱巍壮着胆子问。

"是啊。大家都反映你比较老实、听话，周主任就说，那就打个报告，把他留下来算了。前几天我和周主任说出差的事，见他正在写报告呢！"

见老李一本正经,朱巍知道八成是真的。那天晚上,他做了个梦,梦见自己回到村里采访,县委宣传部长和乡长陪着,村长、支书以及村里的其他头面人物都迎在村口,人人脸上挂着谄媚的笑,自己的父母亲也站在人丛中,父亲的罗锅腰似乎挺直了不少……

梦境第二天就变成真的了。按议程安排,第二天是自由活动。宣传部长亲自上门找他:"你想不想回家看看?恕我没有征求你的同意,我已和你们乡里领导打过招呼了,说你要回去,让他们准备准备。你看,我是这样想的,平素我们照顾不周,这次回去家里有什么困难,你可以和他们说说。"

"这……合适吗?"朱巍有点受宠若惊。

"走吧,小老弟,你这是衣锦还乡啊!我陪你一起回。"部长执起了他的手。

桑塔纳在县城通往乡里的简易公路上颠簸。正值晚秋,山坡上,山楂树上那一串串成熟的果实,宛若一串串玛瑙;柿子树上那红通通的柿子,则如跃上枝头的红灯笼;山喜鹊不时地在枝头飞来飞去……这一切,都像是在欢迎他这荣归故里的游子。

他无心观赏秋色,也无心回答部长"你结婚了吗?""家里都有什么人?"诸如此类的关爱,他的思绪早回到了村里……

他的父亲除了背驼之外,耳朵还有点聋,人称朱聋子,是农村那种无权无势、老实巴交的农民的典型,活脱脱路遥笔下的高玉德。

他从来与世无争——当然也不敢争,循规蹈矩,唯唯诺诺。村里人都没把他放在眼里,碰到谁家婚丧嫁娶,他从来没有被请上过台面,顶多打个杂——譬如躲在灶间洗个碗筷之类的。

现在他的儿子要回来了,县委宣传部长亲自陪同,乘着被村里人称为"两头尖屁股冒烟"的那种小轿车。

看今后谁还敢再欺负他……

轿车先开到乡政府。书记、乡长早在恭候了。随后一切都如他所料，乡长、书记陪他到了村里。

村里人羡慕、巴结的目光让他陶醉。然而，父亲却没有如他梦境中所想象的那样把罗锅腰挺直些。相反，在这些大人物面前吓得有些失态。宣传部长给他递了支红塔山，他哆哆嗦嗦不敢接。直到儿子发话，才颤巍巍地双手接过。

由于手抖得太厉害，烟掉到了地上的积水里，他慌慌张张弯腰捡了起来，竟要往嘴里放。被朱巍喝止住了——他感到丢人！

午饭是乡里准备的。乡里的主要干部全来作陪，他和父亲被请到了上座。父亲还是那个猥琐样儿，不敢瞧人．目光呆滞，手足无措，形同木雕。

村长、支书也来了，被安排在下首。

支书在村里可是个大人物，脚一跺，全村抖三抖。记得小时候，他和伙伴到地里偷了几穗玉米，被支书逮住了，一个大耳光扇得他眼冒金星，半天爬不起来。

现在支书和他说话，嘴唇竟有些哆嗦。

乡长说话了："朱老叔，今后家里有什么困难尽管说，我们一定会设法解决。如果说，因为家里的事拖了朱记者的后腿，那我们都有责任呢！"——实际上，乡长比父亲小不了几岁。

"乡长你放心，朱聋子……啊，不、不、不，老朱家有什么事，不用他张嘴，我们都会办好的。"村支书赶紧表态。

"朱记者，现在你家里有什么困难吗？只管说。"乡党委书记也不愿放过机会。

还没等他说话，村长先开了腔："你妹妹今年高中毕业在家闲着，不如让乡里给安排个工作。"

"乡里的几家企业，随她挑。"乡党委书记说。

"这样吧，朱老弟妹妹的事儿我包了。安排她到县红旗注塑机厂，这是县里效益最好的一家企业。先干临时工，随后我给她办转正。朱老弟，你看如何？"宣传部长说。

没想到还没进报社，就受到如此关照……

虽然说周主任打了报告，但在报告没批下来以前，不能掉以轻心。进华夏经济报社不仅是自己命运的转折点，也是合家命运的转折点。若进不了华夏经济报社，得到的这一切，顷刻间就会土崩瓦解。

朱巍深深明白这一点。

他须再去加把火——再忍受几个月苦痛，权当被罚苦役。

欲使火烧得旺，少不了感情投资。买贵重一点的礼物，非财力所能达到。思忖半天，他决定还是带些土特产。汀州有什么特产呢？最后他选定了北方没有的粉藕。

只是带到北京却要费些周折——若让粉藕保鲜，藕体须带河泥，根须不能碰折。他特意买了个大塑料桶，把藕轻轻置于其中。为了加重礼品的分量，他又买了两盒麻糖。

周主任推辞了一会儿，最后还是收下了礼物，只是第二天当朱巍帮周主任倒垃圾时，在垃圾篓中发现了麻糖，盒子上沾了浓痰和残茶。他有些心疼，趁人不注意，拂掉盒上的脏物，把麻糖揣进了怀里。

实习，让他最难解决的是住宿问题。系里只给五百元实习费，交给报社三十元，又买了礼物，已没剩几个子儿了。

旅馆是住不起了，熟人那儿蹭一晚上、两晚上可以。不能长期住下去，他只好睡在办公桌上。去时，他把那件绿军大衣也带了去，权当被子用。好在办公室有暖气。

洗衣服又给他出了个难题，往哪儿晾呢？晾在办公室一宿很难干。如果第二天人们上班，见办公室飘起了万国旗，会作何感想？在桌子上睡，已遭办公室人反感。那位女同志当着他的面把桌子抹了足有十几遍，气咻咻地说："全是臭脚气味儿！"

虽是冬天，但也不能几个星期不换衣服吧？他还得晾在办公室，只是上班之前，无论干不干，他全得收起来。

采访任务，全是别人不愿干的"边角料"。好不容易他逮住了一次机会，东南沿海光缆开通，某部门邀周主任前去采访。周主任另有任务，就让朱巍去了。

采访中，他发现，围绕修通光缆，发生了许多可歌可泣的故事。他一头扎下去，采集了大量活生生的事例，就在返回的列车上，一气呵成了长达五千字的通讯《光耀大东南》。

他被自己的文采、激情、谋篇布局深深感动了——这是他平生写得最得意的一篇文章。

他焦急地等着文章被采用。

终于出来了，可一看署名，他脑子"嗡"地一响，不是他，而是一个陌生人的名字。他纳闷了，拿着报纸忐忑不安地找到了周主任："这篇文章的署名？""噢！是我改的。这是我的哥们儿，正要评职称。"周主任说得轻描淡写……

部里的委屈他得忍受，连街上的北京人也歧视、欺负他这个外地人。他那身不合时宜的穿着和浓重的家乡口音，时不时遭来白眼。

一次他乘地铁，不小心踩了边上一个红衣女子的脚，他马上道歉："对不起。"

可对方得理不饶人："没长眼？没长眼别上北京！"

这两句话引起了边上七嘴八舌的议论："如今地铁越来越挤，全是外地人给闹的。您瞧，都是大包小包的，真够气人的。非得这时候和我们上班的挤，他们不会八点以后再转悠吗？"

"可不，傻×似的，没点儿。"

"八点以后地铁也没空过，他们干吗来了，真讨厌。"

"听说小刘她姐因为挤地铁把怀的孩子挤掉了。"

"我都不敢穿好衣服，您瞧外地人那个脏，破棉花套子蹭得你什么好衣服都完了。"

"外地人太多了，逛商场都逛不好。他们干吗老往别人待的地方跑呢？"

"可不，这些外地人真碍事儿。原来我们都是坐地铁在崇文门倒车，乘无轨电车到王府井，可现在崇文区那儿密密麻麻的都是外地人，简直挤疯了。我们只好到台基厂倒车，真别扭。"

"要是有那么一天，能清理清理这些外地人有多好啊！"

……

对话还在继续，朱巍什么都不愿听了，他真想大声骂：我操你妈！好像你们是人，外地人就不是人了。你们吃的穿的是谁供的？你们北京的哪些建设设施离开过外地人？是外地人养活了你们，你们反倒翘尾巴。

他心里诅咒着北京人，却又盼着挤进北京人的行列……

春节到了，他没有回家。记者们都沉醉在节日的气氛中，他倒可以多揽些采访任务了。

除夕之夜，大家都回去过年了，除了值班的，就剩下他。孤寂倒不可怕，可饭店全关了门，晚饭该怎样解决？

他从宣武门西大街逛到西单，再从西单沿长安街逛到王府井，竟没有找到一家小吃店。

平素熙熙攘攘的长安街，而今沉寂了，宽阔的马路空旷、凄凉。街两旁的大楼上，彩灯一明一灭闪着光斑，似乎是为他沉重的步履打着节拍。他像一只丧家的野狗，孤独、无助。

天安门广场西侧竖着一块巨大的标牌："北京欢迎您！"

到底欢迎哪个？他站在标牌下发愣。肚子没食，风一吹，周身寒彻。

无论如何得找个打尖的地方！噢，对了，学校一般在除夕夜，会为不回家的同学免费准备一餐饭，何不冒充学生到学校去碰碰运气呢？

他乘车赶到了北大，不巧，食堂刚刚关门。他又迅速赶往清华，又吃了闭门羹。

那么还有哪些地方可以找到吃的？听人说火车站也会为候车的旅客备一餐饭。

他来到北京站，也早过了点。

他不死心，又到盲流收容站碰运气。讲明情况，工作人员很同情，可在锅里捞了半天，只捞上来三只水饺，其中有两只已煮破了……

　　等他拖着沉重的步子回到华夏经济报社大门口时，已是凌晨一点半钟。大门早关了。他知道，这时候任怎么叫，门是不会开的。

　　他也没力气再折腾了。裹了裹衣服，双手插在袖筒里，瑟缩着在台阶上坐了下来，风吹着碎纸片满地飞舞，性急的家庭早已燃起了爆竹。

　　他不知不觉睡着了，梦见自己乘着小轿车回到了家，梦见村里人谄媚的笑——这次，他是真正的华夏经济报社的记者。

　　他在美梦中迎来了新年的第一缕曙光……

　　不过，朱巍没有白白忍受苦痛。

　　第二次实习，他以更加勤勉的工作态度，进一步夯实了进报社的基础。当他干到五月底时，周主任告诉他："报告批下来了，等着七月份来报到吧。"

　　朱巍的北京梦就要圆了。

第三十五章

文好迟迟没有消息。窦争和季岩冰焦急地等待着。

早一天晚一天去实习，对季岩冰来说关系并不大。系里规定，凡有过新闻实践的研究生，也可以不参加实习。他是为文好的处境担心。

四月底，文好寄钱来了：二十四元。看来文好找工作并不顺利。

寄钱的地址，写得很含糊。从邮戳上看，是从深圳宝安寄来的。季岩冰便托郑老师帮他联系到了深圳特区报社——郑老师有个姓高的研究生在那儿当部主任。

季岩冰被安排到政法部，负责和公安部门打交道。

偌大个深圳，到哪儿去找文好呢？即使把范围划定在宝安区，也好比大海捞针呀。但季岩冰决定找下去。

文好给窦争发走信后，便登上了开往深圳的列车。人们都说深圳机会多，她要去试试。

聘人的单位是不少，可要么是聘计算机、生物工程之类的高科技人才，要么就是聘做粗笨活的苦力。

好不容易看到一家公司招聘秘书的广告，她兴奋地跑去应聘。

在一座大楼的地下室门口，她看到了那家公司的招牌。

公司就设在地下室靠里的那间房中：两张简陋的桌子，四张脏兮兮的沙发，昏暗的灯下坐着一个有点儿像葛优的男人。

他见文妤站在门口，马上站了起来，操着一口山东话问道："你是来应聘秘书的？"

文妤警惕地看了看他，点了点头。

他站在离文妤很近的地方，上上下下打量着文妤："不赖，不赖。转过身我看看。"

文妤没有动。

那个男的主动走到了她身后："结过婚吗？生过孩子吗？"那双淫荡的目光绕着文妤滴溜溜转。

文妤拔腿就朝门口走去。

"哎，哎，咋走了？"他追到了门口。

招聘无着，文妤只好拿着打印好的简历，毛遂自荐，见到单位就进。客气点的："把简历留下，我们研究一下。"不客气的："我们不要人。"一句话就打发了。还有的，干脆门都不让进。

半个月过去了，文妤的简历散发光了。背的一大包方便面也告罄了——为了省点钱，去时她买了六十余包方便面。深圳的食品贵得吓人，快餐盒饭一份十元。

吃方便面需开水浸泡，每到吃饭时，她就设法寻找烟囱，继而寻找锅炉间。见到烧锅炉的，她赔上笑脸："大哥行个方便，我要点儿热水。"

住宿更是个问题，她在一间简陋的招待所里猫了两个晚上之后，点一下袋中的钞票，再也不敢住了。她来到车站，想在候车室待一晚上，可没票不让候车。

她又来到了车站广场，打开随身带来的塑料布，看来，得天当房地当床了。广场上的人还真不少，三五成群，这里一堆那里一堆。大多是衣衫不整、蓬头垢面的民工。

从衣着上看，也有相当一部分是和她一样，做着"深圳梦"的青年学生。

几个浑身透着邪气、顶多十七八岁的小青年一直围着她转悠。她把包抱在怀里。

一个上衣搭在赤裸的肩上的小青年靠近了她："小姐，做不做？"

她吓得汗毛都竖起来了。赶紧站起来朝几个坐在地上的学生模样的人走去。这些人中的一个女孩问她："你是哪个学校的？"文好说了情况。女孩告诉她，他们全是北京经贸大学的，已来深圳一个礼拜了，目前都还没着落。她让文好靠着她躺下。一个男生还把自己的外套递给了她："盖上，别着凉了。"

因为跑了一天，她早就睡意蒙眬，一躺倒立即进入梦乡。一阵嘈杂声把她惊醒了——要清场了。

几个戴红袖章的人，像赶鸭子似的驱赶着广场上的人。她爬了起来，重新寻找落脚地，最后在一家公司的门廊下坐了下来。

"走开！"值班室的保安人员走了出来，一声怒吼。

看来市中心很难落脚了。

她拖着疲惫的步伐朝市郊走去。这儿看来是间废弃的仓库，她在一根有廊檐的柱子下铺好塑料布。刚躺倒，过来四个操四川口音、民工模样的人："你龟儿子啷格占了老子的位置？起来！"接着肚子上就重重挨了一脚。

她一骨碌爬了起来："凭什么打人？这地方是你家的？"

"哟，还是个女的！小姐，你还用跑到这儿跟我们抢地方？是不是没有找到买主？今晚上我们四个人陪你。你说个价。"四个人说着围了过来。

文妤紧张地看着四周：万物似乎都累了，到处静悄悄的；月亮也不知躲哪儿去了，黑暗如网一样团团包围着她，只有远处的工地上闪着微弱的灯光。

她想跑，却迈不开步子。四个人越来越近了，她惊恐地大声喊："来人哪！"

四个人愣住了，互相看了看，不敢再往前凑。过了一会儿，见没人过来，其中一个年岁大一点儿的，胆子又壮了："小姐，别喊。我们先给钱行不行？"

说着，四个人又慢慢凑过来。

文妤扯开嗓子喊起来："来人哪——来人哪——有流氓——"

就在这时，跑过来几个戴有联防队袖章的人，把他们围在了中间，照每人身上就是一警棍："走！到联防队去。"

"女的怎么办？"一个联防队员问。

"一起带走。肯定不是什么好东西！"

一到联防队，文妤赶紧拿出毕业证，说明情况，他们这才把她放了。

走出联防队，文妤坐在联防队门口的马路牙子上嘤嘤地哭起来。

她真不知道下一步该怎么办。

窦争等着钱用，而自己出来这么多天了，一个子儿也没挣到。来时带的两百多元，只剩下二十五元。连回去的路费都不够了。

再说，回古浈去，又怎么生活？爸爸不在了。这一出来，代课教师也干不成了。还有张奎三淫邪的目光……

上了四年大学，竟落到了这种境地。天地这么大，为什么就没有我的落脚之地？！她越想越伤心。

过路的行人都好奇地看着她。

这时联防队的门卫走了过来，这是个胖胖的老大爷："姑娘，怎么了？说出来，看我能不能帮你。"

文好看着老大爷慈祥的面孔，便把这些天的遭际，哭诉给了老人。

老人听后，唏嘘再三："姑娘，到门房来，我这就给我女儿打个电话，看她能不能给你找个活儿。她也是从内地过来的大学生。"

老人打了个 Call 机。不一会儿，对方复机了。老人便把文好的情况在电话中说了一番。

老人的女儿让文好第二天下午到他们公司面试一下。老人给文好写了个地址：

深圳宝安城北天安工业村 B 座 6 楼

东宏电子工业公司

文好千恩万谢辞别了老人。

第二天下午，她费尽周折，总算找到了东宏电子工业公司。

这是一家港资公司。总经理姓侯，年近五旬，又矮又胖，长着一张广东人特有的扁平的脸。老人的女儿叫江琼，是总经理助理。

侯总经理问了文好几个问题，又看了看她的简历，说："安排在办公室，先试用一星期。试用期只管饭不发薪。"说完，老板就让江琼把文好带走了。

这么简单就完事了？文好简直不敢相信这是真的。

江琼向文妤交代了一下办公室的工作规程。临走时，她看着文妤的眼睛说："没事的话，不要到总经理室去；下班后，也不要待在办公室。明白吗？"

文妤似懂非懂地点了下头。

江琼比文妤大几岁，长得很漂亮，只是脸色有些苍白，眼神也很忧郁。

不管怎么说，有了工作！文妤很高兴。她跑到邮局，除交了邮资外，把剩下的钱全寄给窦争了。进财哥肯定急坏了。

文妤每天早早就到办公室，提前做好准备工作。不管谁交代的事儿，她都认认真真地完成。

侯总经理和江琼对她的工作都很满意，决定留下文妤。月薪暂定六百元。

时间久了，文妤渐渐弄清了江琼和侯总经理之间的关系：

侯总经理在香港有妻室，江琼实际上是他半公开的"二奶"。

随后，文妤也弄明白了江琼不让他到总经理室的寓意。

文妤不到总经理室，总经理却常常过来，有事没事都爱到办公室溜达一会儿。看到只有文妤一个人在时，他会走到文妤跟前，一边很关切地问文妤一些问题，一边装作不经意地把身体在文妤身上蹭一下。文妤总是厌恶地皱起眉头。

一次，他在给文妤递文件时，趁机在文妤的手背上捏了一下，文妤满脸通红，恼怒地低喝道："放尊重点！"

文妤总担心着什么。

一天，总经理临下班时，又把一摞文件交给了文妤："把这些文件全复印完再走。"

天已经黑了，文件还没有复印完。这时，总经理走了进来。他回身朝走廊两头看看，随手关上了门。

"怎么？还没复印完？"说着，他把身体贴近了文妤。文妤赶紧躲开。

他又伸手向文妤的脸摸来。

文妤一把将手拂开："总经理，请你自重！"

"别那么正经么！只要你依了我，给你加薪。月薪三千元，怎么样？"他边说边来搂文妤。

文妤一把把他推开："我要喊人了！"

"喊吧。谁管闲事我炒他的鱿鱼。"

文妤无奈，用力推开了身边的窗子："你要胡来，我就从窗子里跳下去。"

"你真的敢跳？我倒要看看有没有现代烈女。"侯总经理又逼过来。

看着他那双色迷迷的眼，文妤一咬牙，撑住窗台纵身跳了下去。

侯总经理吓坏了，踉踉跄跄往楼下跑。他也害怕出人命。

真是万幸：窗外正在施工，今天下午卸了一堆沙，文妤的办公室又在二楼。文妤跳下去后，除右脚崴了，其他地方没有受伤。

晚上江琼来找文妤。她刚和侯总经理打了架，脸上还有伤痕。她哭哭啼啼地拉着文妤的手说："妹妹，亏得你没有依了他。要不，他会把我给踹了。"

她又问文妤今后打算怎么办。文妤说她明天就准备离开这家公司。

"离开也好，省得他今后纠缠你。我在这儿人熟，再给你介绍一家企业。"

就这样，文妤又来到了宝安福永新田百老汇音箱厂。

这是一家不大的日资企业。老板是个叫小野的和善的日本小老头。他安排文妤当了会计。

厂里共有两个会计，另一个会计也是外地来打工的学生。他叫何建兴，毕业于山西财经学院，比文妤早来一年。

日本老板在账目上对他们很放心，连出纳也让他们兼了。

可是不久，文妤发现何建兴总是在账目上做手脚。

一次，厂里卖了一批货，经手时，文妤也在场，对方付款354万元，可何建兴做的账表上，只有350万元。文妤问他是怎么回事。何建兴神秘地朝她眨了眨眼："晚上我再给你说。"

晚上，何建兴找到文妤，他递给文妤一个信封："这是你的两万。"

文妤没接。

"你就拿着吧，没事的。这个日本人大意得很，从来不查账。再说，账上的一切，只有咱俩知道。只要咱俩配合好，你有花不完的钱。"

"人家越是相信咱们，咱们越应该守规矩。"文妤说得很坚定。

"这钱你到底要不要？"

"不要！我希望你把那笔钱归账。"

何建兴悻悻地走了。

第二天，账表上昨天那笔钱恢复成了354万元。

此后，何建兴对文妤总是怀着一种敌意。不过，凡是两人一起经手的账，他再不敢做手脚了。

不久，厄运降到了文妤头上。

一天上午刚上班，小野忽然通知文好到他的办公室去。

何建兴也在老板的办公室里。

平素和蔼可亲的老板，今天板着面孔。

"欧阳小姐，诚信是合作的基础。我对你们非常信任，希望你们也能用诚实的态度对待我。可你呢，辜负了我的希望！竟做假账，贪污钱款。"

文好矢口否认。

小野先生指着桌上的账本问道："你为什么改了账？"

文好凑上前去一看，几天前改过来的 354 万元，现在又变成了350 万元。

她先是一惊，马上明白了是怎么回事。她说道："这不是我干的。"

"那你说是谁干的？我刚才调查过了那天装货的员工，对方付款确实是 354 万元。那 4 万元呢？"

没等文好说话，何建兴说："到我们俩的宿舍都搜一搜，也许能搜出来。"

小野先生便通知保安部一同前往。

先搜文好的宿舍。文好的行李很简单，只有那个黑色旅行包。保安人员当着文好的面打开了包，往夹层一摸，拎出一个信封。

文好知道被陷害了，她大声说："这不是我放的！"

小野先生冷冷地看着文好："小姐，这钱自己不会长腿吧？"他让保安人员把文好带走。

文好被移交给了当地的派出所。人证、物证俱全，文好被拘留了，等候进一步处理。

文好握着拘留室小窗上的铁栏，木然地望着外面的天空。她没有哭。她已经没泪了。

　　季岩冰焦急地打探着文妤的下落。

　　宝安有近千家企业，采访之余，他就一家家打听。

　　一天，他在宝安区公安分局采访，听一位干警在介绍情况时说，最近福永发生了一件案子，一个在此地打工的女大学生，一下子贪污了 4 万元。

　　他问女大学生的情况。

　　那位干警搬来一摞卷宗："我来查查。"他终于查到了："这个女大学生是江西临江市人，叫欧阳文妤……"

　　"什么？"季岩冰疑心自己听错了，他急忙要过卷宗来看：

　　是欧阳文妤。

　　是不是弄错了？他不相信文妤会干出这种事！

　　他急忙赶到拘留所。征得公安人员同意，他来到了拘押文妤的那间房子前。

　　文妤正手握铁栅，失神地望着远方。姑娘头发散乱，眼窝深陷，嘴上全是泡。

　　季岩冰眼睛发涩："文妤，文妤。"

　　他连喊两声，姑娘竟没有听见，眼睛一眨不眨地望着远方的天空。

　　看押人员打开了房门，季岩冰站在了文妤身旁，但她仍没发觉。

　　"文妤。"季岩冰嗓音颤抖着又叫了一句。

　　文妤终于听到了。她转过身子，如同是在梦里，她呆呆地看着季岩冰。突然，她"哇"的一声伏在季岩冰肩上大哭起来。

　　季岩冰眼圈湿润了。等文好哭够了，他掏出手绢让她擦擦泪，然后轻声说："文好，我相信你不是那种人。你把情况说一说。"

　　文好把前后经过说给了季岩冰。季岩冰边听边用本子记，听完，他问道："你们宿舍的钥匙都是谁有？"

　　"除了同宿舍的五个人，就是公寓管理人员了。"

　　临走时，季岩冰安慰文好："你不要着急，我一定为你洗刷冤枉。"

　　季岩冰先从调查钥匙着手。他分别找了文好同宿舍的五个女孩。听说是深圳特区报的，女孩们都很紧张。

　　季岩冰问他们是否把钥匙借给了别人，女孩们都说从没借给人。

　　季岩冰又找了公寓管理人员。这是个四十多岁的高个子妇女。

　　季岩冰讲了自己的身份，又讲了栽赃陷害的恶劣性质，同时点明了串通作案的连带责任。女的就有些不自在，但口风还是很严，说自己从来没把钥匙借给别人。

　　季岩冰告诫她，现在把实情讲了，等于主动为破案提供帮助。如果公安部门最后把案破了，而她却隐瞒了实情，那么，等待她的恐怕是牢狱之灾。

　　季岩冰请她考虑考虑，说自己马上通知公安人员来传唤她。

　　女的撑不住了，终于倒出了实情：事发那天，何建兴来找过她，说小野老板要查账，账本就放在文好房间，让他来取。她便跟着他上了楼。进了文好房间后，他让她先下去，说得慢慢找，他出去会把门锁好的。

　　因为是本单位的职工，她也没有多想。

　　谁知晚上就听说从文好的房间搜出了巨款。她正在纳闷，何建兴进来了，给了她两千元钱，嘱咐她无论谁问，都不能说他进过文好的房间。

她意识到事情重大，执意不收钱。何建兴说，钱你必须收下。你要是不收钱，就是想去告密。那么，你就走着瞧！她害怕了，只好收下钱。

季岩冰让她将这个过程写了下来。

办完这一切，天已经黑了。

早上到现在，季岩冰还没吃饭。他准备吃点东西后，连夜把这份旁证材料送到公安局。

他在厂区边上一家小店要了一碗肉丝面，刚要端起来吃，进来四个小青年。中间一个瘦瘦的，像是学生。其他三人都是广东街头常见的烂仔打扮，全戴着墨镜，一色黑 T 恤，头发除头顶留一块，四周推得精光。

他们围着季岩冰坐下。一个烂仔拿出一把折叠刀，"噌"地插在季岩冰面前的桌上！

店老板和伙计们吓得赶紧溜进了里间。

瘦瘦的家伙开口道："听说你在调查欧阳文好的案子？"

季岩冰头都没抬，照吃他的面。

"妈的，说你呢！听见了没有？"插刀子的那个人狠命擂了一下桌子。

季岩冰不慌不忙把面吃完，这才用手绢一擦嘴，带着嘲讽的微笑看着瘦子说："那么说你是何建兴了？"

"是又怎么着？你给老子听着，这儿可不是内地，买一条人命，玩儿似的。"

"怎么？你想买我的命？打算出多少钱？"季岩冰从牙签筒里拿出一根牙签剔着牙，不紧不慢地说。

"少他妈废话！老于今天揍扁你。上！"

还没等瘦子"上"字说完，季岩冰迅疾站起，用左手唰地抄起了桌上的折叠刀，同时右臂一屈，把瘦子的脖子夹在了臂弯中。他用刀尖抵着瘦子的喉咙说："你听着，别乱动，我这可是正当防卫，捅了你不负法律责任。"

瘦子的脸吓白了。他雇的几个打手愣愣地站着，不知如何是好。

"怎么？先让我给你放点儿血？"季岩冰夹紧了右臂，刀尖上的分量也加大了一点儿。

"别，别……"瘦子翻着眼珠，连连哀求。

"让他们滚。"

"你们……你们走吧……"

"钱呢？"

"钱我照给。"

几个烂仔骂骂咧咧地走了。

季岩冰用饭店里的公用电话向公安局报案。就在他要放下电话的时候，何建兴突然抄起一张圆凳，朝季岩冰头上打去。季岩冰只觉眼前一黑，倒在地上。

何建兴趁机跑了。

不一会儿，来了辆警车，把季岩冰送到了医院……

当晚，文好就被放了出来。

不久，何建兴被逮捕归案。

系里规定的返校日期马上就要到了，季岩冰还在为文好下一步的生活担心。

文好从拘留所出来后，季岩冰又带她找了小野老板，希望小野还能留下文好。

小野老板很客气，但口气却很坚定，他说：对中国人，他已经不相信了，已通知国内的总部为他物色了新的会计。虽然这样做要多花很多钱，但他认为这样合算，可以省下心来抓经营。

季岩冰又带文好找了好几家企业，都没有找到工作。他只好求助于高主任。

高主任想了想说，部里的编务最近在家休产假，文好可以先来部里顶一阵子。但只能干三个月，三个月后编务就要上班了。工资呢，也只能拿正式职工的一半。

文好应承了下来。

五月三十日，季岩冰走了。这次，是文好送的他。

车就要启动了。季岩冰让文好早一点回去，可姑娘站着不动，眼泪汪汪地看着他。

车离开了深圳车站，看着文好孤单的身影，季岩冰的眼圈又湿润了。

三个月后，文好可该怎么办？

他为文好的未来担忧。

第三十六章

外出实习的同学，带着不同的收获、不同的感慨，陆陆续续返校了。

开完实习总结会后，邱锐突然提议去踏青。

"南国春半踏青时，风和闻马嘶。青梅如豆柳如眉，日长蝴蝶飞……"虽然时令早已过了春半，青梅也早已不再如豆了，但邱锐的提议仍然得到了大家的一致赞同。

三年级的同学，在校的时日已屈指可数了。

不知缘何，邱锐这段时间情绪异常亢奋，每天晚上一丢下饭碗就不见了，十二点以前从没见他回过宿舍。

他干什么去了？又是怎样进得宿舍楼？——十一点半钟宿舍楼锁大门。季岩冰和窦争大惑不解。问他，他嘿嘿笑笑，闭口不答，脸上却有种抑制不住的兴奋。

按照邱锐的计划，这次踏青要用两天时间，地点是双溪江中的小岛——青蘋洲。

因为要在岛上过夜，大家这次做了充分的准备。钱亮到地质系借了一大一小两顶帐篷——男女生各一顶。季岩冰和刘启宇两人负责采购食物，他俩买回了油盐酱醋、三只鸡、四只鸭、五斤猪肉、六斤鱼和一大堆蔬菜。邱锐和窦争负责借炊具，他们从老师家借来了两只炒锅和三只铝锅。

青骓、玥儿和方凌霜几个女生届时负责烹饪。

几个人合计了一番：除了炒菜、做汤外，再增加个烤肉串项目。

留足炒菜做汤所用的肉外，其余的肉在出发的前一天全部在酱油、盐、辣椒粉做成的汤料中浸泡了一个晚上。

方凌霜还设法从一个卖羊肉串的朋友那儿借来了烤肉的铁丝。

六月四日七时整，踏青的队伍浩浩荡荡地开拔了。扛的扛，背的背，拎的拎，抱的抱，仿佛是一支出国作战的"远征军"。因为队伍中还有英国留学生 Smith 小姐和日本留学生只木泉小姐加盟，于是这支远征军又成了"多国部队"。

Smith 小姐原是英国 MGT 广播公司的节目主持人，1992 年考入汀大传播系，拜在程教授门下攻读硕士学位。她是位相当传统的英国人，寡言少语，除了上课外，深居简出，很少与其他同学接触。同学们也没有把她视为集体中的一员。只是在向外系同学夸耀时，才不无自豪地说："我有个同学（或我有个师妹）是英国 MGT 的节目主持人。"

有时集体活动，也拉她参加一下，不过，同学们很快就失去了兴趣。因为她基本上不说话，且爱脸红，男女同学在一起，常常免不了开些稍稍带点荤的玩笑，可她竟会脸红到脖子根，眼睛乞求地看着大家，仿佛玩笑再开下去，她就要钻地缝了。

她参加最多的活动是陪大家照相。谁想在日后的回忆中增加一份和老外同窗的荣光，尽管去拉这位高鼻深目的小姐，她决不推辞，而且相当随和，你让她摆什么姿势她就摆出什么姿势，你让她做鬼脸，她会把舌头伸得老长，你让她扮猴子，她就手搭凉棚放在额前。

Smith 小姐的形象不仅在传播系研究生的影集里出现，还频频地出现在电视上。

这年头，各地办"节"成风，所谓的"文化搭台，经贸唱戏"。为了使"节"不同凡响，动辄在"节"字前还要冠以"国际"二字作定语。

因为是"国际节"，所以又必须有外国人装点门面。而要请到货真价实的外国人，可也真不是件容易的事儿——先不要说报酬问题，光往返机票、吃、住、参观等等费用，就不是个小数目。

这些，自然得由举办者掏了。老外可不像中国人那样好打发。

即使经费落实了，去哪儿找那么多与"节"有关的外国人呢？

许多办"节"的单位只好降格以求：不管与"节"有没有关系，只要是外国人，一概算数。不过，这也不容易，无所事事的外国人毕竟只是少数。于是，汀大的外国留学生便频频受到邀请。

当然，参加，绝不是无偿的，举办单位得付给一定的报酬。

仅本学期以来，Smith 小姐就先后应邀参加了八个"国际节"。什么"国际诗歌节""国际寓言节""国际登山节""国际梅花节""国际龙舟节"……就在上星期，她还参加了"国际游泳节"。

她不会游泳，且有恐水症。当"游泳节"组委会的两位先生找到她时，她自然回绝了。

哪知来人并不就此罢休，他们坐下来施起了"软功"，颇有点请不到 Smith 不回府的劲头。

来人大叹苦经，说：组委会从去年上半年就成立了。先后向国外发了数百封请柬，可截至目前，只有一个摩洛哥人报了名。前几天，市长来检查筹备情况，对他们大发雷霆。两人说到伤心处，泪都要下来了。恳求 Smith 小姐体察他们的苦衷。

其他"节"倒可以充个数，而"游泳节"要搏浪击水动真格儿的，这可不是闹着玩的。无论来人怎么说，Smith 小姐只是不松口。

无奈，来人搬来了校留学生管理处的领导，领导又是一番动之以情、晓之以理的开导。来人还进一步许诺：只要 Smith 小姐能下水让摄像机镜头扫一下，哪怕一米也不游，即可得到两千元报酬。Smith 小姐只好答应了。

这次"国际游泳节"，在外国人的方队中，除了 Smith 小姐外，还有窦争和朱巍，一个代表日本，一个代表韩国。

Smith 小姐在水里站了不足三分钟，待摄像机镜头扫过，她即刻登岸。组委会没有食言，当即点给她两千元人民币，并对她扶危济困的善举深表谢意。

而窦争和朱巍虽然卖力游到了对岸，但只得到了二十元报酬。

不过，他俩毕竟安安全全回来了。为了显示汀州游泳运动普及的程度，中国人的方队中分为老中青少四个小组，年龄最大的 72 岁，最小的 6 岁。结果，有一老一少在水中丧生。

整个"国际游泳节"共耗资 380 万元人民币。真正专程赶来参加的外国人，只有那个摩洛哥退休教师。

不知经贸这台戏到底唱得如何！

……

无论是外貌还是性格，只木泉小姐和 Smith 小姐均有很大差异。Smith 小姐高大健壮，只木泉小姐小巧玲珑；Smith 小姐沉默寡言，只木泉小姐热情开朗。

只木泉小姐是中文系的研究生，专业是中国现代作家研究。她和传播系的学生是怎样挂上钩的呢？这还得从去年圣诞那场雪谈起。

圣诞节过后不久的一天中午，邱锐和季岩冰在食堂打饭时，迎面一个女孩朝他俩一鞠躬，甜甜一笑："你们好！"两人对望一眼，困惑地摇摇头，因为记忆中没有这个女孩。

"怎么？忘了？那天打雪仗……"

这样一提醒，两人恍然大悟。可不，正是那个主动向他们挑衅，最后又被他们打哭的女孩。怎么一副日本人的做派！有些浅薄的女孩总爱模仿外国人，见面"嗨"的一声，你还疑心她要吐，或是肩膀一耸，双手一摊，活脱脱要发羊痫风。

"那天让诸位难堪了，我向你们道歉。"又是一鞠躬。

"罢了。罢了。"两人不愿和她多纠缠，转身想走。

"先生，我能和二位交个朋友吗？"两人回头一看，姑娘跟在后面。竟有这样厚脸皮的女孩！没等两人反应过来，女孩接着说："我叫只木泉，中文系 92 级研究生，日本兵库人。"

真的一个洋鬼子！

于是，只木泉就成了传播系的编外学员。

她诚恳的待人态度，彬彬有礼的接物方式，以及娇小玲珑的外貌，不久就赢得了传播系所有男生的喜爱。

只木泉小姐很爱学习，而且不耻下问，遇到不懂的，穷问不舍，打破砂锅纹（问）到底。一次她问钱亮："什么是水货？"

"水货就是假货。"

"那么为什么不叫假货而叫水货呢？"

"这……"钱亮犯难了。

不过，钱亮毕竟是钱亮，略一思索开了腔："这么说吧，真货因为质量过关，所以销售时，畅通无阻，任谁也挡不住，中国人称之为硬货。而假货呢，因为质量不过关，所以销售时总是卡壳，就显得很软，是不？而水就是种软得不能再软的东西了。所以，假货又称之为水货。"

钱亮这通东拉西扯、牵强附会的解释，直听得只木泉连连点头。

不过接下来的问题就让钱亮有点难以招架了。

"那么，什么是傻×？"

"什么？"钱亮疑心是听错了。

"什么叫傻×？"只木泉又重复了一遍。一脸的真诚。

"嗯……傻×就是傻瓜。"后面那个"×"字，钱亮念得很低。

"那么，为什么不叫傻瓜而叫傻×呢？"

钱亮脸红了，本想拒绝回答，但虑及国际主义，只好硬着头皮瞎掰："我想问你一个问题：为什么日本把'信'不称为'信'而称为'手纸'呢？为什么把厕所不称为厕所而称为'御手洗'呢？"

这回轮到只木泉张口结舌了。

钱亮露出胜利的微笑："道理是一样的。中国人之所以不称傻×为傻瓜，正如日本人不称手纸为信，不称御手洗为厕所一样。"

只木泉又似懂非懂地点点头。

如果说只木泉的不耻下问常使钱亮难堪，那么，钱亮请只木泉小姐吃饭，就让这位日本小姐尴尬透顶了。

有时候，只木泉小姐来拜访时，恰好赶上吃饭，大家便请她一起用餐。久而久之，大家发现一个奇怪的现象，只木泉小姐的肚子好像是橡皮做的，伸缩性极大。你打二两饭，她不会嫌少；四两饭，她也不会嫌多。她的胃到底有多大？钱亮他们准备做个试验。

一次，只木泉又被留下用餐，食堂供应的是牛肉面，钱亮给自己打了三两，却给只木泉打了八两。大家边吃饭边聊天，暗中却都在关注着只木泉。

看到硕大一盆面，起初，只木泉脸上露出一丝惊讶，旋即，又换上平素那种笑眯眯的样儿。面吃了一半，她的速度明显慢了下来。四分之三下去了，她吃一口，得歇上半天。但她绝对没有停下来的意思。

看她那副难受样，钱亮真想说，吃不完就算了。可又一想，人家如果吃不完，自然会自己吭声。如果人家想吃下去，你这么一打岔，人家可就不好意思吃了。

只木泉总算吃完了，大家惊得面面相觑。显然，沉重的负荷已使她坐不住了，她脸色苍白，额头生津。

她说要回去，全没了往昔的谦恭有礼，急匆匆撒腿就走。刚下楼梯就开始一溜小跑，脚步已不再轻盈敏捷，而有些拌蒜了。

一连好几天，只木泉再没到传播系来。大约一个星期之后，钱亮在人文馆前碰到了她。

"只木小姐，最近怎么不到我们那儿玩了？"

只木泉显然很难为情："我……我病了。"

"什么病？现在好了吧？"钱亮很关切。

"拉……肚……子。"只木泉有气无力。

"怎么？吃什么吃不对了？"

"上次在你那儿吃面条，吃得太多了。"

"哎呀！吃不完你该说话呀！怎么能硬撑？"

"既然你打来了，多少我都应该吃下去。这是我们日本人的规矩。如果剩下了，就是在指责主人招待得不好，是不礼貌的。"

只木泉前几天到传播系来玩，得知了这次活动。这位编外学员就很自然地加盟了。为此，她做了充分的准备。今天她脚蹬旅游鞋，头戴太阳帽，背着只鼓鼓囊囊的旅行包，脖子上还挂了副望远镜。

姑娘们今天就像商量好了似的，一律脚蹬旅游鞋、头戴太阳帽，显得精神抖擞，充满活力。Smith 也一扫以往的沉郁表情，背着个足有一米长的彩色牛津包，带着一脸灿烂的笑。

大家乘车来到了江边。对他们的所携所带，路人投以惊异的目光：身材高大的刘启宇用铁锹挑着一担柴火，背上背着他那把心爱的吉他。季岩冰把两只锅用塑料袋装好，一前一后搭在肩上，双手还各提两只裸鸭。只木泉带的东西本就够多了，她又从邱锐手里抢过录音机。坐车时生怕机子被挤坏，还把它紧紧抱在胸前。

横亘于江中的青蘋洲已历历在目了。

这是个因双溪江泥沙沉积而形成的小岛。双溪江中这样的岛很多，大部分是在秋冬季节露头，春夏涨水时淹没。青蘋洲面积不大，它何时在此安家，已无从查考。不过，早在汉代，方志中就有文人骚客在此聚会的记载。

此时，正是"江上潮水连海平"的丰水季节，江上浊浪滔滔，枯枝败叶顺流而下。他们找到一位船家，艄公劝他们说："最近几天正是潮汛，上岛去很危险，如果遇上暴雨，沙洲就会被淹没。最好过几天再上去。"

既已到了这里，若在途中打道回府，实在于心不甘。不到双溪江心不死，不登青蘋洲意难尽，大家去意已决。

艄公无可奈何地把他们送上了岛。

"呀！太美了！"船甫停稳，方凌霜一声惊叹，就跳下了船。玥儿、只木泉也纷纷往下跳。

靠岸，是一带白白的沙洲，那松软的白沙，在阳光下熠熠闪光，看去，小岛像是戴上了一条银色的项链。沙洲往里，长着一层茸茸的水草。充足的水分，充足的阳光，使水草叶片肥厚，浓翠欲滴。

草丛中，开着一些或红或白、或蓝或黄、或红白蓝黄均有的花儿，其中最好看的，是一种指甲盖大小、紫莹莹的、星星似的喇叭花，花蕊呈淡黄色，四支黄黄的须儿，紧紧环抱着拥聚在花朵中央。这种花儿，味道奇香，许多小蜜蜂围绕它们飞来飞去，方凌霜摘了几朵，插在鬓角。

"瞧，我们的小方，像不像个新媳妇？"玥儿、青雏几个一起起哄。

"你们才是，你们才是。"小方又弯腰摘了几朵，不由分说地插在几个姑娘的鬓角，只木泉和 Smith，她也不放过。只是在给 Smith 插时，这位爱红脸的洋姑娘，脸又成了大红布。只木泉，却嫌花儿插得不够，又摘了几朵，插在了鬓角和扣眼儿中，嘴里还在抱怨："怎么忘了带镜子，看插了花漂亮不？"

岛的中央，长着一片密密的芦苇，风一吹，芦苇向一边倒去，仿佛在欢迎他们，向他们鞠躬。

得先安营扎寨。扎在何处？这时，钱亮卖开了他的文韬武略："按照明朝刘伯温《百战奇略》所云：'扎寨若在平陆，须据高阜，恃于形势，顺于击刺，便于奔冲，以战则胜。若在山地，必依附山谷，一则利水草，一则附险固，以战则胜。'以目前形势观之，帐篷宜扎在小岛中间那几棵树下。"

于是，男生们便用铁锨铲掉树下的杂草，拍实地面，铺上油布，扎下了帐篷。这时，Smith 才打开了她那只鼓囊囊的牛津包，里面是只鸭绒睡袋。

安营扎寨完毕，大家来到了那块平展展的草地上。天空飘着几缕轻纱似的云朵，江面上百舸争流，江鸥飞翔，阳光融融，暖风柔柔，披襟当风，顿生无限豪情。

钱亮不觉吟道：

> 春日游，杏花吹满头。陌上谁家年少足风流，妾拟将身嫁与一生休。纵被无情弃，不能羞。

"好诗，好诗。再念一遍，我记下来。"只木泉央求道。

"准确地说应该是词！"

"那么，诗和词有什么区别？"只木泉又开始刨根问底。

"词嘛，是句子长短错落押韵的一种诗体，它必须按'句度长短之数，声韵平上之差'的严格格律来填，而诗则随便一点。根据词牌填上词就可以来演唱。"

"那么词牌又是什么呢？"

"是填词时所根据的词调，相当于歌谱。来来来，我把那首词再念一遍，你快记。"怕只木泉再纠缠下去，钱亮忙转移话题。

"只木，别记那首破词。把我们女性写得太低贱了，什么'纵被无情弃'，还不能'羞'呢！换了我，一刀杀了他！"

"哎哟，妈呀！吓死我了。你这么一说，说啥我也得和你过下去了。"钱亮耍起了贫嘴。

青雅要打他，他一躲，闪在了季岩冰背后。青雅紧追不放，他一边跑一边讨饶："快住手，快住手，好男不和女斗。"

"别再斗了，肚子还没饿吗？先埋锅造饭。"邱锐发出了命令。

刘启宇在背风处挖了个坑，然后把一面掏成斜坡，把锅往上一放，正好。他一气又炮制了两个。两个火做菜，一个火煮饭。

这边，邱锐正在给大伙分工：玥儿、季岩冰、刘启宇、只木泉负责做饭，其余人一律跟他去捡柴火。

不一会儿，一抱抱的枯干芦苇、枯树枝、草根陆陆续续地堆在了灶边。岛上升起了袅袅炊烟。

饭菜很快做好了，可真丰盛，大小炒了十几盘子。

青骓用筷子夹起一块尝尝："盐放多了。"又从另外一个盘子中夹起一块："嗯，这个肉炒老了。"夹来夹去，竟没有一盘她能满意。

她又舀起一勺鸡汤尝了尝："玥儿，你还是属鸡的呢，连自己的同类也不善待。看这鸡汤熬的……"

玥儿没说话。

"其实，在家禽中，我最不喜欢的就是鸡。'鸡鸣狗盗''鸡零狗碎''鸡飞蛋打'……有几个好词？"青骓还在说。

"可还有'闻鸡起舞''未晚先投宿，鸡鸣早看天''雄鸡一唱天下白'。"玥儿辩解。

"小姐，可惜你是只雌鸡。"

玥儿的脸红到了脖子根。

大家心里明白：青骓找碴儿，是因为没让她当伙头军。

大家在灶旁的平地上，铺开了一块塑料布，饭菜置于中央。各自脱下鞋，盘腿而坐。到喝啤酒时，才发现忘了带起子。荒岛野外，这可如何是好？

"别慌，我带了起子。"刘启宇操起一瓶啤酒，往口中一塞，只听嘎嘣一声，盖子掉了。他把盖子吐到地上，对惊得目瞪口呆、好奇地看着他的 Smith 说："这起子怎么样？"

Smith 好像在专心致志地研究他的牙齿，顿了一会儿，才关切地说："这样会把牙齿弄坏的。"

刘启宇咧嘴一笑，"你可能还没有在困境中生活过吧？人若被逼得走投无路，连钢铁都咬得动。"

"有酒不能无诗。咱们以青蘋洲为题，每人做首诗，做不出的话，罚酒三杯，如何？"酒过三巡，青雅骚兴大发，提出建议。

"这样吧，我看咱们还是做对吧，做对随便，也简单。"邱锐看着两位外国小姐。他是担心她俩做不出。

"好吧，做对就做对，我先来。"遇到显露才气的机会，青雅总爱占先。

她沉吟了一会，开口便道：

> 我从北国远来，看青蘋芳草，葳葳蕤蕤与云平；
> 谁叹韶光难在，视空中白鸥，泼泼喇喇振翅飞。

玥儿也不甘落后，紧随其后吟道：

> 春尽寻胜迹，青蘋芳洲，空怀春花秋月，极目千古愁；
> 年来叩柴扉，屐齿印苔，耽溺逸兴诗情，放怀天地窄。

虽然来时，玥儿情绪很好，可刚才，和季岩冰一块做饭时，却一下子情绪低落下来，什么话也不说了。端着酒杯，轻轻抿着……姑娘的心，天上的云啊！

两位舍友占了先，方凌霜再不开口，就掉份儿了，她慌忙将口中的一块鸡肉咽下：

> 名珠玥儿白，
>
> 奇岛青翡翠。

"哈，玥儿今天可不白，烟熏火燎的。你看，鼻尖上的灰还没擦掉。"钱亮开玩笑。

三位女生打了头，男士们不能再沉默了。钱亮率先杀出战阵：

> 千束白练出平畴，双溪狂浪若奔，远观如青雏赴敌阵；
>
> 一片绿茵现碧波，青翡嘉树竟上，近看似玥儿卧水中。

还真符合青雏和玥儿的性格！众人一阵喝彩。

接下来季岩冰道：

> 何时混沌初开，看青翡沙洲，芳草萋萋，历经风雨竟无恙；
>
> 今日双溪尚在，问汀大才人，春水汤汤，当年情景又如何？

"好，有哲理！"大家拍手称好。

邱锐早已胸有成竹了，季岩冰话音一落，他马上接道：

> 走不出青翡沙洲，怎能成天大气候？
>
> 吞得下世象纷纭，方可为人上之人！

邱锐说这句话时，不由自主地看了看玥儿。

"到底是系头，志向确实不一般。"众人又是一阵叫好。

"我能再做一联吗？"忽然，玥儿提出了请求。

"好啊，我们的玥儿今天是才情横溢了，不吐个酣畅淋漓不罢休。"众人一致拥护。

> 青翡正凄然，烟树芳草，苟延秋后能多日？

人世极烦劳，功名利禄，待到百年值几何！

玥儿一向温顺，今儿怎么掐起了邱锐？众人很有些疑惑。

窦争正在啃鸡腿，见暂时冷了场，便放下鸡腿，道：

诸君壮志凌云，日后乘长风，破万里浪；

青蘋景物绝异，今朝啃鸡腿，喝排骨汤。

众人都笑了。窦争这几句还真切题。

刘启宇一直忙忙碌碌为大家上菜，"该你了，大刘。"邱锐喊道。

"容我想一会儿好不好？"刘启宇把菜盘放下，向大家恳求。

"不行，不行，绝对不行。要不，先喝三杯再说。"青骓不饶。

"好，好，嗯……"

青蘋何奇，邱锐豪情满杯，玥儿长吁短叹，男女竞才，
好联！好句！怎奈我天生愚笨，想半天，急得满头大汗；

诸君试看，双溪西极冰川，螺髻横卧湖旁，动静争趣，
名水！名山！情急中胡编乱造，诌得出，今天不用罚酒。

剩下两个外国朋友了，怎么办？不等大家多虑，只木泉却开了口：

青蘋集华夏灵秀，江湍激流绕旁过；

闲坐忆故乡风景，吟酒作对语从容。

大家一阵惊呼："了得，了得！"

"只木啊，回国至少得给你弄个汉语教授当当。"钱亮道。

就剩下 Smith 了。姑娘脸红了，越着急，越想不出句子。她求救地看着大家，差点哭起来。

"我能代劳吗？"季岩冰见状连忙说；

"代劳可以，那你必须在三分钟之内做出；即便如此，Smith 也得为大家表演个节目。"青骓说。

不及两分钟，季岩冰便道：

> 客地聚首，青蘋风物堪赏览；
>
> 异乡论道，汀大才子尽知音。

大家又把目光转向了 Smith。

"我为大家唱支歌，好吗？"Smith 大大方方站了起来。

"好的。"众人一致赞同。

> Every night，every day，
>
> You're the one I always dream of.
>
> Every line of your face，
>
> Is sketched so plain inside my heart.
>
> You're grown so deep inside of me，
>
> You're everything I feel and see，
>
> And you're the one，
>
> You're the one I love.
>
> ……

（歌词大意是：你是我的唯一／你就是我梦中的情人／深深植在我的心底／你照亮了我的生活／你使我相信爱的永恒。）

唱起歌来，Smith 平素的羞涩全不见了，她深情地望着远方，春风将她褐色的长发轻轻向后吹拂，她完全沉醉在歌曲之中。她的嗓音柔美，加之曲调悠扬婉转，众人都沉醉了。歌声刚停，大家纷纷鼓掌。

"谢谢！"Smith 向大家鞠了一躬，坐下了。她又恢复了往昔的腼腆羞涩。

"刘启宇，你这位吉他歌手，也必须为大家唱支歌。"邱锐叫

阵了。

刘启宇拿出吉他，调好弦，动情地唱了一首《与往事干杯》。

　……

　　干杯，朋友，

　　就让那一切成流水，

　　把那往事，

　　把那往事当作一场宿醉。

　　明日的酒杯，

　　莫要再装着昨天的伤悲。

　　请与我举起杯，

　　跟往事干杯。

　……

唱完，又是一阵热烈的掌声。这个经受过创伤的人，是用心唱完了这首歌。

"钱亮，听人说你有'半调子歌星'的美称，能不能为我们露一手。"青雅继续点将。

"好吧，我要再谦虚，就是骄傲了。不过，得有启宇哥儿们给我伴奏，我唱的歌名叫《护花使者》。若唱得不好，希望大家多多鼓掌。"他学着舞台上流行歌手的动作，亮开了嗓门。

这位"半调子歌星"还真有些名不虚传，不仅嗓门洪亮，音域宽广，而且吐字换气圆润自如，只是故意唱得夸张了点。青雅不由得赞叹道：

"是有点儿水准，只是'护花使者'眼睛可得睁大点，别让他人把花给摘走了。"

"摘走了，怕什么？摘走了，我再种！三条腿的蛤蟆不好找，两条腿的女人到处都是。"

"你可别嘴硬，晏樱跑了，看你哭鼻子。"见贬低女性，方凌霜奋起反击。

"凭你这张烂嘴，得让你一辈子打光棍！"青骓同仇敌忾。

玥儿却坐在边上没说话。

"接下来，谁还表演？"青骓目光注视着大家。

"玥儿的嗓门甜着呢，绝不亚于杨钰莹。只是玥儿不爱显摆罢了。"方凌霜推荐玥儿。

玥儿站了起来，她看了看大家，最后，目光在季岩冰脸上停留了足足有十秒钟，这才投向别处，柔声唱道：

> 我不想说，我很亲切；
> 我不想说，我很纯洁。
> 可是我不能拒绝心中的感觉，
> 看看可爱的天，
> 摸摸真实的脸，
> 你的心情我能理解。
>
> 许多的爱，我能拒绝；
> 许多的梦，可以省略。
> 可是我不能忘记你的笑脸，
> 想想长长的路，
> 擦擦脚下的鞋，
> 不管明天什么季节。

　　一样的天，一样的脸，

　　一样的我就在你面前。

　　一样的路，一样的鞋，

　　我不能没有你的世界

　　……

玥儿已经泪流满面。

"我也来一首吧。启宇，把吉他借我用用。"说话的是季岩冰。
玥儿唱歌的时候，他一直低着头，若有所思地不知在想着什么。

他熟练地拨了个和弦，轻轻地唱着：

　　芦花铺岸风渐浓，

　　玫瑰如梦正晕红，

　　芳信一笺随波去，

　　孤鸿声咽，

　　梦觉醒未醒。

　　……

　　夜阑，

　　月斜窗棂听寒蛩；

　　平明，

　　怕见剪剪杨柳，絮絮柔风。

　　……

他不是在唱，简直是用心在咏叹，声音低沉、郁闷……
大家都沉默了。
早已唱完了，季岩冰仍抱着吉他，呆呆坐着……
"你唱的歌，我怎么从来没有听过？"钱亮问季岩冰。

季岩冰似乎没听见，仍然瞅着远方出神。

这顿饭一直吃到下午四点多钟。场上的气氛，一直没能再活跃起来。

当夕阳西沉时，晚饭的炊烟又升起了。

大家一边做饭，一边欣赏起那壮观的落日景象：长河落日圆。浑圆的落日横亘在水天相连处，天际、江水全被染成了橘红色，渐渐地、渐渐地，浑圆变成了半圆，"一道残阳卧水中，半江瑟瑟半江红"，远处的水面依然橘红，而近处的水面却由红而黄了，随之，转成了黛青。夜拉上了帷幕……

未等霞光完全散尽，一轮半月挂在空中，月旁挂着一层如纱似的薄云，满天星河灿烂，"灵药未应偷，看碧海青天，夜夜此心何所寄；明月几时有，怕琼楼玉宇，依依高处不胜寒。"

天宇广寒宫的嫦娥，看今夜青蘋洲上的景象，定生万分羡慕。

晚饭的主食是烤肉串。大家把用作料浸泡过的鸡鸭鱼肉往铁丝上一穿，铁丝的两头挂在灶坑的两侧，下面烧烤。不一会儿，空气中就弥漫着诱人的肉香。

今晚的汤，别具风味。中午捡柴火时，方凌霜发现岛边的浅水里有不少螃蟹和螺蛳。于是，下午聚会结束后，她就和只木泉光着脚板开始在水中捕捞，到晚饭前，两人已捡了满满一脸盆。

汤是青雅自告奋勇做的，中午没让她做饭，她感到很委屈。为了压过玥儿，她做得很尽心。因为汤中加了生猛河鲜，味道自然鲜美异常。听着大家的夸奖，青雅脸上乐开了花。

大家边吃边胡天胡地讨论起来。青年男女聚会，论题总是集中在人生的意义、青年的使命以及对时事的臧否。

很快，大家纷纷找到了论敌，战场摆开，互不示弱，声音越来越高，到后来反倒忘了一开始的论题是什么。实际上，很多人的兴趣并不在于讨论和探索，而是想炫耀知识和口才。热血青年进入社交场合总是暗揣着较量心理，尤其当有异性在场时，更想显示出自己比别人高出一筹。

一会儿，论题又转移到爱情上来，这仿佛是青年知识男女们聚会的特色。邱锐谈了爱情的生理和心理因素，他用正大光明的学术性语言巧妙地挑逗着女生心中最隐秘的念头。钱亮谈起了弗洛伊德，他说世界万物从形状上看，都是性的派生物，爱情的真谛在于性的相互吸引。

女生们一片吵嚷，实际上心里巴不得男生们继续议论下去。女生们的娇嗔更加鼓舞了男生们。

在爱情是不是永恒的这个问题上，青骓和钱亮发生了冲突。

青骓说，世界上的万事万物都处在不停的运动变化之中，永恒的事物是不存在的。因此根本没有永恒的爱情。

那种海枯石烂的山盟海誓，只是青年男女被激情冲昏了头脑时的胡言乱语。那种缠绵悱恻的故事，只是作家无聊时的胡编乱造。

爱情需要不断更新。白头偕老，不叫爱情，那是为了生存的相互扶携，说穿了，是互相利用的伙伴关系。

钱亮则认为：永恒的爱情是存在的。需要更新的不是爱情，而是爱情的内容。

他说，男女是两本互读的书，读得生动，读出和谐，便是生命的辉煌，便能永恒。这就需要男女双方都去努力，用激情、用奉献去写每一页，不断地去增加每本书的厚度。

如果有一方不去努力，只是甘愿做个忠实的读者，以为只要所爱的那本书出色、辉煌，灵魂和肉体便有了归宿，这样便淹没了自我，忽视了自己的书竟还是那么单薄，如此，两本书的厚度便产生失衡。失衡了，感情才出现断裂。

"不，你这种观点不对。你完全忽视了喜新厌旧这一人的本性。按照你的理论，不失衡便可保持爱情的永恒。而失衡，往往是厚的一方读厌了薄的一方。也就是说，薄的一方因内容少而遭厚方遗弃，是不是这样？"青骓又开始了她的逆向思维，她要充分展示她的辩才了。

"是的。"钱亮镇定地回答。

"好。那我问你，在我们目前的家庭生活中，是男的付出的多，还是女的付出的多？自然是女的了。做饭、洗衣、拉扯孩子这些家务活暂且不说，为了获得男士的青睐，节食减肥，不惜患厌食症；涂脂抹粉，不惜得皮肤病。按你的理论，女方的书肯定要厚得多，那么该是女的抛弃男的。而生活中的现象却恰好相反，往往是薄的男的抛弃厚的女的。由此可见，你的理论是经不起推敲的，是荒谬的，而唯一能解释这一观点的，是人的本性。"

"不，青骓，你偷换了概念。我这儿说书的厚薄，并不是仅指页码的多少，而是指文章必须有魂，犹如诗的眼，那便是先做人，再做女人，永远不失自我。虽说倚傍在自己所爱的男人宽阔的肩膀上的幸福是极致的，可是真正支撑头颅的却是自己软弱的肩膀。"

善辩的青骓今天哑了，她陷入了长时间的沉默。

半夜，夜空中忽然传来一阵急促的呼救声："救命啊——救命啊——快来人啊——"在荒寂的小岛上，叫声令人毛骨悚然。

季岩冰一骨碌爬起来，起初他以为是幻觉。"救命啊——快来人啊——"喊声由一人变成了多人。无疑，是女生帐篷里发出的。

季岩冰鞋也顾不得穿，就朝女生帐篷跑去。"怎么了？怎么了？"他站在帐篷门口问，里面黑漆漆的，什么也看不见。

"快来啊——有鬼！有鬼！！"是方凌霜尖厉的叫声。

他顾不得许多，冲进了黑暗中。这时，他感到脚腕被什么东西撞了一下，随即"吱"的一声尖叫。"别紧张，我来了。"他先安抚一下女孩们。

这时，又有三个人冲进了帐篷，是刘启宇、窦争和钱亮。刘启宇还带了支手电筒。在手电的光柱下，大家看清了，原来是一群老鼠，足有三四十只。看到灯光，老鼠狂奔乱窜。姑娘们紧紧抱在一起，蜷缩在角落里。

一场虚惊。

季岩冰几个赶光了老鼠。为了防止老鼠再度袭扰，他们把食品全转移到男生帐篷。

"鬼！鬼！"方凌霜嘴里还在不停地叫着。她面色通红，双眼迷离，发起了高烧。

大家都围了过来，季岩冰俯下身，轻声地安慰："小方，没事儿，我们都在你身边。"直到这时，邱锐才赶了过来。

折腾了许久，方凌霜慢慢安静下来。只是脸上依然通红，额头火烫火烫。只木泉从自己的包中拿出几片药和一瓶矿泉水，慢慢喂进方凌霜嘴里。玥儿用毛巾轻轻揩去她头上的汗。Smith 把自己的睡袋让了出来。

在温暖的睡袋中，方凌霜渐渐闭上了眼睛。

这时，季岩冰他们才离开女生的帐篷。

不知何时，月亮早被乌云遮没了。伸手不见五指，夜风也肆虐起来。

"千万别下雨。"季岩冰最后看了一眼天空，忧心忡忡地钻进了帐篷。

凌晨四点钟，季岩冰又被一阵惊叫声惊醒。这次叫声不仅来自女生帐篷，邱锐、钱亮也都在惊呼。在刘启宇的手电光柱中，他发现自己竟泡在水里，几只旅游鞋像一只只小船在水中漂荡。

帐篷外，雷声大作，电光闪闪，暴雨疯狂地扑打着帐篷，发出"哗哗"的响声。狂风似乎要把帐篷掀翻吹走，帐篷四周都在由外向里冒水——看来外面已经是一片雨的世界了。

女生那边怎么样？他们冲出帐篷，蹚过没膝的积水，来到女生帐篷。姑娘们已乱成一团：玥儿扶着满嘴起泡已近乎昏迷的方凌霜；只木泉在把一件件湿淋淋的东西往一起归拢；Smith 掀起帐篷的门帘，青雅用脸盆使劲朝外泼水——她的举动显然是徒劳的，外面的水比帐篷里还高。

"得找高一点的地方。岛上有吗？"季岩冰和刘启宇商量。"岛的北侧，那几株柳树处好像要高点儿。"钱亮出主意。

"那就往那儿撤。启宇，你扶小方。钱亮、窦争协助姑娘们搬东西。邱锐呢？"季岩冰连喊两声，没动静。

他也顾不了许多了，待姑娘们撤出帐篷，他用铁锹挖开泥土，把帐篷拔出，湿漉漉地卷成一团，吃力地扛在肩上，朝岛的北侧奔去——这么大的雨，大家没个遮拦，非淋病了不可。

暴雨造成的后果比大家想象的要严重得多，岛的北侧也被水淹没了，只是水稍微浅点儿。看来，是由于暴雨造成双溪江水位上涨，江水漫上了岛。闪电中，大家发现，除了一些树木外，岛上的其他一切全淹在水中。

再这样下去，可如何是好？大家的心情十分沉重。

雨水的浇淋，使方凌霜清醒了不少，她看到周围茫茫一片汪洋，大声哭了起来。哭好像会传染，青雅、只木泉、玥儿、Smith 都跟着哭起来。姑娘们相互搀扶着，深一脚浅一脚地跟着钱亮朝那几棵大树走去。

"别过去，当心雷击！邱锐呢？"季岩冰问。

一直没见邱锐露面。

"启宇、钱亮、窦争，你们三人先支起帐篷，让姑娘们避会儿雨，我去找找邱锐。"

季岩冰朝汪洋中的男生帐篷走去。有几次，他差点滑进了江里。一道闪电，把江面照得雪亮，忽然，他发现了邱锐，见他正用一根绳子把塑料壶往胸前固定，屁股后面已经吊了一个。亮光一闪，旋即熄灭，四周又是一片黑暗。

"邱锐，你在干什么？"

"我……我……我在抢救东西。"

"快过去，和大家在一起。"

过了一会儿，邱锐过来了，他胸前背后的塑料壶不见了……

因为地面全被水覆盖，帐篷再扎下去，已经十分困难了，于是，四位男士擎起帐篷的四个角，让女生们躲在下面。可女生们坚决不肯，最后季岩冰简直是在哀求了："快进去吧，为了小方……"

……

肆虐够了的暴雨，终于在黎明前夕停歇下来。星斗又出现在天宇，雨洗过的天空，湛蓝湛蓝。随着天的转晴，漫上岛的潮水很快就退下去了。到了天亮，小岛又恢复了原来的样子。

当一轮旭日从江上冉冉升起的时候，经历了一夜激战的同学们，用从来没有过的激动心情，屏着呼吸，虔诚地盯着东方。

太阳跃出了江面，小岛很快就包围在霞光之中。小岛又恢复了勃勃生机，草叶儿、树枝上的雨珠，显得晶莹剔透。暴雨中不知躲到哪儿去的小鸟也开始竞相啁啾。

小岛活了，人也活了。青雏又亮起了她的大嗓门，邱锐又开始谈笑风生。

季岩冰和刘启宇开始为大家准备早餐。还好，因为男生帐篷没移动，剩余的肉、蔬菜都还在。可刘启宇拎起塑料壶看了看，脸上堆满了疑云："这两壶水昨天还都剩有一半，一场雨，竟都不见了！盖子也盖得好好的啊！莫非真的有鬼？"季岩冰没吭声，他默默地择着蔬菜。

无奈，刘启宇只好靠沉淀的江水来烧饭了。

早餐虽然简单，因为昨晚的劳累，大家都吃得很开心。方凌霜吃了两碗米饭后，也开始又说又笑了。

按预定的计划，那位艄公将于十点半钟来接他们回去。

第三十七章

青蘋洲踏青后不久的一个周六的下午。

季岩冰在阅览室修改论文回来，在嘉华园一舍入口处的阅报栏旁，他突然看到一个身材修长、着藕色裙装的女子，很是面熟。

怎么有点儿像芦苇？

待他仔细看时，女子不见了。当时正值晚饭开饭时间，宿舍楼入口处人来人往。

一定是自己精神恍惚认错了人。青蘋洲回来后的这些天，芦苇的影子一直在他的脑海里晃悠。其实，又何止是青蘋洲回来这些天，这些年来，芦苇的影子哪一刻离开过他心灵的空间？

只是相似的景物，更容易勾起对往事的回忆罢了。

季岩冰苦笑着摇了摇头，迈向了通往宿舍的楼梯。

他刚放下书包，钱亮走了进来："哥们儿，刚才有个女的一直跟在你后面。那模样儿绝了！尤其是气质，特高雅。汀大绝对找不出。"

"你别跟岩冰瞎逗了。真有那样一个女的，还不早让你给抢走了。"邱锐认为钱亮是在和季岩冰开玩笑。

"真的，真的，向毛主席保证。那女的，一米七左右，肤如凝脂，像上了一层白釉……"

没等钱亮说完，季岩冰拔腿就往外跑。

大家从来没见季岩冰这样失态过。

季岩冰追到楼道里，没看到；他下了楼，一直追到宿舍楼大门口，仍没看到。他呆呆地站了一会儿，沮丧地回来了。

"怎么？没看到？"钱亮还没走，"刚才你开宿舍门时，她就站在我们宿舍的门口，眼睛一眨不眨地盯着你。当时，我还纳闷儿：这姑娘明明是冲着你来的，怎么又不打招呼？"

季岩冰也纳闷儿：若真是芦苇来了，那她为什么又不进来？若是钱亮在逗乐子，可他描述的那个女的形象，又分明和芦苇相吻合。

他和芦苇的关系，除了对窦争讲过，其他人他从来没告诉过。

"走吧，吃饭去吧。别愣着了。"邱锐拉季岩冰走。

在打饭的路上，他似乎又看到了那个穿裙装的女郎。然而，当他想把隐隐约约的画面变成清晰的定格时，又做不到。满眼是端着饭盆的人流。

芦苇就在身旁的那种感觉，一直到晚上看电影时，都没有从季岩冰的脑海中消失。

那一晚，他和邱锐、窦争坐在后排。他总觉得那个穿藕色裙装的女郎，就站在他的左后方。他不时地回过头去，甚至他想站起来，一个一个找过去。

他不时回头的举动，影响了周围的观众，大家都向他投去责备的目光。

邱锐也拍着他的肩膀："今晚你是怎么了？"

电影结束了。演了些什么，他一点也不知道。

在回去的路上，他让邱锐和窦争先走。

他把步子放得很慢，调动起全部神经去捕捉女郎的影踪。

在通往嘉华园的下坡路上，他分明感觉到了女郎就和他隔了几步远。他突然转过身去，还没有来得及看清几步远的那个人影，就和紧走在他后面的一个女同学撞了个满怀。

这是个嘴巴缺德的女孩，张口就是一句："发什么骚呀，你！"

是的，在熙熙攘攘行进的人流中，这突然转身的举动，是不太合时宜。

他没和女孩计较，闪在路旁，仔细搜索着人流。

一拨一拨的人过去了，没看到他想看到的人……

回到宿舍，他仍不死心，站在阳台上凝视着远方。他多么希望那个人，此时，突然出现在他的视野里。

"要关灯了，睡不睡？"躺在床上的邱锐问他。他说："你们先睡吧。"他像钉子一样钉在阳台上。

起风了，他仍那么站着。十一点，十二点，一点……直到快两点时，他才轻轻叹了口气，回到房中。

不错，那一晚上，钱亮看到的女郎，确确实实是芦苇。

芦苇和她的先生是利用休假的机会来汀州的。今天中午，他们刚刚到达。

他们到汀州的重要目的之一，是为了解决文好的工作问题。

上次到古渼，他们了解到了文好的艰难处境。回去告诉爸爸后，芦开平差一点又犯了心脏病。他说，无论如何要把孩子安排好。

他的一个老部下曾在临江当过市委书记，现在是汀州所在的这个省的省委副书记。他亲自给老部下打了个电话。不放心，又差他的女儿女婿拿着他的亲笔信赶赴汀州。

下午一上班，芦苇和她的先生就到了省委。副书记很热情地接待了他们，他抱怨道："老首长这是信不过我。一个电话不就行了吗？还用你们亲自跑一趟。"

"叔叔，您要是不给办好，我们就住您家里不走了。"芦苇和他开玩笑。

"那太好了！你小时候，我和你阿姨就常念叨，我们要有这样一个女儿该多好。现在我们不光多个女儿，还多了个女婿，你说能不高兴？"

回到宾馆，芦苇望着外面出神。

"你应该到汀大看一看。"她的先生关切地看着她。他完全明白她的心思。

芦苇感激地看了丈夫一眼。

丈夫陪她下了楼，亲自帮她叫了辆出租车。

车开走了，芦苇看他还站在马路上朝她挥手。她的心好像被揪成了几瓣。她想停下车回去，可又好像有一只无形的手往前拉着她。

到了汀大，找到传播系研究生住的宿舍楼，她想马上就上去，可徘徊来徘徊去，始终迈不动步。

从文好那里，她才知道季岩冰至今仍是单身……她忽然明白了季岩冰说她不适合他的良苦用心。岩冰啊，岩冰……她不知道怎样说他才好……

门卫林师傅见她在阳光下走来走去，便过来关切地问："同学，你要找谁？"

"我……我等个人。"

"外面挺热的，你进传达室等吧。"

"谢谢师傅，不用了。"芦苇很感激他。

可站在门外，她觉得楼里面有一股强大的磁场在吸引着她，时间每过一秒，楼里面的磁场就增大一分。

她不觉走到传达室："师傅，传播系的季岩冰住几楼？"

林师傅说："住一单元409。不过小季这时候一定不在。他可是个好学生，这座楼，数他最用功。"

芦苇并没有离去，一定要见到他，哪怕只看他一眼。

芦苇站在一舍门口的阅报栏后，焦急地等着。她一直等了三个多小时。

开饭了，学生们拿着饭盒从宿舍楼里鱼贯而出——

还没有岩冰的影子。

就在这时，她看到了那个熟悉的身影——是他，正背着书包朝宿舍楼走来。

她的血液凝固了，心似乎也不跳了。她睁大眼睛盯着他：他还是那样清癯，只是眉宇间更多了几分成熟男性的丰采。

他好像还在思索着什么，眉头紧锁。这神情，她太熟悉了。她真想就像干校时那样，朝他飞奔而去。

但她不能够了……

他走到了阅报栏前。忽然，他像是觉察到了她的存在，明亮的眸子朝她投来。她轻捷地闪到了旁边的一棵树后。怎么面对他？说些什么？算了……算了……看他一眼就满足了。

他顿了一下，又朝阅报栏这儿看了一看，迈步进了宿舍楼。

她不由自主跟了进去。就在离他不足一米的身后。她眼睛一眨不眨地看着他。她要把眼前的他，与脑海中的他，一点一点地比较。

她看到了他左耳根处的一块疤痕：原来是没有的呀？她真想拉住他问："岩冰，这是怎么了？"

她还不知道，这是她的岩冰哥为了救文好留下的创痕。

到了409室门口，季岩冰开门进去了。她呆呆地站着……

这时，从407室走出一个戴眼镜的小伙子，疑惑地看了看她，进了409室。

走吧，真正地为他好，就应该让他把自己彻底忘掉。让他没有任何负担地开始新生活。

芦苇踽踽地下了楼。她的双腿好像灌满了铅。她舍不得走，她还没有看够。她要再看他一眼。

她坐在离一舍不远的一块石头上，眼睛盯着楼门口。

忽然，他出来了，焦急地四处张望。肯定是他觉察到了什么。

她条件反射似的站了起来。而他，没有看到她……

这下该走了吧？她自己劝着自己。

可这种劝说，苍白无力。她就是起不了身。她的思绪回到疏勒河农场，回到了清澈的伊江边……她仿佛看到那棵在狂风中摇晃的榆钱树……

天黑下来了，她还呆呆地坐在那儿。

宿舍楼里走出一个个拿凳子的人。噢，这可能是去看电影。下午，她在楼门口看到过海报。

她又在人流中寻觅着他。

看到他了。她神差鬼使地又跟在了他的后面。他进了露天电影院。她也买了张票跟了进去。

汀大的露天电影院真有意思，山坡上有站的，有坐的，她就站在他的附近看着他。有几次，她慢慢地移到了他的身后，甚至听到了他的呼吸声。

电影散场了。她仍然依依不舍地跟着他。她在替自己辩解，把他送回宿舍就走，决不能再逗留了。

他走进了楼门。她惆怅地目送着他。岩冰，伊江边我俩约定，"等到那一天"，可今宵，纵是相逢应不识……她掏出了手绢。

这时，四楼阳台上，他的身影又出现了。

她实在控制不住自己了，真想大声地呼唤他：岩冰哥，苇苇就在下面呀。

但她最终没有喊出来……她用手死劲儿抠着身旁的一棵黄栌树。

她站在阴影里，季岩冰没有看到她。她却可以清晰地看到他。

季岩冰在夜风中站着，她也在夜风中站着。一个楼上，一个楼下。

宿舍楼的灯光，渐渐都灭了。他俩还那样一个楼上、一个楼下站着……

远处不知哪棵树上一只鸟儿不停地凄怆地叫着，声声如咽。

季岩冰回了房间。

她忽然像是浑身散了架似的，感到疲惫乏力……

回到宾馆，已经三点多了。

丈夫还没有睡。他什么也没问，只是关切地说："我去给你调水，先冲个凉。"

芦苇轻轻地依在了他的怀里。

第三十八章

90级论文答辩定于六月十五日进行。

对于研究生来说，论文答辩犹如围棋的收官阶段，只有论文答辩通过，才能拿到硕士学位，三年的研究生生活才算功德圆满。如果答辩折戟沉沙，不仅拿不到学位，还影响分配。

学子们心里清楚，三年的求学生涯，只是人生的一个跳板，决定命运的关键，在于最后一跳——看你分配如何。

所以，90级研究生们抓紧了最后的冲刺。

导师们此时也异常忙碌。论文答辩虽说是考学生，实际上也是对导师水平的检验。若弟子论文通不过，别人在嘲笑弟子的同时，免不了会连带怀疑导师的水平。

你指导的弟子，论文答辩如果总是卡壳，下届考生报考时，心里就要掂量掂量了。

因此，论文答辩，不仅是弟子间的较量，也是导师间的较量。如果系里没有门派之争的话，答辩的气氛相对会轻松一点。如果有门派之见，那么，气氛就大有剑拔弩张之势了。

自然，导师们发难的对象一定是彼方弟子。

为了度过此劫，就连平素对弟子十分迁就的导师，也会对弟子严格要求起来。隔三岔五唤到家里垂询一番论文进度，提出修改意见，设想出种种应变对策。

传播系每年的论文答辩都很严格，这与"三足鼎立"的局面很有关系。不过，今年答辩，较量的只有"二足"了。"机弩龙骨"事件后，胥教授在系里的威信一落千丈，估计今年他不会怎么发难了。这样一来，矛盾更加集中，斗争也将更加激烈。

郑教授、程教授对"斗争"的严酷性不用说早就了然于胸。程教授已令弟子们把论文连改了三遍。郑教授三天召集弟子们讨论一次。

郑教授对季岩冰和秦玥儿倒不担心，他担心的是邱锐。邱锐虽然摆起龙门阵来一套一套的，但他平素热衷于社会活动，知识面及研究问题的深度都不够。

明天论文就要拿去打印了。今夜，他又把弟子们招至家中，对文章的遣词造句及引文注释认真过滤了一遍。

季岩冰、邱锐、玥儿从郑教授家出来时，玥儿说要到胥教授家求教一个问题，邱锐说正好他也要去借一本书，于是，季岩冰就独自一人回来了。

回到宿舍，他忽然想起参考文献忘在了郑教授家，便抄近路从螺髻山山脊处沿石阶往郑教授家赶。待走到山东麓的雪松林带处时，见山脚下大路上相依相偎走来一对恋人。

起初，他没有在意，待双方处于平行位置时，大路上恰好开来一辆汽车，那对恋人被罩在了光柱中，蓦然，他心头一震，这两个身影好熟悉，男的好像是邱锐，女的好像是玥儿。正待细看，汽车已驶过去了。

邱锐和玥儿？

他不愿意相信这是真的。他为玥儿捏了把汗。

朦胧中两个身影已看不见了，他还站在原地发愣。

论文答辩如期进行。

考虑到郑、程两门的门派之见，有人提议：今年的答辩委员会主任由刚提拔为教授的江一帆先生担任。

对这一提议，郑教授和程教授均答应得很爽快。

不过，这一提议，并没有缓和论文答辩时那种剑拔弩张的气氛。还在答辩开始前，就有同学预测，今年的答辩轻松不了。新官上任三把火，江教授为了显示自己的水平，不把大家"烤焦"才怪。

果不其然。第一个出辩的是青雅，她刚陈述完论文观点，江教授便开始提问了：

"这篇论文的第一句话就不通。什么'我们站在世纪之交'？世纪是平行的，怎么能够相交呢？"江教授摘下近视镜换上老花镜，目光也从论文转到青雅脸上。

江教授话音甫落，青雅马上反问："江老师，我也想问个问题，春夏是不是平行的？"

江教授一愣，马上面带微笑回答："是的。"

"那么，按您的意思显然是不能相交的了？"青雅目不转睛地看着江教授。

"……"

不待江教授反应过来，青雅接着发问："可前几年我们的报纸上经常出现这样一句话，'在春夏之交的那场动乱中'，这句话是不是错了？"

江教授语塞了……

台下一片沉寂。俄顷，有人窃笑。

见状，郑教授赶紧提了个其他问题，将这一难堪场面掩饰了过去。

江教授的脸色十分难看。他茫然地看着台下，沉默，沉默，足有十分钟，他一言不发。不过，不久他缓过了精神，脸上温文尔雅的表情不见了。镜片后的目光咄咄逼人，一连串的问题劈头盖脸朝青骓砸去。

青骓虽反应机敏，却也穷于应付。原规定每人的答辩时间为一小时，结果，仅青骓一人就占去了整整半天时间。

下午将要出辩的是邱锐。

看了上午的阵势，邱锐慌了神。中午，他饭也顾不上吃，匆匆忙忙赶往江教授家。

家里只有老两口。江教授的两个儿子均在外地工作。这顿饭，老头子显然吃得不畅快：盘中的菜还有一半多，而碗里的米饭似乎压根儿就没动过。

"这时候有什么事？"江教授斜倚在沙发上怏怏地看着邱锐。

"老师，我来请教几个问题。听了上午的答辩，我感到江教授不愧为传播学界的权威，提的问题太有水平了，一针见血地点出了问题的实质。我有几个问题，虽然曾经求教了几个老师，越听解释，越是云里雾里。找您，一定能得到满意的答复。"邱锐的态度很诚恳。

江教授坐直了身体，好像忽然想起了什么似的问："小邱，午饭吃了吗？"

"江老师，不瞒您，我还真的没吃饭。"

"快！把菜再热一下。"江教授朝厨房的老伴儿喊。

邱锐一边夸张地"啧啧"连声，称赞饭菜好吃，一边问了几个不是问题的问题。

江教授不但热情地予以解答，而且不顾年高体衰，颤巍巍地爬上阁楼，抱回一摞纸页泛黄、显然很有些年头的刊物，对邱锐讲："这些全是我上大学时发表的文章。当时，就已得到了专家的高度赞扬。司马畅教授你听说过吧？这可是传播学界货真价实的一只鼎。你瞧，你瞧，他是怎样评价我的文章的……"江教授翻开一本刊物，指着画横线的部分让邱锐看。那页纸上全是黑黑的手印。

江教授精神头十足，不厌其烦地向邱锐讲述着他的辉煌过去。邱锐一边装出认真听的样子，一边赞叹："江老的学问，在传播系那是有口皆碑的。"

足足讲述了有一个小时，江教授才顿住了话头。邱锐忙不失时机地说："江老不仅学问好，治学态度也最是严谨。"

"是啊！要想学问做得扎实，离不开严谨的治学态度。可有的同学呢，对这一点就是不理解！你对她严点儿，本来是为她好，她却以为你是故意整她……"江教授颇有点儿委屈。

邱锐知道，他对上午青雅的反驳还耿耿于怀，忙接口道："一点儿也不错。有的人就是不理解老师的良苦用心。您看，现在91级有些同学还在下面说您的闲话呢……"邱锐顿住了话头。

"说我闲话？他们说什么？"江教授端茶杯的手凝固在空中，表情有些紧张。

"他们说，江教授不是与人为善，而是与人为恶。为了显示自己有学问，净挑学生的刺儿，好像不把学生考倒不甘心似的。他们还说，干脆大家联名向系里反映一下，明年不让江教授参加系学位答辩委员会了。你瞧，你瞧，这都说的是些什么话？"邱锐似乎很为江教授抱不平。

江教授杯中的水洒在了沙发上。他无力地将杯子推向茶几，然后把瘦小的身体埋进沙发里，半天，一句话也没说。

显然，邱锐这番话触到了他的痛处：如果进不了答辩委员会，那么就是说自己在系里尚排不上号。对于这件事的直接后果，他是清楚的。

直到邱锐告辞时，他还呆呆坐着……

下午轮到邱锐答辩时，江教授一个问题也没提。此后的几场答辩，他也只是面带阴郁地坐着，即使偶尔插一下嘴，所问的也仅是些无关痛痒的皮毛问题。

论文答辩，众人均顺利通过。

谁也不知道邱锐竟当了回无名英雄。

论文答辩结束，表明三年的研究生生活行将画上句号。

有人开始清理物品了。破旧衣服、破鞋、卡片、废书、瓶瓶罐罐、旧盆烂桶等等共同构成他们三年生活的伙伴儿，如今，孤零零地躺在了楼道里。楼梯拐角处，时不时腾起一团火焰——有人开始焚烧一些不愿示人的信件。

餐厅门口的"转让"告示空前多起来，拾荒者也不时在楼道里穿巡，从这扇门蹿到那扇门，若遇到哪位室主正在清理，干脆就守门待物了。

今年，朱巍破例没有加入拾荒者的行列。他即将成为华夏经济报社的正式记者了，得注意身份。

有几次，他从楼道里经过，恰巧脚下就有一件很像样的东西，他用脚踢了踢，终究还是走了过去。

每到这个时候，一舍门卫林师傅总是把老婆从乡下接来，夫妻双双加入拾荒者的行列，携手并肩发一笔数目可观的"洋财"。

说是"洋财"，并非虚言，因为马上就要步入薪水阶层，加之为了减轻托运负担，学生们清理起东西来都很慷慨。而这些时代骄子的弃物，对于农民来说自然是洋得可以了。

据说，去年林师傅老婆回乡时，废品捡了三手推车，仅脸盆就捡了五十多个。

近水楼台先得月，门卫之特权，使林师傅几乎垄断了一舍的拾荒业。他在楼门口贴出告示一张：

90级学问已做好

即将工作建功劳

防盗警钟继续敲

外人不许进楼道

所以，楼道里就成了林师傅夫妇的一统天下了。其他拾荒者只能眼巴巴绕大楼转悠，捡拾研究生们偶尔从阳台上弃下的东西。

若有胆大者偷偷溜了进来，一旦被林师傅发现。不仅被没收捡到的物品，而且还被当作盗贼审讯半天。末了，林师傅少不了断喝一声："如果下次胆敢再溜进来，定要扭送到保卫处！"

听此言，对方若不吓得摔一个跟头就算万幸了。

猜测林师傅妻子的年龄，一直是传播系研究生们头痛的事情。若从林师傅的年龄来推断，她当为六十岁左右。可那满头的银丝却又让你坚信她至少不小于七十五岁。林夫人的体形准保让所有的欲减肥者羡慕得要死，瘦得如同经年在阳光下曝晒的丝瓜。

今年林夫人来得比往年早，穿着一件肥大的、不知哪位"追星"少女丢弃的文化衫，在楼道里转来转去。文化衫的正面印着一幅硕大的郭富城的头像，旁边一行黑字：

　　郭富城　我爱你

林夫人的时髦之举，为传播系的"侃派"们提供了足有一星期的谈资。

不等"侃派"们的笑声消失，林师傅和林夫人忽然双双不见了。传达室换了个胖大的新师傅。

有好事者，细探根由，又为"侃派"们增添了新的谈资。

新师傅姓陶，据说林师傅的销声匿迹与他有关。

他是房产处长的舅舅。来汀大看外甥，羡慕上了门卫的肥缺。令外甥感到为难的是，林师傅多年来虽说无功，却也无过，一句话将他打发走，恐同事们嚼下巴骨子。学府毕竟是清静之地。

不过，也该林师傅走背字儿，正当处长环顾左右无从下手之际，他却自己将自己送上了归途：

每次捡来的东西，譬如棉絮、蚊帐、烂床单、旧衣服之属，他全置于住房的角落里。小山似的一堆。

一天，林夫人在用煤油炉烧饭时，溢出的油燃着了，炉子顷刻间成了火球。亏得值班室离住室近，林师傅闻讯赶来，用一床烂棉絮盖灭了火，总算未酿成大灾。

事后，尽管林师傅主动写了数份检查，并赔偿了损失，但还是卷了铺盖。

林师傅走的那天，有人见他将那部给他带来可观收益的电话机，仔仔细细揩了数遍。

楼道里没了林师傅高亢激越的呼喊声，大家还挺想念的。陶师傅也传电话，但大家都觉奇怪，那么胖大的一条汉子，喊起话来，气若游丝。

陶师傅值班不到一个礼拜，也卷了铺盖。学校两家校办工厂先后破产，校长亲笔指示将一批下岗女工安置到各宿舍值班。嘉华园一舍一下子来了四个。

嘉华园一舍养了四名下岗职工，也算为国家做贡献了！

不过，四个人的干活效率，反倒不如原先一个人。先是她们为电话费的分配问题吵成了一锅粥。听说到最后也没找到合理的解决办法。于是，同学们来了电话，总是被漏传。宿舍楼前的那条大道，也几个星期看不到人扫，果皮、纸屑铺了厚厚一层。

"东不管，西不管，酒管（馆）；净也罢，脏也罢，喝罢。"这段时间，学校小餐厅的生意十分火爆，有时到凌晨两三点钟，还有学生在推杯换盏、呹五喝六。或同舍话别，或老乡饯行，个个面红耳赤，缠绵悱恻。即使那些平时从不沾酒的淑女，也会杯杯见底。

席间，往昔关系亲密者，此时更是难分难离；往昔有过节儿者，过节儿似乎也被这离情别绪黏合了。酒酣耳热之际，有许多人哭成了团，抱成了蛋。走出餐厅，气氛竟有些生离死别般的悲壮。

传播系的研究生们也开始忙碌了。邱锐以系研究生会的名义，在传播系男生宿舍的楼道里贴出了一副对联：

八面来风，螺髻山精粹诚可替

九州生气，传播系弟兄誓难分

鲍副书记来检查时，对邱锐此举很是赞赏。他在对联前站立良久，连声夸奖："好！好！'同船相渡，八百年修行。'同学们胼手胝足三年，那该是多少年的造化啊。同学之情什么时候也不能忘。哎，小邱，这副对联你应该贴在一舍门口，让全嘉华园的同学都看一看，咱们系是怎样做学生工作的。字，也应该再写大一点。"

"好的，我一会儿就办。"

鲍副书记满意地离去时，邱锐跟了上去悄声问："鲍书记，这次发展党员，什么时候有结果？"

"快了。小邱，离毕业只有一个月了。作为一个积极要求上进的学生干部，可得站好最后一班岗哟！"鲍副书记语重心长地拍了拍邱锐的肩膀。

"那是！那是！"邱锐鸡啄米似的连连点头。

第三十九章

窦争万万没想到，他跌入了严锦璐和田川设下的陷阱之中。

事情的起因是这样的：

六月中旬，传播系党总支收到了长城亚太实业总公司寄来的一封信。信中说：

> 贵系窦争同学和外语系进修生严锦璐，长期以来无视社会道德规范，多次发生不正当的两性关系，致使该女怀孕流产。不仅如此，窦争同学还大肆摄制淫秽照片，广为传播，造成极坏影响。
>
> 我们认为，窦争同学的所作所为，已完全丧失了一个研究生所应该具备的基本道德品质。为端正社会风气，遏制资产阶级的腐朽生活作风在圣洁的大学校园蔓延，我们特此要求贵系对这一事件进行严肃处理。

下面盖有长城亚太实业总公司的鲜红大印。

信是鲍副书记启封的，还没看完，他早已掩饰不住内心的激动，把左拳往右掌中一砸，左脸颊的肌肉习惯性地向上跳了几下，狠狠地说："这下看你哪里跑！"

为什么长城亚太实业总公司会给汀大传播系发来这样一封信

呢？事情还得从严锦璐打胎说起。

严锦璐和田川陈仓暗度，终于结出了硕果。田川家有河东狮吼，那么，接下来的事情呢，自然是将问题消灭在萌芽状态。

田川陪严锦璐来到市郊的一家医院。孕妇要进手术室了，须家属签字。当那位戴白帽的女医生抬起头时，田川魂飞天外，她是他妻子的表妹。

原来她在市区的一家医院，最近刚调过来。

随后的场面就可以想见了。那个表妹柳眉倒竖："你这个拈花惹草的东西，走，和我一起去跟表姐解释。"

田川先是惊慌失措，不过，他很快镇定下来："表妹，别吵吵。听我把情况给你讲清楚。"

"不听，不听！人赃俱在，你还想抵赖？走，和我一起走。"

"她……她是我们单位的员工。"

"嗬！你还有理啊？谁给你规定了领导可以搞员工？"

"你别胡说八道！把我看成什么人了！！"他佯装怒不可遏。

这一招还真灵验。表妹给镇住了："不是你，那么，为什么你陪她来？"

"是汀州大学一个学生搞的。那个学生和她发生了关系，却又抛弃了她，姑娘寻死觅活，可怜至极。我出于同情，知道你在这儿，才带她来了。"

"是吗？我调到这儿，跟表姐也没说啊。"

"哎，是这样的：我先到原单位找你，说你调到这儿了，就赶来了。"

这套随机应变编出的谎言使那个涉世不深的表妹相信了。

　　事过不久，表妹还是把这件事告诉了表姐。田夫人可没那么好对付，她又重新开始"三堂会审"。

　　利用这段时间差，田川和严锦璐早已"串供"了。于是，田川不仅手拍胸脯慷慨激昂地陈述了自己扶危救困的经过，而且还把严锦璐叫来做证。严锦璐涕泗横流地慨叹了一番田川的古道热肠。

　　不过，田夫人还是将信将疑。不得已，严锦璐使出了"杀手锏"——她和窦争做爱时拍摄的照片。

　　这是半年前的一天，严锦璐和窦争正在床上缠绵时，她忽然心血来潮，拿出相机调到自拍位置，拍下了多张很有点儿那个的照片。

　　这些照片洗出来，严锦璐反反复复看了数遍后，惋惜地说："可惜有些局部还不清楚。"

　　现在，她把它呈给了田夫人。田夫人看后，先是满脸通红："呸！亏你做得出！"疑窦也随之消了。

　　不过，她仍不放心。看这个姑娘的骚情样儿，如果田川帮助了她，她再感恩戴德黏乎上田川怎么办？不如把这事捅出去，暴露在光天化日之下，她就是有此念头，也得打消了。

　　于是，她没把照片还给严锦璐，而是命令田川以长城亚太实业总公司的名义寄给了汀州大学传播系。

　　鲍副书记准备大动干戈了。

　　他找来窦争，先是眯着眼盯着他，足足过了一分钟，才笃悠悠地说："窦争，我早就对你说过，我不会对你撒手不管的。怎么样？我没食言吧？"

　　鲍副书记离开了椅子，绕着窦争转了三圈，才又重新坐下说："窦争，我还说过，如果传播系盛不下你，你可以写退学报告。现在，这道手续倒可以免了，不用你写，我会主动请你离校。"鲍副书记脸上带着嘲笑。

窦争蒙了："鲍书记，我怎么了？"

"你怎么了？你还问我？你目无校纪和社会道德规范，流氓成性，以玩弄女性为乐事，你恶贯满盈，罄竹难书！传播系若不去了你这匹害群之马，系将不系！"鲍副书记口里唾沫四溅。

窦争愣怔了好一会儿，才说："鲍书记，如果指责我原先行为不检点，我接受，可我早已悔过了，半年来，我……"

"半年来，你怎么了？你把一个女孩子肚子搞大了。"鲍副书记戏弄地看着窦争，并从抽屉中拿出一摞照片，摞在了窦争面前。

窦争傻眼了，他有口难辩。不过，最后他还是坚定地说："照片的事，是有。但其他事，却不是我干的，我和她断绝来往已半年了。"

"铁证如山，你还狡辩！"

"如果是我的事，我会承认的。如果不是我的事，说什么我都不会承认。"窦争开始平静下来。

"你不会承认？能由得你吗？"

就在鲍副书记找窦争谈话的当晚，久未谋面的杨泽君来找窦争。他把窦争拉到无人处慌慌张张地说："哥们儿，大事不好。据内线透露，汀州高校要统一行动，查找'枪手'。一旦查实，统统开除。"

窦争也紧张起来。

"你那儿是不是还有一部分论文底稿？干脆全交给我。我把它放到家里去。我想，总不至于连家里也查吧。我这样做，全是为了大家的安全。"

窦争想了想，觉得这样也许更稳妥，便把所有的论文底稿从壁橱里拿出来交给杨泽君。

杨泽君迫不及待地翻看起来，当看到《新闻传播与党的政治思想工作》那篇时，嘘了口气，把论文塞进了随身带的马桶包。

窦争送杨泽君走后，站在阳台上乘凉。

不一会儿，杨泽君出现在嘉华园出口的路上。也就在这时，从一棵树后闪出了一个人，那个人同杨泽君说了几句什么之后，便一同离去。

窦争觉得那个人怎么有点儿像鲍副书记。当时，他并没有多想。

此后，鲍副书记又几次找窦争谈话，窦争始终不松口。

如果当事人拒不认账，处理起来也还真棘手。

鲍副书记准备避开正面，从侧面出击。他要找旁证。只要有充足的旁证材料，你窦争不承认也得承认。

他找的第一个旁证，是季岩冰。

他之所以第一个找季岩冰，是因为他知道季岩冰的分量。季岩冰在学生中有很高的威信，他又和窦争住同一宿舍。只要他说有，那么没有人不相信。

他把季岩冰请到了党总支办公室，先是一番关怀："小季啊，工作找得怎么样了？你知道吗，人民日报社来向咱们系要人，你的其他条件都合格，只是对方要个党员……目前你还不是，但不必多虑，凭你在系里的一贯表现，最近这一批，还是很有希望的。"

"眼下，系里有一件事儿，需要你协助，这也是组织考验你的关键时刻。"鲍副书记说完，热切地看着季岩冰。

"如果我能协助的话，我自然会的。"季岩冰说。

于是，鲍副书记便把事情的前后经过向季岩冰讲述了一番。末了，说道："明明是窦争搞的，这儿有充足的证据，可他拒不承认。真是'不到黄河心不死，不见棺材不掉泪'啊。你和他一个宿舍，对他最了解。找你来，就是让你以充足的证据，戳穿他的谎言。"

季岩冰的回答却大出鲍副书记的意料："窦争确实在本学期初就和严锦璐不来往了。并且这一学期，他确实变了，学习安心了，晚上也不出去瞎逛了，基本上和我一块儿上自习。"

鲍副书记显然对季岩冰的回答很不满意。他用拳头支着太阳穴，在房间里踱了几圈后，用疑惑的眼光看着季岩冰说："小季，你对组织说的是真话？"

季岩冰点了点头。

"哦，……"鲍副书记很泄气，重重地坐回了椅子上，"这样吧，你先回去，晚上躺在床上好好地回忆回忆。也许你把有的细节忽略了，也许你被窦争的某些假象蒙蔽了。如果想好了，再来找我。你知道，离毕业越来越近了，你们的时间很宝贵啊……"

季岩冰没有去找鲍副书记，倒是鲍副书记又主动找了他："小季，想好了吗？回忆没回忆起新的细节？"

"还跟上次一样。"季岩冰依然很平静。

"小季，你该不会是被人收买了吧？现在，物欲横流，很多人经不起金钱的诱惑，做了违背原则、违背真理的事情。为你将来的前途，我劝你还是好好考虑考虑。"

季岩冰不卑不亢地说："我接受一切善意的忠告，但我拒绝任何恶意的侮辱。"

"好吧，你走吧。"鲍副书记颓然坐回到椅子上。

季岩冰已经走了很长时间，鲍副书记仍在那儿坐着，他坐了很久很久⋯⋯

这天晚上，邱锐一直很烦躁，不停地在宿舍里走来走去。任何一点响动都会引起他的不满，引起他的愤怒。

季岩冰知道，这与鲍副书记下午找他谈话，不无关系。很显然，鲍副书记在季岩冰身上没有打开缺口，又把目标对准了他。

> 不读书有权，不识字有钱，不晓事倒有人夸荐。老天只恁心偏，贤和愚无分辨。折挫英雄，消磨良善，越聪明越运蹇。志高如鲁连，德高如闵骞，依本分只落的人轻贱。

钱亮正在隔壁吟诵那首元曲《朝天子》。

"操！"

邱锐狠劲关上阳台的门。

> 不读书最高，不识字最好，不晓事倒有人夸俏。老天不肯辨清浊，好和歹没条道。善的人欺，贫的人笑，读书人都累倒。立身则《小学》，修身则《大学》，智和能都不及鸭青钞。

邱锐再也憋不住了，他拉开阳台的门，站了一会儿，又折了回来。只是，关门的声音更大了。

> 软脓包气豪，矮汉子位高，恶少年活神道⋯⋯

"别吵了！"

邱锐冲向阳台，朝隔壁大吼一嗓子。

"哥儿们今晚咋了？"钱亮走了过来。他一看邱锐黑煞神似的脸，舌头一伸，肩膀一耸，赶紧转身走了。

邱锐烦躁的举动，季岩冰知道，一定是他内心正在进行激烈的斗争。

事实上，季岩冰没有猜错。今天下午，鲍副书记找了他。因为接受了上午找季岩冰谈话的教训，晓明利害之后，他没有即刻让邱锐回答，而是说："你先回去考虑考虑。"

今晚，邱锐一直在考虑。

季岩冰用砂锅在楼道里为窦争熬药。

鲍副书记频繁地找窦争谈话。从鲍副书记以往对他的态度，以及最近的言谈中，窦争预感到灾难已经向他招手了。

他先是整夜睡不着，继而咳嗽起来，饭也不想吃，恹恹地躺在床上。上星期六上午，与鲍书记的又一次谈话后，他开始卧床不起。咳嗽也加剧了。痰中出现了血迹。季岩冰硬拉他到校医院看了看，谁知连吃几天药也未见好转。

今天上午，季岩冰又拉他看了中医，医生说他是虚火上升，阴阳不调，为他开了几副中药。

季岩冰把药煎好，滗出药汁，在两只碗中倒换几次放凉后，端给了窦争："小窦，起来喝药。"

窦争这几天躺在床上，一直在回忆他这么多年走过的路：那苦涩的童年，艰辛的求学路，欧阳老师热情的一家，尤其文好那张娟秀的脸。他也想到了入大学以来荒唐的一切……

这些天，他的心里头仿佛经历了一次次强烈的地震。"我……我不能离开学校啊！再最后给我一次机会吧！"他滴血的心发出了撕心裂肺般的呼唤。

　　他来接药碗时，季岩冰发现他的脸上挂着泪，就轻声安慰说："喝了药会好的。"

　　窦争凄楚地看着季岩冰问："我会不会被开除？"

　　季岩冰说："你这学期确实变好了，这是大家有目共睹的。我想，学校也不会无视事实吧。"他说话的嗓门很高，实际上，他是说给正在进行激烈思想斗争的邱锐听的。

　　然而，系里还是做出决定，开除窦争。

　　知道消息后，窦争再次找到了鲍副书记，在做了一番恳求后，泪如雨下地说，自己实在是冤枉的！

　　鲍副书记丝毫不为所动，冷冷地说："直到现在，你还不认账，夜不归宿，'每周一个'的证明材料都在，你还抵赖！"鲍副书记翻翻桌上的几张纸，"系里还算是仁慈的……听说你还差点儿害死一个年轻的姑娘。"

　　系里公布了决定之后，季岩冰找到了邱锐。他把邱锐叫到楼顶的平台上，直视着他说："是不是你说窦争夜不归宿？"

　　"没……没有啊……"邱锐慌忙躲开了季岩冰逼人的目光。

　　"既然如此，咱俩去找鲍书记证明：窦争和严锦璐的关系早已结束，严锦璐再没到过我们宿舍，本学期的晚上窦争一直坚持上自习。关于窦争夜不归宿之说纯属诬蔑——因为我们三人一舍，咱俩去证明，最有说服力。走！现在就走！"

　　邱锐却不愿动身："他……他有时候出去，谁知道都……都干了些什么？"

　　季岩冰用陌生的眼光，久久地打量着邱锐……忽然，他眼前出现了青蘋洲那个狂风暴雨之夜，邱锐把两只塑料壶往身上绑的镜头。

邱锐的脸在他眼前模糊了……

季岩冰没有就此罢休，他发起了签名请愿活动：证明窦争已经转变，请求校领导给窦争重新做人的机会。

季岩冰第一个签了名，刘启宇、钱亮、玥儿……传播系有 16个研究生签了名，占研究生总人数的 70％。

发起签名活动时，白曦的 GRE 考试迫在眉睫，为了排除干扰，他在博士楼找了个房间，昼夜苦战。打饭时，他听钱亮讲了情况后，专门回来找到季岩冰，端端正正写上了自己的名字。写完后，他嫌墨迹太淡，又重新描了一遍。

请愿书送上去的当天，鲍副书记也找了领导："这次请愿是发起签名的同学得了被开除学生的好处，煽动起来的。"

不久，学校还是派出了调查组。调查组由校党委学工部和纪委联合组成。

学工部是冲窦争来的。

纪委的矛头指的却是鲍副书记：有人告他花钱买论文。

第四十章

调查组的工作，进展得不太顺利。

关于窦争的问题，大部分的同学都说，窦争这一学期确确实实变了：学习很用功，生活作风也很严谨。有几个同学还作证说，他们亲眼看到好几次严锦璐来找窦争，都吃了闭门羹。

关于鲍副书记买论文的事儿，窦争做证说论文就是他写的。他还复述了论文的详细内容，以及哪一段都引用了哪些资料，这些资料出自何处。

调查组专门到省委党校以组织的名义调出了鲍副书记的论文。同窦争的证词一对照，竟毫厘不爽。

鲍副书记对这一情况，这样解释：一定是窦争为了陷害他，通过什么渠道偷看了他的论文，并暗中默记了下来。一个学生为了陷害老师，竟使出这样的手段，可见此人是多么的歹毒！

他强烈呼吁调查组要还他清白。他说，既然窦争说是自己写的论文，那么，底稿总该有吧。窦争拿出了底稿，他马上引咎辞职。

鲍副书记满脸沉痛地说，如果作为老师做出这种丑行，怎能为人师表？

但是，倘若窦争拿不出底稿，证明窦争是恶意中伤老师，那么，学校就必须严厉处罚这种人。否则，谁还敢去管理学生？对坏人的姑息，就是对好人的伤害。

于是，调查组便让窦争拿出底稿来。

窦争满口应承下来。他到汀州师大找杨泽君。杨泽君把一包底稿递给了他，用一种如释重负的口气说："好吧，完璧归赵。替你保存这包东西，搞得我天天提心吊胆。"

窦争马上翻找那篇《新闻传播与党的政治思想工作》，却怎么也找不着。他问杨泽君稿子的下落，杨泽君反问道："你给我了吗？我可是从来没打开过包。"

窦争忽然悟到，他又被算计了。

不久，一张告示贴在了校行政楼前的布告栏上：

布　告

传播系 92 级研究生窦争，长期以来，受资产阶级生活作风影响，无视校纪和社会道德规范，以谈恋爱为名，玩弄女性，致使外语系进修生 ××× 怀孕。窦争还制作淫秽照片，恶意诽谤老师，在全校造成极坏影响。

窦争的所作所为，已经丧失了一个社会主义大学研究生所应具备的基本道德品质，为严肃校纪，端正社会风气，根据校字（074）号文之规定，开除窦争学籍。

特此公告。

校长办公室

1993 年 6 月 20 日

就在布告公布的第二天，窦争不见了……

　　据说，调查组把调查的结果汇报给主管校纪的副校长后，开始，副校长并不打算开除窦争。

　　他同调查组成员一起分析了窦争"风化事件"的整个过程，认为：窦争有可能是冤枉的。一个作风放荡的女秘书同一个时时刻刻想逃避家庭的总经理，天晓得会干出什么事来。再说，如果没有私情，女秘书去打胎，用得着日理万机的总经理亲自陪同吗？

　　令副校长挠头的是窦争状告鲍副书记买论文一事。有关校园"枪手"的传闻，他早就听到过。不过，一个主管学生思想政治工作的系党总支副书记花钱买论文，如果传出去，那可真是天大的丑闻。从感情上讲，他真不愿意这件事是真的。他也不愿意调查组查出什么结果来。

　　好在窦争拿不出论文底稿。他想把这件事淡化处理，尽可能将影响降低到最小限度。

　　副校长找来传播系的领导，提出，就窦争的"风化事件"，由传播系给予警告处分；鲍副书记买论文一事，压根儿不再提起。他还亲自找鲍副书记做工作："这件事，你不提，别人也就不会往深里想，慢慢地也就淡忘了；你非要办个清清楚楚不可，反而给人此地无银三百两之嫌……"

　　谁知副校长的话还没说完，鲍副书记早跳了起来：不行，不行，绝对不行。这件事含糊不得。世界上怕就怕认真二字，共产党最讲认真。窦争恶毒诽谤老师，已严重损害了他的声誉。若不严肃处理，等于姑息养奸。他将立即辞职，并向上级部门讨还公道。

　　副校长无奈，只好做出了开除窦争的决定。

就在窦争被开除一星期之后，朱巍疯了。

朱巍精神失常，与前不久华夏经济报社周主任的一封来信有关。周主任在信中先是表示了一番歉意，之后才说：由于今年机构精简，朱巍进华夏经济报设一事已经无望，让他另谋高就。

这一消息对朱巍来说，无异于天塌地陷。

自从五月份从北京归来后，朱巍一直处在极度的亢奋之中。一向小气的他再次表现出了大方，主动买了两斤枦柑请大家分享。

朱巍请客？那真有点儿"北斗出南面"的况味。

不过，本学年，"北斗"两次高挂"南面"。第一次是他在追求晏樱的时候，主动请钱亮和马宿草——他的两位"同情兄"，在学校的小餐馆吃了顿牛肉面。这样，钱亮设下两年的赌注终于就要有人得到了——他得请马宿草到香格里拉大酒店撮一顿，还要为老马洗半年的碗。

有人要他践约时，钱亮却辩解道："我原先说的是，谁要能让朱巍请客，那么，我便请客。朱巍是被动者，而现在是人家朱巍主动请客，成了主动者，与题意不符。所以，答案无效。"

朱巍开始安排到京后的计划。九月份，他要欣赏香山红叶。十月份，他要登长城。关于慕田峪长城和八达岭长城，究竟爬哪座，他拿不定主意，还特意到校图书馆借来了一摞介绍这两座长城的有关资料。以前，他虽然两上北京，因忙于实习，一次也没出去玩过。

为了避开毕业时的托运高峰，除了留下一些简单的日用品之外，他把行李提前托运到了北京。

在这期间，他的父亲频繁给他来信，扬眉吐气地讲述家里接踵而来的好事。先是他妹妹进了县里那家效益最好的企业——红旗注塑机厂。接着，他父亲自己也到乡里的一家企业看大门，工资和其他工人一样高。最近，又告诉他，村里评他们家为"五好家庭"。

每封信里，这个从前没有"挺直过腰"的农民，都不忘嘱咐儿子，一定要记住党的恩情，记住政府的好处。

父亲的每次来信，都犹如给他注入了新的兴奋剂，他的脸明朗得就像解放区的天。

接到周主任的信后，他一天没吃饭，当晚就登上了北上的列车。

第三天他回来后，眼睛有些发直。他碰到的第一个人是钱亮，他开口第一句话就是："哥们儿，我是被别人挤掉的，部里原先是要我的，被一个副部长的女儿挤了……"钱亮立马表现出同情。

他碰到的第二个人是白曦。第一句话又是："哥们儿，我是被别人挤掉的，部里原先是要我的，被一个副部长的女儿挤了……"

碰到第三个人又是："……"

碰到第四个人……

他一遍又一遍地向碰到的每一个人，讲述着同一句话。

凡是看到或听到与华夏经济报有关的一切，都引起他强烈的震动。一次，钱亮一个在华夏经济报社工作的同学给他来了封信，朱巍一看到，眼睛一亮："华夏经济报！""唰"地就给撕开了……闹得钱亮好生不快。

他明显地瘦了，两颊塌了下去，胡须长得老长，身上的衣服也好久没洗了，发出一股酸臭味。

他还在不厌其烦地给大家讲述那句已讲了不下几百遍的话。大家的同情心随着他讲述次数的增多渐次递减。最后，看他进来，大家转身就走，"祥林嫂！活脱脱一个祥林嫂！"

失去了听众，朱巍依然在讲。他对天空讲，对大地讲，对树讲，对草讲，……传播系的同学们经常看到他对着一个所在，嘴里嘟嘟囔囔。

一个大雨滂沱的晚上，一个同学看到朱巍站在楼顶的雨水里，面朝北面，左手食指指向前方，满嘴燎泡的唇间迸出"华夏经济报！华夏经济报！华夏经济报！……"

毕业前夕，流言蜚语特别多，就连鲍副书记也有人说起闲话来。说他和青雅有关系，且传得有鼻子有眼。

关于这件绯闻，邱锐是从二舍他的一个女老乡那儿听到的。

一天，那个女老乡来串门时，问他："你们系那个充当第三者的女生分哪儿去了？"

"当第三者？谁？"邱锐感到很吃惊。

"你还不知道？就是你们系那个脸挺黑，个子挺高的女生。"

脸挺黑？个子挺高？他脑子中闪过了青雅。前段时间，他听说青雅正在给鲍副书记刚上小学一年级的女儿当家庭老师。

他来了兴趣，连忙追问下去。老乡告诉他，她同宿舍的一个女孩的母亲和鲍副书记的爱人在一个车间。最近，鲍副书记的爱人情绪很不好，据说是因为她怀疑丈夫正和本系的一个女研究生搞婚外恋。

邱锐对他这个老乡简直要感恩戴德了，这等于给他送来了一个克敌制胜的法宝。第二天，他就设法搞清楚了鲍副书记爱人的工作时间。

过了几天，当鲍副书记爱人上夜班时，晚上十一点多，他来到青雉宿舍，只有玥儿和方凌霜两人在。

玥儿问他："这么晚了，来干什么？"

他支吾了几句，赶紧就走。他三步并作两步跑下楼，操起了电话……

汀州第五棉纺织厂，鲍副书记爱人正在车间干活。忽然，门卫传她听电话，是一个陌生男人的声音："你家里出事了，赶紧回去。"

"喂，什么？你是谁？"

对方早挂断了电话……

于是，系里的传闻就更邪乎了。说是副书记爱人赶到家后，当场捉了奸。鲍副书记非但没有惊慌失措，反而抓住她的头发摁在地上，开拳便打。

这件事可信度有多大？无从查考。不过，鲍副书记的爱人三天没去上班，这倒是事实。第四天上班时，同事们发现，她的脸上多了几块青痕，牙齿也掉了一颗。

另外，可以佐证这条传闻的是，鲍副书记在入党问题上明显不再偏袒青雉，并且，有几次在公开场合，对青雉还颇有微词。

有人说，这是做贼心虚。

青雉的情绪大不如以前。一次班会后，她曾扬言，如果谁在她的入党问题上使了绊子，她将把他的老底抖尽。

邱锐抑制不住兴奋，他要再烧一把火。当晚就找到鲍副书记家，先是对鲍副书记三年来对他的关怀表示感激，接着，对系里某些别有用心的人对鲍副书记的栽赃表示强烈的义愤。最后，才说："青雉最近情绪有些不好。"

一听到青雉，鲍副书记有些紧张，继而装出一副漠不关心的样子："哦？"

邱锐观察着鲍副书记脸色的变化，他明白，其实鲍副书记很想知道下文，便接着说："好像有人欺负了她，她说必要时她将上告。"邱锐故意夸大了事实。

鲍副书记的漠然不见了，抑制不住地现出了烦躁情绪。

见目的达到，邱锐才带着满意的神情走了。

然而，他这把火也许烧过头了。

就在邱锐夜访鲍副书记的第四天，系党总支宣布，鉴于这次培养期太短，本学期不再发展党员。

邱锐回来后，砸坏了阳台门上的两块玻璃。

第四十一章

六月底，人民日报社人事局来了两名干部，拟在传播系研究生中挑选一人。

他们还透露这样一个信息：今年人民日报社进入的尺度放宽了，非党员，只要是入党重点培养对象，也可以考虑。

这一信息，在传播系研究生中激起了巨澜：等于说，每个人都有了进人民日报社的希望。

除了马宿草外，大家都很兴奋。

一时间，两名干部住的房间，门庭若市，许多人跑上门去自我推销。当然，手中忘不了拎点儿汀州的时令水果什么的。

在这些人中，表现最积极的，当属邱锐了——本学期不再发展党员的消息发布后，他消沉了好多天，终日约上一帮老乡喝酒买醉，言语中对系里的领导也颇有不恭。

倏忽又传来非党员也可进人民日报社的消息，这犹如天降福音，在老师们面前，他又换上了平素那张谦卑真诚的脸。

他主动跑到程肖庄主任家里帮助程夫人买粮、换煤气；他还托在深圳工作的亲戚为鲍副书记的女儿邮寄了一台刚刚面世的"学习机"。

　　对于人民日报社来的两名干部，他更是不敢怠慢，每天都会买些非汀州产的荔枝、龙眼送到房间。全然不管昨天买的是否吃完。

　　传播系研究生们这种过分热情的待客举动，搞得人民日报社的这两名干部寝食难安。他们不得不频繁地更换住处。然而，不管他们搬到何处，总会被人打探出来。他们的房间呢，又总是"你方唱罢他登场"。

　　一星期后，这两名干部开始同系领导交换意见。他们首先谈了自己的看法：通过查阅学生的学籍档案，以及在师生中的广泛调查，初步选择了季岩冰。

　　他们说，选中季岩冰，除了他各方面的条件符合人民日报社的进人标准外，很重要的一个原因是，传播系应届毕业的研究生中，只有季岩冰等少数几个人没有私下里找过他们。他们说，如果学生在学校就有拉关系找门子的毛病，很难保证他走上工作岗位后，会端持操守。

　　谁知，就在这两位干部和系领导交换意见的次日，有一位同学给系里写了一封匿名信，说季岩冰给某杂志写了一篇题为《教育忧思录》的文章，把汀大传播系的师生们都写成了小丑。尤其是文中还恶毒攻击现任系领导班子，用大量的篇幅描绘程主任、鲍副书记的个人隐私……

　　这封信的结尾处，还写道：这篇稿子有背景，是郑掖教授下台后，对现任领导班子不满，指使季岩冰写的。

　　郑教授同程教授不睦，这在传播系人人皆知。他俩的矛盾起源于"文革"。

　　"文革"初期，两人一齐在农场接受改造。一次批斗会之后，郑教授愤愤不平地对程教授讲："半个多世纪以来，知识分子的地位从来没像现在这么低。清末，我爷爷在汀州书院教书，绿营军官给学生们上体育课时，要喊'请老爷们立正'。民国初年，我父亲从英国留学回来，督军亲自到码头迎接。解放前，我在汀大教书，即使国民党垮台前夕，物价飞涨，我那时每月还能拿两百个大洋，可以养活七口之家……"

程教授把这通"反动言论"报告给了工宣队。结果，郑教授被关了半个月，挨了几顿狠揍，还被发配到了离汀州更远的山区农场。

程教授呢，因揭发有功，提前结束了改造生涯……

在系里，无论是学问还是人品，郑教授口碑极佳。而对程教授呢，则是贬多褒少。

这段时间，系里风传程主任和一个女教师如何如何，更是搞得程主任焦头烂额，在各种场合解释辟谣。

当晚，鲍副书记受系党总支的委托，找季岩冰谈话。

季岩冰说他确实写过一篇叫《教育忧思录》的文章，投给了《决策信息》编辑部。但是，文章绝不存在所谓的个人攻击。

它反映的是在市场经济大潮中，学校出现的各种思潮，以及部分教师厌教、学生厌学的状况。文章从深层次剖析了出现这种状况的原因以及解决的对策。目的是唤起人们对教育存在问题的重视。

鲍副书记说，要想证明你说的是实话，你必须把文章从编辑部要回来，系领导要审查。

岂料，季岩冰坚决不干。他坚定地说，文责自负。如果文章中有不实之处，或是诽谤他人之辞，对方完全可以起诉他。他也愿承担一切责任。再说学校又不是出版机构，凭什么审查学生的文章。

鲍副书记说，你要知道分配在即。分配大权掌握在系里，系里不让你到人民日报社，即使人民日报社要你，你也去不成。

说到这里，他让季岩冰坐近一点儿，用一种推心置腹的口气说："小季，不是我和你过不去。程主任特意交代过我：'我们要对党的事业负责，绝不能把欺师灭祖、道德败坏的学生送到党报。'为了你的前程，你还是和系里配合一下好。"

季岩冰仍不答应。他说，现在分配，提倡的是双向选择。老师不能凭自己的好恶，或是听信几句谗言，就随意把学生的前程把玩在股掌之间。如果那样，是同分配原则格格不入的。他将保留向上级部门申诉的权利。

鲍副书记又软硬兼施同季岩冰谈了很久，季岩冰就是不松口。

季岩冰走后，鲍副书记马上把谈话内容原原本本地报告了程主任。

程主任听完，想了一会儿说："现在当务之急是设法弄清那篇文章到底写了些什么。正好《决策信息》的总编是我大学的同学，明天，咱俩就乘火车找他去。"

坐了十个小时的火车，程主任和鲍副书记找到了《决策信息》编辑部。

总编辑姓徐。当他听到老同学千里迢迢赶来，是为了看学生写的一篇文章，便饱含激情地说：

"真是青出于蓝而胜于蓝啊！你的这个叫季岩冰的学生实在是了不起。他分析当前的教育状况，可谓是高屋建瓴，鞭辟入里。文章已经发排了，我们把它放在了本期的首篇，下礼拜你就可以看到刊物了。"

程主任急忙让他把小样拿来看看。

看完小样，程主任和鲍副书记都松了一口气——看来季岩冰说的是实话。

不过，程主任和鲍副书记商量了一会儿后，还是对徐总编说：

"这篇稿子能不能不发？虽然文章讲的都是事实，但以汀州大学为解剖点，传出去毕竟不美。"

徐总编说："这恐怕不可能了。文章已经发排，撤下来，编辑部要损失两万多块。"

程主任又说了一番看在老同学面子上之类的话，请徐总编无论如何帮忙。并答应系里将赔偿一定的经济损失。

徐总编听完，口气缓了下来："哎呀，老程，也就是你来了，换了其他人，我们决不会让步。就这样吧，我知道学校是清水衙门，拿五千元算了，我给下面好有个交代。"

程主任和鲍副书记连声道谢。

"不过，老程，你也得帮我一个忙。我小儿子今年要参加高考了。估计上本科够呛。听说现在每个学校都有内部照顾的指标，能不能给你侄子来一个？"

"没问题，这事儿包在我身上了。我给校长打个报告，让他以最优惠的政策特批一个。你这也是为汀大做了贡献嘛。"

"一言为定？"

"一言为定！"程主任和徐总编互击了一下右掌。

"老程，你这么爽快，我也不妨再给你个人情：把季岩冰这篇稿子抽下来后，你可以随便拿篇稿子来顶上，稿费从优。"

就这样，双方达成了交易。各得其所，皆大欢喜。

回校的路上，鲍副书记问程主任："季岩冰分配的事儿怎么办？人民日报社的那两名干部一直在催问系里的态度。"

"你认为呢？"程主任反问道。

"依我之见，不如把他分回原单位。若分到人民日报社，他来个秋后算账怎么办？他的笔头功夫可是厉害得很。分回原单位，纵他有天大的本事，也闹不起来了。"

"好，小鲍，我完全支持你的工作。不过，一定要做得妥善一点，别留下后遗症。"过了一会儿，程主任又补充道："先把他稳住，到公布分配方案时，再突然摊牌。"

"还是程主任想得周到。"

回到学校后，程主任专门请季岩冰到家里吃饭。他拍着季岩冰的手说："小季，前一段时间让你受委屈了。起初，别人把问题反映到我这儿时，我当时的态度就很明确。言论自由嘛，只要文章不反对'四项基本原则'，不存在诲淫诲盗，谁都无权干涉。

"现在，问题搞清楚了：这都是某些同学为了达到个人目的造的谣。你放心，凭你的才干和人品，进人民日报社，非你莫属。"

第四十二章

一波未平，又起一波。

邱锐爱人的到来，等于说给传播系这潭本就不平静的水中又投了一颗重磅炸弹——入学三年，邱锐一直宣称他还没找对象。而现在，不仅老婆来了，还带着一个四岁的孩子。

那天，研究生都在系里填毕业分配表，一个看上去四十来岁的妇女，拉着一个小孩，找进了系办公室。

当时，邱锐正和大伙一起，背对着门，趴在桌上填表。一个旁若无人的声音问道："邱锐在吗？"

邱锐闻声，大惊失色，倏地转过了身，触电般地呆住了，手中的钢笔"叭"地掉在地上。

大家正纳闷，只见那个小孩张开胳膊，嘴里喊着"爸"，向邱锐扑去。

这是怎么回事？大家全愣了。玥儿更是呆住了。

玥儿万万没想到，邱锐竟已结了婚，还有了儿子。她双手捂着脸，在大伙诧异的目光中，冲出了办公室。

第二天，传出了玥儿自杀未遂的消息，她吞下了几十片安眠药。有人说，她已经怀上了邱锐的孩子。

邱锐的老婆为什么要到系里来呢？这位大邱锐五岁、相貌一般，甚至可以说有些丑的妇女，千里寻夫，有两个目的：一方面是来告诉丈夫，她父亲已在市政府为他谋到了一个很不错的差事；另一方面带着孩子亲自来系里，是督请领导念邱锐有家有室，不要将邱锐分到外地。

大家对相貌堂堂的邱锐竟娶了这样一位上不了台面的夫人，很有些不解。

不久，有人这样解释：当年，邱锐在师院读书时，为了毕业时能留在上海，就和这位副校长的千金攀上了亲。结果，他轻而易举地留校了。

尽管他和这位千金结了婚，他和她心里都明白，邱锐并不爱她，他爱的是一位叫邬玫的姑娘。

邬玫是邱锐的"插友"。

1974年，十七岁的邱锐怀着到广阔天地接受贫下中农再教育的壮志豪情，来到陕北一个小山沟插队。

然而，他很快发现，展现在他面前的天地并不广阔，抬头就是山，四面不见川。新中国成立二十多年了，这里依然不通电，吃水要到山外去挑。十几名知青挤在两间土窑洞里。没有任何文化娱乐设施，收了工后，知青们在一起除了吹牛、打扑克，再无他事。

支书，就是这里的绝对权威。

村里的后生，和他长得很像的很多。有人说，他在村里有"三宫六院"。

很有抱负的邱锐，不愿把青春荒废在这闭塞、愚昧的穷山沟，虽然看不到什么出路，收工后，仍然就着煤油灯，看他喜欢的历史、文学书籍。因为不合群，他成了知青们攻击的对象。吃饭时，给他留的饭最少；干活时，却把最重的活留给他。

一次，修大寨田。下雨了，别人的土方都干完了，躲在工棚里聊天。而他还有一大堆。他冒着雨，吃力地把一车土从沟底往上拉，泥泞使他一步三滑，襻绳深深地勒进了肩里，汗水和雨水齐下。

他连续冲了三次坡，都未能上去。其他知青都幸灾乐祸地看着他。他咬着牙，忍着委屈的泪水，又开始第四次冲击。

忽然，他觉得车轮轻了。回头一看，见一个穿着肥大衣服、身材瘦小的女孩，正吃力地用肩膀顶着车轮，那张清秀的脸上满是泥巴。她就是邬玫——一个资本家的女儿。

自此，她闯进了他的生活。两人搀扶着，在凄风苦雨的日子里，苦熬时日。

物质上的贫困，邱锐倒还可以忍受。最使他不能忍受的是精神上的贫困，带来的书早已被他嚼了几遍，在这贫困的山村，再到哪儿去找书呢？他为此很苦恼。

一次，邬玫探家回来后，兴冲冲地直奔他的窑洞："你猜，我给你带了些什么？"姑娘拿出的竟是几本书。邱锐太高兴了，一下子抱住了她。

"哎哟，哎哟，快放开。"姑娘疼得叫了起来。邱锐这才注意到，邬玫的左肩上有伤。

原来，邬玫家的隔壁就是市图书馆。院子里一棵高大的香椿树的枝杈，正好伸到图书馆三楼的气窗。她就从这儿翻进图书馆，偷了几本书。出来时，不小心从树上摔了下来，扭伤了肩膀。

"疼吗？"邱锐心疼地问。

邬玫装作满不在乎地说："没事儿。"

然而，事情还是出来了。

邱锐案头一下子多了几本书，且盖有图书馆的章。于是，一个阶级斗争观念很强的知青向大队报告了这件事。支书便把邱锐给抓了起来，这时，邬玫找到了支书，说书是她偷的，与邱锐无关。

支书喜出望外。他对邬玫垂涎已久，只是邱锐的存在和邬玫对爱情的忠贞，使他始终无机可乘。于是，他放了邱锐，而把邬玫留了下来。

在威逼利诱都没有达到目的后，他恼羞成怒地让民兵押着邬玫在全村游街。

那是一个大雪天，沟沟坎坎，一片银白，邬玫脖子上挂着偷来的书，细细的铁丝深深地勒进了肉里……一群小孩跟在后面起哄。

每到一家农户门前，民兵就敲起破锣："大家快出来看——反动资本家的狗崽子，挖社会主义的墙脚，偷劳动人民的书。"

一会儿，就来到了知青点。看着瑟缩着身子站在雪地里的邬玫，听着知青们喊的"打倒资本家的狗崽子邬玫！"的口号，邱锐真恨不得扑上去把所有的人都打翻在地。

邬玫抬起了头，她看到了人群后面的邱锐，她朝他努力地笑了笑。那是一种什么样的笑啊！

……

虽然邱锐的知识水平在知青中出类拔萃，然而，两次推荐上大学，都没有他的份。这是第三次了，又没有他。

邱锐来到田野，秋后的山坡上一片肃杀。他盯着夕阳，心情比秋日的旷野还要凄凉。已到吃饭时间了，邬玫找到了他："放心，这次会有你的。"

"有个鬼！操他妈，名单肯定已经定了。"

"真的会有你。"邬玫声音很低，但好像是胸有成竹。

"你怎么知道？"邱锐有些意外。

"你什么也别问了。"姑娘把头俯在他的胸前，泪珠滴湿了衣襟。

"你怎么了？"邱锐捧起姑娘的脸。

"我把我给你……"

不等邱锐说什么，姑娘已把他拉向了草丛……

邱锐如愿以偿上了大学。很快，他就知道了姑娘为他付出的代价：就在邱锐独坐山坡的前一天，邬玫找到了村支书，对他说："我答应你，但有个条件，这次必须推荐邱锐上大学。"

支书疑心自己听错了，随即就欣喜若狂："好说，好说。"他把那张发着口臭的嘴凑了过来，邬玫躲开了，冷冷地说："两天以后。"

走出大队部时，她好像死了一样。

邱锐上师院的第二年，就恢复了高考。农村，他是不想再回了，然而他这个工农兵大学生要想留在上海，比登天还难。于是，他开始追求副校长的这位二十八岁仍待字闺中的老千金了。……

季岩冰、刘启宇、钱亮三人到医院去看玥儿。眼前的一幕使他们恶心：

邱锐正站在玥儿床前，咕咕哝哝不知说着什么……

"滚！"玥儿拿起枕头，朝他砸去。

邱锐一下子跪在玥儿床前，抓住玥儿的手："玥儿，我对不起你，我对不起你，你打我吧！骂我吧！"说着，涕泗横流。

　　玥儿厌恶地甩开他的手。

　　"玥儿，我求你了，你千万别闹，一闹，我的前程全毁了。你不知道，走到今天这一步，我付出了多大代价……"他哭得更痛了。

　　分配归分配，生活中的其他事情，还在按自有的轨道正常运行。

　　戴琳终于绝望了。她不再找刘启宇，而是和生物系一个在职研究生好上了。据说这位研究生是汀州有名的大款。新近刚离婚，他答应毕业后就娶戴琳。

　　当钱亮把这个消息带给刘启宇时，刘启宇竟还替她担心："我真怕她将来吃亏。"

　　钱亮和晏樱吹了。提出分手的，是钱亮。

　　前几天，钱亮的一个计科系老乡，本科毕业，过来和钱亮告别。见钱亮桌上晏樱的照片，诧异问："你和她什么关系？"

　　钱亮不无自豪地说："这是我女朋友。"

　　"唉！你怎么和这种人谈对象？"

　　于是，这位老乡便向钱亮讲起了"螺丝帽"的故事。

　　这是幢呈"口"字形的单面宿舍楼，一条抄手游廊将"口"的四边连了起来，东、西、南、北便隔天井相望。晏樱住在东边的三楼，西边四楼住的是计科系的男生。如果开着门，从四楼往三楼看，房间里的一切便一览无余了。

　　一般情况下，女生都关着房门。汀州闷热的夏天，女生们只好闭门大开，挂起了半截门帘。

　　夏天，女生们免不了要擦澡。于是，从四楼往三楼看"西洋景"，便成了计科系一些男生的乐事。

一天，晏樱正在擦澡，被几个男生窥见了。风吹动门帘，那几个男生便一起恶作剧地唱起了那首儿歌："路边有颗螺丝帽，弟弟上学看见了，看见了，看见了，看见了……"

晏樱又羞又恼，哭哭啼啼地向本系男生诉说了一通。男生们为维护本系的利益，便找上门，话不投机，双方展开大战。计科系伤了五个，管理学院伤了六个。

对这起恶性事件，双方的系领导都非常重视，决定严肃处理。作为始作俑者的晏樱，一方面为逃避责任，另一方面也怕计科系同学报复，矢口否认与此事有关。

于是，本系为她仗义而战的六个人便被开除了。

钱亮听后，在床上睡了两天。第三天傍晚，他拉上刘启宇到小卖部灌下了一瓶白酒，很豪气地长啸一声："大丈夫何患无妻！"回来，就把晏樱的照片撕了。

92级的白曦也陷入痛苦之中。

他的"托福"梦破灭了。多年的心血化作了流水。倒不是他没有考好，今年五月的 GRE 考试，他在汀州考区考了第二名。他联系的一所美国著名大学也寄来了录取通知书。

他兴冲冲地赶到北京签证，美国大使馆官员问他：毕业后是否在美国定居？白曦听人说，美国佬生怕大批移民涌入，增添国内负担，对于想滞留美国的"托派"卡得很严，于是，他便回答："我要回来建设自己的国家。"

实际上，他的回答也并非完全是为了应付签证，这位在父母羽翼下长大的独生子，什么时候都离不开妈妈。

然而，他被拒签了。

　　后来，有人替他分析，美国佬并不是对每个想在美滞留者都刁难，拒签的往往是那些他们认为对美国无用的人，而对于有用的人，他们总是设法网罗。

第四十三章

窦争突然出现了。

此时，90级毕业分配正进入最紧张的阶段。

窦争首先出现在系党总支办公室。他蓬头垢面，额上缠着一块纱布，血从纱布后渗了出来，在额头中央凝成暗红的一块。脸颊上、脖子上也布满血痂。

乍一看到窦争，鲍副书记竟不知所措。他腾地一下从桌后站了起来，慌急中把椅子也带翻了，脸上显出戒备的神情。

"鲍书记，我要求平反。"窦争把一卷纸递给了鲍副书记，目光中露出期盼的神色。

鲍副书记迟疑了一下，还是把纸接了过来。展开一看，纸卷里面还有一张照片：虽然曝光不足，但人像也还清晰，是一对一丝不挂、惊慌得面孔都有些扭曲的男女。

女的照片，鲍副书记曾经见过，就是上次那个说与窦争发生过关系的叫严锦璐的女子。

鲍副书记边看照片，边疑惑地看着窦争。

"我当场捉了奸。他们承认不是我搞的。"窦争急切地说。

鲍副书记把目光又投向了纸：

上次严锦璐怀孕，是我搞的。与窦争无关。

田　川

1993.6.27

我和田川发生关系后怀孕。是我嫁祸于窦争的。

严锦璐

1993.6.27

其中，田川和严锦璐的署名上还分别摁有指印。

鲍副书记把照片和纸放回桌上，未置可否，只是用奇怪的眼神看着窦争。

"鲍书记，我要求平反。"

鲍副书记漫不经心地用中指弹着桌上的纸，沉吟了许久，问道："你这是从哪儿搞来的？"

"是他们亲笔写的。你看，他们还摁了指印。"

"好吧，东西你先放这儿。"鲍副书记的口气很是淡然。

"鲍书记，我要求恢复学籍，恢复名誉。"

"我要调查一下事情的来龙去脉。"鲍副书记说完，埋头做起自己的事情来。

窦争只好退出了办公室。

下午，一上班，窦争又来到系党总支办公室。鲍副书记不在。他一直等到五点半，鲍副书记依然没露面。

第二天上午，离上班还有半小时，窦争就等在了系党总支办公室的门口。这次，他见到了鲍副书记。还没等他开口，鲍副书记先说了话：

"窦争，我劝你立即离开学校。你搞逼供信，已触犯了刑律。"

"搞逼供信？是他们先打了我。你瞧我头上的伤！"窦争急得满脸通红地指着额头，开始叙述起事情的经过来……

被学校开除之后，窦争越想越窝火：代人受过，他怎能这样去见文好！

可怎样才能洗刷冤屈呢？解铃还须系铃人——只有让严锦璐出面说明上次是栽赃于他。

怎样才能使严锦璐自己打自己的嘴巴呢？他绞尽脑汁，终于想出了计策：严锦璐既然肯嫁祸于他，那么，她一定还和田川暗中有来往。只要能抓住他们暗中来往的证据，事情就好办了。

于是，窦争开始暗中盯梢严锦璐。果然不出所料，严锦璐仍经常在她的房中和田川幽会。严锦璐房间的钥匙，窦争也有一把。一次，他趁严锦璐不在，试了试钥匙，门锁没换。

摸清情况后，窦争做了一番准备：他借了架照相机，又到商店买了盒印泥，然后守候在严锦璐房间附近。

前天晚上，田川又鬼鬼祟祟地溜进了严锦璐的房间。约莫两人已进入佳境，他走了出来，轻轻转动钥匙猛地打开了门，不等两人醒过神来，端起相机就照。

强烈的闪光灯影中，田川和严锦璐一丝不挂地绞缠在床上……

一连拍了几张后，窦争才拉开了门边的灯绳。

田川和严锦璐惊恐万状地龟缩在一起。

"你们这对狗日的，害得我好苦！走，到保卫部去。"窦争弯腰抱起了椅子上的衣服。

这时，严锦璐好像才醒悟过来，也顾不得害臊，从床上一跃而起，指着窦争朝田川喊：

"揍他！快揍他！"

田川从桌上抓起一只电熨斗朝窦争扑去。窦争不闪也不避，静静地站在那儿。田川扬起电熨斗朝窦争头上就是一下。

窦争身体摇晃了几下，但很快他又站稳了。血顺着他的额头往下流。

窦争擦也不擦，目光逼视着田川。昏黄的灯光将他那胡子拉碴的血脸映衬得十分可怖，那双睫毛挂满血珠的眼睛似乎朝外喷着火。

在窦争目光的逼视下，田川如同得了魔怔，惊恐地看着窦争，手再也扬不起来了，电熨斗"当"的一声掉在了地上。

窦争一步步朝田川逼去，田川连连后退……突然，他双腿一屈跪在了地上："哥们儿，你放我一把……放我一把……你要钱，要人……都成，都成……"

窦争鼻孔里冷冷地"哼"了一声："钱？人？哈——我操你妈！我要名誉！懂吗？名誉！！！"他歇斯底里地大叫。

田川惴惴地问："你……你说……你说……怎么办？"

"为我证明，这骚货怀孕，不——是——我——干——的。"窦争一字一顿地说。

田川面露犹豫，把目光投向严锦璐……

"怎么？不愿意？！"窦争开始转身往外走。

"等等，等等，我写……"

"我没工夫听你讲故事。你已经不是我系的学生。"

"你……"窦争气得说不出话来，"好！好！你不管，我去找校长。"窦争冲下了楼。

　　窦争实实在在犯了个错误。上次鲍副书记极力主张开除他时，系里的许多师生，包括系党总支书记李子奇都有看法。若为他平反，那不等于鲍副书记自己打自己的嘴巴？更何况，窦争还告了他……

　　窦争不该去找鲍副书记。也许他谁都不该找。

　　他还未走到校长办公室门口，就见一个四十多岁的中年男子从旁边那间挂有"校长助理"标牌的屋里迎了出来："你找谁？"

　　"我找校长。"

　　"你叫窦争吧？"对方审视着他。

　　"是的……"窦争颇感意外。

　　"校长没时间接待你。至于你的情况，刚才鲍仲良同志已来电话讲过了。组织上对你进行处理，也是为了帮助你嘛！离开学校，也并不是就没有出路了。改革开放的今天，为每个人都提供了施展才能的广阔天地……"

　　"可……可我是冤枉的呀！"窦争打断了对方的话。

　　"请你别再干扰学校的正常教学秩序了。门卫，刚才怎么放他进来了？"中年男子朝门口喊道。

　　门卫赶紧过来拉扯窦争。

　　窦争懵懵懂懂地被拉出了行政楼……站在行政楼的台阶上，他只觉得眼前一片漆黑，脑子一片空白……

　　过往的行人好奇地看着他。

　　他在台阶上足足站了有一刻钟。这一刻钟，如同把他推入炼狱中走了一遭。

　　待他清醒过来时，发觉泪早已挂满了双颊。蓦地，他大吼一声："鲍仲良！你这是要把我逼上绝路啊——"

他朝系党总支办公室跑去……

窦争被校派出所拘留了。原因是动手打人。

不过，据现场目击者事后说：他哪有那种能耐！连人家半根毫毛都没摸着，就给逮了。

实际上，鲍副书记能幸免于难，得归功于他防患于未然的得力措施。

在窦争离开系党总支办公室之后，鲍副书记先给校长助理打了电话，预料到窦争不会善罢甘休，又紧急向校派出所报了案。校派出所立即派员赶赴传播系。

窦争返回之前，他们已在系党总支办公室隔壁的房间里"恭候"着了。窦争冲进系党总支办公室，刚来得及将鲍副书记桌上的文件划拉到地上，就被随后跟来的两个彪形大汉反剪起双手给铐了起来……

窦争在拘留所受了三天教育之后，被释放了。是校长助理亲自打电话要求释放的。据说传播系党总支书记李子奇找了校长，反映说窦争被抓事件引起了传播系师生的很大不满。他自己对此事也很有意见。还风传，传播系原系主任郑掖教授也找到校长大动肝火……

这些传闻的可信度有多大，无从查考。不过，窦争被释却是千真万确的。校长助理在要求释放窦争的同时，还对窦争提出了一个要求：不准再在学校逗留。

窦争并没有听令。从拘留所出来三天之后，他又在汀州大学露面了。

那天晚上九点多钟，季岩冰正在清理物品，忽听有人叩门，他打开房门一看，愣住了：他简直不敢相信站在眼前的竟是窦争！

半个月不见，窦争完全变了副模样：面色苍白，眼窝凹陷，皮肤似乎包不住那原本孔武有力的下颌骨，乱蓬蓬的头发盖住了耳朵、脖子。身上那件衬衫已辨不清底色，背部、肩头有多处撕裂的口子，裤子的缝线开了，一直通到膝关节处。他额头上的伤疤尚未痊愈，脸上又添了几处长长的新痕，脖根处也有几道青紫。

"窦争……"季岩冰喃喃地叫了这么一声，一把把窦争拉进了房间。

407室的刘启宇、钱亮、白曦闻讯赶了过来。大家围着窦争，却不知说什么好。

"嗬！你们吃饭了吗？我可没吃啊！"窦争用力朝大家笑了笑。他的门牙少了两颗。

大家来到了嘉华园一舍边上的一家小餐馆。餐馆已打烊，大家硬是把店主拉了起来。

面对满满一桌菜，除了窦争，无人动箸。

窦争狼吞虎咽地吃了几口，见大家都不动，他抬起了头："怎么？你们都不吃？那好吧。我可就包圆了。哈——有言在先，我吃完了，你们可别后悔。"他说这些话时，上牙床上的两个黑洞显得特别醒目。

"快吃吧！"季岩冰用手抚着窦争的肩头，他的脸却看着窗外。刘启宇、钱亮也把脸转向了别处。只有白曦"呼哧、呼哧"地哭出了声。钱亮在桌下朝他腿上踢了一脚，嘴上却笑呵呵地说："你快吃，快吃。我们都……都特别地……饱。"

整个餐馆只听见窦争的吃饭声。

待窦争吃饱了，季岩冰问："今后打算怎么办？"

"告状！要求平反！"窦争用手背抹了一下嘴。"从拘留所出来的当天，我就告到了省教委。昨天我到血站卖了血，买了两盒西洋参送给了那位管高校的副主任。我要告下去，省教委不管，我就告到国家教委，我要一直告下去。"窦争那双凹陷的眼睛里闪着两团火。

"窦争，今后别再去卖血了。文好要知道了，该会多么心疼。需要什么帮助，给我们大家说一声。"钱亮说。

"窦争，这四百块钱你拿上。这是我妈寄来让我再考一次托福的，今天下午刚取回来。"白曦把一沓钞票递给了窦争。

"不，不……你还是用它去考托福吧。为了托福，你花了多少心血！你的心意我领了。"窦争把钱又还了回去。

"怎么？怕我让你还，还是怎么回事？与其把这些钱给美国鬼子做贡献，不如让你去洗刷冤枉。你拿着，再不拿，我就不认你这个同学了。"白曦说着，真的板起了面孔。

在大家的一致劝说下，窦争才流着泪接过了钱。他从中数出一百元，却又把剩下的三百元递给了季岩冰："岩冰，你把它寄给我母亲和妹妹，好吗？今天我来，就是想托付你一件事。"说着，他跪了下来，"如果你不嫌弃，我就认你作大哥了。我母亲和妹妹，还有文好，就托付给你了，今后我要是有个意外，你……你……你替我照看……她们。"说完，窦争泣不成声。

季岩冰双手把窦争扶了起来，他没有接钱，也没有说话，只是紧紧地攥住了窦争的手。

"窦争，你放心，你的母亲就是我们大家的母亲。你的妹妹，也是我们大家的妹妹。我们都会尽全力照顾她们的。"钱亮也抓住了窦争的手。

刘启宇、白曦也把手伸了过来。

五只手紧紧地攥在了一起……

就在这时，门被推开了，青雏走了进来："听说窦争回来了，我过来看看。"

她关切地看着窦争说："我可以证明，鲍副书记那篇论文确实是你写的。二年级下学期的一个星期天，我有事到你们房间去，见桌上有一篇未写完的论文，题目就是《新闻传播与党的政治思想工作》。当时屋里只有邱锐在，我问这是谁写的论文。邱锐说是你写的，刚才有人把你叫走了，忘了收起来。

"前些天，我找邱锐一起向调查组证明此事。可邱锐不干。现在，我准备单独证明这件事。"

说着，她从兜中掏出一叠材料："明天我就把它交给纪检组。"

第四十四章

　　分配方案将要报到国家教委的前一天，研究生院分配处突然通知季岩冰到处里去一趟。

　　分配处处长姓孙，是个和善的五十多岁的女同志。孙处长把季岩冰叫到自己的办公室，关上房门说："小季，今天让你来，是和你谈谈你的分配问题。"

　　"听说人民日报社早就给我发来了函呀？"季岩冰有些不解。

　　"不错，前一段时期，我们分配处到各系摸底时，你们系的鲍副书记说，人民日报社给你的函已寄到了系里。可是，昨天，你们系里报来的分配方案是把你分回原单位。"

　　"什么？"季岩冰大吃一惊。

　　"为此，我们曾问了鲍副书记：'据我们所掌握的情况，季岩冰是个品学兼优的好同学。除了人民日报社，还有好几家知名新闻单位想要他，你们系里为什么要把他分回原单位？'鲍副书记这样解释：'系里这样做，自有系里的道理。这样分配，是经系务会议研究过的，希望分配处能尊重系里的意见。'"

　　季岩冰万万没料到会出现这种情况，他想起了程主任找他吃饭时的那番许诺。

"小季，按道理讲，我们没有权利干涉传播系的分配方案。可作为一名教师，我理解同学们求学的艰辛。明天，分配方案就要报到国家教委了。这是教委限定的最后期限。一旦报走，那就是板上钉钉的事了。你现在回系里求求领导们，看能否把你的方案改到人民日报社。记住，关键是要系里把人民日报社的来函交到分配处。"

季岩冰赶到传播系办公室。系领导刚开完会，都还没离去。

"我不明白：为什么要把我分回原单位？"季岩冰强抑着愤怒问鲍副书记。

鲍副书记很尴尬。他什么也没回答，只是求救似的看着程主任。

"什么？把你分回了原单位？有这样的事？！我专门在系务会议上强调过：'同学们到学校来，谁不想分个好的工作单位？作为老师，一定要尊重学生的学习成果，要像关心自己的孩子一样，关心爱护他们。要千方百计帮他们找到一个好的归宿。'小鲍，这是怎么回事？"

"程主任，你……"

"噢，对了。小鲍，是不是哪个环节我们遗漏了，造成了误会？"

"误会？这关系到学生一辈子的前程啊！"系党总支书记李子奇真正动怒了，"鲍仲良，你马上以系党总支的名义写个报告，改分季岩冰到人民日报社。"

"人民日报社的来函……我……我……我给丢了……"

"什么？你这是渎职！！"李子奇书记猛拍桌子。

季岩冰回到宿舍。见钱亮正在 409 室走来走去。看到季岩冰，钱亮不好意思地笑了笑："岩冰，我想……和你谈谈。"

季岩冰和钱亮来到了楼顶的平台上。

"岩冰……"钱亮欲言又止。

"怎么了？你也变成了小脚媳妇。"季岩冰拍了拍他的肩膀。

"岩冰，我对不起你。"钱亮一直低着头。

"有什么你尽管说，我能不了解你？"

"是这样的……关于《教育忧思录》那篇文章，是邱锐向系里告的你。当时他拉我一起去告状，说：'咱们把问题夸大一点，只要把季岩冰整下来，进人民日报社就非你我莫属了。从年龄上看，你比我更有优势。'我当时虽然没随他一起去，但后来鲍副书记找我了解文章的内容时，我确实有一点私心，我的态度很暧昧，说我不清楚……我当时要是替你澄清，你会少受很多冤屈……"

季岩冰亲切地看着钱亮："你小子，我真该揍你两下。"他轻轻在钱亮胸前擂了两拳，"不管将来走到哪里，我都不会忘了钱亮好兄弟。"

钱亮被季岩冰的大度深深感动了。他的眼圈有些红。

"不过，我要送你一副对联，这副对联刻在贵阳附近的图云关口：

　　两脚不离大道，吃紧关头，须要认清岔路；

　　一亭俯着群山，占高地步，自然赶上前人。"

"我一定会记住的。岩冰，这几天，我很受教育。你知道吗？青雅亲自找到校长，揭发了鲍副书记，要为窦争讨回公道。听说，校长很重视，批示纪检组重新核查。校长还和省委党校、汀州师大的领导通了话，邀请他们也组成调查组参与此事。今天下午系领导开会，可能就与此事有关。"

"马上要公布分配方案了，青雅会不会受到影响？"季岩冰在为青骓担心。

"我还要告诉你一条新闻：刘启宇昨晚向玥儿求爱了。"

于是，钱亮向季岩冰讲述了刘启宇向玥儿求爱的全过程：

玥儿自杀未遂的消息传出后，刘启宇肝肠寸断。那晚，他喝得烂醉，拉着钱亮的手说："是我害了玥儿。是我害了她啊！邱锐的品质，我早就从邬玫那儿知道了。可我总认为，男子汉不应该在人背后搬弄是非……看来，对有些坏蛋，还得揭开他的画皮，让大家认清他的真面目才好。"

前几天，他对钱亮说，他想向玥儿求爱，不知道玥儿能不能看上他，钱亮死劲儿给他打气，可他就是不敢去。有几次，走到半路又折了回来。

昨晚，钱亮陪着他去了，站在玥儿的门外等他，听见他结结巴巴地说："玥儿，如果你……你不嫌弃的话，我愿……陪你走完此生。"

今天上午，刘启宇上了一趟分配处，要求把他改派到玥儿出生的那座小城。本来中央电视台已选中了他。

季岩冰和钱亮从楼顶下来，在楼梯口正好碰到了刘启宇。刘启宇哼着歌快步走着，脸上流光溢彩。从来没见他这么高兴过。

看到季岩冰和钱亮，他不知怎么竟红了脸。

季岩冰走过去，抓起他的手："启宇，你永远值得我尊敬。"

第四十五章

分配方案终于公布了。

马宿草进了人民日报社。

邱锐去上海市政府当秘书。

钱亮进了华夏教育报社。

青雅，本来经济日报社已对她进行了考察。对结果，人家也很满意。可就在窦争最后一次在校园出现的次日，系里一位领导对考察的干部说："这个同学表现一般。"人家便打了退堂鼓。

于是，青雅便同季岩冰一样：因为没有接收单位，留校待分配。

对于季岩冰的去向，同学中传闻颇多：有的说，他的前女友芦苇，已在北京她自己任职的公司为他谋到总裁助理的位置；也有的说，他已请求校研究生分配处把他的档案寄到临江市教委。

对于这些传闻，季岩冰本人不置可否。他默默地帮同学们捆扎着行李，一个一个送到车站或码头。

文好已回到了古渎文津中学。她现在当上了正式教师。是芦苇的那位省委副书记叔叔帮的忙。

窦争自从上次在学校露了一面后，再没有人见过他。

经过了这次伤痛，玥儿悟到，世上所有的爱都遗失了，母爱不会遗失；世上所有的路都忘记了，回乡的路不会忘记。她要回到母亲身边，回到那座生她养她的小城，报答这位二十多岁就被人遗弃、茹苦含辛把她拉扯大的唯一亲人。

三载求学，就此结束了。

凡经历过的，必有痕迹。

这三年，给大家都留下了哪些痕迹：甘苦只有寸心知了。

……

七月四日，汀州大学毕业派遣的第二天，在汀州火车站，一列北上的列车就要起动了。

在七号车厢门口，马宿草正眉飞色舞地和前来送别的女友及老乡告别。这些天，他一直忙着到处给别人写留言册，他给任何人的留言都是这句话：

北京之行哪里去，人民日报找老马。

在临近站台的一列南下的火车旁，季岩冰、钱亮、白曦等人正在给刘启宇送行。刘启宇握着季岩冰的手，想说些什么，最后却什么也没说，只是使劲地摇了摇头，眼泪唰唰地掉了下来……

钱亮抓着刘启宇的另一只手，也是泪光涟涟，一向幽默善谈的他，此时什么也说不出来……

"大刘，别忘了请我们喝喜酒啊！"白曦想让气氛轻松点儿。

刘启宇看看三个人，努力想笑笑，不想话没出口，泪却又涌了出来。他回过头去，朝车窗里喊："玥儿，下来呀！向师兄弟们告个别。"

车窗里，出现了玥儿那张同样百感交集的泪脸。自从出了那件事后，她一直躲着任何人。

玥儿下来了，站在刘启宇身后。她努力不看季岩冰。

这时，钱亮又恢复了他幽默的天性："玥儿，今后，我得喊你嫂子了。"

火车就要起动了。玥儿坐在窗后，仍然不看季岩冰。就在火车启动的刹那，她突然把目光投向了季岩冰……是电光一闪，是惊鸿一瞥？……眼睛里是哀怨，是凄怆，抑或什么成分都有……

火车徐徐地开出了汀州车站。汀州远了，汀大远了……

渐渐地，汀州和汀大都从视野中消失了。

……

季岩冰仍呆呆地看着远去的火车。

"走吧！"钱亮拉了拉他的袖子。

他竟然没动。

过了很长时间，钱亮再次催促他，他才用手背擦了擦眼睛，低声说：

"走——吧……"

1993 年 7 月初稿

1999 年 3 月改毕

初版后记

这是我在读研究生期间写的一部作品。

1993年深秋，北京一家出版社已接受了书稿，并编好发排。毕业前夕，我却又不得不把它从编辑部索回……这样一拖，就是6年。

1997年我到河南虞城挂职，得有余暇对全书进行了修订。

80年代初至90年代初，我曾两度跨入大学校门。这个时期，经济改革方兴未艾，计划经济渐次向市场经济转轨，大学校园也风云激荡。人们的价值观念、行为方式均发生了很大的变化……

当时，我很迷惘：

大学是培养高素质人才的地方，求学之路，本是一个清净、寂寞、务实的旅程。人生能有几个4年？不少学子却在这段宝贵的时期，做些倒卖袜子、明信片之类的小生意，美其名曰"体验"。可从几次小打小闹中又能体验到什么呢？

一棵大树，将来可以做梁做柱做基，一棵砍倒的树苗又能做什么？！

教育工作者的岗位本应在教学和科研上。在中国经济再上新台阶时，"舰长""大副"们纷纷"坠海"，经济巨舰还能远行吗？

如果老师都浮躁不安，又怎能教出勤勉务实的学生？如果学生在学校都是围绕钱而转，或是学着托关系、找门子、投机取巧，他走上社会后会踏踏实实做人吗？

但是面对"海"的诱惑，只靠空洞的说教，即使"尊重知识、尊重人才"的口号喊得山响，又怎能阻止住学人"下海"！

一个社会，如果忽视了个人的责任，或者做事的目的就是为了个人利益的最大化，这个社会的前景又会如何？

抛掉教育的规律性，让教育也受价格杠杆的支配，会不会爆发人才危机？

我们提倡竞争，社会上许多不言而喻的东西往往又使很多人"请缨无路，报国无门"。一方面我们强调重视人才，另一方面许许多多单位又在浪费人才、无效地使用人才……

如果我们不能给人才施展才能的广阔天地，不能给学人一张平静的书桌，这个社会该不该反思？

……

可以说，我是带着一种忧患意识、带着社会责任感来写这本书的。

在写作过程中，多少次，我为大学校园出现的不和谐音符，扼腕长叹；多少次，我为书中人物的命运，失声痛哭……

书中，学子们各奔前程了。几年后，书中人物的命运如何？纷纭复杂的社会给他们个人遭际带来哪些变化？善与恶之间的较量会如何继续？我将在下一部书中向读者做个交代。

许多朋友看了书稿后，极力劝我在书中添一点儿"春风拂面"的东西。

我谢绝了……

我是学新闻的，深谙"真实是新闻的生命"这一道理。同样，小说也只有客观地反映生活，才有生命力。

为了迎合什么，而去图解些什么，不仅仅是新闻的悲哀，也是文学的悲哀。

唯愿我的书是一帖方剂，看后使人警醒。即使药下得重了些，我想读者是不会苛责的。

这里要特别说明的是，书中的情节与人物纯属虚构。套用港台影视片头那句时髦的话："如有雷同，纯属巧合。"

如果有人硬要对号入座，那就真真非我所愿了。

师友永恒！人间真情永恒！

劳 罕

1999 年 3 月 6 日

于河南虞城

一部在命运中旅行的小说

（再版后记）

非常感谢浙江文艺出版社再版这部小说！

这是一部刻着我青春印记的书。同时，也是一部命途多舛的书！对这部书，我有一种特殊的情感——它差点毁了我的一生！围绕这部书发生的故事，已远远超出了作品本身。

古希腊戏剧家欧里庇得斯说过这么一句话："向命运大声叫骂又有什么用？有时候命运就是个聋子！"我不是个宿命论者，但有的时候，事实就是这样，无论你主观上多么努力，仍始终无法扼住命运的咽喉——在社会的洪流里，单个的人，犹如滔天巨浪中的一叶扁舟，不时会被抛入浪峰浪谷，甚至顷刻间断栏崩舟。

我是1984年上的大学。毕业前夕，本校历史系一位很器重我的教授，鼓励我跨系报考他的研究生。一番拼杀，好不容易入围复试。这时，班主任悄悄告诉我，新闻系准备推荐我到新华社总社工作。

这可是个天大的好消息！因为当记者，尤其是当中央媒体的记者，一直是我梦寐以求的愿望。于是，我放弃了复试，专心致志等待分配。学校6月底毕业生派遣，可是，5月中旬，风云突变：教育部在襄樊召开了一次高教工作会议，对当年的分配方案做出重大调整——向基层倾斜。

班主任给我这样解释：鉴于 1986 年以来不少机关、高校泛起的"自由化倾向"，中央领导认为，这与部分学子不了解中国国情有关，建议当年的毕业生原则上到基层锻炼。

于是，我被分配到了苏南一座城市。不过，倒是给我们留下一句活话儿：如果表现得好，有可能上调。

看来，要想改变命运，只能自己设法"突围"了。

按照当时的规定，本科毕业后第二年就可以报考硕士研究生。可第二年，没有获得单位同意。第三年，我再次提出了申请。费尽了周折，总算在报名截止的前一天拿到了单位准予报考的证明。这时，离考试只有两个多月了。

为了把握好这来之不易的机会，我可是拼了：白天上班，晚上几乎是整夜都在复习功课。那一年，苏南的冬天出奇地冷，连着下了几场雪，我住的宿舍楼前的屋檐下垂着一溜儿长长的冰柱。两个多月里，我基本上没有上床睡过觉——裹着一件绿色军大衣，实在困了，就趴在桌上眯一会儿。每天用电炉炒一锅鸡蛋，分三顿吃。很奇怪，鸡蛋我竟然没有吃腻，现在还经常一口气吃上一大盘。

记得考试那几天，体能已透支到了极限，人稍微挨着墙就能睡着，走起路来头重脚轻，上下楼梯脚下腾云驾雾一般。我生怕自己在考场上睡着了，拿了一个硕大的杯子，里面盛了半杯咖啡，调成糊状，边答题边拿汤勺往嘴里送……

真不容易！两天半的考试竟撑了下来。

现在写这些，是想说明：这样费力考取研究生，我自然十分珍惜。可就是因为写这部小说，差点让我一切一切的努力，化为泡影。

写这部书的初衷，我在第一版的后记中曾提到过：在我两度求学这段时期，正值计划经济渐次向市场经济转轨，大学校园也风云激荡。人们的价值观、行为方式均发生了很大的变化……

我始终认为，刚恢复高考那些年，是中国高校最值得怀念的"黄金岁月"：从"十年浩劫"中走过来的人们，深深感悟到了知识、文化的崇高与尊贵。你想一想，在干燥的沙漠中困久了，任谁见了清泉能不扑将过去？！

男女老少，士农工商，求知欲火山般喷发出来。记得上大学时，有的教室通宵亮着灯光。图书馆、阅览室，天天坐得满满当当。上自习，如果稍微去晚一点，根本找不到座位。我的宿舍八个人，为了占座位，还排出了值勤表。学子们比的是谁更勤奋，谁的成绩更好。而老师们呢，谁的教学最受欢迎，谁的科研成果最多，谁就会拥有更多的"粉丝"……

那时候的大学生，确确实实有一种天之骄子的感觉！戴着白底红字的校徽走在大街上，不自觉就会昂起头颅，并把胸脯抬得老高老高。我上研究生时，好像学校也发有校徽，记忆中自己从来就没有戴过。

可以说，上世纪80年代的高校，真正回归了教育的本意：校园充盈着一种师生同契、教学相长、学学相长、砥砺奋进的浓浓的文化、学术氛围！

而工作几年后再上研究生，觉得一切都变了味了……本书所讲的具体人和事虽属虚构，但说的那些现象，却是真实存在的。我现在还坚持认为：这部书，较为客观地还原了当时的校园状况。

当时，我很迷惘：

大学是培养高素质人才的地方，无论是教师教学，还是学子求学，都是一个清净、寂寞、弘毅、求真的旅程，如果大家都浮躁不安，又怎能涵养出勤勉、诚朴、笃行、务实的社会氛围？一棵大树，将来可以做梁做柱做基，一棵砍倒的树苗又能做什么？！一个社会，如果忽视了个人的责任，或者做事的目的就是为了个人利益的最大化，这个社会的前景又会如何？

……

写这部书时，我25岁，正是"粪土当年万户侯"的年龄，总觉得自己有义务去唤醒人们心头的良知，有责任去担当道义。我是学新闻的，专业的素养驱使我做了大量的调查研究。调查范围不局限于本校，还包括许许多多的其他高校。我甚至还让在高校工作的中学、大学同学，帮助搜集发生在他们身边的相关故事。

鲁迅先生不是向来有"面孔在河北、帽子在山西"的小说素材处理说嘛，那么，来一句公道话：我的这部小说，反映的是那个特定时段中国高校的普遍现象，绝不单指某个学校。硬要对号入座，说描写的就是某某学校（或是某某人），那是有失公允的！

其实，作为一个在校的学子，面对社会顽疾，又能做什么呢！我只是利用课余时间，对存在于高校的这些普遍现象，进行了调查、归纳、总结。研究生三年，我基本上牺牲了娱乐时间，白天上课，晚上伏在宿舍那张窄小的课桌上爬格子。记得那张桌子正中间有一凹坑，巴掌大小，估计是上一届同学用哑铃留下的"杰作"。因为这个"杰作"，写作时，我不得不找一块硬纸板垫在下面。

当时，本科生宿舍是十点半熄灯。研究生给了些优惠，延长一小时，十一点半熄灯。熄灯后，我只好用蜡烛照明。三年中用了多少蜡烛，现在已记不清了。同宿舍住了三个人，为了不影响他人休息，我把杂志翻开竖成"人"字状，以遮住蜡烛的余光。

也亏得当时年轻！那个城市的夏天溽热难耐！写作时，样子非常狼狈：光着膀子，脖子里搭条毛巾，边写边擦汗，稿纸经常被汗水洇湿。说到"爬格子"，现在用惯了电脑的年轻人可能体会不深，那真是一个字一个字蜗牛般地"爬"呀！连续"爬"上几个小时，手会酸软麻木。

就是这样，我经常一写就是一个通宵。待晨曦临窗，擦把脸，接着去上课。

季岩冰和芦苇那段恋情，我是一口气写完的。当时也不知从哪里来的那么大的力量，从礼拜六晚上一直写到礼拜一凌晨。其间，没有吃一口饭，没有喝一口水，只觉得一股激情在胸中激荡，想发泄出来，想嘶吼。写完，全身仿佛都被掏空了似的。我机械地来到楼顶平台，浑身散了架般木木地颓坐在地上。右手，麻木得没了知觉。掐一下，依然没有知觉。我吓坏了，使劲用手背敲打着楼板，好像这只手压根儿就不是自己的。心想，完了，瘫痪了。

因为太累了，反应便很迟钝，身体机能打了折扣，对于由此带来的后果根本顾不上多想——随它去吧！麻木中，竟睡着了。

待醒来，已是旭日东升。这时，只觉得手背钻心地疼。一看，整个手背血肉模糊一片。而地上竟积了脸盆大一摊血……

确实，在写作过程中，多少次，我为大学校园出现的不和谐音符，扼腕长叹；多少次，我为书中人物的命运，失声痛哭！

为了这点在别人看来也许有些可笑的责任感，我心甘情愿洒着汗水，受着煎熬。岂料，还差点付出更为惨重的代价：

这部小说，我的总体构架是上、中、下三本。从张之洞办"两

湖书院"开始,一直写到20世纪90年代初。按照时间顺序依次是
《汀州韵事》《各奔前程》《春露秋霜》。三本书各成体系,放在一起
又是一个整体,综括了中国高等教育的百年历程。所以,名之"百
年树人三部曲"。

　　1993年暑假,三本书全部写完。北京一家出版社看了书稿后
很感兴趣。从发行角度考虑,编辑部打算先推出《各奔前程》,嗣后,
再推出另两本。谁知秋季开学,麻烦来了:有人反映,我写了一部
诋毁学校教育改革的书,并上纲上线罗列了一堆罪名。由此,差点
影响了我的毕业分配,也差点酿成一场人生灾难……

　　说实在的,这段经历,长久以来,我很不愿意提起,总在刻意
回避。因为每每提起,总是钻心地痛。这件事,让我对权力、命运
等问题,有了更深层次的思考!

　　时间能治愈一切。我已经年届半百,岁月沧桑将往昔的怨怼早
稀释得了无痕迹。再说,这些事情毕竟发生在自己的母校,游子对
生活过的家园——哪怕是竹篱茅舍,都会有一种刀砍不断的眷恋。
回首往昔,如今,我心中留下的只有浓浓的师友之情和对曾经帮助
过我的恩师们的深深思念。

　　这部书在经历了那次事件之后,拖了六年,1999年由民族出
版社正式出版。此次,之所以同意浙江文艺出版社再版这本书,一
是,和我的同龄人一起回顾曾经经历过的"流金岁月"——无论上
大学还是读研究生,这段人生经历,应该是一生中最值得纪念的时
光!二是,尽量挽住心底那点知识分子的良知:我是职业"媒体人",
对教育的现状自然比一般读者有着更多的关注。这部书刻画的已逝
的虚构故事,在今天的校园完全消失了吗? 好像没有。局部还有愈

演愈烈之势！那么，再版这部书，借此引发我们的警醒与反思，让这类事情在当今的校园不再发生或尽量少发生。

这，正是我职分的事儿！

还有，也想借此告诉象牙塔中的学弟学妹们，生活不会一帆风顺的，多一点心理准备，也就多了一点"抗倒伏"的能力。

再版前，本想做一次系统修改。可改来改去发现不对了：从写作手法和对世界的认知水平看，原稿确实有些稚嫩，但是，当时的青涩情感和锐气，实事求是说，现在已不具备了。

你想嘛，用50岁的价值观去衡量25岁时做过的一切，能对味吗？在喧嚣的成人的世界里，永远保持初心，倏忽不为得失所困，丝毫不为势位所误，须臾不愿走到灵魂与良心的天地之外，并不是一件容易的事儿！那就还是保持"原生态"吧！透过当时更清澈的目光去打量这个世界。这次再版，不做一字的删改。

其实，这部书带给我的快乐远远多于伤痛——作为一个作者，你传播的价值观，能引起别人的共鸣，或者影响、改变他人的人生时，那种快感是任何语言和文字都不能形容的。

念书时，读我的小说，成了研究生们课余饭后的重要内容。每每写完一章，同学们就拿走一章传看。不光是本系的同学，连其他系的同学也来索要。有些低年级同学，还拿了去传抄。

《各奔前程》第一版推出后，著名画家崔自默最早在网上推介了这本书，认为是写校园生活不可多得的力作。我至今无缘和崔老师相识，只是在电视上、报纸上看过他的画作和生平介绍。知道他是范曾先生的开山弟子，艺术史学博士。崔老师，在此，谢谢您！

这部书被中央人民广播电台长篇小说连播节目选中。著名播音艺术家李野墨、牟云播讲了此书。中央人民广播电台资深编导叶咏梅老师还把它收进了《天籁文库：中国长篇连播历史档案》。

《各奔前程》第一版推出时，我是文坛一名默默无闻的小兵，更不懂得怎样炒作。一位网名弗弗西斯的读者，在济南一条深巷的书店里发现了这部书，读后爱不释手。他认为应该让更多的人读到这部书，便花两个多月时间用计算机录入，发在了网上，希望与大家共享，并写了一篇名叫《抄书记》的题记。

湘潭大学同一宿舍四个女生联名给我写了封信，提出，想在那一年的"十一"小长假专程到北京来看望我，当面问问作者是怎样写出了这样一部让她们激动不已的小说。

报社新分来一个叫曲昌荣的年轻人，找了一个出差机会来到新疆（当时我在人民日报新疆记者站驻站），他激动地对我说，一直慕名很想见见我，他在郑州大学读研究生时，学校疯传我这部书，由于借期有限，同宿舍的同学排了时间表，你看到凌晨四点，然后交给我；我看到八点，再交给他……

很可惜，曲昌荣英年早逝，2016年12月倒在了工作岗位上！闻讯后，我在电脑旁燃起了三炷檀香！

一位叫李黎明的湖南姑娘给我写了封信，说她中专毕业后到深圳打工，当过洗脚妹、按摩女，看着喧喧嚣嚣的世界，对前途极其迷茫。一次偶然的机会，她在书摊上看到了这本书。看后，决定重新规划自己的人生——一边打工一边重新学习。她给我写信时正在一所名校念博士，马上就要论文答辩了。

因为我的工作地址多次变动，这封信奔波了一年半，才辗转到了我的手里。那夜，我在电脑前坐了许久许久……

正是有了这部书的鼓励，至今，我仍然心无旁骛地在文学这条路上奋力跋涉。我虽驽塞，但这部书是"淬砺钝顽"的最好鞭策。我毕竟不是专业从事写作的，在单位，还承担着较为繁重的管理工作。所以，写小说，只能挤占休息时间。忙完报社一天的工作后，往往已是筋疲力尽，想偷懒时，一瞥案头这部书，便马上振作起来——无论从哪个角度讲，现在的写作条件都比当年好得实在是太多太多了，为了对得起《各奔前程》，必须时时"压榨"自己。

这部书，还让我更达观、更积极地看待命运和人生。围绕这部书发生的一切，让我明白了一个道理：尽管我们不能始终扼住命运的咽喉，但决不能随波逐流任由命运摆布，只要还有一口气，就不能放弃与命运的抗争！

现实生活中，整个一生都事事顺遂的人有没有？不敢说没有，但肯定不多。大部分的人，都会经历各种各样的磕磕绊绊。有些磕绊与遗憾，你压根儿就没有办法！不过，要记住：狂浪袭来，如果你认怂了，放弃了抗争，有可能会被一步步逼到谷底，从此万劫不复！浪来了，不退缩，抹一把脸上咸涩的海水，迎上去；又一个浪袭来，仍不退缩，再次咬紧牙关迎上去……一次次抗争，一场场搏杀，也许，你就会从滔天巨浪中硬挤出一道缝隙啸叫着跃上波顶浪峰！

嗨！即便是被狂浪击成了齑粉，奋斗过了，付出过了，又有什么遗憾？！

劳 罕

2017 年 6 月 30 日

于杭州西子湖畔

跋：遇见劳罕

作为一个职业的读者，十多年来我一直保持着对宏大叙事文学作品的期待和敬意。当我们长期习惯于淹没在大量个人化、私人化、欲望化、非历史化、非崇高化的小叙事作品及海量玄幻、魔幻、言情、仙侠、灵异等类型文学中，再次遇见像《战争与和平》《追忆似水年华》《白鹿原》那样具有历史厚度、社会宽度以及人性深度的大叙事、史诗性的作品，将是一次多么美丽的邂逅。

与劳罕的作品相遇就是一种见字如面的邂逅，他的系列长篇小说无疑是建立在这样的文学坐标之上的，具有史诗情怀和批判现实主义精神，戳心灌髓的文字、荡气回肠的故事，堪称社会之百科全书。

作为一个出版人，认识劳罕像是挖到了一座文学的富矿。平素只知他是主流媒体的优秀记者、劳动模范，写了大量扎根社会、针砭时弊、成风化人的新闻作品，曾在人民日报社创下驻站记者1年内完成相当于25年工作量的纪录。让人惊讶的是他左手纪实，右手虚构，20多年来还默默坚持创作多部长篇小说、数百万字巨著，甚而至于长达10多年追踪174个义勇军家庭的口述史，其旺盛的写作能力直至今天仍处于巅峰。让常人不解的是，这些作品长期以来竟被他束之高阁，鲜见外人。几年前我有幸成为他身边少数读者之一，立刻被其厚重坚实的笔力感染，偶尔夜深人静，他写到兴意盎然处会发几个片段与我共同阅享，构思之精妙让人忍不住抚掌击节。

近两年他开设了个人微信公众号，陆续与广大读者分享"义勇军口述史"的篇章以及长篇小说《方家旧闻》。于是，我又有幸见证了一个自媒体的奇迹——在没有任何推广背景之下，"劳罕"个人微信公众号仅靠口碑迅速传播，1个月之内达到篇篇"10万+"阅读量，最高阅读量的文章逾100万。职业本能催促我必须赶紧出版这些作品，尤其想让"义勇军口述史"在抗战胜利70周年推出。这已是他十年磨一剑的作品，他却回复还有些史实细节需要考证，这一句话就得费好几年工夫。《方家旧闻》（新书拟更名《汀州纪：方家往事》）我也希望尽快定稿面世，可他说"敬惜文字，再打磨打磨"。劳罕对待创作和治学的态度如此严谨，对待名利却极其淡泊。在文学IP热潮下，劳罕的作品在自媒体上的火爆使其影视版权受到资本追捧，但他近两年婉拒了所有影视机构。他总说，我有工资，生活有保障，还是专注把作品写好。

《各奔前程》是劳罕在研究生时代写的第一部长篇，也是他中国高等教育"百年树人三部曲"（《汀州韵事》《各奔前程》《春露秋霜》）之一。这部当年以手抄本形式风靡大学校园的小说在他的作品中可谓最不宏大的，集中描述上世纪90年代初象牙塔内师生受到的商品经济的冲击，透过两代知识分子的命运沉浮，铺述社会转型期的价值冲突与嬗变。但劳罕的视野肯定不会局限于此，动辄半个世纪的历史沧桑在他笔下几个片段、寥寥数人就可勾勒出来，不经意间写就一部新时期的《儒林外史》。

接下来要出版的《汀州纪：方家往事》《汀州纪：王家百年》

均以鸿篇巨制纵贯百年，将历史内涵、民族精神、家国兴衰与个体命运紧密链接。劳罕的宏大叙事，总是穿越时间与空间，游走纪实与虚构，融合现实与浪漫，他写现实、抒理想，观社会、探人性，寻历史、咏诗情，在继承传统宏大叙事的古典崇高、史诗情怀的基础上，探讨一种更具人文精神和时代精神的文化建构。

现实主义、历史空间和人文精神构成劳罕作品的三大养分，他以史家的修养和诗家的情怀著书立说，为历史存正气，为社会去苛弊，为世人弘美德。期待劳罕的系列长篇小说给中国当代文坛沉寂已久的"宏大叙事"带来新的可能，拓展新的空间。

郑　重

（作者为浙江文艺出版社社长）

图书在版编目(CIP)数据

各奔前程 / 劳罕著. —杭州：浙江文艺出版社，
2018.1
ISBN 978-7-5339-4993-8

Ⅰ.①各…　Ⅱ.①劳…　Ⅲ.①长篇小说—中国—当代
Ⅳ.①I247.5

中国版本图书馆CIP数据核字(2017)第203013号

责任编辑　金荣良
责任印制　朱毅平

各奔前程

劳罕　著

出版　浙江文艺出版社
地址　杭州市体育场路347号
邮编　310006
网址　www.zjwycbs.cn
经销　浙江省新华书店集团有限公司
印刷　浙江佳园彩色印刷有限公司
开本　880毫米×1230毫米　1/32
字数　370千字
印张　16.625
插页　4
版次　2018年1月第1版　2018年1月第1次印刷
书号　ISBN 978-7-5339-4993-8
定价　**46.00元**

版权所有　违者必究
(如有印、装质量问题，请寄承印单位调换)